Von John Saul
sind als Heyne-Taschenbücher erschienen:

Blinde Rache · Band 01/6636
Wehe, wenn sie wiederkehren · Band 01/6740
Das Kind der Rache · Band 01/6963
Höllenfeuer · Band 01/7659
Wehe, wenn der Wind weht · Band 01/7755
Im Banne des Bösen · Band 01/7873

JOHN SAUL

BLINDE RACHE

Ein unheimlicher Roman

Deutsche Erstveröffentlichung

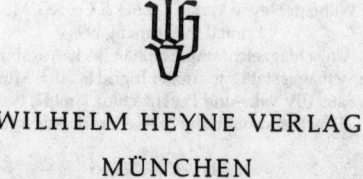

WILHELM HEYNE VERLAG
MÜNCHEN

HEYNE ALLGEMEINE REIHE
Nr. 01/6636

Titel der amerikanischen Originalausgabe
COMES THE BLIND FURY
Deutsche Übersetzung von Rolf Jurkeit

11. Auflage

Copyright © 1980 by John Saul
Copyright © der deutschen Übersetzung 1986
by Wilhelm Heyne Verlag GmbH & Co. KG, München
Printed in Germany 1996
Umschlagzeichnung: Stephan Beck, Augsburg
Umschlaggestaltung: Atelier Ingrid Schütz, München
Satz: IBV Satz- und Datentechnik GmbH, Berlin
Druck und Bindung: Presse-Druck Augsburg

ISBN 3-453-02233-5

PROLOG

Sorgsamen Schritts, jedoch ohne Zögern ging sie den Weg entlang. Sie war ihn schon oft gegangen, und inzwischen sagte ihr der Instinkt, wann sie sich nach links, wann nach rechts wenden mußte und wann sie in der Mitte des Pfads zu bleiben hatte. Aus der Entfernung hätte man die Gestalt im schwarzen Kleid mit der in die Stirn gedrückten Haube eher für eine alte Frau als für ein zwölfjähriges Mädchen gehalten. Der Stock, mit dem sie den Weg ertastete, trug zu diesem Eindruck bei.

Nur das Gesicht war jung. Der Ausdruck war heiter und gelöst. Es war ein Antlitz ohne Falten, und die Augen, die nicht sehen konnten, waren wie Fenster, die dem Mädchen Einblick in ein Reich gaben, dessen Geheimnisse den anderen Menschen verborgen blieben.

Sie war ein einsames Kind. Die Blindheit war wie eine Schranke, die sie von den anderen Kindern trennte. Sie lebte in einer Welt der Düsternis, und sie wußte, daß es aus dieser Welt kein Entrinnen gab. Sie hatte das Übel, als es über sie kam, hingenommen, wie sie alle Heimsuchungen hinnahm, mit Demut und ohne Aufbegehren. Gottes Ratschluß war unerforschlich, aber seine Weisheit stand außer Zweifel.

Blind zu sein – zu Anfang war das sehr schwer gewesen. Aber sie war noch so jung, daß sie sich bald an die Behinderung gewöhnt hatte, und inzwischen kam es ihr fast natürlich vor, daß sie nicht mehr sehen konnte. Nur noch Erinnerungen an Bilder und Farben blieben. Sie vergaß, daß sie einst von ihrem Gesichtssinn abhängig gewesen war. Zugleich schärften sich die anderen Sinne. Sie hörte jetzt Dinge, die andere nicht hören konnten. Wenn die Brise von der See herüberstrich, nahm sie Gerüche wahr, die andere nicht riechen konnten. Sie konnte Pflanzen und Bäume erkennen, indem sie sie berührte und ihren Duft einsog.

Der Weg, den sie heute ging, war ihr Lieblingspfad. Er führte am Steilufer entlang, tief unten schäumte das Meer. Den höhergelegenen Teil des Weges kannte sie so gut, daß sie hier fast auf ihren Stock verzichten konnte. Sie kam oft hierher, weil die Stelle nur wenige hundert Meter vom Haus ihrer Eltern entfernt lag. Sie zählte ihre Schritte und achtete darauf, daß sie alle gleich lang waren. Es gab keine Überraschungen auf diesem Weg, aber das Mädchen benutzte den Stock trotzdem, und er tanzte wie ein weißer Finger vor ihr her, auf der Suche nach Hindernissen, die ihr gefährlich werden konnten.

Das Rauschen des Ozeans schwang zu ihr herauf. Das schwarzgekleidete Mädchen verharrte, wandte ihr Gesicht seewärts, nahm das Kreischen der Möwen in sich auf. In ihrer Erinnerung erstand das Bild dieser Vögel wie ein ferner Nebel. Und dann vernahm sie ein Geräusch, das auf diese Entfernung nur sie hören konnte.

Das Lachen von Kindern.

Sie hatte das Geräusch heute schon einmal gehört. Sie wußte, was es zu bedeuten hatte.

Es bedeutete, daß ihre Schulkameraden keinen Gefallen mehr an ihren Spielen fanden. Statt dessen würden sich die Kinder jetzt mit dem blinden Mädchen beschäftigen.

So war es immer im Herbst. Im Sommer, während der Ferien, kümmerten sich die Kinder nicht um sie, zumal das Mädchen dann meist am Strand und an der Steilküste, in der Nähe des Elternhauses, blieb. Im September dann, wenn die Schule wieder begann, war sie das Geschöpf, das begafft werden mußte, das Mädchen, das man durch den Kakao zog.

Und auch das Mädchen, das man hänselte.

Am ersten Schultag nach den Ferien wurde sie von den anderen Kindern mit neugierig-hämischem Geflüster empfangen. Sie betrat das Schulgebäude, ertastete die Stufen mit dem Stock, ging langsam den Flur entlang, öffnete die Tür des Klassenzimmers, befühlte die Bänke. Und dann kam der furchtbare Moment, wo die Lehrerin fragte, wo sie gern sitzen wollte. Das Mädchen hätte soviel darum gegeben, wenn man sie behandelte wie alle anderen; aber nein, sie wurde an eine besondere Stelle im Klassenzimmer plaziert. Sie war anders.

Am ersten Tag nach den Ferien begann das Martyrium. Es dauerte immer nur ein oder zwei Wochen, dann verloren die Klassenkameraden das Interesse an dem grausamen Spiel. Aber dann war der Schaden bereits angerichtet. Den Rest des Jahres überließ man sie sich selbst. Sie ging ihren Weg zur Schule allein, und sie kehrte allein ins Elternhaus zurück.

Es gab Zeiten im Jahr, wo das Mädchen eine Gefährtin hatte. So etwas kam vor, wenn eine Klassenkameradin sich das Bein oder den Arm brach. Wenn die Verletzte im Bett lag, um die Verletzung auszuheilen, brauchte sie Gesellschaft, sie brauchte jemanden, der ihr zuhörte. Dann war das blinde Mädchen gerade recht. Aber wenn der Bruch geheilt war, ging auch die Freundschaft zu Ende. Das Mädchen war wieder allein.

Als sie das Lachen hörte, erinnerte sie sich an das Geflüster, dessen Zeuge sie vor einigen Tagen geworden war. Man würde ihr einen Knüppel auf den Weg legen, dann würde sich ja herausstellen, ob sie das Hindernis erahnte oder nicht.

Sie versuchte, das spöttische Geplänkel zu überhören und sich auf das beruhigende Rauschen der Wogen zu konzentrieren, aber das Lachen wurde immer lauter. Schließlich wandte sie sich um.

»Laßt mich in Ruhe«, sagte sie mit sanfter Stimme. »Bitte.«

Die Kinder gaben keine Antwort. Sie hörte nur, daß ein Mädchen zu ihrer Rechten zu kichern begann. Die Kinder werden jetzt weggehen, dachte sie und wandte sich gen Süden, wo sie das Haus ihrer Eltern wußte. Aber dann war vor ihr auf dem Weg eine Stimme zu vernehmen.

»Paß auf! Vor dir liegt ein Felsbrocken!«

Das Mädchen blieb stehen und tastete den Boden mit der Stockspitze ab. Sie fand keinen Stein und tat einen Schritt nach vorn. Wieder suchte sie den Boden ab. Nichts. Sie war auf einen schlechten Scherz hereingefallen.

Sie ging weiter, aber wieder kam die Stimme aus der

Schwärze, rief ihr zu, daß sie stolpern würde, und wieder tastete das schwarzgekleidete Mädchen den Weg nach Steinen ab.

Als ihr Stock ins Leere stieß, brachen die Kinder in prustendes Gelächter aus. Es war ein hartes Lachen, das ihr angst machte.

Es waren vier Kinder, eines stand vor ihr auf dem Weg, eines hinter ihr, die anderen beiden links und rechts, damit sie nicht seitlich ausweichen konnte. Auf der einen Seite lag das Meer, auf der anderen Seite das Feld, über das man zur Straße gelangte.

Sie wartete ab und rührte sich nicht.

»Du kannst da nicht ewig stehenbleiben«, sagte eine Stimme. »Früher oder später mußt du weitergehen, und wenn du weitergehst, wirst du über die Klippen in den Abgrund stürzen.«

»Laßt mich in Ruhe«, sagte das Mädchen. »Bitte, laßt mich ganz einfach in Ruhe!«

Sie wollte einen Schritt nach vorn tun, aber die warnende Stimme war ganz nahe, lockend und spottend zugleich.

»Nicht nach vorn, das ist der falsche Weg.«

Es war der richtige Weg, das Mädchen war ganz sicher. Aber dann kamen ihr Zweifel. Sie war blind. Wie konnte sie sicher sein, daß ihr Gedächtnis sie nicht trog? Durfte sie sich darauf verlassen, daß vor ihr fester Boden war? Sie war verwirrt. Sie hatte Angst.

Das Meer. Wenn sie wußte, auf welcher Seite das Meer war, dann konnte sie bestimmen, in welcher Richtung das Haus ihrer Eltern lag. Sie drehte den Kopf und lauschte. Wenn der Wind ging, war es leicht, die Richtung zu bestimmen. Aber es war windstill. Das Rauschen des Meeres schien von allen Seiten zu kommen, vermischt mit dem albernen Lachen der Kinder.

Sie mußte es versuchen. Wenn sie hier stehenblieb und den Kindern zuhörte, würde das Spiel immer so weitergehen.

Ich werde mich nicht mehr um die Stimmen kümmern.

Ich werde einfach nicht mehr zuhören, wenn sie mich verspotten.

Sie beschrieb einen weiten Bogen mit ihrem Stock. Ihre Finger registrierten den ebenen Weg und die Unebenheiten, wo das Feld begann.

Sie war jetzt entschlossen weiterzugehen. Sie tat den ersten Schritt.

Sofort waren wieder die Schreie der Kinder zu hören.

»Nicht in diese Richtung! Du wirst über die Klippen stürzen.«

»Was macht das schon, wenn sie über die Klippen stürzt? Sie kann's ja nicht mal sehen, wie's dann weitergeht!«

»Leg ihr etwas in den Weg! Ich will sehen, ob sie's bemerkt!«

Das Mädchen achtete nicht mehr auf die Kinder, stetigen Schrittes ging sie den Weg entlang, indem sie den Boden mit dem Stock abtastete. Die körperlosen Stimmen waren ebenso schnell wie sie, verhöhnten sie, versuchten sie herauszufordern. Sie zwang sich zu schweigen. Die Kinder, so hoffte sie, würden bald aufgeben, noch zehn oder zwanzig Schritte, dann würden die Quälgeister hinter ihr zurückbleiben.

Und dann kam die Stimme eines Jungen, scharf wie ein Messer. »Du solltest um diese Zeit besser nicht nach Hause gehen. Deine Mutter ist nicht allein.«

Wie vom Schlag gerührt blieb das Mädchen stehen. Die Bewegung des Stockes erstarb.

»Sag so etwas nicht.« Das Mädchen sprach ruhig und leise. »Sag so etwas nie wieder.«

Das Lachen der Kinder verebbte, und das Mädchen fragte sich, ob sie weggegangen waren.

Sie waren nicht weggegangen. In das Lachen, das sich jetzt erhob, mischte sich Haß.

»Willst du dir die Hure bei der Arbeit ansehen?«

»Lauf schnell nach Hause, deine Mutter zeigt dir, wie man's macht.«

»Meine Mutter hat gesagt, deine Mutter gehört aus dem Dorf gejagt!«

»Mein Vater sagt, wenn er das nächste Mal zwei Dollar übrig hat, geht er damit zu deiner Mutter!«

»Hört auf!« weinte das Mädchen. »Sagt so etwas nicht! Es ist nicht wahr! Es ist wirklich nicht wahr!« Plötzlich hob sie ihren Stock, hielt den Griff mit beiden Händen, schlug in die Luft, wo sie die Kinder vermutete.

»Deine Mutter ist eine Hure!«

»Und dein Vater weiß es!«

»Dein Vater kassiert das Geld von den Männern!«

»Wenn ich groß bin, kann ich dann auch zu deiner Mutter gehen?«

Das Mädchen stolperte in die Richtung, aus der die Stimmen kamen, das schwarze Gewand wirbelte um sie herum, und die Bänder an ihrer Haube wurden zu Schlangen, sie hieb mit dem Stock um sich, ohne jemanden zu treffen. Sie geriet ins Stolpern, fing sich. Die Stimmen gellten in ihren Ohren.

Die Kinder kümmerte es jetzt nicht mehr, daß sie blind war. Sie sprachen nicht mehr von ihr, sie sprachen von den Sünden der Mutter.

Sie logen.

Sie *wußte*, daß die Kinder logen. Ihre Mutter tat so etwas nicht. Warum sagten die Kinder so etwas? Warum? Warum haßten sie ihre Schulkameradin so sehr? Warum haßten sie ihre Mutter und ihren Vater?

Der Stock peitschte die Luft, während die Kinder sich mit ein paar Sprüngen aus der Reichweite des Mädchens brachten. Das schwarzgekleidete Mädchen schlug ins Nichts. Das Mädchen war hilflos. Fliehen konnte sie nicht.

Sie begann zurückzuweichen, die Kinder folgten ihr.

Der Grund war eben, das Mädchen wußte, daß sie wieder auf dem Weg angelangt war. Sie wollte den Weg zurückgehen, um die Quälgeister abzuschütteln. Aber wo war vorne, wo ging es zurück?

Die vier Kinder schlossen den Kreis enger, ihr Spott wurde beißend und gemein, das Lachen abfällig und schmutzig. Die Kinder genossen das Spiel.

Das Mädchen tat einen Schritt nach hinten, und dann stieß ihr Fuß an einen Widerstand. Ein Felsblock. Sie wollte das Gestein mit dem Fuß abtasten, als der Felsen nachgab. Sie setzte den Fuß in die Lücke.

Dort war nichts mehr.

Kein Halt. Nur Leere.

Zu spät begriff sie, was geschehen war.

Sie rang nach Gleichgewicht, der Ausdruck des Entsetzens trat auf ihre Züge.

Ihr Stock fuhr durch die Luft wie das Schwert eines Derwischs.

Als sie das Gleichgewicht verlor, begann der Fall. Sie ließ den Stock los, der Stock rollte auf den Weg. Die Kinder sahen sich an, dann starrten sie auf den Stock, der vor ihnen lag. Und dann tat das älteste Kind einen Schritt nach vorn, hob den Stock auf und warf ihn in die See. Das Mädchen war verschwunden...

Sie wußte, was ihr bevorstand. Sie wußte, daß sie dem Tod nicht mehr entrinnen konnte. Die Zeit verstrich jetzt sehr langsam. Sie hörte, wie das Rauschen der Brandung näher und näher kam.

Ich werde sterben, dachte sie. Warum? Was habe ich getan? Was hat meine Mutter getan? Meine Mutter ist unschuldig. Ich bin unschuldig. Es ist unrecht, was die Kinder getan haben.

Das Rauschen kam nicht mehr vom Meer, es kam von den Lippen der Kinder. Sie hörte den Spott, und sie spürte den Haß. Echo und Erinnerung waren wie zwei Dolche, die ihr das Herz durchbohrten.

Zum ersten Mal in ihrem Leben verspürte sie Wut. Was geschehen war, war falsch. Alles war falsch. Daß sie blind war, war falsch. Daß sie den Kinder zugehört hatte, war falsch.

Richtig wäre, wenn ich sehen könnte.

Wenn ich mich wehren könnte.

Wenn ich alles ins Gute verkehren könnte.

Wenn ich mich rächen könnte.

Ihre Wut schwoll an, während sie ins Meer hineintaumelte, und als die Wogen sich über ihr schlossen, vergaß sie den Spott der Kinder und alles, was man ihr angetan hatte. Es war ihr egal, daß sie sterben würde.

Für das Mädchen gab es nur noch Wut.

Wut und Haß...

ERSTES BUCH
Paradise Point

Erstes Kapitel

Eine helle Augustsonne leuchtete über Paradise Point, als die Pendletons das Dorf in ihrem Wagen durchquerten. Sie sahen den Ort mit neuen Augen. Immer schon war ihnen Paradise Point als bemerkenswert hübsches Dorf erschienen, aber jetzt war diese kleine Ansiedlung ihre Heimat, und June Pendleton, deren hellblaue Augen vor Erwartungsfreude strahlten, ertappte sich beim Nachdenken über die Frage, wo zwischen den alten Häusern sich wohl der Supermarkt und der Drugstore versteckte, während sie bei früheren Besuchen eigentlich nur auf die sorgfältig restaurierten Fassaden des Gasthauses und der Geschäfte geachtet hatte, die hufeisenförmig um den Dorfplatz angeordnet waren.

Paradise Point war eine treffende Bezeichnung für den winzigen Ort. Dem flüchtigen Besucher mußte es scheinen, als sei das Dorf einzig und allein darum errichtet worden, damit die wildromantische Landschaft dieser Küstenstrecke über ein architektonisches I-Tüpfelchen verfügte. Das Dorf lag hoch über dem Atlantik, auf den Klippen, die sich um eine Bucht gruppierten. Die Bucht war so klein, daß sie nur als zeitweiliger Ankerplatz für Boote dienen konnte, sie war durch die vorgelagerten Felsen vor den Brechern der See geschützt. Die Steilküste gabelte sich an dieser Stelle in zwei weit aufs Meer hinausgreifende Arme, die von dichtem Wald gesäumt wurden. Eine schmale Einfahrt verband die Bucht mit der offenen See. Der Durchlaß hieß *Devil's Passage,* und seit die Gegend besiedelt war, hatte es Hütten, Häuser und Menschen auf der zerklüfteten Landzunge gegeben, die in das unendliche Blau hinausreichte.

Der Ort in der jetzigen Form bestand seit fast zweihundert

Jahren, und alle, die dort lebten, waren sich darüber einig, daß es ein Dorf geblieben war. Es gab keine nennenswerte Industrie, auch keine Fischfangflotte, nur ein Dutzend Höfe, deren Äcker den Wäldern abgetrotzt waren. Und trotzdem hatte Paradise Point überlebt, wie auch andere kleine Dörfer an der Küste überlebten; es lebte von den Touristen, die jeden Sommer kamen, um in die Schönheit dieses Felsennestes einzutauchen. Nach Paradise Island kamen die Menschen, die vor dem Getriebe der Welt flüchteten. Zu den ständigen Bewohnern zählten ein paar Künstler und Kunsthandwerker, die vom Verkauf ihrer Produkte ihr Leben fristeten. Gestickte Decken wurden verkauft, Mokassins, Töpfergut, Skulpturen und Gemälde. Kaum ein Tourist, der nicht ein solches Andenken im Kofferraum oder auf dem Rücksitz seines Autos liegen hatte, wenn er nach ein oder zwei verträumten Wochen wieder aus Paradise Point abreiste. Für viele war die Ansammlung von Häuschen auf dem Kliff nur eine Erinnerung, nur wenigen war das Glück beschieden, ständig hier zu leben.

Dr. Calvin Pendleton und seine Frau June gehörten zu den Glücklichen. Jedenfalls freuten sie sich, daß sie jetzt zur festen Einwohnerschaft des Dorfes zählten, sie und ihre Tochter Michelle, die auf dem Rücksitz des Wagens saß.

Es war kein Plan, den sie von langer Hand vorbereitet hatten. Vor ein paar Monaten noch hätte sich wohl keiner der drei vorstellen können, anderswo als in Boston zu leben. Paradise Point, ein paar Autostunden nordöstlich der Stadt gelegen, war für die Pendletons nichts als ein bezaubernder Ausflugsort gewesen, wo man an einem freien Nachmittag hinfahren konnte. Dort konnte Cal sich ausruhen, June konnte ihre Staffelei aufbauen und malen, und Michelle konnte durch die Wälder springen und am Strand entlanglaufen. Wenn es dunkel wurde, fuhren sie nach Boston zurück, um an ihr wohlgeordnetes Leben anzuknüpfen.

Nur daß diese Ordnung inzwischen erschüttert worden war.

Cal hatte den Dorfplatz umrundet und bog in die Straße ab,

die aus dem Dorf hinaus zu den Klippen führte. An dieser Straße lag auch das Haus, das sie beziehen würden. Cal fielen die Leute auf, die am Straßenrand standen und winkten, und die strahlenden Gesichter dieser Menschen.

»Sieht so aus, als hätten sie uns erwartet«, sagte er. June setzte sich auf dem Beifahrersitz zurecht. Sie empfand jede Bewegung als schwere Anstrengung. Es waren nur noch wenige Wochen bis zur Niederkunft, und die Schwangerschaft, so schien es ihr, wollte und wollte kein Ende nehmen.

»Welch ein Unterschied zur Großstadt, wo alles so unpersönlich zugeht«, sagte sie. »Fehlt nur noch, daß Dr. Carson ein Willkommenskomitee zusammengestellt hat.«

»Was ist ein Willkommenskomitee?« fragte Michelle vom Rücksitz. Michelle war zwölf. Im scharfen Kontrast zu ihren Eltern, die beide blauäugig und blond waren, hatte sie schwarze Haare und einen dunklen Teint. Die dunkelbraunen Augen waren leicht schräg gestellt, was ihr ein lausbubenhaftes Aussehen verlieh. Sie saß vorgebeugt, die Arme auf den Lehnen der Vordersitze verankert, das glänzende Haar floß ihr wie ein schwarzer Wasserfall über die Schultern. Gierig sog sie die Eindrücke von Paradise Point in sich auf. Es war alles ganz anders als in Boston. Es war wundervoll.

June versuchte sich zu ihrer Tochter umzudrehen, aber das gelang ihr nicht. Stöhnend ließ sie sich wieder auf den Sitz sinken. Ohnehin würde es schwierig sein, einer Zwölfjährigen die Sitte mit den Begrüßungskomitees in den kleinen Orten zu erklären. Statt dessen würde sie ihr den Unterschied zwischen Boston und Paradise Point an einem anderen Beispiel vor Augen führen. Als der Wagen an der Schule vorbeikam, ergriff June ihre Tochter bei der Hand.

»Sieht ganz anders aus als die Harrison School, findest du nicht?«

Michelle starrte auf das mit weißen Schindeln verkleidete Gebäude, das von einer großen Spielwiese umgeben war, und dann malte sich auf ihrer elfenhaften Stirn die freudige Überraschung ab, die sie empfand. »Ich habe immer gedacht, ein Schulhof muß gepflastert sein«, staunte sie. »Und Bäume gibt's auch. Man kann unter den Bäumen sitzen und sein Mittagessen einnehmen!«

Zwei Häuserblocks weiter verlangsamte Cal die Fahrt des Wagens. »Ob ich rasch reingehe und Dr. Carson begrüße?«

»Ist das Dr. Carsons Klinik?« fragte Michelle. Die Art, wie sie es sagte, ließ ahnen, daß sie nicht sehr beeindruckt war.

»Ein bißchen kleiner als das Krankenhaus in Boston«, sagte Cal. Und fügte kaum hörbar hinzu: »Aber vielleicht ist es genau das Richtige für mich.«

June warf ihrem Mann einen raschen Blick zu, dann drückte sie ihm mit einer Geste der Ermutigung die Hand. »Nicht vielleicht, Cal. Ganz bestimmt!« Der Wagen war zum Stillstand gekommen, und die drei Pendletons betrachteten das einstöckige Gebäude von der Größe eines Einfamilienhauses, das Sitz der *Paradise Point Clinic* war. Der Name ›Dr. Josiah Carson‹ war auf der verwitterten Fassade kaum noch zu erkennen. Dafür waren die neu aufgemalten Lettern ›Dr. Calvin Pendleton‹ um so deutlicher zu lesen.

»Ich könnte rasch reingehen und ihm sagen, daß wir angekommen sind«, schlug Cal vor. Er wollte schon aussteigen, als June einen Einwand vorbrachte.

»Kannst du das nicht später machen? Der Möbelwagen steht sicher schon vor dem Haus, wir haben noch soviel zu tun! Dr. Carson hat sicher Verständnis, wenn du dich erst morgen bei ihm meldest.«

Sie hat recht, dachte Cal, trotzdem spürte er so etwas wie ein Schuldgefühl, als er weiterfuhr. Er hatte Dr. Carson so viel zu verdanken. Er schloß die Wagentür und legte den Gang ein. Die Klinik blieb hinter ihnen zurück, und wenig später wurden auch die anderen Häuser im Rückspiegel vom Grün verschluckt. Das Dorf war zu Ende. Sie fuhren auf der Straße entlang, die parallel zur Bucht verlief.

June lehnte sich zurück. Wie gut, daß sie heute nicht mit Dr. Carson sprechen mußte! Der alte Arzt hatte einen Einfluß auf ihr Leben bekommen, den sie nicht recht verstand und dem sie mißtraute. Zwischen ihrem Mann und Dr. Josiah

Carson war eine Bindung entstanden, die von Tag zu Tag stärker wurde. June hatte oft darüber nachgegrübelt, was die tiefere Ursache für diese Bindung war, ohne Ergebnis. Alles, was sie wußte, war: es hatte irgendwie mit dem Jungen zu tun.

Mit dem Jungen, der ums Leben gekommen war.

Dr. Carson... Sie verdrängte den Gedanken an den merkwürdigen Alten. Sie würde jetzt die Eindrücke von Paradise Point auf sich einwirken lassen.

Es war eine hübsche Fahrt, landeinwärts dichte Wälder, zur See hin Grasland bis zu den Felsen, hinter denen sich die Steilküste verbarg.

»Ist das unser Haus?« fragte Michelle. Vor dem Horizont erhob sich die dunkle Silhouette eines Hauses mit tiefgefächerten Mansarden.

»Das ist unser Haus«, sagte June. »Wie gefällt es dir?«

»Von außen sieht's großartig aus. Wenn's drinnen genauso schön ist...«

Cal lachte still in sich hinein. »Es ist drinnen genauso schön wie draußen, Michelle. Du wirst es mögen.«

Während der Wagen näher an das Haus heranrollte, das der Vater zum neuen Heim der Familie bestimmt hatte, betrachtete Michelle die Landschaft. Alles sah so wunderschön aus – aber auch merkwürdig und fremdartig. So groß, so weit. Sie konnte sich nicht vorstellen, wie man mit soviel Platz fertig werden konnte. In der Stadt waren sie von den Nachbarn nur durch eine Wand getrennt gewesen, hier waren es fünfhundert Schritte bis zum nächsten Haus. Der Weg führte an einem Friedhof entlang. Ein richtiger, echter Friedhof, altmodisch und verlassen, mit überwucherten Gräbern und schiefstehenden Kreuzen. Als sie an der niedrigen Friedhofsmauer entlangfuhren, machte Michelle ihre Mutter auf die Kreuze und Gräber aufmerksam. June sah interessiert hinaus. Ob er Näheres über diesen Friedhof wüßte, fragte sie ihren Mann. Der zuckte die Achseln.

»Josiah hat mir erzählt, es ist der Familienfriedhof seiner Sippe, aber heutzutage wird dort niemand mehr beerdigt. Er selbst jedenfalls wird sich nicht dort begraben lassen. Sagt, er will in Florida beigesetzt werden. Er weint Paradise Point keine Träne nach.«

June mußte lachen. »Das sagt er jetzt. Aber warte ab, bis er in Florida ist. Ich wette, er kommt reumütig wieder nach Paradise Point zurück.«

»Du meinst, dann würde er mir die Praxis und das Haus wieder abkaufen? Nein, ich glaube, er freut sich drauf, daß er hier wegkommt.« Er dachte nach. Dann: »Der Unfall hat ihm seelisch mehr zugesetzt, als er sich anmerken läßt.«

Das Lachen wich aus Junes Stimme. »Der Unfall hat uns allen einen Schock versetzt«, sagte sie leise. »Und wir kannten den Jungen nicht einmal. Und jetzt sind wir hier in Paradise Point. Seltsam, nicht?«

Cal antwortete ihr nicht.

Ihr neues Haus – Dr. Josiah Carsons altes Haus.

Ihr neues Leben – Dr. Josiahs früheres Leben.

Wovor flieht er? dachte Cal. Und wovor fliehen wir?

Sie waren vor dem Haus angekommen, Cal brachte den Wagen zum Stehen. Michelle war als erste draußen, sie starrte wie verzückt die mit viktorianischen Ornamenten verzierte Fassade des Hauses an. Daß die Farbe abblätterte und daß die Bretter an vielen Stellen gesprungen waren, sah sie nicht. Sie fand das Haus unheimlich und faszinierend zugleich.

»Es ist wie ein Haus aus einem Traum«, flüsterte sie. »Werden wir wirklich da einziehen?«

Cal legte ihr den Arm um die Schultern und zog sie an sich. »Gefällt's dir, Prinzessin?«

»Ob's mir gefällt? Wem würde so ein Haus denn *nicht* gefallen! Ich finde, es sieht aus wie die Häuser im Märchenbuch.«

»Ich weiß schon«, sagte June. »Es erinnert dich an die Geschichten von Charles Addams.« Sie stieß die Wagentür auf und stieg aus. Sie blickte zum Giebel des dreistöckigen Hauses hoch und schüttelte nachdenklich den Kopf. »Ich werde das Gefühl nicht los, daß auf dem Dachboden Fledermäuse sind.«

Michelle sah ihre Mutter von der Seite an. »Wenn du das Haus nicht magst, warum habt Ihr es dann überhaupt gekauft?«

»Ich habe nicht gesagt, daß ich das Haus nicht mag«, beeilte sich June zu versichern. »Ich liebe es sogar heiß und innig. Aber du wirst zugeben, von einem Apartmenthaus in Boston hierher aufs Land umziehen, das ist ein ziemlicher Wechsel.« Sie schwieg ein paar Herzschläge lang. Und dann: »Ich hoffe, wir haben die richtige Entscheidung getroffen.«

»Das Haus ist richtig«, sagte Michelle. »Genau richtig.« Sie ließ ihre Eltern neben dem Auto stehen, huschte die Stufen zur Veranda hoch und verschwand in der Haustür. Cal nahm seine Frau bei der Hand.

»Ich denke, wir werden uns schnell dran gewöhnen«, sagte er. »Alles wird gut.« Es war das erste Mal, daß einer der beiden im Gespräch die Ängste eingestand, die er vor dem neuen Haus empfand. »Gehen wir rein und schauen uns um.«

Sie hatten das Haus samt den Möbeln gekauft. Nach einer kurzen Beratung waren sie übereingekommen, sie würden gar nicht erst versuchen, diese Sachen zu Geld zu machen. Statt dessen hatten sie die Möbel aus ihrer Bostoner Wohnung verkauft. Die bisherigen Möbel waren einfach und zweckmäßig gewesen, modern und schmucklos, und natürlich hatte June, mit dem Auge der Künstlerin sofort gesehen, daß so nüchterne Möbel nicht zu den hohen Decken eines Hauses aus der Viktorianischen Epoche paßten. Wenn man in einem Dorf ein neues Leben begann, dann lag es doch nur nahe, wenn man auch seinen Geschmack bezüglich der Inneneinrichtung änderte. Fand June, und Cal stimmte ihr zu. Und jetzt erkundeten sie das Haus, durchschritten die Räume und fragten sich, ohne die Frage auszusprechen, wie lange sie wohl brauchen würden, bis sie sich an die neue Umgebung gewöhnt hätten.

Das Wohnzimmer lag hinter einem kleinen Vorraum. Hier, im größten Zimmer, standen die Umzugspakete aufgestapelt. June war ganz entmutigt, als sie die vielen Pakete sah, aber Cal, der ihre Gedanken las, sagte ihr, daß er und Michelle das Auspacken und Einräumen übernehmen würden, sie brauchte nur dabeizustehen und die Anweisungen geben, wo die Sachen hin sollten. June lächelte, als er das sagte, und dann überschritten sie die Schwelle zum Speisezimmer.

»Wie um alles in der Welt werden wir diese vielen Glasvitrinen füllen?« stöhnte June. Sie erwartete keine Antwort auf ihren Stoßseufzer.

»Mit Porzellan natürlich«, sagte Cal wohlgelaunt. »Es heißt doch, ein leerer Schrank zieht die Gegenstände an. Man beginnt einzukaufen und kauft solange, bis alle Schränke voll sind. Wir werden jetzt herausfinden, ob das stimmt.« Er deutete mit dem Kinn auf die zwölf Stühle, die um den großen Eßtisch standen. »Müssen wir hier essen?« Er sagte es so traurig, daß June in Lachen ausbrach.

»Ich weiß schon, wie wir's machen. Wir wandeln die Geschirr- und Wäschekammer in ein Eßzimmer um.« Sie nahm ihn am Arm. Sie durchschritten die Schwingtür. Cal schüttelte den Kopf.

»Wenn man sich vorstellt, mit wieviel Raum die Leute früher gelebt haben. Das ist ja geradezu obszön.« Der Geschirr- und Wäscheraum dieses Hauses war größer als das Speisezimmer in ihrer Bostoner Wohnung.

»Und noch obszöner wird es, wenn man bedenkt, daß dieses Haus für einen Pfarrer errichtet wurde«, sagte June.

Cal gab sich erstaunt. »Woher weißt du das?«

»Von Dr. Carson natürlich. Vom wem denn sonst?« Noch bevor Cal etwas antworten konnte, war June in die Küche vorgegangen. Schon nach einem einzigen Blick wußte sie, das war der Raum, wo sich das tägliche Leben der Familie abspielen würde, nicht im Wohnzimmer.

Es war ein großer Raum mit einer offenen Feuerstelle, die eine ganze Wand einnahm. Es gab zwei große Herde und einen begehbaren Kühlschrank, der seit Jahren nicht mehr benutzt worden war. Als Dr. Carson das Ehepaar durch das Haus führte, hatte er den Vorschlag gemacht, die Installationen des begehbaren Kühlschranks zu entfernen und den

Raum anderweitig zu nutzen, aber Cal hatte dem widersprochen, seiner Meinung nach war das der ideale Weinkeller. Der Raum war gut isoliert, und wenn es überhaupt Argumente gegen seine Nutzung gab, dann die Kosten – es war sicher sehr teuer, einen so großen Raum zu kühlen.

June durchquerte die Küche und drehte den Wasserhahn über dem Spülstein auf. Die Leitungen erzitterten, ein Fauchen und Spucken war zu hören, und dann ergoß sich ein dicker Strahl klaren, unchlorierten Wassers auf Junes gespreizte Finger.

»Wunderbar«, murmelte sie. Ihr Blick glitt zum Fenster. Sie sah in den Garten hinaus, ein Lächeln trat auf ihre Züge.

Etwa fünfzehn Meter vom Küchenfenster entfernt befand sich ein flaches Gebäude aus Ziegelsteinen. Das Dach war mit Schiefer gedeckt, und Dr. Carson hatte dem Ehepaar beim Rundgang erklärt, daß dieses Gebäude früher einmal als Gerätehaus für den Gärtner benutzt worden war. Das hatte den Ausschlag gegeben. June fand, das frühere Gerätehaus könnte leicht in ein Malstudio umgewandelt werden, dort würde sie endlich einen eigenen Stil entwickeln, nachdem sie in Boston mit dem Malen nicht recht vorangekommen war.

Er sah sie lächeln, und er wußte, warum.

Er wischte sich das Haar aus der Stirn. »Halten wir einmal fest: die Geschirr- und Wäschekammer wird zum Speisezimmer, das Gerätehaus wird zum Malstudio. Aus der Scheune könnte ich eine Hobbywerkstatt für mich machen, aus dem vorderen Salon eine Sauna und aus der Bibliothek ein Sprechzimmer. Und wenn wir mit diesen Arbeiten fertig sind...«

»Du hast mit diesen Arbeiten nichts zu tun«, unterbrach ihn June. Die Begeisterung leuchtete in ihren Augen. »Ich verspreche dir, was im Gerätehaus umzumodeln ist, das mache ich selbst, und die Umgestaltung des Geschirr- und Wäscheraums, die geht auch auf meine Kappe. Du brauchst nur beim Auspacken zu helfen, und dann kannst du deine Karriere als Landarzt beginnen.«

»Versprochen?«

»Versprochen«, sagte June. Sie kam in seine Arme und schmiegte sich an ihn. »Jetzt wird alles gut, das spüre ich. Ich bin ganz sicher.« Sie wünschte, sie wäre so sicher gewesen, wie sie sich gab.

Cal küßte seine Frau, dann ließ er seine Hand auf der Wölbung ihres Leibes ruhen. Er spürte, wie sich das Kind bewegte. »Gehen wir gleich nach oben«, sagte er. »Wir müssen festlegen, welchen Raum wir zum Kinderzimmer machen. Das Baby macht mir einen recht ungeduldigen Eindruck.«

»Ich habe noch mindestens sechs Wochen bis zur Niederkunft«, erwiderte June. Aber sie folgte dann ganz gern ihrem Mann, der die Treppe hinaufgegangen war. Sie würden bestimmen, welches der Zimmer sie in ein Kinderzimmer verwandeln würden. Da ist es wieder, dieses Wort, dachte sie. *Die Wandlung*. Wir erleben ein Jahr der Wandlung.

Im ersten Stock angekommen, stießen sie auf Michelle, die am Fenster des Eckschlafzimmers stand und auf die Bucht hinaussah. Über das Blau hinweg ging der Blick auf den türkisfarbenen Wasserarm, den die Einheimischen *Devil's Passage* nannten, und weiter auf den Ozean. Im Nordosten war Paradise Point zu erkennen, die drei Kirchturmspitzen, dazwischen die Häuser, die sich vor den Gewalten des Meeres zu verstecken schienen. June und Cal traten zu ihrer Tochter, ein paar Sekunden lang stand die kleine Familie aneinandergeschmiegt und bewunderte die Welt, die jetzt *ihre* Welt war. Sie waren einander nahe wie lange nicht mehr. Es war June, die als erste aus der Trance in die Wirklichkeit zurückkehrte.

»Vater und ich haben gedacht, dieses Zimmer würde sich gut als Kinderzimmer eignen«, sagte sie zögernd. Michelle schien aus einem Traum aufzuwachen, sie drehte sich um und sah ihre Eltern an.

»Nein«, sagte sie, »diesen Raum möchte ich. Bitte.«

»Für dich gibt es einen viel größeren Raum auf der anderen Seite«, sagte June. »Das Zimmer ist doch viel zu klein für dich.«

»Es genügt, wenn mein Bett und ein Stuhl hineinpaßt«,

sagte Michelle, und dann verlegte sie sich aufs Betteln. »Bitte, bitte, ich möchte dieses Zimmer. Ich stelle mir schon vor, wie ich immer am Fenster sitze und auf das Meer hinausschaue.«

June und Cal wechselten einen Blick der Unsicherheit, keinem von beiden fiel ein vernünftiges Argument ein, um die Bitte der Tochter abzuschmettern. Michelle ging zum Schrank, öffnete die Türen, und damit war die Sache entschieden. Sie standen da und sahen ihr zu, wie sie sich in den Schrank hineinbeugte und etwas aufhob.

»Ich *wußte*, daß etwas drin war«, sagte sie triumphierend. »Schaut mal!«

Michelle hielt ihnen eine Puppe entgegen. Der Kopf aus Porzellan war mit einer dicken Staubschicht bedeckt, und das Haar der Puppe war fast so dunkel wie das des Mädchens, es war von einer kleinen Haube bedeckt. Das Kleidchen war grau und fadenscheinig, es mußte einmal mit Rüschen bestickt gewesen sein, aber davon war jetzt nur noch der Zwirn zu sehen, der die Applikatur gehalten hatte. Die Puppe trug ein Paar winzige Lackschuhe. June und Cal staunten das merkwürdige Gebilde an.

»Wem die Puppe wohl einst gehört hat?« sagte June.

»Ich wette, die liegt schon seit Jahrhunderten in diesem Schrank«, sagte Michelle. »Sie hat ganz sicher einem kleinen Mädchen gehört, und dies hier war das Zimmer des Mädchens. Darf ich die Puppe behalten? Bitte!«

»Die Puppe oder das Zimmer«, sagte Cal, »eins von beiden.«

»Die Puppe *und* das Zimmer«, bettelte Michelle. Sie war zuversichtlich, daß die Eltern ihren Bitten nachgeben würden.

»Ich sehe keinen Grund, warum wir ihr den Raum nicht geben sollten«, sagte Cal zu June gewandt. »Es ist sowieso besser, wenn das Zimmer für das Kleine neben unserem Schlafzimmer liegt. Ich denke, wir funktionieren das bisherige Ankleidezimmer für diesen Zweck um.« Er schien amüsiert, aber er sagte nicht, warum. Er nahm Michelle die

Puppe ab und inspizierte sie sorgfältig. »Die Puppe ähnelt dir«, sagte er. »Dunkle Haare – wie du. Braune Augen – wie du. Zerrissene Kleider – wie du.«

Michelle riß ihm die Puppe aus der Hand und streckte ihm die Zunge heraus. »Daß ich zerrissene Kleider tragen muß, das ist deine Schuld. Wenn du dir keine Tochter leisten kannst, hättest du mich im Waisenhaus lassen sollen!«

»Aber Michelle!« June war ganz entsetzt. »Was erzählst du denn da! Du kommst doch gar nicht aus einem Waisenhaus...«

Erst als ihr Mann und ihre Tochter in Lachen ausbrachen, dämmerte June, daß es als Scherz gemeint war. Sie bequemte sich zu einem Schmunzeln. Plötzlich machte das Kind in ihrem Bauch eine Bewegung, und Junes Gedanken eilten ein paar Wochen voraus. Wie alles wohl werden würde, wenn das Baby geboren war? Michelle war als Einzelkind aufgewachsen. Wie würde sie auf den Zuwachs in der Familie reagieren? Würde sie sich bedroht fühlen? June fiel ein, was sie über Eifersucht unter Geschwistern gelesen hatte. War es möglich, daß Michelle das Baby hassen würde? June zwang sich an etwas anderes zu denken. Ihr Blick ging durch das Fenster aufs Meer, folgte den Möwen im Flug, wurde von der Sonne angezogen. Die Sonne, dachte sie. Ich werde mir soviel Sonne wie möglich gönnen. Schließlich schien die Sonne nicht das ganze Jahr. Bald kam der Herbst, dann der Winter. Aber vorläufig war es noch warm. Einer Eingebung folgend, ließ June ihren Mann und ihre Tochter bei dem Stapel mit Umzugskartons zurück und ging in den Garten hinaus, um ihr künftiges Malstudio zu erkunden.

Sie hatten so schnell gearbeitet, wie sie nur konnten, und trotzdem wollte der Berg mit Kartons nicht schrumpfen.

»Was hältst du von einer Pause, Prinzessin?« schlug Cal vor. »Im Kühlschrank sind jede Menge Cola.« Es brauchte nicht viel, um Michelle zu einer Unterbrechung der Auspackerei zu bewegen. Sie ging voran durch das Wohnzimmer, durch den Wäsche- und Vorratsraum bis in die Küche, ihr

Vater folgte ihr. Sie ließ sich auf einen Stuhl sinken und lächelte.

»Die Räume sind auf einen Butler zugeschnitten. Zum Beispiel dieser große Vorratsraum. Hatte dieser Dr. Carson denn einen Butler?«

»Ich glaube nicht«, antwortete Cal. Er hebelte gekonnt die Kronkorken von den Flaschen und gab Michelle eine Cola. »Soviel ich weiß, hat er ganz allein in dem Haus gelebt.«

Michelle machte große Augen. »Wirklich? Das stelle ich mir aber unheimlich vor.«

»Ich sehe schon, das Haus hat's dir angetan«, pflaumte Cal. Seiner Tochter gefiel es, wenn er so sprach. Ihr Lächeln war breiter, gemütlicher geworden.

»Du meinst wohl, ich hätte Angst. Hab' ich gar nicht. Allerdings, wenn heute nacht ein Gespenst über die Schwelle gekrochen kommt, könnte sich das natürlich ändern.« Sie sah zum Fenster und verstummte.

»Denkst du an was besonderes, Prinzessin?« fragte Cal.

Michelle nickte, dann sah sie ihren Vater mit einem Ernst an, der ihn verwunderte. Es waren die Augen einer Frau.

»Ich bin froh, daß wir hierhergezogen sind«, sagte sie nach einer Pause. »Ich will, daß du glücklich wirst, Daddy.«

»Ich bin doch gar nicht unglücklich gewesen«, verteidigte er sich, aber Michelle ließ ihn nicht einmal aussprechen.

»Natürlich bist du unglücklich gewesen«, sagte sie. »Glaubst du, ich hätte das nicht gemerkt? Eine Zeitlang habe ich gedacht, du wärst böse mit mir, weil du so oft im Krankenhaus übernachtet hast...«

»Ich hatte soviel zu tun, und deshalb...«

Wieder unterbrach sie ihn. »Aber dann bist du wieder nach Hause gekommen und warst immer noch unglücklich. Erst als der Umzug nach Paradise beschlossene Sache war, habe ich dich wieder lächeln sehen. Hat's dir in Boston nicht gefallen?«

»Es lag nicht an Boston«, sagte Cal. Er war unschlüssig, wie er die Zusammenhänge seiner Tochter erklären könnte. Das Bild des Jungen erstand in seiner Erinnerung, aber Cal wischte den Gedanken fort. »Es lag an mir, glaube ich. Ich ... ich weiß selbst nicht genau, was den Ausschlag gegeben hat.« Er strahlte sie an. »Wahrscheinlich wollte ich endlich mal die Menschen kennenlernen, die ich behandle.«

Michelle dachte nach, und dann nickte sie. »Ich glaube, ich weiß, was du meinst, Daddy. Das *General Hospital* in Boston war irgendwie schlimm.«

»Schlimm? Was verstehst du unter schlimm?«

Michelle suchte nach den rechten Worten. »Ich weiß nicht, aber wenn ich im Krankenhaus nach dir gefragt habe, wußten sie nie, wer du bist. Und sie wußten auch nie, daß ich deine Tochter bin, und Mutter haben sie auch nicht erkannt. Das schnoddrige Mädchen im Empfang hat uns immer gefragt, warum wir zu dir wollen. Man sollte doch meinen, daß sie nach soviel Jahren wußte, wer wir sind ... « Ihr Redefluß versiegte. Sie sah ihren Vater fragend an. Ob er verstand, was sie meinte. Cal nickte.

»Das ist es, was mich an Boston so gestört hat«, sagte er und war erleichtert, daß er ihr nicht die Wahrheit zu gestehen brauchte. »Genau, wie du sagst. Und mit den Patienten, die ich in diesem großen Krankenhaus betreute, war's das gleiche, die kannten mich auch nicht wieder, weil sie so viele Ärzte zu sehen bekamen, und wenn ich einen Patienten nach drei Tagen wieder zu behandeln hatte, habe ich ihn auch nicht mehr erkannt. Ich finde, wenn ich schon Arzt bin, dann will ich wenigstens wissen, wen ich heile.« Er brachte ein Lächeln auf seine Lippen und sah sie an. Er beschloß, das Thema zu wechseln. »Und du? Tut's dir leid?«

»Was soll mir denn leid tun?« fragte Michelle.

»Daß wir von Boston weggezogen sind. Daß du deine Freundinnen nicht mehr hast. Daß du die Schule wechseln mußt. Alles, worüber sich Mädchen in deinem Alter normalerweise ärgern.«

Michelle nahm einen Schluck aus dem Glas, dann warf sie einen Blick in die Runde. »Die Harrison-Schule war ja wirklich nichts Großartiges«, sagte sie. »Die Schule in Paradise Point ist viel schöner.«

»Und viel kleiner.«

»Und vermutlich gibt's hier auch keine Kinder, die nachts ins Klassenzimmer gehen und wie die Vandalen hausen«, fügte Michelle hinzu. »Und was meine Freundinnen angeht, ich hätte mich nächstes Jahr sowieso nach neuen Freundschaften umsehen müssen, oder?«

Cal war überrascht. »Warum sagst du das?«

Michelle starrte schuldbewußt in ihr Glas. »Ich habe gehört, wie du dich mit Mutter drüber unterhalten hast. Hattet ihr wirklich vor, mich in ein Internat zu stecken?«

»Das war nur so eine Überlegung«, sagte er gedehnt, aber dann sah er den Blick in ihren Augen. Es hatte keinen Zweck, wenn er jetzt log. »Wir haben gedacht, es ist das Beste für dich«, sagte er. »In der Harrison-Schule ging es zuletzt ja sehr wild zu. Du hast uns gesagt, daß ihr da gar nicht mehr richtig lernt, daß alles drunter und drüber geht. Und außerdem hatten wir für dich nicht an ein richtiges Internat gedacht, sondern an eine Privatschule, wo du jeden Abend nach Hause gekommen wärst. Du hättest nach wie vor bei uns geschlafen, verstehst du.«

»Da gefällt mir die Schule hier schon besser«, sagte Michelle. »Ich werde neue Freundschaften schließen, und damit erledigt sich auch das Problem eines Schulwechsels im nächsten Jahr. Oder etwa nicht?« Plötzlich war Angst in ihrer Stimme. Cal fühlte sich von dem Wunsch durchströmt, ihr diese Angst zu nehmen.

»Mach dir keine Sorgen, wenn du dich hier einmal eingewöhnt hast, gibt es kein Hin und Her mehr. Es wäre für mich sogar sehr wichtig, daß du hier gut zurechtkommst, ich weiß nämlich nicht, von was ich die Gebühren für eine Privatschule bezahlen soll, nachdem ich in Paradise Point weniger verdienen werde als in Boston. Weißt du, Prinzessin, ich wünsche mir von Herzen, daß du hier glücklich wirst.«

Michelle begann zu lächeln, und plötzlich war der Ernst verflogen, der ihr Gespräch überschattet hatte. »Ganz sicher werde ich hier glücklich, Daddy. Ich glaube, meine Freundinnen aus Boston würden mich beneiden, wenn sie sehen könnten, wie wir hier leben. Wir haben das Meer und den Wald und das wunderschöne Haus. Mehr kann ich mir doch gar nicht wünschen.«

In einem jähen Gefühlsausbruch schlang Michelle ihrem Vater die Arme um den Hals. Sie küßte ihn.

»Ich liebe dich so sehr, Daddy. Ich liebe dich wirklich.«

»Und ich liebe dich auch, Prinzessin«, sagte Cal. In seinen Augen schimmerten Tränen. »Ich liebe dich auch.« Er löste sich aus ihrer Umarmung und stand auf. »Komm, wir gehen und machen mit dem Auspacken weiter, bevor deine Mutter es mit der Wut zu tun kriegt und uns *beide* ins Waisenhaus zurückschickt!«

»Ich hab's gefunden!« triumphierte Michelle. Sie hatte einen großen Karton aus dem Stapel hervorgezerrt. Auf allen vier Seiten prangten Aufkleber mit der Aufschrift ›Michelle Pendleton‹. Sie stemmte die Arme in die Seiten. »Bitte, Daddy, hilfst du mir mit, den Karton raufzuschleppen? Alles, was ich habe, ist in diesem Karton. Alles! Können wir den nicht vor den anderen Sachen auspacken? Ich meine, wir wissen ja sowieso nicht, wo Mutter das ganze Zeug eingeräumt haben will, da macht es doch nichts, wenn ich erst meine Sachen auspacke und alles in meinen Schrank einsortiere. Hilfst du mir? Bitte!«

Cal war einverstanden. Er half ihr, den schweren Karton in das Eckzimmer zu bringen, das Michelle sich ausbedungen hatte.

»Kann ich dir beim Auspacken helfen?« bot er an. Michelle schüttelte lebhaft den Kopf. »Damit du siehst, was alles drin ist? Kommt nicht in Frage. Du würdest die Hälfte davon in den Müll werfen, fürchte ich.« In Gedanken sah sie ihn den Stapel mit alten Filmillustrierten durchblättern, die sie eingepackt hatte. Das war nicht eben der Lesestoff, den ihre Eltern schätzten. Und dann waren da auch die ganzen Andenken an die Kindheit, von denen sie sich nicht hatte trennen mögen. »Aber was ich gesagt habe, bleibt ein Geheimnis, wage ja nicht, mich an Mutter zu verraten.« Es war ein gutes Gefühl, den Vater zum Komplizen zu gewinnen, und es war wichtig, die Schätze aus ihrer frühen Jugend vor einem unrühmlichen Ende im Abfalleimer zu bewahren.

Michelle wartete, bis Cal ihr Zimmer verlassen hatte, dann schlitzte sie den Karton auf und begann ihre Sachen auszupacken. Sie legte zunächst alles aufs Bett, dann sortierte sie ihre geheimnisumwitterten Schätze in die Schränke ein.

Das meiste war altes Spielzeug, und erst als sie alles in den Tiefen der Regalbretter verstaut hatte, fiel ihr Blick auf die Puppe, die sie vor ein paar Stunden im Schrank gefunden und auf den Fenstersims gelegt hatte. Sie ging zum Fenster, ergriff die Puppe und hielt sie in Augenhöhe.

»Ich muß mir einen Namen für dich einfallen lassen«, sagte sie laut. »Einen altmodischen Namen. So altmodisch wie du.« Sie dachte nach, und dann lächelte sie.

»Amanda!« sagte sie. »Das ist der richtige Name für dich. Ich werde dich Amanda nennen. Abgekürzt Mandy.«

Vergnügt und zufrieden, daß sie einen Namen für ihre Puppe gefunden hatte, legte Michelle das Spielzeug auf den Fenstersims zurück. Sie verließ das Zimmer und ging nach unten, um ihrem Vater beim Auspacken zu helfen.

Als die Schatten im Eckzimmer länger wurden, sah es so aus, als hätte die Puppe ihren Blick aus dem Fenster gerichtet. Die blinden Glasaugen betrachteten den Schuppen im Garten.

Zweites Kapitel

Der Schuppen war so dauerhaft und solide gebaut, daß June sich fragte, was der Erbauer damit im Sinn gehabt hatte. Zum vierten Mal durchstreifte sie jetzt das kleine Gebäude, und es schien ihr, daß dieses nicht nur als Werkstatt und Abstellraum geplant gewesen war, dazu waren die Fenster, die den Blick auf den Ozean freigaben, zu sorgfältig angeordnet. Die Eichenbohlen des Fußbodens lagen makellos gefügt, obwohl sie ein Jahrhundert alt sein mußten. Die Proportionen der Werkstatt deuteten auf eine Vollkommenheit des Geschmacks, die man bei der Errichtung wohl nicht beobachtet hätte, wären die Räume nur für den Gärtner bestimmt gewesen. Nein, entschied June, wer diese Werkstatt bauen ließ, hatte vorgehabt, sie selbst zu benutzen. Wahrscheinlich hatte sich der ursprüngliche Besitzer des Anwesens ein Studio bauen lassen. Aus den Fenstern ging der Blick nach Norden auf die See und auf die Steilküste, unterhalb der Fenster verlief ein herrlich gearbeitetes Regal über die ganze Länge, mit Facheinteilungen und Schatullen. An einem Ende befand sich ein großer Spülstein. Die Ziegelsteinwände waren seit Jahrzehnten nicht gesäubert worden, aber man konnte noch erkennen, daß sie einmal weiß getüncht gewesen waren. Die Rahmen der Türen und Fenster waren grün gestrichen, die Farbe blätterte ab, trotzdem war noch zu sehen, daß der Farbton an das Grün vor dem Haus angepaßt worden war. An einem Ende des Raums stand ein großer Schrank. June verspürte eine Hemmung, den Schrank zu öffnen. Was wohl hinter den beiden Flügeltüren verborgen war? Reliquien, dachte sie, und ein wohliger Schauer durchrieselte sie. Reliquien der Vergangenheit, die auf ihre Entdeckung warteten.

Sie ließ sich auf einen Stuhl sinken. Unwillkürlich begann sie die Tage zu zählen, die noch bis zur Niederkunft fehlten. Ich bin siebenunddreißig Jahre alt, dachte sie. Albern, mit siebenunddreißig noch ein Kind zur Welt zu bringen. Und gefährlich, für Mutter und Kind. *Ich muß aufpassen.* Sie wiederholte den Gedanken, aber plötzlich gewann ein anderes Gefühl die Oberhand, der Drang, die Werkstatt aufzuräumen und von Schmutz und Staub zu säubern.

Sie stand auf, ohne einen Gedanken an die Anstrengung zu verschwenden, die ihr die Bewegung bereitete. Wie war es möglich, daß in einem Raum, der seit so vielen Jahren nicht benutzt worden war, soviel Unrat herumlag?

Sie entdeckte eine leere Mülltonne, die in der Ecke stand. Minuten später hatte sie die Tonne mit aufgelesenem Abfall gefüllt. Ob ich in die Tonne steige und den Müll festtrete?

Sie verwarf den Gedanken. Wenn Cal sie erwischte, wie sie in die Mülltonne kletterte, würde er ein Donnerwetter über sie niedergehen lassen, weil sie in ihrem Zustand solche Kunststücke riskierte. Es sah ihr ganz ähnlich, wenn sie sich dabei ein Bein brach und eine Fehlgeburt erlitt. Sie hatte viel zuviel Arbeit, um sich dieser Gefahr auszusetzen. Und so stopfte sie den Müll, so gut es ging, in die Tonne, drückte und schob, bis schier nichts mehr hineingehen wollte. Dann sah sie sich nach Besen und Schrubber um. Sie würde den Boden säubern.

Sie öffnete den Schrank. Statt der vermuteten Schätze fand sie einen Besen, einen Eimer und einen Mop. Sie öffnete das Fenster einen Spalt, um frische Luft hereinzulassen. Dann begann sie den Schmutz zusammenzufegen.

Sie hatte die Hälfte der Fläche gesäubert, als der Besen an dem rauhen Untergrund hängenblieb. Sie drückte fester auf, um die Dreckkruste zu lösen. Als ihr das nicht gelang, betrachtete sie das Hindernis näher.

Es war ein Fleck, der ein oder zwei Quadratmeter des Fußbodens bedeckte. Was immer es für eine Flüssigkeit gewesen war, man hatte das damals nicht aufgewischt, sondern eintrocknen lassen. Mit der Zeit hatte sich Staub auf dem Fleck angesammelt. Die ganze Schicht war jetzt fast so dick wie der kleine Finger, mit dem Besen war dagegen nichts auszurichten.

June stand auf und holte sich den Mop. Ob die Wasserleitung zum Schuppen wohl noch funktionierte? Noch bevor sie den Hahn öffnen konnte, erschienen Cal und Michelle im Türrahmen.

Cal warf einen Blick in die Runde, dann schüttelte er den Kopf. »Ich dachte, du wolltest dir den Schuppen nur ansehen und Pläne für die Umgestaltung machen.«

»Ich konnte der Versuchung nicht widerstehen«, sagte June voller Reue. »Es ist so ein hübscher Raum, aber so durcheinander, so schmutzig. Ich bring's nicht übers Herz, das so zu lassen.«

Michelle ließ das Durcheinander im Schuppen auf sich einwirken. Sie hatte die Arme verschränkt, so als sei ihr unvermittelt kalt geworden. Sie stand immer noch an der Tür. Ein Anflug von Ekel zeichnete sich auf ihrem Gesicht ab. »Das ist ja ein schauriger Raum. Wozu ist der denn früher benutzt worden?«

»Als Gartenhaus«, erklärte ihr die Mutter. »Hier hat der Gärtner seine Geräte aufbewahrt. Außerdem wurden hier die Sämlinge eingetopft und dergleichen.« Sie zögerte, als sei ihr etwas eingefallen. »Ich habe allerdings das merkwürdige Gefühl, daß der Schuppen noch für ganz andere Zwecke benutzt worden ist.«

Cal sah sie erstaunt an. »Hast du Detektiv gespielt?«

»Überhaupt nicht«, sagte June. »Aber sieh dich doch einmal hier um. Der Fußboden ist aus massiver Eiche. Und dann die feingezimmerten Regale und Fächer! Ich kann mir nicht vorstellen, daß sie für einen Gärtner so einen Aufwand getrieben haben.«

Cal schmunzelte. »Bis vor fünfzig Jahren war das so«, sagte er. »Da wurde alles noch für die Ewigkeit gebaut.«

June schüttelte den Kopf. »Ich weiß nicht. Ich finde, es ist viel zu fein für ein Gartenhaus, wo man nur Geräte und Blumentöpfe aufbewahren will. Es muß etwas dahinterstecken...«

»Was ist das?« fragte Michelle. Sie deutete auf den Fleck, mit dessen Entfernung June beschäftigt gewesen war, als die beiden den Schuppen betraten.

»Ich wollte, ich wüßte es. Ich nehme an, irgend jemand hat hier Farbe verschüttet. Ich wollte den Fleck gerade wegmachen.«

Michelle ging zu dem Fleck, kniete sich hin und betrachtete die dunkle Schicht aus der Nähe. Sie streckte die Hand danach aus, aber kurz bevor die Fingerspitzen den Boden erreichten, zog sie die Hand wieder zurück.

»Das sieht ja aus wie Blut«, sagte sie. Sie stand auf und sah ihre Eltern an. »Ich wette, hier ist jemand ermordet worden.«

»Ermordet?« June erschrak. »Wie in aller Welt kommst du auf so einen furchtbaren Gedanken?«

Michelle kümmerte sich nicht um ihre Mutter, der das Entsetzen ins Gesicht geschrieben stand. »Schau mal, Daddy. Sieht das nicht aus wie Blut?«

Cal trat zu Michelle, ein Lächeln spielte um seine Lippen. Er kniete nieder und untersuchte den Flecken mit aller Sorgfalt. Als er aufstand, war sein Lächeln verschwunden. »Ohne Zweifel Blut«, sagte er feierlich. »Mit hundertprozentiger Sicherheit.« Und dann konnte er sich das Lachen nicht länger verkneifen. »Es kann natürlich auch Farbe sein oder verschmierte Tonerde oder weiß Gott was. Aber wenn du Blut vorziehst, Michelle, einverstanden, es ist Blut.«

»Das ist ja ekelhaft, was ihr da sagt.« June war bemüht, den schrecklichen Gedanken aus ihren Gedanken zu verbannen. »Es ist ein wunderschöner Raum, ich werde diesen Raum zu meinem Studio machen, und jetzt erzähl' mir bitte nicht, daß sich hier die fürchterlichsten Dinge ereignet haben, ich glaube dir sowieso nicht!«

Michelle zuckte die Schultern, sie schaute ein weiteres Mal in die Runde, dann schüttelte sie den Kopf. »Also diesen Schuppen überlasse ich dir gerne, Mutter, ich hasse diesen Raum.« Sie war schon zur Tür unterwegs. »Ich gehe zum Strand runter, okay?«

»Wieviel Uhr ist es?« fragte June. Ihre Stimme klang ängstlich.

»Es dauert noch Stunden, bis es dunkel wird«, beruhigte Cal seine Frau. Er wandte sich zu Michelle. »Aber sei vorsichtig, Prinzessin. Hüte dich vor einem Sturz. Jedenfalls möchte ich nicht, daß du dir gleich am ersten Tag das Bein brichst. Ich brauche zahlende Patienten, nicht solche, die ich für einen Kuß gesund machen muß.«

Als Michelle den Pfad entlangging, der zur Bucht hinunterführte, klangen ihr die Worte des Vaters in den Ohren. Hüte dich vor einem Sturz. Warum sagte er das? Wie kam er auf die Idee, daß sie stürzen könnte? Sie hatte zeit ihres Lebens keinen Unfall erlitten. Und dann dämmerte es ihr. Der Junge. Ihr Vater dachte immer noch an den Jungen. Aber am Sturz jenes Jungen trug ihr Vater überhaupt keine Schuld.

Und selbst wenn: sie, Michelle, hatte mit der ganzen Angelegenheit nichts zu tun. Vergnügt ging sie auf dem abschüssigen Weg weiter.

Cal wartete, bis Michelle außer Sicht war, dann schloß er seine Frau in die Arme und küßte sie. Als er sie freigab, traf ihn ein überraschter Blick.
»Was hat das zu bedeuten?«
»Nichts und alles«, sagte Cal. »Ich freue mich, daß wir hier wohnen, ich freue mich, daß ich mit dir verheiratet bin, ich freue mich über unsere Tochter Michelle, und ich freue mich auf das Baby, das du mir schenken wirst, ob es nun ein Junge oder ein Mädchen wird.« Er strich ihr zärtlich über den Bauch. »Aber einen Wunsch habe ich an dich. Du mußt jetzt sehr vorsichtig sein mit allem, was du tust. Ich möchte nicht, daß dir oder dem Baby irgend etwas zustößt.«
»Ich bin doch ganz brav«, verteidigte sich June. »Der Beweis ist, daß ich im Hinblick auf die guten Sitten freiwillig darauf verzichtet habe, in die Mülltonne zu steigen und den Abfall festzustampfen.«
Cal stöhnte auf. »Und jetzt soll ich dich wohl noch loben.«
»Vor allem sollst du dir keine Sorgen um mich machen. Mir geht's gut und dem Baby ebenfalls. Wenn ich mir überhaupt wegen irgendwas Sorgen mache, dann wegen Michelle.«
»Wegen Michelle?«
June nickte. »Weil ich nicht weiß, wie sie es verkraften wird, wenn sie plötzlich nicht mehr die einzige ist. Ich meine, bisher kümmerten wir uns nur um sie, glaubst du nicht, daß sie das Baby irgendwie als Konkurrenz empfindet?«
»Bei jedem anderen Kind würde ich eine solche Reaktion für möglich halten«, sagte Cal nachdenklich. »Aber nicht bei Michelle. Sie ist das angepaßteste Kind, das ich kenne, es ist ja schon fast widerlich. Ich vermute, genetische Einflüsse sind der Grund dafür; an der Erziehung, die sie bei uns genossen hat, kann's jedenfalls nicht liegen.«
»Hör doch auf damit«, protestierte June. Sie sprach mit einem ernsten Unterton. »Du bist zu hart gegen dich selbst. So

warst du immer.« Und dann war das Lächeln ganz aus ihrem Gesicht verschwunden. Ihre Stimme klang ganz ruhig. »Ich habe nur Angst, daß Michelle sich als Adoptivkind bedroht fühlt, wenn ein *richtiges* Kind dazukommt. Eine solche Reaktion wäre ja nicht ungewöhnlich.«

Cal setzte sich schwerfällig auf einen Stuhl. Er verschränkte die Arme, wie er es tat, wenn er sich mit einem Patienten unterhielt.

»Jetzt hör einmal gut zu«, sagte er. »Michelle schafft das spielend, wie alles andere auch. Mein Gott, schau doch nur, wie sie den Wegzug aus Boston verkraftet hat. Jedes andere Kind hätte Zeter und Mordio geschrien, hätte gedroht, von zu Hause wegzulaufen, was auch immer. Michelle hat nichts dergleichen getan. Für sie ist das ein wunderschönes Abenteuer.«

»Und?«

»Und so wird sie auch reagieren, wenn das Baby auf die Welt kommt. Das Kleine wird für sie ein neues Mitglied der Familie sein, um das sie sich kümmern und mit dem sie Spaß haben kann. Sie ist genau in dem Alter, wo Mädchen gern Babysitter spielen. Wenn ich Michelle richtig beurteile, dann wird sie dir die Mutterpflichten abnehmen, so daß du dich ganz ums Malen kümmern kannst.«

June lächelte, sein Trost tat ihr gut. »Ich behalte mir das Recht vor, mich selbst um mein Kind zu kümmern. Michelle kann warten, bis sie selbst eins hat.«

Plötzlich fiel ihr Blick auf den dunklen Fleck am Boden. Sie runzelte die Stirn. »Was ist das, Cal?«

»Blut«, sagte er fröhlich. »Michelle hat völlig recht, es ist Blut.«

»Jetzt mach doch keine Witze, Cal«, sagte June. »Es ist kein Blut, und du *weißt*, daß es keines ist.«

»Warum fragst du dann?«

»Ich will nur wissen, was es ist, damit ich das richtige Mittel zum Wegmachen verwenden kann«, sagte June.

»Ich mach' dir einen Vorschlag«, sagte Cal. »Ich nehme einen Spachtel und versuche das Zeug wegzuschaben, und wenn's nicht weggeht, nehmen wir Terpentin. Wahrscheinlich ist es bloß Farbe, dann kriegen wir's mit Terpentin problemlos weg.«

»Hast du einen Spachtel?« fragte June zaghaft.

»Bei mir? Natürlich nicht. Der Spachtel ist beim Werkzeug. Allerdings müßte ich erst einmal wissen, in welchem Karton.«

»Gehen wir das Werkzeug suchen«, sagte June entschlossen.

»Jetzt?«

»Jetzt gleich.«

Es war wohl das beste, wenn er seiner schwangeren Frau den Willen tat. Sie ging voran, er folgte ihr über den Rasen ins Haus. Und dann standen sie vor dem Berg Umzugskartons. Cal war sicher, June würde jetzt aufgeben, das Unterfangen, aus diesem Stapel den Karton mit dem Werkzeug herauszufischen, schien ihm hoffnungslos, aber June überflog die Pakete mit einem Blick, dann deutete sie auf das dritte von rechts.

»Das da«, sagte sie.

»Woher weißt du, daß dort das Werkzeug drin ist?« Cal war ganz verdattert. Auf dem Aufkleber war nur ›Verschiedenes‹ notiert.

»Verlaß dich auf mich«, sagte June voller Sanftheit.

Cal wuchtete das Paket in den Gang. Er riß den Klebstreifen ab. Die Werkzeugkiste kam zum Vorschein.

»Unglaublich!«

»Präzisionsarbeit«, sagte June. »Und jetzt komm!«

Sie gingen in den Schuppen zurück. June ließ sich auf dem Stuhl nieder, Cal bearbeitete den häßlichen Flecken mit dem Spachtel. Nach ein paar Minuten sah er von seiner Arbeit auf.

»Ich weiß nicht«, sagte er.

»Geht's nicht weg?« fragte June.

»Oh, doch, es geht weg«, sagte Cal. »Ich bin mir nur nicht im klaren, was es eigentlich ist.«

»Was willst du damit sagen?« June war vom Stuhl aufgestanden, sie kniete sich neben ihren Mann. Von dem Fleck war kaum noch etwas zu sehen, statt dessen lag da ein kleiner Berg bräunlichen Staubs. Sie streckte die Hand danach aus, zögerte, nahm etwas von dem Staub zwischen die Finger und prüfte die Konsistenz.

»Was ist das?« fragte sie.

»Könnte Farbe sein«, sagte er schleppend. »Aber es sieht mehr nach geronnenem Blut aus.«

Ihre Blicke trafen sich.

»Michelle hat vielleicht doch recht gehabt«, sagte er. Er stand auf und half June auf die Beine.

»Was immer es ist«, fügte er hinzu, »dieser Fleck ist schon viele Jahre da. Wir haben damit nichts zu tun. Wenn man ein paarmal tüchtig drüberscheuert, sieht man überhaupt nichts mehr, und dann können wir die ganze Sache vergessen.«

Aber als sie den Schuppen verließen, drehte sich June um und warf einen Blick zurück auf das rostbraune Häuflein Staub.

Wenn ich doch nur so zuversichtlich wie Cal sein könnte, dachte sie. Anders als er zweifelte sie daran, ob sie die Sache mit dem Fleck je würde vergessen können.

Michelle war auf dem Weg stehengeblieben. Wieweit es wohl noch zum Strand war? Ein paar hundert Schritte, schätzte sie. Sie spielte mit dem Gedanken, eine Abkürzung zu suchen. Aber nein, diesmal noch nicht, sie würde auf dem Weg bleiben. Sie hatte immer noch Gelegenheit, eine Abkürzung zwischen den Felsen und den Büschen auszukundschaften.

Der Weg war leicht zu gehen, er führte im Zickzack den steilen Hang hinunter, ein Pfad, der offensichtlich seit vielen Jahren benutzt wurde und dementsprechend ausgetreten war. Hie und da gab es Engstellen, wo die Winterstürme den Boden fortgetragen hatten. Ein paar Felsbrocken lagen auf dem Weg, Michelle stieß sie über den Rand und sah ihnen nach, wie sie in immer schnellerem Fall auf die Klippen hinabstürzten. Noch bevor sie aufkamen, verschwanden sie aus ihrem Blickfeld, und wenig später hörte sie den Aufprall.

Der Pfad endete kurz vor der Linie, die von der Flut zurückgelassen worden war. Jetzt war Ebbe, ein Strandstreifen, von Felsen eingerahmt, war zu sehen, aus dem Sand ragten in unregelmäßigen Abständen Granitblöcke hervor. Wie die Backen einer Zange reichte die Felsküste auf beiden Seiten ins Meer hinaus, dazwischen öffnete sich der Durchlaß, den die Leute *Devil's Passage* nannten. Die See, gefangen in der kleinen Bucht, kochte und schäumte, und wo sie ruhiger war, bildeten sich Muster an der Oberfläche, die selbst einem Menschen wie Michelle, der wenig vom Meer verstand, Gefahr signalisierten. Das Mädchen ging in nördlicher Richtung. Sie würde herausfinden, ob man über den Strand zum Fuße des Kliffs gelangen konnte, auf dem Paradise Point stand. Das würde dann ihr Schulweg sein – den Strand entlang, den Hang hinauf und quer durchs Dorf. Viel schöner als der Schulweg in Boston!

Sie war vielleicht fünfhundert Meter gegangen, als sie merkte, daß sie nicht allein am Strand war. Jemand stand über einen Tümpel gebeugt, den die Flut in einer Granitpfanne zwischen den Felsen zurückgelassen hatte. Die Gestalt stand mit dem Rücken zu Michelle. Mit gemischten Gefühlen ging das Mädchen näher. Ob sie mit diesem Menschen sprechen oder einfach weitergehen sollte? Vielleicht war es am besten, wenn sie zum Haus ihrer Eltern zurücklief. Noch bevor sie einen Entschluß fassen konnte, richtete sich die Gestalt auf und winkte ihr zu.

»*Hi!*« Die Stimme klang freundlich. Es war ein Junge, ähnlich alt wie Michelle, mit dunklen Locken und auffallend blauen Augen. Der Junge strahlte sie an. Zögernd winkte sie zurück. »Hello!«

Er kam über die Felsen zu ihr gesprungen.

»Bist du das Mädchen, das im Haus von Dr. Carson eingezogen ist?« fragte er.

Michelle nickte. »Aber es ist jetzt unser Haus«, verbesserte sie ihn. »Wir haben das Haus Dr. Carson abgekauft.«

»Aha«, sagte der Junge. »Ich bin Jeff Benson. Mein Haus ist da oben.« Er deutete die Steilküste hinauf. Michelle verrenkte sich den Hals, aber sie konnte kein Haus entdecken.

»Man kann's nicht sehen von hier«, erklärte Jeff. »Es steht etwas zurück vom Kliff. Meine Mutter sagt, das Kliff fällt früher oder später ins Meer, aber ich glaube das nicht. Wie heißt du?«

»Michelle.«

»Und wie ist dein Rufname?«

Sie sah ihn verwundert an. »Michelle. Wie sollen mich die Leute denn sonst rufen?«

Jeff hob die Schultern. »Keine Ahnung. Ich hab' nur gedacht, weil es so ein komischer Name ist. Hört sich sehr nach Boston an. Kommst du aus Boston?«

»Ganz recht«, sagte Michelle.

Jeff betrachtete sie mit unverhohlener Neugier, dann zuckte er ein weiteres Mal die Schultern, die Sache mit dem Namen war damit für ihn erledigt. »Wolltest du dir die Tümpel ansehen?«

»Ich wollte mir alles ansehen«, sagte sie. »Was ist in den Tümpeln?«

»Alles mögliche«, sagte Jeff voller Eifer. »Und jetzt, bei Ebbe, kommt man zu den besten hin! Hast du solche Tümpel schon mal gesehen?«

Michelle schüttelte den Kopf. »Nur welche am Strand«, sagte sie. »Wo ich mit meinen Eltern Picknick gemacht habe, da gab es auch welche.«

»Die Tümpel am Strand taugen nichts«, sagte Jeff verächtlich. »Wenn da je was Gutes drin war, haben sie's schon rausgefischt. Aber hier, zwischen den Felsen, das ist schon etwas anders. Komm, ich zeig's dir.«

Er führte Michelle über die Klippen. Ab und zu blieb er stehen, um auf sie zu warten. »Du solltest Tennisschuhe tragen«, sagte er. »Die geben mehr Halt auf den Felsen.«

»Ich wußte nicht, daß es auf den Steinen so glatt ist«, sagte Michelle. Ihr war plötzlich unbehaglich zumute, aber sie wußte nicht, warum. Und dann standen sie am Rande eines großen Tümpels. Jeff kniete sich hin, und Michelle tat es ihm gleich. Sie starrten in das flache Wasser.

Die Oberfläche des Tümpels lag still, und das Wasser war

so klar, daß es Michelle vorkam, als blickte sie durch ein Fenster in eine andere Welt. Am Boden des Tümpels krochen seltsame Kreaturen herum – es gab Seesterne und Seeigel, Seeanemonen wedelten mit ihren Fangarmen, und Einsiedlerkrebse huschten umher, das geborgte Gehäuse auf dem Rücken. Einer Eingebung folgend, packte Michelle ins Wasser und hob einen Einsiedlerkrebs hoch.

Die winzigen Zangen versuchten ihren Finger zu packen, und als das ohne Erfolg blieb, zog sich der Krebs in sein Gehäuse zurück, nur ein dünner Tastarm blieb draußen.

»Du mußt ihn auf die flache Hand legen, so daß er dich nicht sehen kann«, erklärte ihr Jeff. »Wetten, daß er nach ein paar Minuten wieder hervorkommt?«

Michelle tat wie geheißen. Nach einer Weile kam der Krebs aus seinem Gehäuse, die Beine voran.

»Es kitzelt«, sagte Michelle, unwillkürlich schloß sie die Hand. Als sie die Finger wieder öffnete, hatte sich das Tier erneut in sein Gehäuse zurückgezogen.

»Laß ihn auf eine der Seeanemonen fallen«, sagte Jeff.

Michelle gehorchte. Sie sah, wie sich die Fangarme des pflanzenähnlichen Lebewesens um den verzweifelt krabbelnden Krebs schlossen. Einen Augenblick später war von dem Gehäuse und dem Krebs nichts mehr zu sehen.

»Was passiert jetzt mit dem Krebs?« fragte Michelle.

»Die Seeanemone frißt ihn mitsamt dem Gehäuse, und dann scheidet sie das Gehäuse wieder aus.«

»Du meinst, ich habe ihn getötet?« fragte Michelle entsetzt.

»Der wäre sowieso von irgendeinem Tier gefressen worden«, sagte Jeff. »Solange du nichts aus dem Tümpel fortträgst oder irgend etwas reintust, was nicht reingehört, ist alles in Ordnung.«

Es war das erste Mal, daß Michelle über solche Dinge nachdachte. Was Jeff sagte, machte Sinn. Es gab Dinge, die in den Tümpel hineingehörten, und solche, die *nicht* hineingehörten. Und daß man aufpassen mußte, wenn man verschiedene Dinge zusammenbrachte. Jawohl, das machte Sinn.

Die beiden gingen um den Tümpel herum und betrachteten die merkwürdige Welt, die sich da vor ihnen auftat. Jeff löste einen Seeigel vom Felsen und zeigte Michelle die winzigen Saugnäpfe, die dem Tier als Füße dienten. Er zeigte ihr auch das häßliche fünfeckige Maul in der Mitte des Magens.

»Woher weißt du das alles?« fragte Michelle schließlich.

»Ich bin hier aufgewachsen«, sagte Jeff. Er zögerte. »Und außerdem will ich Meeresbiologe werden, wenn ich einmal groß bin. Was willst du werden?«

»Ich weiß noch nicht«, sagte Michelle. »Ich habe noch nie drüber nachgedacht.«

»Dein Vater ist Arzt, nicht?« fragte Jeff.

»Woher weißt du das?«

»Jeder hier weiß das«, sagte Jeff und lächelte freundlich. »Paradise Point ist sehr klein. Jeder weiß alles über jeden.«

»Junge, du kannst dir gar nicht vorstellen, wie das in Boston ist«, sagte Michelle. »Dort weiß niemand was über niemanden. Furchtbar. Wir haben die Stadt gehaßt.«

»Seid ihr deshalb nach Paradise Point gezogen?«

»Ich glaube, ja«, sagte Michelle zögernd. »Jedenfalls war das einer der Gründe.« Unvermittelt spürte sie den Wunsch, das Thema zu wechseln. »Ist in unserem Haus jemand ermordet worden?«

Jeff sah sie an, als traute er seinen Ohren nicht. Mit einer merkwürdig raschen Bewegung stand er auf. Er schüttelte den Kopf. »Nicht, daß ich wüßte«, sagte er. Er wandte sich um und ging, den Felsen ausweichend, den Strand entlang. Michelle machte keine Anstalten, ihm zu folgen. Er blieb stehen.

»Komm!« rief er. »Die Flut ist bald da, es wird gefährlich!«

Als Michelle aufstand, überkam sie etwas wie Schwindel. Es war ein merkwürdiges Gefühl. Dichter Nebel schien vor ihren Augen hochzuwallen. Rasch ließ sie sich auf die Knie fallen.

Jeff stand da, einige Schritte entfernt, und starrte sie an.

»Ist dir nicht gut?« rief er.

Michelle erhob sich diesmal langsamer. »Ich bin wohl nur zu schnell aufgestanden. Mir ist irgendwie schwindlig geworden. Plötzlich war mir schwarz vor Augen.«

»Es wird jetzt bald dunkel«, sagte Jeff. »Wir gehen besser zum Kliff hoch.« Er machte ein paar Schritte in nördlicher Richtung, und Michelle fragte ihn, wo er hin wollte.

»Nach Hause«, erwiderte Jeff. »Es gibt einen Pfad vom Meer bis zu unserem Haus, genau wie bei euch.« Er machte eine kleine Pause, und dann fragte er sie, ob sie mit ihm kommen wollte.

»Besser nicht«, sagte Michelle. »Ich habe meinen Eltern gesagt, ich bleibe nicht lange weg.«

»Okay«, sagte Jeff. »Bis dann.«

»Bis dann«, echote Michelle. Sie wandte sich um und ging den Strand entlang. Als sie am Beginn des Weges angelangt war, der zu ihrem Haus hochführte, blieb sie stehen und sah zurück. Jeff Benson war verschwunden, der Strand war menschenleer. Der Nebel begann das Kliff einzuhüllen.

Drittes Kapitel

»Nächste Woche modeln wir den Wäscheraum um.«

In Junes Stimme schwang eine Entschlossenheit mit, die Cal klarmachen sollte, daß die Schonzeit vorüber war. Zwei Wochen wohnten sie jetzt in diesem Haus. Cal hatte sich an die neue Umgebung gewöhnt. Seine Neigung, die beabsichtigten Änderungen durchzuführen, war von Tag zu Tag geringer geworden. Inzwischen hatte er sich sogar mit dem höhlenähnlichen Speisezimmer angefreundet. Freilich, der lange Tisch hatte etwas Unpersönliches an sich, so daß sich die Familie jeweils an ein Ende dieses Tisches setzte, und zwar an jenes, das der Küchentür am nächsten lag. Nur Michelle war von der Größe dieses Raums beeindruckt. June hatte etwas gesagt, und die Tochter warf einen Blick in die Runde.

»Ich mag das Speisezimmer«, verkündete sie. »Ich stelle mir vor, wir tafeln im Saal einer Burg, und gleich kommen die Diener, um die Speisen aufzutragen.«

»Auf den Tag kannst du lange warten«, sagte Cal. »Wenn

es mit der Praxis so weitergeht, wirst du dich als Dienstmädchen in anderen Häusern verdingen müssen. Das Geld ist dann bitte bei mir abzugeben, ich kann's dringend gebrauchen.« Er zwinkerte seiner Tochter zu, sie zwinkerte zurück.

»Es werden schon bessere Tage kommen«, sagte June, aber der Ton ihrer Stimme verriet, daß sie nicht so recht an diese besseren Tage glaubte. »Du kannst in einem solchen Ort nicht erwarten, Cal, daß die Patienten vom ersten Tag an zu dir strömen.« Enttäuschung mischte sich in ihre Stimme. Sie sah ihrem Mann in die Augen. »Die Leute kommen so lange nicht zu dir, wie Dr. Carson noch hier ist.« Sie legte ihre Gabel auf den Tisch. »Ich wünschte mir so sehr, er würde endlich den ganzen Kram aufgeben und verschwinden. Wann wird er dir die Praxis ganz übergeben?«

»Ich hoffe, daß er noch recht lang hierbleibt«, erwiderte Cal. Er las in ihrem Gesicht, wie besorgt sie war. »Schau doch nicht so traurig – er nimmt ja kein Geld mehr aus der Praxis, wenn du das meinst. Er sagt, die Praxis gehört jetzt mir. Offiziell ist er pensioniert. Er sagt, er will nur noch etwas nach dem Rechten sehen. Und ich bin Gott dankbar, daß Dr. Carson so denkt. Ohne ihn hätte ich den Laden wahrscheinlich schon zumachen müssen!«

»Das ist doch Unsinn«, protestierte June, aber Cal hob die Hand und gebot ihr zu schweigen.

»Es ist, wie ich sage, June. Du hättest gestern dabei sein müssen, als Mrs. Parsons in die Praxis kam. Ich dachte natürlich, ich hätte eine ganz normale Patientin vor mir. Ich wollte sie schon untersuchen, aber da hat Josiah mich im letzten Augenblick gestoppt, sonst hätte sie wohl im Unterrock vor mir gestanden. Es hat sich dann herausgestellt, sie wollte gar nicht untersucht werden. Sie war nur in die Praxis gekommen, um sich etwas auszusprechen. Ein Schwatz, nicht mehr. Josiah hat sich das alles angehört, hat bedeutsam mit der Zunge geschnalzt, und dann hat er ihr gesagt, wenn sie nächste Woche noch Beschwerden hat, soll sie wiederkommen, dann würde er sie untersuchen.«

»Was für Beschwerden hat sie denn?« fragte Michelle.

»Der Frau fehlt gar nichts. Sie liest Bücher und Zeitschriften, wo die verschiedenen Krankheiten beschrieben sind, und dann möchte sie sich mit jemandem über diese Krankheiten unterhalten. Sie hat das Gefühl, es ist nicht recht, wenn sie nur so in die Praxis kommt, also behauptet sie, unter der einen oder anderen Krankheit zu leiden.«

»So etwas nennt man einen Hypochonder«, war Junes Kommentar.

»Das habe ich auch erst gedacht, aber Josiah sagt, sie ist kein Hypochonder. Weißt du, sie fühlt die Symptome nicht wirklich. Sie behauptet nur, sie fühlte sie. Und dann«, fuhr Cal fort, »beschreibt diese Mrs. Parsons nicht nur ihre eigenen Symptome, sie spricht auch über die Krankheitssymptome anderer Personen. Josiah sagt, es gibt in Paradise Point mindestens drei Patienten, die ihr Leben der Tatsache verdanken, daß Mrs. Parsons so geschwätzig ist. Sie hat Josiah Dinge gesagt, die den Betroffenen nie über die Lippen gegangen wären.«

»Und wie macht er das dann? Lauert er den Kranken auf und schleift sie in die Praxis?«

Cal lachte stillvergnügt in sich hinein. »Das gerade nicht. Aber er sucht die Betreffenden auf und führt eine Art Vorsorgeuntersuchung durch. Wie es scheint, hat Mrs. P. einen Röntgenblick, wenn es um die Erkennung von Herzrisikopatienten geht.«

»Klingt nicht sehr professionell«, murmelte June.

Cal zuckte die Achseln. »Bis vor einer Woche hätte ich dir recht gegeben, aber inzwischen bin ich unsicher geworden.« Er nahm sein Glas Chablis und trank einen Schluck. »Ich frage mich, wie viele Patienten des General Hospital von Boston noch am Leben sein würden, wenn es dort eine Mrs. Parsons gäbe, die sich die Leute kritisch ansieht. Statt dessen haben wir uns dort immer nur mit den konkreten Beschwerden der Patienten befaßt. Josiah sagt, es gibt viele Leute, die mit ihren Beschwerden nicht zu einem Arzt gehen. Sie hoffen, die Sache würde schon von selbst besser werden – und dann sterben sie.«

»Das hört sich ja schaurig an«, sagte Michelle, die eine Gänsehaut bekommen hatte.

»Das ist auch schaurig«, sagte Cal. »Aber hier draußen kommen dergleichen Todesfälle nicht so oft vor, Josiah findet rechtzeitig heraus, wer bedroht ist und was ihm fehlt. So kann er dem Schlimmsten vorbeugen. Josiah schwört Stein und Bein auf die Präventivmedizin.«

»Was ist dieser Mann eigentlich? Ein Hexendoktor?« Es war so dahingesagt, aber trotzdem war herauszuhören, daß sie Cals Lobgesänge auf den älteren Arzt herzlich leid war. *Josiah sagt!* Was immer Dr. Carson sagte, für Cal war es ein Evangelium. Und jetzt ließ er die Frage, die sie ihm gestellt hatte, unbeantwortet. Er hatte sich Michelle zugewandt und wollte etwas sagen, als die Türglocke ging. June war erleichtert, weil die Störung zugleich die Chance eröffnete, das unerquickliche Gespräch über Dr. Josiah Carson zu beenden. Sie stand auf und ging zur Haustür. Sie öffnete. Vor ihr stand die große hagere Gestalt Dr. Carsons. Seine weiße Mähne stand wie ein Strahlenkranz gegen die Düsternis des Abends. June erschrak, aber sie fing sich schnell. »Wenn man vom Teufel spricht...«

Dr. Carson bedachte sie mit einem milden Lächeln. »Ich hoffe, ich störe Sie nicht beim Abendessen, aber es ist dringend.« Er trat ins Foyer des Hauses und schloß die Haustür.

Noch bevor June etwas sagen konnte, kam Cal dazu. »Josiah! Was führt Sie zu mir?«

»Ich bin unterwegs zu einem Hausbesuch. Ich hätte Sie vielleicht vorher anrufen sollen, aber ich saß schon im Wagen, als mir das einfiel. Möchten Sie mitkommen?«

»Es ist doch kein Notfall, oder?« sagte June.

»Nun, jedenfalls nichts, wozu wir den Krankenwagen kommen lassen müßten. Ich bezweifle, ob es überhaupt etwas Ernsthaftes ist. Die Kranke heißt Sally Carstairs. Sie klagt über Schmerzen im Arm, die Mutter hat mich angerufen und gebeten, nach ihr zu schauen. Und da ist mir etwas eingefallen.« Sein Blick wanderte durch den Raum. »Ist Michelle nicht da?«

In Cals Antwort klang die Neugier durch. »Michelle?«

»Sally Carstairs ist im gleichen Alter wie Michelle, und wenn Michelle mitkäme, dann bewirkt das für die Kranke wahrscheinlich mehr, als Sie oder ich für sie tun können. Wenn ein Kind einen neuen Freund bekommt, vergißt es seinen Schmerz.«

Die beiden Ärzte wechselten einen Blick. Es war nur eine kleine Geste, aber June fiel es auf. Es sah aus, als ob Dr. Carson eine Frage gestellt hätte, und Cal hatte die Frage beantwortet. Das alles ohne Worte. Es war dieses stillschweigende Einverständnis zwischen den beiden Männern, was June so beunruhigte. Und dann kam Michelle ins Foyer. Damit war die Frage, ob sie mitgehen würde, eigentlich schon entschieden.

»Möchtest du auf einen Hausbesuch mitkommen?« June hörte, wie Dr. Carson mit ihrer Tochter sprach.

»Darf ich das wirklich?« Michelles Blick wanderte von der Mutter zum Vater. Ihre Augen glänzten.

»Dr. Carson meint, es wäre für eine seiner Patientinnen ganz gut, wenn du mitkämst.«

»Zu wem fahren wir denn?« fragte Michelle.

»Zu Sally Carstairs. Sie ist in deinem Alter, und sie hat Schmerzen im Arm. Dr. Carson wird dich als wandelndes Schmerzmittel einsetzen.«

Michelle warf ihrer Mutter einen Blick zu, mit dem sie um die Erlaubnis heischte, mitfahren zu dürfen. June zögerte.

»Ist das Mädchen denn nicht... krank?«

»Sally?« sagte Dr. Carson. »Wo denken Sie hin, sie hat Schmerzen im Arm, das ist alles. Aber wenn Sie wünschen, daß Michelle hierbleibt...«

»Nein, nein, nehmen Sie sie ruhig mit. Es ist Zeit, daß sie eine gleichaltrige Freundin kennenlernt. Wir sind jetzt schon zwei Wochen hier, und sie kennt niemanden außer diesen Jeff Benson.«

»Der ein sehr lieber Junge ist«, fügte Cal hinzu.

»Ich habe nicht behauptet, er sei nicht nett, ich meine nur, ein Mädchen braucht auch Freundinnen.«

Michelle lief zum Treppenhaus. »Ich bin gleich zurück.«

Sie verschwand. Als sie wiederkam, hielt sie ihren grünen Bücherbeutel an sich gepreßt.

»Was hast du da drin?« fragte Dr. Carson.

»Eine Puppe«, erklärte Michelle. »Eine Puppe, die ich in meinem Schrank gefunden habe. Ich möchte sie Sally gern zeigen.«

»Hier?« fragte Dr. Carson erstaunt. »Du hast die Puppe hier im Haus gefunden?«

»Ja. Sie ist schon sehr alt.« Michelles Stirn umwölkte sich. Sie warf Dr. Carson einen ängstlichen Blick zu. »Ich hoffe, ich habe nichts an mich genommen, was Ihrer Familie gehört.«

»Nun, ich weiß nicht«, erwiderte Dr. Carson. »Zeig mir die Puppe doch einmal.«

»Interessant«, sagte er. »Ich vermute, sie hat einmal jemandem in meiner Familie gehört. Aber es ist das erste Mal, daß ich sie sehe.«

»Wenn Sie die Puppe haben möchten, ich gebe sie Ihnen«, sagte Michelle, und ihr Gesicht verriet die Angst, daß er das Angebot annehmen könnte.

»Was in aller Welt soll ich mit einer Puppe anfangen?« erwiderte Dr. Carson. »Behalte die Puppe, ich hoffe, du hast viel Spaß damit. Und laß sie immer im Haus.«

Junes Frage klang scharf und direkt. »Sie soll die Puppe immer im Haus lassen? Warum?«

Sie hätte schwören mögen, daß er mit seiner Antwort zögerte. Seiner Stimme allerdings war nichts anzumerken. »Weil es ein wunderschönes Stück ist, eine Antiquität. Michelle will doch sicher nicht, daß der Puppe etwas zustößt, oder?«

»Ich glaube, das würde ihr das Herz brechen«, sagte Cal. »Bring die Puppe auf dein Zimmer zurück, Kleines, und dann fahren wir. Josiah, würden Sie voranfahren?«

»Einverstanden. Ich geh' schon raus und warte im Wagen.« Er verabschiedete sich von June und verließ das Haus.

Cal ging zu June und schloß sie in die Arme. »Sei schön brav und tu nichts, was du nicht tun sollst. Nicht daß dann mitten in der Nacht die Wehen anfangen.«

»Keine Sorge. Ich wasche nur noch ab, dann lege ich mich auf die Couch und lese ein gutes Buch.« Cal hatte die Schwelle der Haustür passiert, als Michelle die Treppe heruntergepoltert kam. »Seid vorsichtig«, sagte June unvermittelt. Cal wandte sich um.

»Vorsichtig? Was soll denn schon passieren?«

»Ich weiß nicht«, gab June zur Antwort. »Aber seid beide vorsichtig, ja?«

Sie blieb in der Haustür stehen und sah den beiden nach. Als Cal und Michelle um die Hausecke verschwunden waren, kehrte sie ins Speisezimmer zurück und begann den Tisch abzuräumen. Als sie mit dem Abräumen fertig war, wußte sie auch, was sie die ganze Zeit so bedrückt hatte.

Dr. Carson.

June Pendleton mochte ihn nicht. Aber sie wußte nicht, was sich hinter dieser Abneigung verbarg.

Dr. Carson fuhr zügig, er kannte sich bestens aus in Paradise Point. Er dachte über seinen jungen Kollegen nach. Wie Dr. Pendleton wohl reagieren würde, wenn er Sally Carstairs untersuchte? Er wußte, Cal hatte es seit jenem Ereignis im Frühjahr vermieden, Kinder zu behandeln. Heute abend nun würde sich herausstellen, wie tief die Wunden gingen, die das Vorkommnis bei ihm hinterlassen hatte. Ob Cal in Panik geraten würde? Ob die Erinnerung an die Sache in Boston ihm die Hände lähmen würde? Oder hatte dieser Mann in den Monaten nachher sein Selbstvertrauen wiedergewonnen? Josiah würde bald eine Antwort auf diese Frage bekommen. Er parkte seinen Wagen vor dem Haus der Carstairs und wartete, bis Cal in die Lücke hinter ihm eingebogen war.

Sie betraten das Haus. Fred und Bertha Carstairs, ein Paar Anfang Vierzig, saßen sichtlich nervös am Küchentisch. Dr. Carson übernahm die Formalitäten der Vorstellung. Dann rieb er sich unruhig die Hände.

»Auf in den Kampf«, sagte er. »Michelle, du bleibst zunächst einmal in der Küche und leistest Mrs. Carstairs Gesellschaft. Nur für den Fall, daß wir Sally den Arm abnehmen müssen.« Ohne die Antwort des Mädchens abzuwarten, drehte er sich um. Er führte Cal in das Schlafzimmer, das sich im hinteren Bereich der Wohnung befand.

Sally Carstairs saß im Bett, sie balancierte ein Buch auf dem Schoß. Der rechte Arm lag kraftlos auf der Bettdecke. Als sie Dr. Carson eintreten sah, lächelte sie.

»Ich komme mir blöd vor«, begann sie.

»Du warst schon blöd, als ich dich von deiner Mutter abgenabelt habe«, sagte Dr. Carson mit undurchdringlicher Miene. »Warum solltest du nach soviel Jahren plötzlich intelligent geworden sein?«

Sally nahm die Pflaumerei so auf, wie sie gemeint war. Sie wandte sich zu Cal. »Sind Sie Dr. Pendleton?«

Cal nickte, er wäre nicht fähig gewesen, eine richtige Antwort zu geben. Sein Blick verschwamm. Plötzlich hatte Sally Carstairs das Gesicht eines Jungen. Der Junge war so alt wie sie, wand sich vor Schmerzen wie sie. Cal spürte, wie sich sein Magen umdrehte. Er kämpfte die Panik nieder, die von ihm Besitz ergreifen wollte. Er zwang sich zur Ruhe, konzentrierte sich auf das Mädchen, das vor ihm im Bett saß.

»Vielleicht können Sie Onkel Joe beibringen, wie man Patienten behandelt«, pflaumte sie. »Sobald er das weiß, kann er in Pension gehen.«

»Erst einmal werde ich dir beibringen, wie man sich gegenüber einem verdienten Landarzt benimmt, junges Fräulein«, sagte Dr. Carson. »Und nun erzähl mir mal, wie's passiert ist.«

Das Lächeln wich aus Sallys Gesicht. Sie saß da, in Gedanken versunken. »Genau weiß ich das nicht mehr. Ich bin im Garten ausgerutscht und habe gespürt, wie ich mit dem Arm auf einen Stein fiel.«

»Sehen wir uns den Arm einmal an«, sagte Dr. Carson. Er rollte ihr mit seinen großen Händen den Ärmel des Pyjamas hoch und unterzog den Arm einer sorgfältigen Prüfung. Von einer Verletzung war nichts zu entdecken. »Das muß aber ein kleiner Stein gewesen sein, auf den du gefallen bist«, sagte er.

»Deshalb komme ich mir ja so blöde vor«, sagte Sally. »Wo ich ausgerutscht bin, gab's überhaupt keinen Stein. Dort war nur Rasen.«

Dr. Carson trat beiseite, und Cal beugte sich vor, um den Arm des Mädchens zu untersuchen. Er tastete Muskeln und Sehnen ab und fühlte Dr. Carsons Blick auf sich gerichtet.

»Tut es hier weh?«

Sally nickte.

»Und hier?«

Sally nickte wieder.

Cal tastete den ganzen Arm ab, Zentimeter um Zentimeter. Vom Ellenbogen bis zur Schulter hatte das Mädchen Berührungsschmerz.

Er richtete sich auf und zwang sich, Dr. Carson anzusehen.

»Es könnte sich um eine Zerrung handeln«, sagte er langsam.

Dr. Carson ließ sich nicht anmerken, was er von dieser Diagnose hielt. Er rollte Sally den Ärmel des Pyjamas herunter. »Tut's denn sehr weh?« erkundigte er sich.

Sally machte ein finsteres Gesicht. »Na ja«, sagte sie, »ich werde nicht dran sterben, aber es tut immerhin so weh, daß ich mit dem Arm nichts machen kann.«

Dr. Carson lächelte ihr zu. Er drückte ihr die Hand. »Ich sag' dir was, Dr. Pendleton und ich gehen jetzt zu deinen Eltern, aber wir haben dir eine Überraschung mitgebracht.«

Sally war gespannt. »Was denn?«

»Du müßtest eigentlich fragen: Wer? Dr. Pendleton hat seine Assistentin mitgebracht, sie ist zufällig genau in deinem Alter.« Er ging zur Tür, um Michelle zu rufen.

Wenig später überquerte Michelle die Schwelle. Schon nach einem Schritt blieb sie stehen. Sie sah Sally mit scheuem Blick an. Cal machte die beiden Mädchen miteinander bekannt, dann verließen die beiden Ärzte den Raum.

»Hi«, sagte Michelle, noch etwas unsicher.

»Hi«, antwortete Sally. Schweigen. Und dann: »Du kannst dich aufs Bett setzen, wenn du magst.«

Michelle ging auf das Bett zu. Als sie die Hälfte des Weges

zurückgelegt hatte, blieb sie wie angewurzelt stehen. Sie starrte auf das Fensterkreuz.

»Was ist?« fragte Sally.

Michelle schüttelte nachdenklich den Kopf. »Ich weiß nicht. Ich meine, ich hätte da draußen was gesehen.«

Sally wollte sich so hinsetzen, daß sie zum Fenster sehen konnte, aber der Schmerz im Arm hinderte sie daran. »Was hast du denn gesehen?«

»Ich weiß nicht.« Sie zuckte die Schultern. »Es war wie ein Schatten.«

»Dann war's die Ulme. Vor der Ulme hab' ich mich auch schon oft erschrocken.« Sally klopfte mit der flachen Hand aufs Bett. Michelle nahm auf der Bettkante, am Fußende des Bettes, Platz, aber ihr Blick blieb auf das Fenster gerichtet.

»Du mußt wohl deiner Mutter ähnlich sehen«, sagte Sally.

»Wie bitte?« Michelle wußte nichts Rechtes anzufangen mit Sallys Bemerkung. Sie löste ihren Blick vom Fenster und sah dem Mädchen in die Augen.

»Ich habe gesagt, du mußt wohl deiner Mutter ähnlich sehen. Deinem Vater ähnelst du jedenfalls kein bißchen.«

»Meiner Mutter bin ich auch nicht ähnlich«, sagte Michelle. »Ich bin ein Adoptivkind.«

Sallys Mund klappte auf. »Wirklich?« Sie war so verblüfft, daß Michelle beinahe in Lachen ausgebrochen wäre.

»Ist ja nichts dabei.«

»Ich finde schon, daß es etwas besonders ist«, sagte Sally. »Ich find's hübsch.«

»Warum?«

»Na ja, ich meine, als Adoptivkind kannst du ja alles mögliche sein, nicht? Wer waren denn deine richtigen Eltern?«

Michelle hatte diese Art von Gespräch auf der Schule in Boston recht oft führen müssen, sie hatte nie verstanden, warum die Freundinnen sich so sehr für das Thema interessierten. Für sie waren Cal und June Pendleton ihre Eltern, und damit hatte es sich. Aber es würde wohl etwas schwierig sein, Sally das alles zu erklären. Sie beschloß, das Thema zu wechseln.

»Was ist mit deinem Arm passiert?«

Sally vergaß das Problem mit Michelles Eltern. Sie blickte angewidert nach oben. »Ich bin ausgerutscht, und meine Eltern machen ein Drama daraus.«

»Tut der Arm denn nicht weh?« fragte Michelle.

»Ein bißchen schon«, gab Sally zu. Sie war entschlossen, sich den Schmerz nicht merken zu lassen. »Bist du wirklich die Assistentin deines Vaters?«

Michelle schüttelte den Kopf. »Dr. Carson kam bei uns vorbeigefahren und hat meinen Vater abgeholt, und da hat er ihm gesagt, er soll mich mitnehmen. Ich freu' mich, daß ich mitgekommen bin.«

»Ich freu' mich auch, daß du da bist«, sagte Sally. »Ich finde, da hat Onkel Joe eine gute Idee gehabt.«

»Ist er dein Onkel?«

»Nein. Aber wir Kinder nennen ihn alle Onkel Joe, weil er die meisten von uns entbunden hat.« Es gab eine Pause, und dann sah Sally scheu zu Michelle hinüber. »Könnte ich dich mal zu Hause besuchen?«

»Aber sicher. Bist du noch nie in dem Haus gewesen?«

Sally schüttelte den Kopf. »Onkel Joe hat nie jemanden in sein Haus eingeladen. Das war eine sehr merkwürdige Sache, Onkel Joe und sein Haus, dauernd hat er davon gesprochen, daß er's abreißen lassen will, aber dazu ist es irgendwie nie gekommen. Nach dem, was im Frühjahr passiert ist, waren wir alle sicher, daß er das Haus abbrechen lassen würde. Aber das weißt du ja sicher alles.«

»Was soll ich wissen?« fragte Michelle.

Sally machte große Augen. »Hat's dir wirklich niemand erzählt? Ich meine das mit Alan Hanley?«

Alan Hanley. Das war der Name des Jungen, den sie in Boston ins General Hospital eingeliefert hatten. »Was ist mit diesem Alan Hanley?«

»Onkel Joe hat ihn für Dachdeckerarbeiten angeheuert. Ein paar Schieferplatten sollten erneuert werden oder etwas in der Art. Glaube ich. Und dann ist der Junge vom Dach gefallen. Sie haben ihn nach Boston ins Krankenhaus gebracht, aber er ist trotzdem gestorben.«

»Ich weiß«, sagte Michelle leise. Dann: »Er ist von *unserem* Haus gefallen, sagst du?«

Sally nickte.

»Das haben sie mir verschwiegen.«

»Den Kindern sagt man ja nie etwas«, fand Sally. »Aber irgendwie finden wir dann doch alles heraus.« Sie war begierig, zum eigentlichen Thema zurückzukehren. »Wie sieht das Haus innen aus?«

Michelle tat ihr Bestes, um Sally eine genaue Beschreibung des Hauses zu geben, Sally hörte ihr fasziniert zu. Als Michelle endete, ließ sich Sally in die Kissen sinken und seufzte.

»Das Haus ist genauso, wie ich es mir immer vorgestellt habe. Ich glaube, es gibt auf der ganzen Welt kein romantischeres Haus.«

»Da hast du recht«, sagte Michelle. »Ich stelle mir immer vor, es gehört mir ganz allein, und ich wohne allein dort, und...« Ihre Stimme erstarb. Ihr Gesicht überzog sich mit Schamröte.

»Und was dann?« bohrte Sally. »Hast du dort Affären mit Jungen?«

Michelle senkte schuldbewußt den Blick. »Ist das nicht furchtbar, sich solche Dinge vorzustellen?«

»Ich weiß nicht. Ich tu' das gleiche.«

»Wirklich? Welchen Jungen stellst du dir denn vor?«

»Jeff Benson«, sagte Sally ohne Zögern. »Er wohnt bei euch in der Nachbarschaft. Das nächste Haus.«

»Ich weiß«, sagte Michelle. »Ich habe Jeff Benson gleich am Tag unserer Ankunft kennengelernt, am Strand. Er ist nett, findest du nicht auch?« Und dann kam ihr ein Gedanke. »Ist er dein Freund?«

Sally schüttelte den Kopf. »Ich mag ihn gern, aber er hat eine andere Freundin. Das Mädchen heißt Susan Peterson. Jedenfalls behauptet sie, sie sei seine Freundin.«

»Wer ist Susan Peterson?«

»Eines der Mädchen in der Schule. Sehr hochnäsig. Meint, sie wär' was besonderes.« Sally dachte nach. Dann: »Du, ich hab' eine Idee.« Sie senkte ihre Stimme zum Flüsterton. Michelle rückte zur Mitte des Betts, um sie besser verstehen zu können. Die beiden begannen zu kichern, als Sally die Einzelheiten ihres Plans darlegte. Als Bertha Carstairs eine halbe Stunde später den Raum betrat, tauschten die Mädchen einen Blick stillen Einverständnisses aus.

»Habt ihr beide auch nichts ausgeheckt?« fragte Bertha.

»Wir haben uns nur unterhalten, Mutti«, sagte Sally betont unschuldig. »Darf ich Michelle morgen besuchen?«

Nun, da hatte Bertha ihre Zweifel. »Es kommt ganz darauf an, wie's mit deinem Arm weitergeht. Der Arzt sagt, du hast dir vielleicht eine Zerrung zugezogen, und...«

»Ich bin sicher, das ist morgen schon besser«, fiel Sally ihrer Mutter ins Wort. »Es tut überhaupt nicht mehr weh. Wirklich nicht.« Sie sprach in einem bittenden Tonfall. Aber Bertha Carstairs war entschlossen, sich nicht erpressen zu lassen.

»Vorhin hat sich das noch ganz anders angehört«, sagte sie streng. »Ich mußte sogar den Arzt rufen.«

»Es ist eben besser geworden«, verkündete Sally.

»Warten wir ab, wie du dich morgen fühlst.« Sie wandte sich zu Michelle. »Dein Vater sagt, es ist Zeit nach Hause zu fahren.«

Michelle stand auf. Sie verabschiedete sich von Sally und ging in die Küche, wo sie ihren Vater vorfand.

»Hast du dich gut mit meiner kleinen Patientin unterhalten?«

Michelle nickte. »Wenn's Sally morgen besser geht, will sie uns daheim besuchen kommen.«

»Na wunderbar«, sagte Cal. Er sah Dr. Carson an. »Sehen wir uns morgen früh?« Der alte Arzt nickte, und gleich darauf verließen Cal und Michelle das Haus der Familie Carstair. Als Cal die Wagentür öffnete, überkam ihn ein merkwürdiges Gefühl. Er warf einen Blick zurück auf die Haustür. Dort stand Dr. Carson, ein schwarzer Schatten vor dem erleuchteten Flur. Cal konnte seine Augen nicht erkennen, aber er wußte, daß der Alte ihn anstarrte. Er fühlte sich durchbohrt von diesen Blicken, abgetastet und überprüft. Ein kalter Schauder fuhr ihm über den Rücken. Rasch bestieg er seinen

Wagen und ließ die Tür hinter sich ins Schloß fallen. Er startete den Motor. Plötzlich verspürte er das Bedürfnis, Michelle zu berühren. Er legte ihr die Hand auf die Schulter.

»Sei nicht enttäuscht, wenn Sally morgen nicht kommt«, sagte er freundlich.

»Warum sagst du das?« Michelles Antlitz spiegelte die Sorge wider, die sie um die neue Freundin empfand. »Ist sie denn wirklich krank?«

»Ich weiß es nicht«, antwortete Cal. »Weder Dr. Carson noch ich sind zu einem klaren Befund gekommen.«

»Vielleicht ist es eine Zerrung, so war ja auch deine Vermutung«, sagte Michelle.

»Dann hätte sie entweder Schmerzen im Ellenbogen oder in der Schulter. Aber bei ihr ist der Schmerz irgendwo *zwischen* den Gelenken, nicht *in* den Gelenken.«

»Und was wirst du tun?«

»Ich will bis morgen abwarten«, sagte Cal. »Wenn's ihr morgen deutlich besser geht, und ich glaube nicht, daß sich ihr Zustand bis morgen deutlich bessert, werde ich den Arm röntgen. Es wäre denkbar, daß ein Haarriß zum Vorschein kommt.« Er gab Gas, der Wagen setzte sich in Bewegung. Michelle drehte sich um und blickte zum Haus zurück.

Ganz in der Nähe des Hauses war eine Bewegung zu erkennen, wie von einem vorüberhuschenden Schatten. Das Gefühl, das sie in Sallys Zimmer gehabt hatte, kehrte zurück. Das Gefühl, daß dort etwas war. Nichts, was man sehen oder hören konnte. Aber spüren konnte sie es. Und sie war sicher, es war nicht die Ulme, von der Sally gesprochen hatte.

»Daddy! Halt an!«

Cal stieg auf die Bremse und brachte den Wagen zum Stehen. »Was ist denn?«

Michelles Blick war immer noch auf das Haus der Familie Carstair gerichtet. Cal sah in die gleiche Richtung, aber er konnte in der Dunkelheit nichts erkennen.

»Was ist denn?« wiederholte er.

»Ich bin nicht sicher«, sagte Michelle, »aber ich glaube, ich habe da was gesehen.«

»Was denn?«

»Ich weiß es nicht«, sagte Michelle zögernd. »Ich glaube, da war jemand...«

»Wo?«

»Am Fenster. An Sallys Fenster. Ich glaube jedenfalls, es war Sallys Fenster.«

Cal fuhr rechts ran und stellte den Motor ab. »Bleib im Wagen, ich werde nachsehen.« Er stieg aus, warf die Tür zu und hatte eine paar Schritte in Richtung auf das Haus gemacht, als er stehenblieb. Er kehrte zum Wagen zurück.

»Prinzessin, schließ von innen ab, bitte. Du bleibst im Wagen, hörst du?«

Michelles Blick verriet Befremden. »Mein Gott, Daddy, wir sind hier in Paradise Point, nicht in Boston.«

»Aber du hast gesagt, du hast was gesehen.«

»Also gut«, sagte Michelle. Widerstrebend befolgte sie seine Anweisung. Sie beugte sich über den Fahrersitz und verriegelte die Fahrertür, dann drückte sie den Sicherungsknopf der Beifahrertür hinunter.

Cal tippte an die Scheibe und deutete nach hinten.

Michelle zog ihm eine Fratze, dann reckte sie sich, bis sie die Sicherungsknöpfe der beiden Fondtüren erreicht und niedergedrückt hatte.

Jetzt erst wagte es Cal, zum Haus der Familie Carstair zu gehen und den Hof zu inspizieren, der das Haus umgab.

Ein paar Sekunden später war er zurück. Michelle öffnete ihm bereitwillig die Tür.

»Was war's denn?«

»Nichts. Du hast wahrscheinlich nur einen Schatten gesehen.«

Er startete den Motor, die Heimfahrt begann. Michelle saß ruhig neben Cal. Nach einer Weile fragte er sie, ob irgend etwas nicht in Ordnung sei.

»Es ist alles okay«, sagte Michelle. »Ich habe nur über Sally nachgedacht. Mir wär's wichtig, daß sie mich morgen zu Hause besuchen kommt.«

»Wie ich schon gesagt habe, Prinzessin, darauf würde ich

mich an deiner Stelle nicht so sehr verlassen.« Cal legte den Arm um seine Tochter und drückte sie liebevoll. »Dir gefällt's hier auf dem Land, oder?« fragte er.

»Sehr gut sogar«, sagte Michelle leise.

Sie kuschelte sich an ihn. Der merkwürdige Schatten, den sie an Sallys Fenster hatte vorüberhuschen sehen, war vergessen.

Und mir gefällt's *ebenfalls* auf dem Land, dachte Cal. Es ist wunderschön hier. Der Hausbesuch war ganz gut verlaufen. Zwar hatte Cal nicht viel gemacht, aber er hatte wenigstens nichts falsch gemacht. Und das, sinnierte er, war schon mal ein Schritt in die richtige Richtung.

Am Morgen darauf kam Sally Carstairs zu Besuch. Sie stand auf einmal vor der Haustür der Familie Pendleton. Sie erklärte, der Schmerz im Arm sei über Nacht verschwunden. Cal ließ es sich nicht nehmen, den Arm des Mädchens trotzdem zu untersuchen. Danach unterzog er Sally einem kurzen Verhör.

»Und du sagst, der Arm tut überhaupt nicht mehr weh?«

»Der Arm ist wieder gut, Herr Doktor«, versicherte ihm Sally. »Wirklich.«

»Na schön«, seufzte Cal. »Dann geh und spiel.« Nachdem das Mädchen den Raum verlassen hatte, begab er sich ans Telefon.

»Josiah? Haben Sie heute schon mit Bertha Carstairs telefoniert?«

»Nein, ich wollte sie gerade anrufen.«

»Das brauchen Sie nicht mehr«, sagte Cal. »Sally ist bei mir, ihr geht's bestens. Der Schmerz im Arm ist weg.«

»Das ist ja schön«, sagte Dr. Carson.

»Es ist schön, aber es macht keinen Sinn«, sagte Cal. »Wenn es eine Prellung war, eine Zerrung oder ein Bruch, müßte das Mädchen noch Schmerzen haben. Ich finde keine Erklärung dafür, daß sie von einem auf den anderen Tag schmerzfrei ist.«

Ein langes Schweigen am anderen Ende. Als Cal schon

dachte, Dr. Carson hätte aufgelegt, vernahm er die Stimme des alten Arztes.

»Für manche Dinge gibt es keine Erklärung, Cal«, sagte er ruhig. Sie werden diese Wahrheit hinnehmen müssen. *Für manche Dinge gibt es keine Erklärung.*«

Viertes Kapitel

Michelles Augen waren wie zwei Schwämme, die begierig alle Einzelheiten der Schule von Paradise Point in sich einsogen. Sie stand vor dem Gebäude und wartete auf Sally Carstairs. Diese Schule war so ganz anders als Harrison School, von der Michelle vor allem die trübe Farbe in Erinnerung geblieben war. Hier gab es keine Schmierereien an den Korridorwänden, und die Abfallbehälter waren nicht mit Ketten befestigt, statt dessen waren sie lose, in praktischen Abständen, auf dem Flur verteilt. Michelle ging den hellerleuchteten Korridor entlang und bewunderte die makellos weißen, mit Grün verzierten Wände. Um sie herum ein Strom von fröhlich schnatternden Kindern – Schüler, die sich auf den Beginn des neuen Schuljahres freuten. Sie entdeckte Sally inmitten einer Gruppe von Mädchen und winkte ihr zu. Sally winkte zurück, sie bedeutete Michelle, zu ihr zu kommen.

»Hierher«, rief Sally. »Wir sind in Fräulein Hatchers Klassenzimmer!«

Michelle spürte die neugierigen Blicke auf sich, als sie sich zu Sally durchdrängte, aber die Gesichter der Mitschüler waren freundlich, von der Feindseligkeit, die wie eine dunkle Wolke über der Schule in Boston gehangen hatte, war hier nichts zu bemerken. Als Michelle bei Sally ankam, war sie zuversichtlich, daß hier alles gut gehen würde.

»Also«, sagte Sally, »du weißt ja, was du zu tun hast, oder?«

Michelle nickte. »Gut«, sagte Sally, »dann laß uns reingehen. Jeff ist schon drin, aber Susan habe ich noch nicht gesehen – sie kommt *immer* zu spät.« Sie wollte ins Klassenzimmer gehen, aber Michelle hielt sie zurück.

»Wie ist Fräulein Hatcher?«

Sally sah sie an, sie amüsierte sich über die plötzliche Unsicherheit, die sich in Michelles Zügen abzeichnete.

»Die ist ganz in Ordnung. Nach außen hin tut sie wie eine Lehrerin von der alten Sorte, dabei hat sie einen Freund und alles. Und bei ihr darf man sich aussuchen, wo man sitzen will. Jetzt komm!«

Sally führte Michelle ins Klassenzimmer. Sie blieben wie geplant vor der ersten Bankreihe stehen. Jeff Benson hatte einen Platz in der Mitte der ersten Reihe eingenommen. Sally tat sehr unschuldig, sie ließ sich links neben Jeff nieder, Michelle nahm den Sitz zu seiner Rechten ein. Jeff begrüßte die beiden Mädchen, dann begann er ein Gespräch mit Sally. Michelle betrachtete verstohlen ihre neue Lehrerin.

Corinne Hatcher sah aus wie der Inbegriff einer Kleinstadtlehrerin. Das hellbraune Haar trug sie in einen festen Nackenknoten geschlungen. Um ihren Hals hing eine Kette, an der eine Brille baumelte. Michelle wußte es noch nicht, aber niemand hatte je gesehen, wie Fräulein Hatcher die Brille auch benutzte. Ihr fiel auf, daß sich hinter der altjüngferlichen Erscheinung von Fräulein Hatcher ein Geheimnis versteckte. Das Gesicht war hübsch, der Blick aus den Augen warm. Michelle begann zu verstehen, warum die Schülerinnen und Schüler diese Frau so gern hatten.

Corinne Hatcher hatte an ihrem Pult Platz genommen. Sie hatte sehr wohl bemerkt, daß Michelle sie voller Neugier betrachtete, aber sie zeigte keine Reaktion. Es war wohl am besten, wenn man dieser neuen Schülerin nicht zuviel Aufmerksamkeit zuwandte. Statt dessen beobachtete Fräulein Hatcher das Mädchen, das links neben Jeff Benson saß. Was diese Sally wohl wieder im Schilde führte? Offensichtlich hatte sie sich schon mit dem neuen Mädchen, von dem Fräulein Hatcher nicht viel mehr als den Namen wußte, angefreundet. Aber wenn es so war, warum saßen die beiden Mädchen dann nicht nebeneinander?

Erst als Susan Peterson das Klassenzimmer betrat, verstand Corinne, was gespielt wurde. Susan kam bis zur ersten Bankreihe vor, ihr Blick war auf Jeff Benson gerichtet. Michelle und Sally tauschten einen Blick aus, Sally nickte, und dann begannen die beiden Mädchen zu kichern. Als Susan das Kichern hörte, blieb sie stehen. Erst jetzt bemerkte sie, daß die Plätze links und rechts von Jeff besetzt waren, und sie verstand auch, daß dies kein Zufall war. Susan schoß einen feindseligen Blick auf Sally ab, strafte das neue Mädchen in der Klasse mit schweigender Verachtung und nahm in der Bank unmittelbar hinter Jeff Platz.

Und Michelle, der Susans Wut nicht verborgen geblieben war, begann zu bereuen, daß sie sich auf Sallys Plan eingelassen hatte. Es hatte sich ganz lustig angehört, man würde Susan daran hindern, sich zu ihrem Schwarm zu setzen, aber jetzt, wo der Plan durchgeführt war, wußte Michelle, sie hatte einen Fehler gemacht. Und Susan sah auch nicht so aus, als ob sie die ihr zugefügte Niederlage je vergessen würde. Michelle begann darüber nachzudenken, wie sie alles wiedergutmachen konnte.

Als die Glocke schrillte, stand Corinne Hatcher auf und ließ ihren Blick über die Klasse schweifen.

»Wir haben dieses Jahr eine neue Schülerin«, sagte sie. »Michelle, würdest du bitte aufstehen?« Sie lächelte Michelle ermunternd zu. Das Mädchen war rot geworden. Zögernd stand sie auf. »Michelle kommt aus Boston«, fuhr Corinne fort. »Ich könnte mir vorstellen, daß ihr unsere Schule sehr merkwürdig vorkommt.«

»Die Schule ist nett«, sagte Michelle. »Ganz anders als die Schulen in Boston.«

»Sind die Schulen in Boston denn *nicht* nett?« flachste Sally.

Michelle spürte, wie die Röte ihre Wangen durchflutete. »Das wollte ich damit nicht sagen...«, begann sie zögernd. Ihr Ton wurde bittend. »Fräulein Hatcher, ich wollte nicht sagen, daß ich in Boston nicht gern in die Schule gegangen bin...«

»Das weiß ich«, sagte Corinne. »Und jetzt setz dich, die Schüler und Schülerinnen dieser Klasse werden dir jetzt einer nach dem anderen sagen, wie sie heißen.«

Dankbar ließ sich Michelle in ihre Bank sinken. Sie lehnte sich vor und warf Sally einen Blick zu, den diese mit einem schalkhaften Lächeln beantwortete. Dann gewann Michelles Sinn für Humor die Oberhand, sie begann zu kichern. Ihre Heiterkeit war dann wie weggewischt, als sie die Stimme hinter sich hörte.

»Mein Name ist Susan Peterson«, sagte die Stimme. Michelle wandte sich um und sah Susans feindseligen Blick auf sich gerichtet. Wieder errötete sie, und dann richtete sie ihren Blick nach vorn, auf das Pult der Lehrerin. Sie war jetzt sicher, daß sie sich in Susan eine Feindin gemacht hatte. Warum auch hatte sie sich in Sallys Pläne einspannen lassen?

Aber ich hatte dabei doch gar nichts Böses im Sinn, redete sie sich ein. Sie versuchte sich auf das zu konzentrieren, was Fräulein Hatcher sagte, aber während der ersten Unterrichtsstunde mußte sie immer an Susan Petersons böse Blicke denken. Als die Glocke zur großen Pause läutete, stand Michelle auf. Zögernd ging sie zum Pult vor.

»Fräulein Hatcher?« Corinne sah von ihrer Mappe auf und lächelte sie an.

»Was möchtest du denn?« fragte sie. Michelles sorgenvoller Gesichtsausdruck gab ihr Rätsel auf.

»Ich dachte... ich wollte fragen, ob ich mich umsetzen darf.«

»Jetzt schon? Du sitzt doch erst seit zwei Stunden an deinem Platz.«

»Ich weiß«, sagte Michelle. Voller Verlegenheit wetzte sie die Sohle ihres Schuhs am Fußboden. Sie rang nach den rechten Worten, und dann sprudelte sie die ganze Geschichte hervor.

»Es sollte ja nur ein Scherz sein. Ich meine, Sally hat mir erzählt, daß Susan Peterson in Jeff Benson verknallt ist, und sie hat gesagt, es wäre vielleicht ganz lustig, wenn wir die Plätze links und rechts von Jeff blockieren, so daß Susan sich nicht neben ihn setzen kann. Und ich hab' mitgemacht...« Michelle war den Tränen nahe. »Ich wollte nicht, daß Susan auf mich böse ist, ich meine, ich kenne sie ja gar nicht... und... und...« Sie verstummte.

»Ist schon gut«, tröstete Corinne das Mädchen. »So was kommt vor, besonders wenn man wie du neu in der Klasse ist. Geh jetzt raus, und wenn du zurückkommst, werde ich euch alle umsetzen.« Sie machte eine Pause. Dann: »Neben wem möchtest du denn gerne sitzen?«

»Nun ja, neben Sally. Oder neben Jeff. Das sind die einzigen, die ich kenne.«

»Ich will sehen, was ich tun kann«, sagte Corinne. »Und jetzt geh, es sind nur noch zehn Minuten Pause.«

Michelle war nicht sicher, ob es richtig war, daß sie mit der Lehrerin gesprochen hatte. Sie ging auf den Schulhof hinaus, wo sie Sally Carstairs, Susan Peterson und Jeff Benson antraf. Die drei standen unter einem großen Ahornbaum und schienen wegen irgend etwas zu streiten. Michelle zwang sich zu der Gruppe hinzugehen. Sie war nicht überrascht, als die drei bei ihrer Annäherung zu reden aufhörten. Sally lächelte ihr zu und sagte etwas zu ihr, aber Susan Peterson wandte sich ab und ging zu einer anderen Gruppe von Schülern hinüber.

»Ist Susan böse auf mich?« fragte Michelle ängstlich. Sally zuckte die Achseln.

»Und wenn? Sie wird schon drüber wegkommen.« Bevor Michelle noch etwas dazu sagen konnte, wechselte Sally das Thema. »Ist Fräulein Hatcher nicht nett? Und warte erst einmal, bis du ihren Freund gesehen hast. Der sieht so gut aus, daß man's mit Worten gar nicht beschreiben kann.«

»Wer ist ihr Freund?«

»Mr. Hartwick, der Schulpsychologe«, sagte Sally. »Er kommt nur einmal pro Woche in die Schule, aber er wohnt im Ort. Seine Tochter geht in die sechste Klasse. Sie heißt Lisa und ist ein fürchterliches Geschöpf.«

Michelle achtete nicht auf den Kommentar, den Sally über Lisa abgab, sie interessierte der Vater viel mehr als die Tochter. Sie mußte an die vielen Tests denken, die sie und ihre Klassenkameraden in Boston jedes Jahr über sich ergehen ließen. »Gibt es hier denn auch diese Psychotests?« fragte sie. »Muß jeder Schüler einen Test machen?«

»Nein«, gab Jeff ihr zur Antwort. »Mr. Hartwick testet nur die Schüler, die irgendwie Probleme haben. Er unterhält sich dann mit ihnen. Meine Mutter hat mir erzählt, früher wurde man zum Rektor gerufen, wenn was nicht stimmte. Heute ist das anders, man muß zu Mr. Hartwick. Meine Mutter sagt, es war besser, als man zum Rektor gerufen wurde und Dresche bekam.« Er machte eine Gebärde, mit der er für jedermann hinlänglich klarstellte, daß die Angelegenheit ihm völlig gleichgültig war.

Als wenige Minuten später die Glocke das Ende der Pause ankündigte, hatte Michelle ihre Verlegenheit schon fast überwunden. Das Gefühl kehrte zurück, als sie Fräulein Hatcher einen Sitzplan hochhalten sah. Die Bänke der Schüler waren eingezeichnet, noch ohne Namen. Raunen erhob sich, und dann gebot Corinne Ruhe.

»Ich möchte in dieser Klasse etwas Neues ausprobieren«, sagte sie ruhig. »Meine Meinung ist nämlich, daß Schüler und Schülerinnen in der siebten Klasse reif genug sind, um selbst zu entscheiden, neben wem sie sitzen.« Michelle wand sich in ihrer Bank, sie war sicher, daß alle in der Klasse ihr die Schuld geben würden für das, was Fräulein Hatcher vorhatte. »Damit es fair zugeht, werde ich jetzt Zettel an euch austeilen. Jeder soll auf seinen Zettel notieren, neben wem er gern sitzen möchte. Ich bin zuversichtlich, daß wir eine Lösung finden, die alle zufriedenstellt.«

Michelle konnte sich nicht länger beherrschen, sie blickte über die Schulter. Ein selbstgefälliges Lächeln stand in Susan Petersons Mundwinkeln.

Corinne teilte die Zettel aus. Minutenlang herrschte Stille im Klassenzimmer. Corinne sammelte die Zettel wieder ein und sah sie flüchtig durch. Dann begann sie die Namen auf den Sitzplan einzutragen. Die Schüler flüsterten.

Und dann begann das Bäumchenwechseldich. Als alles

vorüber war, fand sich Michelle zwischen Sally und Jeff wieder. Susan saß auf der anderen Seite von Jeff. Michelle sandte Fräulein Hatcher in Gedanken eine Dankesbotschaft.

Als die Glocke das Ende des Unterrichts ankündigte, verließ Tim Hartwick den Raum, der ihm für seine Tätigkeit in der Paradise Point School zur Verfügung gestellt worden war. Er blieb an die Flurwand gelehnt stehen und sah den Kindern zu, die an ihm vorbei in den warmen Nachsommertag hinausliefen. Er brauchte nicht lange, dann hatte er das Mädchen entdeckt, nach dem er Ausschau hielt. Michelle Pendleton lief mit Sally Carstairs den Korridor entlang. Als sie an Tim Hartwick vorbeikamen, traf ihn ein scheuer Blick aus fragenden Augen. Die beiden Mädchen gingen auf den Rasen hinaus. Er sah, wie Michelle ihrer Begleiterin etwas zuflüsterte.

Ein nachdenklicher Ausdruck stand in Tims Gesicht, als er in sein Büro zurückkehrte. Er nahm die Mappe, die auf seinem Schreibtisch lag, und sortierte sie in die Ablage ein. Er verließ das Büro, schloß hinter sich ab und schlenderte zu Corinne Hatchers Klassenzimmer hinüber.

»Und so stehen wir denn am Beginn eines neuen Schuljahres«, frotzelte er. »Junge Menschen sind in unsere Hände gegeben, wir sind es, die ihre Zukunft...«

»Hör auf«, lachte Corinne, »das ist ja furchtbar. Hilf mir lieber aufräumen, damit ich hier wegkann.«

Tim wollte nach vorne gehen, als er den Sitzplan bemerkte, den Corinne an die Tafel geheftet hatte. Er blieb stehen.

»Was ist das denn?« fragte er mit leisem Spott. »Ein Sitzplan in einer Klasse, die von Corinne Hatcher betreut wird? Und ich dachte, ich hätte es mit einer Vorkämpferin für die Freiheit zu tun. Wieder eine Illusion, die ich begraben muß.«

Corinne quittierte den Spott mit einem Seufzer. »Es hat heute ein Problem gegeben. Ich habe eine neue Schülerin in der Klasse, und es sah ganz so aus, als wäre die mit dem falschen Bein auf den Wagen gesprungen. Ich habe dann versucht, die Sache auszubügeln, bevor das Problem außer Kontrolle gerät.« Sie erzählte ihm, was passiert war.

»Ich habe das Mädchen vorhin gesehen«, sagte er, als sie mit ihrem Bericht fertig war.
»Wirklich?« Corinne schichtete die Papiere auf ihrem Pult zu einem sauberen Stapel zusammen. »Hübsches Mädchen, findest du nicht? Und intelligent scheint sie auch zu sein. Ein freundliches, auskömmliches Geschöpf. Eigentlich ganz anders, als ich mir eine Schülerin aus Boston vorgestellt habe.« Plötzlich umwölkte sich ihre Stirn. Sie musterte Tim mit einem neugierigen Blick. »Wie meinst du das, du hast sie gesehen? Woher weißt du denn, wie sie aussieht?«
»Als ich heute früh ins Büro kam, lag ihre Mappe auf meinem Schreibtisch. Michelle Pendleton. Möchtest du dir die Unterlagen mal ansehen?«
»Ganz sicher nicht«, erwiderte Corinne. »Ich sehe mir nie die Vorgeschichte eines Schülers an, es sei denn, es besteht ein aktueller Anlaß dazu.«
Sie hatte gedacht, er würde das Thema jetzt fallenlassen, aber das tat er nicht.
»Den Unterlagen zufolge ist das Mädchen so brav, daß man direkt mißtrauisch wird«, sagte er. »Kein einziger Tadel ist eingetragen.«
Corinne fragte sich, worauf er eigentlich hinauswollte.
»Was findest du daran so besonderes? Ich kann dir eine ganze Reihe Schüler nennen, in deren Unterlagen keine negativen Vermerke sind.«
Tim nickte. »Hier in Paradise Point ist das nichts Besonderes, da hast du recht. Aber das Mädchen kommt aus Boston. Wenn ich mir die Akte so ansehe, komme ich zu dem Schluß, sie hat gar nicht verstanden, in welcher Umgebung sie da war.« Er machte eine kurze Pause. Dann: »Wußtest du, daß sie ein Adoptivkind ist?«
Corinne stieß die Schublade in ihrem Pult zu. »Müßte ich das denn wissen?« Worauf wollte er hinaus?
»Nicht unbedingt. Aber sie *ist* ein Adoptivkind, und sie *weiß*, daß sie eines ist.«
»Ist es ungewöhnlich, wenn ein Adoptivkind weiß, daß es ein Adoptivkind ist?«

»Ja. Und was *wirklich* ungewöhnlich ist: Es scheint ihr überhaupt nichts auszumachen! Aus der Beurteilung der bisherigen Lehrer geht hervor, daß sie sich mit der Tatsache abgefunden hat.«

»Gut für sie, daß es so ist«, sagte Corinne. Sie gab sich keine Mühe, die Verstimmung zu verbergen, die sie wegen seiner Bemerkungen empfand. Was sollte das Ganze? Sie bekam die Antwort schneller, als sie es erwartet hatte.

»Ich finde, du solltest ein besonders gutes Augenmerk auf das Mädchen haben«, sagte Tim. Noch bevor sie ihrem Protest Ausdruck geben konnte, fuhr er fort. »Ich behaupte nicht, daß es mit diesem Mädchen auf unserer Schule Schwierigkeiten geben wird. Aber es gibt einen Unterschied zwischen Paradise Point und Boston. Soviel ich weiß, ist Michelle das einzige Adoptivkind, das wir hier haben.«

»Ich verstehe«, sagte Corinne. Plötzlich war ihr alles klar. »Du meinst, sie wird Probleme mit den anderen Kindern haben.«

»Genau«, sagte Tim. »Du weißt, wie Kinder sich aufführen, wenn ein Kind *anders* ist. Wenn sie's drauf anlegen, können sie Michelle das Leben zur Hölle machen.«

»Ich hoffe nicht, daß es sich so entwickelt«, sagte Corinne sanft.

Sie wußte, woran Tim in diesem Augenblick dachte. Seine Gedanken waren bei seiner Tochter. Lisa war elf, aber zwischen ihr und Michelle gab es sehr große Unterschiede, man konnte die beiden unmöglich in einen Topf werfen.

Tim glaubte, daß Lisas Probleme von der Tatsache herrührten, daß sie ›anders‹ war. Fünf Jahre zuvor hatte das Mädchen die Mutter verloren, das war es, was Lisa von den anderen Schülerinnen unterschied. Corinne war gerne bereit zuzugeben, daß Lisas Schwierigkeiten zum Teil auf dem Verlust der Mutter beruhten. Das Mädchen hatte das nur sehr schwer verwunden, noch schwerer als Tim.

Sie war sechs gewesen, zu jung um zu verstehen, was eigentlich vorging. Bis zum Schluß hatte sie nicht glauben wollen, daß ihre Mutter sterben würde. Als das Unvermeidliche geschah, war der Schmerz so groß, daß sie ihn nicht verarbeiten konnte.

Sie hatte dann ihrem Vater die Schuld für den Tod der Mutter gegeben, und der unglückliche Tim hatte damit begonnen, das Kind nach Strich und Faden zu verwöhnen. Aus Lisa, die mit sechs Jahren ein lebendiges, glückliches Mädchen gewesen war, wurde eine übelgelaunte Elfjährige, die sich bei jeder Gelegenheit querstellte, ein Wesen, das sich in sein Schneckenhaus zurückzog.

»Mußt du heute nachmittag zu Hause bleiben?« fragte Corinne vorsichtig. Sie hoffte, daß er ihre Gedanken nicht erriet. Eigentlich war es eine unverdächtige Frage.

Es war, als sei Lisa von Corinnes Gedanken herbeigezaubert worden. Sie betrat das Klassenzimmer und schoß der Lehrerin einen kurzen Blick voller Argwohn und Feindseligkeit zu. Corinne zwang sich zu einem Lächeln, aber der ablehnende Ausdruck im Gesicht des Kindes blieb. Lisas dunkle Augen waren hinter ihrer Ponyfrisur verborgen. Mit einer raschen Geste wandte sie sich ihrem Vater zu. Was sie dann sagte, hörte sich in Corinnes Ohren nicht wie eine Bitte, sondern wie ein Ultimatum an.

»Alison Adams hat mich zu sich nach Hause eingeladen, ich esse bei ihr zu Mittag. Ist das okay?«

Tim zog die Stirn kraus, aber dann stimmte er Lisas Plan zu. Mit einem Lächeln der Befriedigung auf den Lippen, verließ Lisa das Klassenzimmer. Als sie weg war, bekam Tim Gewissensbisse.

»Das war's dann wohl«, sagte er. »Den Rest des Tages habe ich frei.« Er hatte den Nachmittag mit seiner Tochter verbringen wollen. Es war keine Bitterkeit in seiner Stimme, wohl aber Traurigkeit. Er sah an Corinnes Miene, daß sie die Art, wie er sich von der Kleinen manipulieren ließ, mißbilligte. »Immerhin hat sie mir Bescheid gesagt, daß sie bei der Freundin ißt«, verteidigte er sich. Und dann schüttelte er den Kopf. »Ich mag ein guter Psychologe sein«, sagte er, »aber als Vater bin ich, glaube ich, nicht so gut.«

Corinne ging nicht ein auf die Bemerkung. Lisas Abneigung gegen sie war der Grund dafür, daß sie und Tim nicht schon längst geheiratet hatten. Es war Lisa, die das Tun und Lassen von Tim bestimmte, und die Kleine genoß die Situation. »Ich habe ein paar Steaks gekauft«, sagte Corinne mit fröhlicher Stimme. Sie packte Tim beim Arm und schob ihn zur Tür des Klassenzimmers. »Wenn du heute abend rüberkommen willst, ich würde mich freuen. Gehen wir.«

Sie hatten das Schulgebäude hinter sich gelassen. Sie tauchten in den weichen sonnigen Nachmittag ein, Corinne sog den Duft ein, der von der Brise herangetragen wurde, und freute sich über die Eichen und Ahornbäume, deren Grün im lauen Windhauch erzitterte.

»Ich liebe diesen Ort«, sagte sie. »Wirklich!«

»Ich liebe diesen Ort«, sagte Michelle. Sie wußte nicht, daß sie damit den Ausspruch ihrer Lehrerin wiederholte. Sally Carstairs und Jeff Benson verdrehten die Augen in komischer Verzweiflung.

»Es ist ein Ort unter der Glasglocke«, maulte Jeff. »Hier passiert nie etwas.«

»Wo möchtest du denn statt dessen wohnen?« begehrte Michelle zu wissen.

»In Wood's Hole«, antwortete Jeff ohne Zögern.

»In Wood's Hole?« wunderte sich Sally. »Was ist das denn für eine Ort?«

»Dort würde ich gern zur Schule gehen«, sagte Jeff ruhig. »Und zwar im Institut für Meereskunde.«

»Wie langweilig«, sagte Sally. »Wahrscheinlich ist der Ort genauso schlimm wie Paradise Point. Ich sage euch, ich kann's kaum erwarten, bis ich hier wegkomme.«

»Du hast kaum Chancen, je hier wegzukommen«, frotzelte Jeff. »Du wirst wahrscheinlich hier sterben, wie die anderen.«

»Das werde ich nicht«, sagte Sally trotzig. »Du wirst es noch erleben, daß ich aus Paradise Point weggehe. Wart's nur ab.«

Die drei gingen am oberen Rand der Steilküste entlang. Als

das Haus der Familie Benson in Sicht kam, wandte sich Michelle zu Jeff und fragte ihn, ob er nicht zu ihr kommen wollte.

Jeff hatte seine Mutter erblickt, die vor der Haustür stand. Sein Blick strich über den alten Friedhof und blieb auf dem Dach des Pendleton-Hauses haften, das sich als düsterer Fleck vom Grün der Bäume abhob. Ihm fiel ein, was ihm seine Mutter über den Friedhof und über das Haus erzählt hatte. »Ich kann schlecht mit zu dir kommen«, sagte er zu Michelle. »Ich habe meiner Mutter versprochen, daß ich ihr heute den Rasen mähe.«

»Schade«, sagte Michelle. »Nie kommst du zu mir nach Hause.«

»Ich komme schon noch zu dir«, versprach Jeff. »Aber nicht heute. Heute geht's nicht, weil... ich habe keine Zeit.«

Sally zwinkerte Michelle zu, und dann versetzte sie ihr einen leichten Rippenstoß.

»Was ist denn, Jeff?« sagte sie unschuldsvoll. »Hast du Angst vor dem Friedhof?«

»Nein, ich habe keine Angst vor dem Friedhof«, herrschte Jeff sie an. Sie waren vor seinem Haus angekommen. Jeff wollte die Einfahrt hinaufgehen. Was Sally dann sagte, veranlaßte ihn stehenzubleiben, obwohl Sally ihre Worte an Michelle richtete.

»Auf dem Friedhof gibt's einen Geist, mußt du wissen. Und Jeff hat Angst vor dem Geist.«

»Ein Geist auf dem Friedhof? Davon wußte ich ja gar nichts«, sagte Michelle.

»Es stimmt ja auch gar nicht«, sagte Jeff, zu ihr gewandt. »Ich bin hier geboren und aufgewachsen. Wenn's hier einen Geist gäbe, müßte ich es wissen. Ich habe keinen Geist gesehen, also gibt es keinen.«

»Wenn du sagst, daß es so ist, braucht es doch nicht so zu sein«, widersprach Sally.

»Und nur wenn du sagst, es gebe hier einen Geist, deshalb gibt es noch keinen Geist«, konterte Jeff. »Bis morgen.« Er machte auf dem Absatz kehrt und ging die Einfahrt zu seinem

Haus hinauf. Michelle rief ihm einen Abschiedsgruß nach, er drehte sich um und winkte ihr zu. Als er im Haus verschwunden war, setzten die beiden Mädchen ihren Weg fort. Sie hatten die Straße verlassen, weil Sally das so wollte. Sie gingen am Kliff entlang. Plötzlich blieb Sally stehen, sie ergriff Michelles Arm und deutete mit der freien Hand nach vorn.

»Da ist der Friedhof! Gehen wir rein!«

Michelle betrachtete den kleinen, von Unkraut erstickten Gottesacker. Bisher hatte sie den Friedhof immer nur vom Auto aus gesehen.

»Ich weiß nicht recht«, sagte sie. Beklommen musterte sie die überwucherten Gräber.

»Komm schon«, drängte Sally die Freundin. »Gehen wir hinein!« Sie ging auf die Stelle zu, wo der niedrige Lattenzaun, der den Friedhof umgab, am Boden lag.

Michelle wollte ihr folgen, plötzlich bekam sie es mit der Angst zu tun. »Wir sollten besser nicht reingehen«, rief sie ihrer Freundin nach.

»Warum denn nicht? Vielleicht sehen wir den Geist!«

»Es gibt keine Geister«, sagte Michelle. »Aber ich hab' das Gefühl, es ist besser, wenn wir draußen bleiben. Wer liegt eigentlich begraben auf diesem Friedhof?«

»Ziemlich viele Menschen. Die meisten sind Verwandte von Onkel Joe. Alle Carsons, die es überhaupt gibt, sind hier beerdigt, außer die letzte Generation, die ist in der Stadt beigesetzt worden. Komm jetzt, und sieh dir die Grabsteine an, die sind wirklich hübsch.«

»Nicht jetzt.« Michelle dachte über ein Thema nach, mit dem sie Sally ablenken konnte. Sie wußte nicht, warum, aber der Friedhof machte ihr angst. »Ich habe Hunger. Gehen wir zu mir nach Hause und essen etwas. Wir können dann immer noch zum Friedhof gehen, wenn wir wollen.«

Sally war nur schwer zu bewegen, den Plan aufzugeben. Schließlich lenkte sie ein. Die beiden Mädchen gingen den Pfad entlang. Ein lastendes Schweigen war zwischen ihnen. Es war dann Michelle, die den Bann brach.

»Gibt's wirklich einen Geist auf dem Friedhof?«

»Ich weiß es nicht«, antwortete Sally. »Einige Leute sagen, es gibt einen Geist, und andere sagen, es gibt keinen.«

»Und wer soll dieser Geist sein?«

»Ein Mädchen, das vor vielen Jahren hier gelebt hat.«

»Und was ist mit diesem Mädchen? Warum spukt sie?«

»Ich weiß es nicht. Niemand weiß es. Ich bin nicht einmal sicher, ob sie wirklich auf dem Friedhof herumspukt oder nicht.«

»Hast du den Geist denn nie gesehen?«

»Nein«, sagte Sally nach einem winzigen Zögern. Eine Sekunde später war Michelle nicht mehr sicher, ob sie überhaupt gezögert hatte.

Wenige Minuten nach diesem Wortwechsel betraten die beiden Mädchen die große Küche, sie kamen durch den Hintereingang. June stand mit aufgekrempelten Armen vor dem Küchentisch, sie knetete Teig für ein Brot. »Habt ihr beiden Hunger?« fragte sie.

»Hm, ja.«

»Im Glas sind noch süße Kekse, im Kühlschrank ist Milch. Aber wascht euch erst die Hände. Du natürlich auch, Michelle.« June wandte sich wieder ihrem Teig zu. Den Blick, den Michelle ihrer Freundin Sally zuwarf, bekam sie nicht mehr mit, jenen Augenaufschlag voll stummer Verzweiflung über die Mutter, die sie mit ihren Hinweisen daran erinnert hatte, daß sie noch ein kleines Mädchen war. Obwohl den beiden das Gebot, sich die Hände zu waschen, gegen den Strich ging, dachte keines der Mädchen ernsthaft an die Möglichkeit, die Weisung zu mißachten. June hörte, wie der Wasserhahn aufgedreht wurde, das Wasser plätscherte in den Ausguß.

»Wir gehen dann rauf«, sagte Michelle. Sie hatte zwei Gläser mit Milch gefüllt und einen Berg Kekse auf den Teller gelegt.

»Paßt auf, daß nachher nicht alles voller Krümel ist«, sagte June. Sie stand mit dem Rücken zu den beiden, aber sie wußte, was ihre Tochter und das andere Mädchen jetzt für ein Gesicht zogen.

Sie gingen die Treppe hinauf. »Ist deine Mutter auch so?« fragte Michelle.

»Schlimmer«, sagte Sally. »Meine läßt mich noch wie ein Kind in der Küche essen.«

»Was soll man machen«, seufzte Michelle. Sie führte Sally in ihr Zimmer hinauf und schloß die Tür. Sally warf sich aufs Bett.

»Das Haus ist wunderbar«, rief sie aus. »Ich liebe diesen Raum und die Möbel und...« Sie verstummte. Ihr Blick war auf die Puppe gefallen, die auf dem Fenstersitz lag.

»Was ist das für eine Puppe?« flüsterte sie. »Ist die neu im Haus? Ich hab' sie hier noch nie gesehen.«

»Sie war schon da, als du mich das erste Mal besucht hast«, antwortete Michelle. Sally erhob sich vom Bett und durchquerte den Raum.

»Michelle, diese Puppe sieht *antik* aus!«

»Das ist sie wohl auch«, sagte Michelle. »Ich habe sie im Schrank gefunden, als wir einzogen. Sie lag hinten im Fach, ganz versteckt.«

Sally nahm die Puppe hoch und betrachtete sie sorgfältig.

»Sie ist wunderschön«, sagte sie leise. »Wie heißt sie?«

»Amanda.«

Sallys Augen weiteten sich.

»Amanda? Warum hast du sie Amanda getauft?«

»Ich weiß nicht. Ich dachte nur, ich müßte ihr einen altmodischen Namen geben, und da ist mir Amanda eingefallen.«

»Das ist ja unheimlich«, sagte Sally. Sie hatte eine Gänsehaut bekommen. »So heißt der Geist.«

»Was?« fragte Michelle. Sie verstand plötzlich gar nichts mehr.

»Amanda heißt der Geist«, wiederholte Sally. »Der Name steht auf einem der Grabsteine. Komm, ich zeig's dir.«

Fünftes Kapitel

Sally ging voran. Sie schritten über den zusammengebrochenen Lattenzaun hinweg.

Es war ein kleiner Friedhof, vielleicht fünfzehn mal fünfzehn Meter, mit Gräbern, um die sich niemand mehr zu kümmern schien. Viele Grabsteine waren umgefallen oder umgestoßen worden. Jene, die noch standen, sahen so wackelig aus, als bedürfte es nur noch eines einzigen Sturms, um sie zu stürzen. In der Mitte des Friedhofs stand eine vom Blitz geschwärzte Eiche. Der Baum war seit vielen Jahrzehnten tot, Stamm und Äste standen wie ein Skelett vor dem Hintergrund des Himmels. Es war ein furchterregender Ort. Michelle stand da wie gelähmt.

»Paß auf, daß du nicht auf einen Nagel trittst«, sagte Sally. »Im hohen Gras liegen Latten.«

»Hält denn niemand mehr diesen Friedhof in Ordnung?« fragte Michelle. »Die Friedhöfe in Boston sehen ganz anders aus.«

»Ich glaube, um den hier kümmert sich niemand mehr«, antwortete Sally. »Onkel Joe hat gesagt, er würde sich hier nicht beerdigen lassen, und überhaupt nähmen die Gräber soviel Land in Beschlag, das anders viel besser genutzt werden könnte. Eine Zeitlang hatte er sogar Pläne, die Grabsteine fortzuschaffen und das Gelände als Ödland zu belassen.«

Michelle warf einen Blick in die Runde. »Das hätte auch nicht viel Unterschied gemacht«, bemerkte sie. »Es sieht grauslich aus hier.«

Sally stieg über die Kletterpflanzen und Unkrautstauden hinweg. »Warte nur, bis du den Stein da drüben siehst.«

Sie wollte ihre Freundin zu einem Grab am Ende des überwucherten Weges führen, als Michelle stehenblieb. Einer der Grabsteine am Wegesrand stand so schräg, daß es schon beängstigend wirkte. Es war die Inschrift auf diesem Stein, die Michelles Aufmerksamkeit gefesselt hatte. Sie trat näher und las die Worte ein zweites Mal.

LOUISE CARSON – Geboren A. D. 1850
Gestorben in Sünde A. D. 1890

»Sally?«

Sally Carstairs war vorausgegangen, sie blieb stehen und sah sich nach ihrer Freundin um.

»Hast du so was schon mal gesehen?« Michelle deutete auf den Stein. Sally konnte die Inschrift aus der Entfernung nicht erkennen, aber sie ahnte, warum ihre Freundin sie zurückrief. Sekunden später stand sie neben Michelle. Die beiden Mädchen starrten die merkwürdige Inschrift an.

»Was bedeutet das?« fragte Michelle.

»Woher soll ich das wissen?«

»Weiß denn sonst niemand über die Inschrift Bescheid?«

»Ich jedenfalls nicht, ich schwör's dir«, sagte Sally. »Ich hab' meine Mutter mal gefragt, aber die wußte es auch nicht. Was auch immer die Inschrift bedeutet, diese Frau ist jetzt schon hundert Jahre tot.«

»Ich finde das gruselig«, sagte Michelle. »*Gestorben in Sünde.* Das klingt so... puritanisch!«

»Was hast du erwartet? Wir sind hier in Neuengland!«

»Aber wer war die Frau denn?«

»Vermutlich eine von Onkel Joes Ahnen. Die Carsons sind alles Vorfahren von Onkel Joe.« Sie ergriff Michelle beim Arm und zog sie weiter. »Komm jetzt, das Grab, das ich dir zeigen will, ist da hinten.«

Widerstrebend ließ sich Michelle von dem seltsamen Grabstein fortziehen. In Gedanken wiederholte sie den Wortlaut der Inschrift. Was hatte das zu bedeuten? Hatte die Inschrift überhaupt eine Bedeutung? Und dann blieb Sally stehen. Sie deutete nach vorn.

»Dort«, flüsterte sie Michelle zu, »sieh dir das einmal an.«

Michelle folgte Sallys Blick und starrte auf das Dornengesträuch. Zuerst konnte sie nichts erkennen. Dann, als sie sich vorbeugte, sah sie die kleine Steinplatte, die von Sträuchern überwuchert war. Sie kniete sich hin und schob die Zweige zur Seite, dann reinigte sie den Stein von der Erde.

Es war ein einfacher Granitstein, ohne Verzierungen, mit den Spuren fortgeschrittener Verwitterung. Die Inschrift bestand aus einem einzigen Wort:

AMANDA

Michelle wagte kaum noch Luft zu holen, so aufgeregt war sie. Sie betrachtete den Stein aus nächster Nähe. Wie sie vermutete, mußte es neben dem Namen noch andere Worte geben. Aber sie hatte sich getäuscht.

»Das verstehe ich nicht«, flüsterte sie. »Hier fehlt das Geburtsjahr, es fehlt das Todesjahr und der Familienname. Wer war diese Amanda?« Michelle starrte Sally an, diese kniete sich zu ihr.

»Sie war ein blindes Mädchen«, sagte Sally. Sie bemühte sich leise zu sprechen. »Sie muß wohl eine Carson gewesen sein. Ich glaube, sie hat vor langer Zeit hier gelebt. Meine Mutter sagt, sie ist vom Kliff gefallen.«

»Warum steht dann nicht ihr Familienname auf dem Stein? Warum ist hier nicht vermerkt, wann sie geboren ist und wann sie gestorben ist?« Michelle war fasziniert von dem merkwürdigen Stein, ihre Augen waren auf die Inschrift geheftet.

»Weil sie nicht hier begraben ist«, wisperte Sally. »Ihre Leiche wurde nie gefunden. Sie muß von der Flut ins Meer hinausgetragen worden sein oder so. Meine Mutter sagt, der Grabstein wurde vorläufig aufgestellt. Man hoffte, daß die Leiche wieder angeschwemmt wurde, so daß man sie begraben konnte. Aber sie haben sie nie gefunden, und deshalb hat sie auch keinen richtigen Stein bekommen.«

Michelle erschauderte. »Man wird die Leiche nie mehr finden«, sagte sie.

»Ich weiß. Deshalb sagen die Leute ja auch, daß ihr Geist auf dem Friedhof herumspukt. Es heißt, sie wird so lange herumgeistern, bis die Leiche begraben wird, und da man die Leiche nie finden wird...«

Sallys Stimme verlor sich im Rauschen der Zweige. Michelle versuchte das von Sally Erfahrene gedanklich einzuordnen. Unwillkürlich streckte sie die Hand nach dem Grabstein aus. Sie ließ die Finger auf der kühlen Oberfläche ruhen, dann zog sie die Hand wieder weg und stand auf.

»Es gibt keine Geister«, sagte sie. »Komm, wir gehen nach Hause.«

Zielstrebig ging sie auf die Lücke im Zaun zu. Als sie merkte, daß Sally ihr nicht folgte, blieb sie stehen und blickte zurück. Die Freundin kniete vor dem merkwürdigen Gedenkstein. Als Michelle sie beim Namen rief, stand sie auf und eilte zu ihr. Erst als sie den Friedhof verlassen hatten, fand Sally die Sprache wieder.

»Du mußt zugeben, daß es sonderbar ist.«

»Was ist sonderbar?« sagte Michelle. Sie ließ durchklingen, daß ihr das Thema nicht behagte.

»Daß du die Puppe auf ihren Namen getauft hast. Ich meine, es wäre ja denkbar, daß es *ihre* Puppe war und daß die Puppe all die Jahre lang im Schrank gelegen und auf dich gewartet hat.«

»Sag doch nicht solche Dummheiten«, konterte Michelle. Sie wollte nicht zugeben, daß sie gerade den gleichen Gedanken gehabt hatte. »Ich hätte der Puppe ja auch irgendeinen anderen Namen geben können.«

»Aber du *hast* ihr nicht irgendeinen anderen Namen gegeben«, bohrte Sally weiter. »Du hast sie Amanda getauft, und dafür gibt's einen Grund.«

»Das war nur Zufall. Außerdem, Jeff lebt hier von Kind auf an, wenn's hier einen Geist gäbe, dann hätte er ihn sicher gesehen.«

»Vielleicht hat er ihn gesehen«, sagte Sally nachdenklich. »Vielleicht ist das der Grund, warum er nicht in euer Haus kommen will.«

»Er kommt nicht in unser Haus, weil er zuviel zu tun hat«, sagte Michelle rasch. »Er muß seiner Mutter helfen.« Es kam heftiger heraus, als sie beabsichtigt hatte. Sie spürte, wie der Ärger sich ihrer Gedanken bemächtigte. Warum sagte Sally so etwas? »Können wir nicht über etwas anderes sprechen?« schlug sie vor.

Sally sah sie verwundert an, schließlich grinste sie. »Einverstanden. Mir ist selbst etwas ungemütlich bei dem Thema.«

Michelle war erleichtert, daß ihre Freundin für ihren Wunsch Verständnis zeigte. Sie zwickte Sally freundschaftlich in den Arm.

»Autsch!« schrie Sally und zuckte zurück.

Der Arm, dachte Michelle. Ihr Arm tut wieder weh, wie letzte Woche. Dabei ist sie heute gar nicht hingefallen. Die Gänsehaut kroch Michelle den Rücken hoch, aber sie ließ sich nichts anmerken.

»Es tut mir leid«, sagte sie. Vorsichtig strich sie Sally über die Schulter. »Ich dachte, dein Arm wäre besser.«

»Das habe ich auch gedacht«, erwiderte Sally. Sie warf einen Blick zurück auf den Friedhof. »Aber da habe ich mich wohl getäuscht.« Sie hatte plötzlich das Gefühl, fliehen zu müssen. »Laß uns zu dir nach Hause gehen«, sagte sie. »Ich bekomme es hier mit der Angst zu tun.«

Die beiden Mädchen eilten auf das alte Haus zu, dessen Silhouette sich über dem Kliff erhob. Als sie vor der Hintertür angekommen waren, drehte Michelle sich um. Es war kühl geworden. Über dem Meer stieg der Nebel hoch. Michelle öffnete die Tür. Sie ließ Sally vorgehen. Sie folgte ihr in einigen Schritten Abstand.

»Daddy?«

Die Familie Pendleton hatte es sich im ehemaligen Salon gemütlich gemacht, das Zimmer lag nach vorne heraus, es war zum bevorzugten Aufenthaltsraum der Familie geworden, weil das eigentliche Wohnzimmer wegen seiner großen Abmessungen und seiner höhlenartigen Atmosphäre als ungemütlich empfunden wurde. Cal saß in seinem hohen Lieblingssessel, seine Füße ruhten auf einer Ottomane. Michelle hatte sich, ganz in seiner Nähe, bäuchlings auf den Boden gelegt, sie las in einem Buch. Sie stützte sich mit den Ellenbogen ab, ihr Kinn war in die Hände gebettet, es war eine Stellung, die Cal Rätsel aufgab. Wieso tat ihr bei dieser Stellung der

Nacken nicht weh? Junge Menschen sind eben elastischer, war seine Schlußfolgerung. June hatte sich ihren beängstigend steifen Stuhl vor den offenen Kamin gerückt, sie strickte eifrig an einem Pullover für das Baby. Sie benutzte abwechselnd blaue und rosa Wolle, sie war eine Frau, die auf sicher ging.

»Hm?« brummte Cal, ohne den Blick von der Ärztezeitschrift zu heben.

»Glaubst du an Geister, Daddy?«

Cal ließ die Zeitschrift sinken. Er sah zu seiner Frau hinüber, die zu stricken aufgehört hatte. Dann wandte er sich seiner Tochter zu. Ein Lächeln stahl sich in seine Züge.

»Ob ich was?«

»Ob du an Geister glaubst.«

Cals Lächeln verschwand. Ihm war klargeworden, daß Michelles Frage ernst gemeint war. Er klappte die Zeitschrift zu. Merkwürdig, daß seine Tochter ihm solche Fragen stellte.

»Haben wir das nicht vor fünf Jahren alles schon einmal durchgesprochen?« sagte er. »Damals habe ich dir erklärt, was es mit dem Weihnachtsmann auf sich hat und mit dem Osterhasen.«

»Glaubst du an Geister, ja oder nein?«

»Wovon sprichst du eigentlich?« sagte June, zu ihrer Tochter gewandt.

Michelle kam sich töricht vor. Hier, in der warmen, gemütlichen Stube, schienen die Gedanken, die sie den ganzen Nachmittag gequält hatten, so unsinnig, so albern. Sie hätte gar nicht davon anfangen sollen. Sie überlegte, was sie jetzt sagen sollte. Sie beschloß, ihren Eltern von dem Erlebten zu berichten.

»Kennt ihr den alten Friedhof zwischen unserem Haus und dem Haus der Familie Benson?« begann sie. »Sally ist mit mir reingegangen.«

»Sag bloß, dir ist auf dem Friedhof ein Geist erschienen«, rief Cal.

»Mir ist kein Geist erschienen«, sagte Michelle ärgerlich. »Aber es gibt einen merkwürdigen Grabstein auf diesem

Friedhof. Auf dem Stein steht der Name meiner Puppe eingemeißelt.«

»Amanda?« sagte June. »Das ist wirklich merkwürdig.«

Michelle nickte. »Und Sally sagt, in dem Grab liegt niemand. Sie sagt, Amanda war ein blindes Mädchen, das vor vielen, vielen Jahren vom Kliff stürzte.« Sie zögerte, aber Cal spürte, daß sie etwas sagen wollte.

»Was hat Sally sonst noch erzählt?«

»Daß Amandas Geist in der Gegend herumspukt«, sagte Michelle ruhig. »Zumindest glauben das die Kinder.«

»Aber du doch nicht«, sagte Cal.

»Nein...«, sagte Michelle, aber der Klang ihrer Stimme verriet, wie unsicher sie war.

»Glaub mir, Prinzessin«, sagte Cal, »es gibt keine Geister, es gibt auch keine Gespenster, keine Untoten und keine anderen Schattenwesen, und wenn du meinen Rat willst, laß dir solch einen Unsinn von niemandem einreden.«

»Aber es ist doch merkwürdig, daß ich die Puppe Amanda getauft habe«, widersprach ihm Michelle. »Sally glaubt sogar, die Puppe hat dem blinden Mädchen gehört...«

»Es ist nur ein Zufall, daß du der Puppe diesen Namen gegeben hast.« June nahm ihr Strickzeug wieder hoch und ließ die Nadeln klappern. »So etwas kommt sehr oft vor, das ist genau der Stoff, aus dem dann Geistergeschichten gewoben werden. Ein merkwürdiges Vorkommnis, purer Zufall natürlich, und die Leute wollen nicht wahrhaben, daß es Zufall war. Sie suchen eine übernatürliche Erklärung für ganz alltägliche Zusammenhänge. Sie nennen es Glück, Geister, Schicksal, was auch immer.« Michelle schien keineswegs überzeugt von den Worten ihrer Mutter. June legte ihr Strickzeug zur Seite.

»Also gut«, sagte sie. »Wie bist du auf den Namen für die Puppe gekommen?«

»Ich wollte einen altmodischen Namen«, begann Michelle. »Und deshalb...«

»Du wolltest einen altmodischen Namen«, sagte June, »und damit scheidet schon einmal eine große Anzahl Namen aus. Deiner zum Beispiel und meiner und alle modernen Vornamen. Es bleiben die Namen, die aus der Mode sind, wie Agatha, Sophie, Prudence und...«

»Die sind doch häßlich«, protestierte Michelle.

»Womit die Liste der Namen, die überhaupt in Frage kommen, noch weiter zusammenschrumpft«, argumentierte June. »Du wolltest einen Namen, der altmodisch, aber nicht häßlich ist, und wenn du beim A beginnst, was völlig normal ist, dann stößt du als erstes...«

»Dann stoße ich als erstes auf Amanda«, vollendete Michelle den Satz. Sie grinste. »Und ich habe geglaubt, der Name ist mir nur so eingefallen.«

»Er *ist* dir ja auch eingefallen«, sagte June. »Der menschliche Geist schaltet sehr schnell, und die Überlegungen, die wir vorher angestellt haben, sind dir durch den Kopf gegangen, ohne daß es dir bewußt wurde. So entstehen Geistergeschichten – reiner Zufall! Und jetzt ins Bett mit dir, sonst schläfst du morgen während des Unterrichts ein.«

Michelle stand auf und ging zu ihrem Vater. Sie legte ihm die Arme um den Hals und liebkoste ihn.

»Manchmal bin ich wirklich dumm, nicht?« sagte sie.

»Du bist nicht dümmer als wir Erwachsenen, Prinzessin.« Er gab ihr einen Kuß, und dann versetzte er ihr einen liebevollen Klaps auf den Hintern. »Ins Bett mit dir.«

Er hörte, wie sie die Treppe hinaufging. Als die Tritte verklungen waren, wandte er sich seiner Frau zu.

»Wie schaffst du das?« fragte er voller Bewunderung.

»Was?« June schien geistesabwesend.

»Dir logische Erklärungen auszudenken für Dinge, die überhaupt nicht logisch sind.«

»Dazu muß man Talent haben«, sagte June wohlgelaunt. »Auf dich konnte ich das Problem ja wohl nicht abwälzen. Du hättest die ganze Nacht gebraucht, um dir was Passendes auszudenken, und zum Schluß hätten wir alle drei an Geister geglaubt.«

Sie erhob sich aus ihrem Stuhl, ging zum Kamin und schob die flackernden Scheite auseinander. Cal hatte das Licht ausgemacht. Hand in Hand stiegen sie die Stufen zum ersten Stock hinauf.

Michelle lag im Bett und lauschte in die Nacht hinein. Die Brandung war zu hören, das Zirpen der letzten Grillen jenes Sommers und das sanfte Rascheln des Windes in den Bäumen. Michelle dachte über die Worte ihrer Mutter nach. Es schien logisch, was Mutter gesagt hatte. Und doch... Die Erklärung hatte Lücken. Da war noch etwas, worauf Mutter nicht zu sprechen gekommen war. Ich bin albern, dachte sie. Mutter hat alles gesagt, was zu sagen war. Der Wind und das Meer lullten Michelle in den Schlaf. Bevor sie in einen Traum hinüberglitt, verstärkte sich das Gefühl, daß es eine Lücke in den Erklärungen ihrer Mutter gab.

Ein dunkles Geheimnis.

Ich hätte meine Puppe nicht Amanda nennen dürfen...

Die Geräusche der Nacht waren erstorben, als Michelle aufwachte. Sie lag reglos im Bett und lauschte. Schweigen umgab sie, Schweigen so dick wie Watte.

Und dann fühlte sie es.

Ein Wesen beobachtete sie.

Ein Wesen, das sich mit ihr im Zimmer befand.

Am liebsten hätte sie sich die Decke über den Kopf gezogen, um sich vor dem Wesen zu verbergen. Aber sie spürte, das durfte sie nicht tun.

Sie mußte das Wesen ansehen.

Langsam setzte sie sich auf. Mit schreckensgeweiteten Augen starrte sie in die Ecke.

Dort, am Fenster.

Das Wesen stand in der Ecke des Zimmers. Ein schwarzer Schatten. Das Wesen sah sie an.

Der Schatten kam auf Michelle zu.

Die Gestalt hatte die Mitte des Zimmers erreicht und trat ins Mondlicht.

Es war ein Mädchen, etwa so alt wie Michelle.

Michelle verstand nicht, warum die Angst plötzlich von ihr

abfiel. Auf einmal empfand sie nur noch Neugier. Wer war das Mädchen? Was wollte sie von ihr?

Das Mädchen kam so nahe, daß Michelle ihre Kleidung betrachten konnte. Sie war merkwürdig angezogen. Das Kleid war schwarz, es reichte fast bis zum Boden. Die Puffärmel endeten in engen Manschetten. Den Kopf bedeckte eine schwarze Haube.

Gebannt sah Michelle die Gestalt näher schweben, und dann wandte das Mädchen den Kopf. Michelle konnte das vom Mondlicht überflossene Gesicht erkennen.

Die Züge waren weich, die Lippen fein geschwungen. Das Mädchen hatte eine Stubsnase.

Dann sah sie die Augen.

Die Pupillen waren von milchigem Weiß, sie schimmerten im Licht des Mondes. Das Mädchen schien Michelle nicht zu erkennen, obwohl ihr Blick auf sie gerichtet war.

Das Mädchen hob den Arm und deutete auf Michelle.

Die Furcht kehrte zurück und gewann alsbald die Oberhand. Michelle stieß einen Schrei aus.

Schreiend wachte sie auf.

Entsetzt starrte sie in die Mitte des Zimmers, wo sich eine Sekunde vorher die merkwürdige schwarze Gestalt befunden hatte.

Das Mädchen war verschwunden.

Die Geräusche der Nacht waren wieder da, der stetige Rhythmus der Brandung, das Wispern der Bäume.

Die Tür öffnete sich. Michelles Vater betrat den Raum.

»Prinzessin, was ist denn? Was hast du denn?« Er setzte sich zu ihr aufs Bett und nahm sie in die Arme, um sie zu trösten.

»Ich hatte einen Alptraum, Daddy«, stammelte Michelle. »Es war furchtbar, Daddy. Es war alles wie in der Wirklichkeit. Jemand war bei mir, hier im Raum ...«

»Aber nein, Kleines«, versuchte Cal sie zu beschwichtigen. »Niemand ist hier im Haus außer dir und mir und Mutter. Es war nur ein Traum, mein Liebling.«

Er blieb bei ihr, sprach mit ihr und beruhigte sie. Erst kurz vor Morgengrauen erhob er sich von der Bettkante. Er küßte sie auf die Stirn und sagte ihr, daß sie jetzt schlafen müßte. Er ging hinaus und ließ die Tür einen Spalt offen.

Michelle lag, ohne sich zu rühren, in ihrem Bett. Sie versuchte, den furchtbaren Traum zu vergessen. Sie versuchte einzuschlafen. Als der Schlaf nicht kommen wollte, stand sie auf und ging zum Fenster. Sie nahm die Puppe, die auf dem Fensterbrett lag, und drückte sie an sich. Sie nahm auf dem Fenstersitz Platz und starrte in die Nacht hinaus. Als die Nebel sich hoben, vermeinte Michelle eine Gestalt zu erkennen, auf der Nordseite des Kliffs, in der Nähe des alten Friedhofs.

Als sie das nächste Mal hinsah, war die Gestalt fort, der Wind wirbelte den Nebel auf und trieb die Fetzen auf die Felsen.

Michelle ging zu ihrem Bett zurück, sie hielt die antike Puppe an sich gepreßt. Sie legte sich nieder. Erst als der Morgen graute, schlief sie ein.

Die Puppe lag neben ihr auf dem Kissen, die blinden Augen starrten zur Zimmerdecke auf.

Cal war, nachdem er Michelle verlassen hatte, nicht wieder ins Bett gegangen. Er zog sich den Morgenmantel über, holte sich seine Pfeife samt dem Tabak und ging die Treppe hinunter.

Ziellos durchstreifte er das Haus. Schließlich suchte er sich einen Sessel in dem kleinen Besuchszimmer im ersten Stock, es war ein Zimmer, das nach vorne ging. Er stopfte sich eine Pfeife, entzündete den Tabak, legte die Beine hoch und ließ seinen Gedanken freien Lauf.

Er war wieder in Boston. Es war die Nacht, als der Junge starb. Die Nacht, die sein Leben verändert hatte.

Jetzt konnte er sich nicht einmal mehr an den Namen des Jungen erinnern. Er konnte nicht, oder er wollte nicht.

Darin bestand das Problem. Es gab so viele Namen, an die er sich nicht erinnern konnte. Die Namen jener, die gestorben waren.

Wie viele Menschen hatten sterben müssen, weil er gefehlt hatte?

Der Junge aus Paradise Point war einer der Menschen, für deren Tod er verantwortlich war. Bei ihm war sich Cal seiner Schuld ganz sicher. Aber es gab mehr. Wie viele? Wie viele auch immer, es würde keine neuen Opfer geben.

Der Junge.

Der Name war Alan Hanley. Cal konnte sich sehr gut an den Tag erinnern, als sie Alan Hanley ins *Boston General* gebracht hatten.

Es war am Spätnachmittag gewesen. Alan Hanley war bewußtlos gewesen. Er war von einem Krankenwagen eingeliefert worden. Dr. Carson hatte während der Fahrt neben dem Bewußtlosen gesessen. Der Junge hatte Verletzungen erlitten, als er vom Dach fiel.

Inzwischen kannte Cal das Haus, von dessen Dach der Junge gefallen war. Damals waren ihm die näheren Umstände des Unglücks ziemlich gleichgültig gewesen.

Dr. Carson hatte getan, was in seiner Macht stand. Als er begriff, daß die Verletzungen des Jungen in der *Paradise Point Clinic* nicht behandelt werden konnten, hatte er ihn mit dem Krankenwagen nach Boston bringen lassen.

Dort hatte Dr. Calvin Pendleton die Behandlung des Verletzten übernommen.

Zuerst schien alles so klar. Ein paar Knochen waren gebrochen, außerdem Verdacht auf Schädelbruch. Dann hatte Cal den Jungen auf innere Verletzungen untersucht. Er war zu dem Schluß gekommen, daß sich im Gehirn des Verletzten ein Blutpfropfen bildete, der den Blutkreislauf zum Erliegen bringen würde. Höchste Eile war geboten. Dr. Pendleton hatte den Jungen operiert, in Dr. Carsons Beisein.

Alan Hanley starb auf dem Operationstisch.

Es stellte sich heraus, daß es keinen Blutspfropfen gab. Die Operation wäre nicht notwendig gewesen.

Der Tod des Jungen hatte Cal tief erschüttert, mehr als alle bisherigen Ereignisse in seinem Leben.

Es war nicht seine erste Fehldiagnose, das wußte er. Fast

alle Ärzte stellten dann und wann Fehldiagnosen. Aber für Dr. Calvin Pendleton war der Tod des Alan Hanley ein Wendepunkt.

Seit jenem Abend wurde er von dem Gedanken verfolgt, daß er wieder eine Fehldiagnose stellen konnte. Wieder würde ein junger Mensch sterben, weil er, der Arzt, versagt hatte.

Die Kollegen redeten ihm gut zu, sie sagten, er nähme das alles viel zu ernst. Aber das half nichts, der Tod des Jungen verfolgte ihn wie ein Gespenst.

Und dann hatte sich Cal einen Tag freigenommen. Er war nach Paradise Point hinausgefahren, um mit Dr. Carson zu sprechen. Sie würden über Alan Hanley sprechen...

Dr. Carson hatte ihn recht kühl begrüßt, so kühl, daß sich in Cal der Eindruck verfestigte, er hätte die Fahrt umsonst unternommen. Es war klar, daß Dr. Carson ihm die Schuld an Alans Tod anlastete, das sah Cal schon in den blauen Augen des Alten, der ihn mit durchdringendem Blick musterte. Im Gespräch dann wandelte sich seine Überzeugung. Der Alte sagte ihm einzigartige Dinge. Dinge, die er – dessen war Cal sicher – noch niemandem auf der Welt erzählt hatte.

»Haben Sie je alleine gelebt?« fragte Dr. Carson unvermittelt. Noch bevor Cal etwas antworten konnte, sprach der Alte weiter. »Ich lebe seit vielen Jahren allein. Ich betreue die Patienten in Paradise Point. Ich lebe sehr zurückgezogen. Dieses Prinzip hätte ich nicht verletzen dürfen. Ich hätte niemanden mit der Reparatur beauftragen dürfen. Ich hätte es selbst machen müsen. Aber ich bin alt, und deshalb dachte ich... Nun, es kommt wohl nicht darauf an, was ich dachte.«

Cal rutschte auf seinem Sessel hin und her. Es war ihm schleierhaft, warum ihm der Alte das erzählte. »Was ist an jenem Tag passiert?« fragte er. »Ich meine, bevor Sie Alan Hanley nach Boston gebracht haben.«

»Das ist schwer zu sagen«, antwortete Dr. Carson. Er sprach sehr leise. »Das Dach war kaputt, schon seit einiger Zeit. Ein paar Schieferplatten mußten neu verlegt werden, ich wollte das ursprünglich selbst machen, aber dann änderte ich meinen Entschluß. Hab' gedacht, es ist besser, wenn das jemand Jüngerer macht.« Er senkte die Stimme zum Flüsterton. »Aber Alan war *zu* jung für diese Arbeit. Ich hätte es wissen müssen. Vielleicht habe ich es auch gewußt. Er war erst zwölf... Jedenfalls habe ich ihn aufs Dach klettern lassen.«

»Und was ist dann passiert?«

Dr. Carson starrte ihn aus leeren Augen an, das Gesicht war unendlich müde.

»Was ist im Operationsraum passiert?« kam seine Gegenfrage.

Cal wand sich auf seinem Sessel. »Ich weiß es nicht. Es sah zunächst alles ganz problemlos aus. Aber dann ist er gestorben. Ich weiß nicht, was passiert ist.«

Dr. Carson nickte. »Auf dem Dach war's ganz ähnlich. Ich habe den Jungen bei der Arbeit beobachtet, es sah ganz problemlos aus. Und dann ist er vom Dach gefallen.« Schweigen. Dann: »Wie schade, daß Sie ihm nicht das Leben retten konnten.«

Cal wäre am liebsten in den Boden versunken. Zu seiner Überraschung begann Dr. Carson zu lächeln.

»Es war nicht Ihre Schuld«, sagte er. »Es war nicht Ihre Schuld, und es war nicht meine Schuld. Aber man kann wohl sagen, es war *unsere* Schuld. Es gibt jetzt ein unsichtbares Band zwischen Ihnen und mir. Was schlagen Sie vor, Dr. Pendleton? Was sollen wir tun?«

Cal wußte nicht, was er antworten sollte. Was Dr. Carson sagte, hatte ihn völlig verwirrt.

Aber dann schien es ihm, als brächte der Alte Verständnis auf für die schwarzen Gedanken, die Cal seit Alans Tod plagten. Dr. Carson hatte einen Vorschlag gemacht. Wie es denn wäre, wenn Cal seine Praxis in Boston aufgäbe.

»Und dann?« hatte Cal gefragt.

»Sie könnten hierherziehen, nach Paradise Point. Sie könnten die kleine, problemlose Praxis eines müden alten Mannes übernehmen. Sie könnten dem Druck und den Zwängen des Boston General entfliehen. Als der Junge starb, ist Ihnen die Angst in die Glieder gefahren, Dr. Pendleton...«

»Nennen Sie mich ruhig Cal.«

»Also gut. Cal. Sie haben Angst, bei allem, was Sie jetzt tun. Sie haben einen Fehler gemacht, und Sie werden weitere Fehler machen. Wenn Sie im Boston General weiterarbeiten, sind die Fehler vorprogrammiert. Nicht mehr der Verstand führt Ihnen die Hand, wenn Sie operieren, sondern die Angst. Wenn Sie aber nach Paradise Point kommen, ist alles anders. Ich kann Ihnen helfen. Und Sie können mir helfen. Ich will weg von Paradise Point. Ich will weg aus meiner Praxis, und ich will weg aus meinem Haus. Ich werde Ihnen beides verkaufen. Glauben Sie mir, ich verkaufe Ihnen etwas Gutes.«

Cal erschien das Angebot ganz logisch. Und interessant. Eine kleine Arztpraxis in einem Ort, wo nicht viel passierte.

Wo nicht viel passierte, konnte nicht viel schiefgehen.

Die Gefahr neuer Fehldiagnosen war auf ein Minimum beschränkt.

Hier würde er genügend Zeit für jeden Patienten haben. Er würde mit der nötigen Sorgfalt arbeiten können.

In Paradise Point gab es niemanden, der ihn durchschaute. Niemand wußte, daß er das Vertrauen in seine ärztlichen Fähigkeiten verloren hatte. Niemand außer Dr. Josiah Carson, und der verstand ihn, sympathisierte mit ihm.

Und so waren sie nach Paradise Point umgezogen, den anfänglichen Widerständen Junes zum Trotz. Cal erinnerte sich an ihren Kommentar, nachdem er ihr seinen Plan dargelegt hatte.

»Aber warum das Haus? Ich kann verstehen, daß er uns seine Praxis verkaufen will, aber warum besteht er darauf, daß wir auch das Haus kaufen? Es ist zu groß für uns. Wir können die vielen Zimmer doch gar nicht nutzen!«

»Ich weiß nicht, warum er uns das Haus verkauft«, hatte Cal geantwortet. »Ich weiß nur, daß er's sehr billig hergibt. Wir können uns glücklich schätzen, daß wir's für den Preis kriegen.«

»Aber das ergibt doch keinen Sinn«, sagte June. »Ich finde die Idee sogar irgendwie krankhaft. Ich bin sicher, er will das

Haus nur los sein, weil dort die Sache mit Alan Hanley passiert ist! Warum will er uns unbedingt das Haus aufschwatzen? Ich weiß jetzt schon, was passieren wird. Wenn wir erst einmal in dem Haus wohnen, wirst *du* ständig an den armen Jungen denken. Der Plan ist verrückt, Cal. Der Mann will etwas von dir! Ich weiß nicht, was dahintersteckt, aber eines Tages wirst du dich an meine Worte erinnern. Etwas wird passieren.«

Bis heute *war* nicht viel passiert.

Sally Carstairs und ihr Arm. Eine merkwürdige Erkrankung, gewiß. Aber die Sache war ausgestanden.

Und jetzt die Alpträume seiner Tochter.

Sechstes Kapitel

June stand vor ihrer Staffelei, sie versuchte sich auf das Malen zu konzentrieren. Was nicht einfach war. Es war nicht das Bild, was ihr Sorgen machte. Im Gegenteil – sie war mit dem Erreichten sogar ganz zufrieden. Auf der Leinwand erstand das Abbild des Kliffs, dahinter das Meer. Abstrakt, aber trotzdem noch zu erkennen. Der Blick aus dem Studio. Nein, das Malen war nicht das Problem.

Das Problem war Michelle. Zwar wußte June noch nicht genau, warum sie sich solche Sorgen wegen des Mädchens machte. Der Alptraum gestern nacht war nicht der erste gewesen. Michelle hatte böse Träume, alle Menschen träumten manchmal schlecht, daran war nichts Besonderes. Aber als Cal in jener Nacht zu June ins Bett zurückkehrte und ihr von Michelles Alptraum berichtete, hatte sie ein ungutes Gefühl beschlichen. Mit schweren, traurigen Gedanken war sie wieder eingeschlafen, und die Traurigkeit war immer noch da, auch jetzt beim Malen.

Mit einem Seufzer legte June den Pinsel aus der Hand. Sie ließ sich in ihren Lieblingssessel sinken.

Ihr Blick wanderte durch das Studio. Sie war recht zufrieden mit dem, was sie aus dem Raum gemacht hatte. Das ganze Gerümpel war fortgeräumt worden. Die Wände waren abgeschrubbt und frisch gestrichen worden, auch der grüne Rand war erneuert worden, er sah jetzt wieder so hell und fröhlich aus, wie er wohl ursprünglich gewesen war. Ihre Materialien fürs Malen hatte June fein säuberlich in die Schränke eingeräumt. In einem der Schränke hatte sie ein Gestell befestigt, das die auf Rahmen gespannten Leinwände aufnahm, die Bilder standen dort senkrecht und voneinander getrennt, wie es sein mußte. Jetzt mußte sie nur noch aufhören, sich Sorgen zu machen. Jetzt mußte sie nur noch malen.

Sie war aufgestanden und an die Staffelei zurückgekehrt. Sie hatte den Pinsel ergriffen, als sie einen Schatten am Fenster vorüberhuschen sah. Sekunden später war ein leises Klopfen an der Tür zu hören.

»Hallo?« Es war die Stimme einer Frau, so leise, so zögerlich, daß sich June nicht gewundert hätte, wenn die unbekannte Besucherin, noch bevor ihr geöffnet wurde, wieder weggelaufen wäre.

Sie wollte zur Tür gehen, aber im letzten Augenblick besann sie sich anders. »Herein«, sagte sie. »Es ist nicht abgeschlossen.«

Nach einer kurzen Pause ging die Tür auf. Die Frau, die das Studio betrat, war von kleiner Gestalt, sie trug das Haar in einem Knoten. Sie hatte eine geblümte Schürze umgebunden. Zögernden Schrittes kam sie näher.

»Störe ich Sie bei der Arbeit?« fragte sie. Sie war stehengeblieben und wollte zur Tür zurückgehen. »Entschuldigen Sie bitte, aber das wollte ich nicht.«

»Das macht doch nichts«, sagte June. »Ich war sowieso nicht sehr fleißig. Ich war in meine Tagträume versunken.«

Ein merkwürdiger Ausdruck überschattete das Gesicht der Besucherin, fast schien es June, als ob die Frau an ihrer Bemerkung Anstoß genommen hätte. Eine Sekunde später wieder das alte Mienenspiel.

»Ich bin Constance Benson«, sagte die Frau. »Jeffs Mutter. Wir sind Ihre Nachbarn.«

»Aber natürlich«, sagte June und lächelte warmherzig. »Ich hätte mich eigentlich bei Ihnen sehen lassen müssen, aber...« Ihr Blick senkte sich auf die pralle Wölbung ihres Leibes. »Nun, ich fürchte, das ist keine gültige Entschuldigung. Ich mache es eben falsch. Ich sollte jeden Tag ein paar Meilen gehen, statt dessen sitze ich hier herum und hänge meinen Tagträumen nach. Na ja, in drei Wochen ist es überstanden, dann müßte das Baby dasein. Möchten Sie sich nicht setzen?« Sie deutete auf das Sofa, das sie vom Dachboden des Hauses hatte herunterschaffen lassen, aber Mrs. Benson machte keine Anstalten, auf dem Sofa Platz zu nehmen, statt dessen sah sie sich mit unverhohlener Neugier in dem Studio um.

»Sie haben den Raum ja völlig verwandelt«, sagte sie anerkennend.

»Nur aufgeräumt und frisch gestrichen«, sagte June. Dann fiel ihr auf, daß Mrs. Benson den Fleck auf dem Fußboden anstarrte. »Den Fleck da muß ich noch wegmachen«, sagte sie entschuldigend.

»Das brauchen Sie gar nicht erst zu versuchen«, sagte Constance Benson. »Sie sind nicht der erste, der diesen Fleck weghaben will, und Sie werden nicht der letzte sein.«

»Ich verstehe nicht recht«, sagte June.

»Der Fleck wird dasein, solange dieses Gebäude steht«, verkündete Mrs. Benson feierlich.

»Aber der Fleck ist doch schon fast weg«, widersprach ihr June. »Mein Mann hat das meiste weggekratzt, und der Rest wird beim nächsten nassen Aufwischen verschwinden.«

Constance Benson wiegte den Kopf. »Ich weiß nicht. Vielleicht jetzt, wo die Carsons nicht mehr im Haus wohnen...« Sie verstummte, aber der düstere Ausdruck in ihrem Gesicht blieb.

»Ich verstehe nicht, was das soll«, sagte June. Sie war unsicher geworden. »Was ist das denn für ein Fleck? Ist es Blut?«

»Könnte sein«, sagte Constance Benson. »Aber wer kann das schon sagen, nach soviel Jahren. Der einzige, der Ihnen diese Frage beantworten kann, ist wohl Doc Carson.«

»Ich verstehe«, sagte June, obwohl sie schier gar nichts mehr verstand. »Dann spreche ich also am besten mit ihm darüber, oder?«

»Eigentlich bin ich ja wegen der beiden Mädchen zu Ihnen gekommen«, sagte Mrs. Benson. Ihr Blick war jetzt ganz fest auf June gerichtet, etwas Anklagendes lag in ihrer Miene, und June fragte sich, ob Michelle und Sally irgend etwas ausgeheckt hatten. Vielleicht waren sie Mrs. Benson in die Quere gekommen.

»Sie meinen vermutlich meine Tochter Michelle und Sally Carstairs.« In Junes Gesicht stand die Sorge geschrieben. Mrs. Benson brachte die Andeutung eines Lächelns auf ihre Züge, es war das erste Mal während dieser Unterhaltung, daß sie so etwas wie menschliche Wärme ausstrahlte. Plötzlich schien sie June fast hübsch.

»Keine Angst«, sagte sie hastig. »Die beiden haben nichts ausgefressen. Ich bin nur gekommen, um Sie auf eine Gefahr aufmerksam zu machen.«

»Eine Gefahr?« June stand mit offenem Mund da.

»Ich meine den Friedhof«, sagte Constance Benson. »Sie kennen doch den alten Friedhof auf halbem Weg zwischen Ihrem Haus und meinem.«

June nickte.

»Ich habe die Mädchen dort gestern nachmittag spielen sehen«, sagte Mrs. Benson. »So hübsche Mädchen, beide.«

»Danke.«

»Ich wollte eigentlich zu den beiden hingehen und mit ihnen reden, aber dann habe ich gesehen, wie sie den Friedhof wieder verlassen haben, und da habe ich gedacht, das hat schließlich auch bis heute Zeit.«

»Was hat bis heute Zeit?« kam Junes ungeduldige Frage.

»Ich wollte Ihnen sagen, daß es gefährlich ist, wenn Ihre Tochter dort spielt. Sehr gefährlich.«

June starrte Mrs. Benson an. Das ging ein bißchen zu weit, fand sie. Offensichtlich hatte sie mit Constance Benson die Wichtigtuerin des Ortes vor sich. Für Jeff, den Sohn, mußte das ganz schön hart sein. June konnte sich vorstellen, daß

Constance Benson an allem, was Jeff tat, etwas auszusetzen fand. Was sie, June, betraf, so war es wohl am besten, wenn sie die Frau ignorierte. »Nun, ich gebe zu, ein Friedhof ist vielleicht nicht der Ort, den man sich gerade als Spielplatz aussuchen sollte«, sagte sie. »Aber gefährlich ist es wohl auch nicht...«

»Die Gefahr geht nicht von den Gräbern aus, die sich dort befinden«, sagte Constance, ihre Antwort kam eine Spur zu rasch. »Der Ort ist gefährlich, weil der Grund unsicher ist.«

»Ich denke, der Friedhof steht auf Granit«, sagte June. Sie sprach sehr sanft, weil sie sich auf keinen Fall anmerken lassen wollte, daß sie von der Angst der Frau angesteckt worden war.

»Mag schon sein, daß der Grund Granit ist«, sagte Constance unsicher. »Ich verstehe nicht viel von diesen Dingen, wissen Sie. Ich weiß nur, daß jener Teil des Kliffs demnächst ins Meer stürzen wird. Es wäre ja nicht schön, wenn sich dann gerade spielende Kinder auf dem Friedhof befinden.«

Junes Stimme klang ganz kühl. »Ich verstehe. Nun, ich werde den beiden Mädchen sagen, daß sie dort nicht mehr spielen sollen. Möchten Sie eine Tasse Kaffee? Es ist noch welcher in der Kanne.«

»Nein, danke, wirklich nicht.« Constance warf einen Blick auf die Uhr an ihrem Handgelenk. »Ich muß jetzt in meine Küche zurück. Ich bin am Eindosen, wissen Sie.« Die Art, wie sie es sagte, stellte klar, daß Mrs. Benson ihrer Gesprächspartnerin keinerlei Wissen um die Geheimnisse des Eindosens zutraute, wobei sie zugleich den Vorwurf durchscheinen ließ, daß jemand wie Mrs. Pendleton eigentlich über Eindosen Bescheid zu wissen hatte.

»Sehr schön«, sagte June. »Kommen Sie mich bald wieder besuchen, und bringen Sie das nächste Mal mehr Zeit mit. Vielleicht komme ich auch mal auf einen Sprung zu Ihnen rüber.«

»Das wäre aber nett.« Die beiden Frauen standen jetzt vor der Tür des Studios. Constance starrte das Haus an. »Hübsches Haus, nicht?« sagte sie. Und fügte, bevor June etwas antworten konnte, hinzu: »Ich hab's nie gemocht.« Ohne sich von June zu verabschieden, machte sie kehrt und begab sich auf den Weg, der zu ihrem Haus zurückführte.

June sah ihr nach. Als ein paar Minuten verstrichen waren, schloß sie die Tür ihres Studios von außen. Sie hatte das bestimmte Gefühl, daß sie heute nicht mehr malen würde.

Die warme Mittagssonne schien auf das Schulgebäude herab. Michelle saß im Schatten eines großen Ahornbaums und verzehrte ihre Mittagsmahlzeit. Sally war da, Jeff und Susan und noch ein paar Klassenkameraden. Michelle hatte sich alle Mühe gegeben, mit Susan Freundschaft zu schließen, aber die gab sich spröde. Sie schenkte Michelle überhaupt keine Beachtung. Wenn sie mit Sally sprach, dann nur um Michelle herunterzumachen. Sally bewahrte bei alledem ihr sonniges Gemüt, sie ließ sich nicht merken, ob ihr das ruppige Benehmen der Freundin überhaupt aufgefallen war.

»Ich finde, wir sollten mal ein richtiges Picknick veranstalten«, sagte Sally. »Der Sommer ist fast zu Ende, in einem Monat wird's schon zu kalt sein für so was.«

»Es ist schon jetzt zu kalt.« Susan Peterson sprach mit einem hochmütigen Tonfall, der Michelle auf die Nerven ging. Merkwürdigerweise schienen die anderen ihre Art als normal zu empfinden. »Meine Mutter sagt, nach Labour Day macht man kein Picknick mehr.«

»Aber das Wetter ist doch noch sehr schön«, sagte Sally. »Warum treffen wir uns dieses Wochenende nicht zu einem Picknick?«

»Wo?« fragte Jeff. Wenn das Picknick am Strand stattfand, würde er mitmachen. Es war, als ob Michelle seine Gedanken gelesen hätte.

»Was haltet ihr von der Bucht zwischen Jeffs Haus und meinem Haus?« sagte sie. »Der Strand ist dort sehr felsig, aber der Vorteil ist, es ist sehr einsam, und außerdem ist es wunderschön dort. Und wenn es regnet, können wir schnell ins Haus laufen.«

»Meinst du etwa die Stelle unterhalb vom Friedhof?« fragte

Sally. »Ich finde die Gegend schaurig, und dann gibt's da ja auch ein Gespenst.«

»Dort gibt's kein Gespenst«, protestierte Jeff.

»Vielleicht doch«, warf Michelle ein. Plötzlich war sie der Mittelpunkt der Gruppe. Sogar Susan Peterson wandte sich ihr zu. »Ich habe vergangene Nacht von dem Gespenst geträumt«, fuhr Michelle fort, und dann schilderte sie ihren Zuhörern den merkwürdigen Traum in den wildesten Farben. Jetzt, bei Tageslicht, war jede Furcht von ihr abgefallen. Statt dessen war da das Bedürfnis, sich ihren neuen Freunden mitzuteilen. Sie war so gefangengenommen von der eigenen Schilderung des Traums, daß sie gar nicht auf die Blicke achtete, die sich ihre Zuhörer zuwarfen. Als sie endete, herrschte Schweigen. Jeff Benson kaute an seinem Sandwich herum, als sei das die wichtigste Aufgabe auf der Welt, und die anderen Kinder starrten Michelle an. Sie erschrak. Vielleicht war es ein Fehler gewesen, daß sie so offenherzig von ihrem Alptraum berichtet hatte.

»Es war ja auch nur ein Traum«, versuchte sie den Eindruck ihrer Erzählung abzuschwächen.

»Bist du sicher, daß es nur ein Traum war?« sagte Sally. »Bist du sicher, daß du nicht die ganze Zeit wach warst?«

»Natürlich bin ich sicher«, sagte Michelle. »Es war ein Traum.« Und dann sah sie den Argwohn, der sich in die Gesichter geschlichen hatte. »Was habt ihr denn alle?«

»Nichts«, sagte Susan Peterson beiläufig. »Außer daß Amanda Carson, als sie vom Kliff stürzte, ein schwarzes Kleid und eine schwarze Haube trug, genau wie das Mädchen, das dir im Traum erschienen ist.«

»Woher weißt du das?« begehrte Michelle zu wissen.

»Jeder weiß das«, sagte Susan selbstzufrieden. »Amanda Carson trug *nur* schwarze Kleider, ihr ganzes Leben lang. Ich weiß es von meiner Großmutter, und die weiß es von ihrer Mutter. Meine Urgroßmutter hat Amanda Carson noch persönlich gekannt.« Susans Augen leuchteten wie im Triumph. Sie sah Michelle herausfordernd an. Wieder senkte sich Schweigen über die Gruppe. Michelle wußte nicht, was sie von alledem zu halten hatte. Hatte Susan die Wahrheit gesagt, oder machten sie sich alle über sie und ihre Träume lustig? Ihr Blick irrte von einem zum anderen. Sally war die einzige, die ihr offen in die Augen sah, aber als Michelle ihr bedeutete, daß sie Hilfe erwartete, zuckte sie nur mit den Schultern. Jeff Benson kaute weiter auf seinem Sandwich herum, er vermied es Michelle anzusehen.

»Es war nur ein Traum!« schrie Michelle. Sie raffte ihre Sachen zusammen und stand auf. »Es war wirklich nur ein Traum, und wenn ich gewußt hätte, daß ihr die Sache so aufbauscht, hätte ich euch gar nichts davon erzählt.«

Bevor einer ihrer Klassenkameraden etwas sagen konnte, war Michelle davongestapft. Am anderen Ende des Rasenplatzes gab es eine Gruppe jüngerer Kinder, die sich mit Seilspringen vergnügten. Ihnen schloß Michelle sich an.

»Ich frage mich, was mit diesem Mädchen los ist«, sagte Susan Peterson, nachdem sie sich vergewissert hatte, daß Michelle außer Hörweite war. Die Blicke der Klassenkameraden richteten sich auf Susan.

»Wie meinst du das, was mit ihr los ist?« fragte Sally Carstairs. »Gar nichts ist mit ihr los!«

»Mit dem Mädchen stimmt was nicht«, sagte Susan, und es klang durch, daß sie über den Widerspruch ärgerlich war. »Dich hat sie gestern doch verpetzt, oder? Warum glaubst du wohl, warum Fräulein Hatcher die Sitzordnung geändert hat? Weil Michelle ihr gepetzt hat, was du gemacht hast.«

»Na und?« konterte Sally. »Wenn sie gepetzt hat, dann doch nur, weil sie nicht wollte, daß du weiterhin böse auf sie bist.«

»Ich finde sie hinterlistig«, sagte Susan. »Ich finde, wir sollten sie ganz links liegenlassen.«

»Das ist gemein.«

»Das ist gar nicht gemein! Das Mädchen ist merkwürdig.«

»Was?«

Susan sprach im Flüsterton weiter. »Ich habe sie vorige Woche mit ihren Eltern zusammen gesehen. Die Eltern sind beide blond, und jeder weiß, daß blonde Eltern kein dunkelhaariges Kind haben können.«

»Ach, das meinst du«, amüsierte sich Sally. »Wenn's dich interessiert: sie ist Adoptivkind. Sie hat's mir selbst erzählt. Was ist so besonderes daran, wenn jemand ein Adoptivkind ist?«

Susans Augen waren zu Schlitzen geworden. »Jetzt ist mir alles klar.«

»*Was* ist dir klar?« fragte Sally.

»Du weißt ganz genau, was ich meine. Niemand weiß, woher sie kommt, und meine Mutter sagt, wenn man von jemandem die Familie nicht kennt, dann kennt man ihn nicht.«

»Aber ich kenne doch ihre Familie«, sagte Sally. »Die Mutter ist sehr nett, und der Vater hat meinen Arm behandelt, zusammen mit Onkel Joe.«

»Ich meine ihre *richtige* Familie«, sagte Susan. Sie maß Sally mit einem verächtlichen Blick. »Dr. Pendleton ist nicht Michelles Vater. Weiß der Teufel, wer ihr Vater ist!«

»Ich mag Michelle«, sagte Sally trotzig. Susan strafte sie mit einem feindseligen Blick.

»Natürlich magst du sie. Dein Vater ist ja auch nur Hausmeister.« Susan Petersons Vater war Inhaber der Paradise Point Bank, und Susan ließ keinen Tag vergehen, ohne ihre Freundinnen daran zu erinnern.

Sally Carstairs fühlte sich verletzt von Susans Grobheit, sie flüchtete sich in Schweigen. Es war nicht fair von Susan, daß sie Michelle ausschloß, nur weil die ein adoptiertes Kind war. Aber Sally fiel nicht ein, was sie dagegen tun konnte. Schließlich kannte sie Susan Peterson von Kind auf, während sie Michelle gerade erst kennengelernt hatte. *Ich werde jetzt gar nichts mehr sagen*, beschloß Sally. *Aber ich werde Michelle die Freundschaft bewahren.*

Das Mittagessen war vorüber. June legte die schmutzigen Teller in den Spülstein. Sie würde in ihr Malstudio zurückgehen und versuchen, die Skizze für das Bild fertig zu machen.

Sie verließ das Haus. Als sie zum Studio hinüberging, glitt

ihr Blick unwillkürlich nach Norden. Ihr fiel ein, was Constance Benson gesagt hatte. Und dann kam ihr ein erschreckender Gedanke.

Wenn Constance Benson so sicher war, daß jener Teil des Kliffs bald ins Meer stürzen würde, warum hatte sie June dann nicht den Rat gegeben, Michelle auch vom Strand fernzuhalten? Warum ließ sie ihren eigenen Sohn am Strand spielen? Sich unter einem wackeligen Felsengebirge aufzuhalten, war mindestens so gefährlich wie obendrauf zu stehen.

Mit plötzlicher Entschlossenheit machte sie sich auf den Weg zum alten Friedhof. Während sie den Pfad entlangeilte, kam ihr ein anderer Gedanke. Wenn das Kliff ins Meer zu stürzen drohte, warum benutzte Mrs. Benson den Weg und nicht die sichere Straße? June beschleunigte ihren Schritt.

Dann stand sie vor dem vermoderten Zaun des Gottesackers. Der Friedhof würde ein wunderschönes Gemälde abgeben. Sie würde schwere Blau- und Grautöne benutzen, der Himmel mußte aussehen wie Blei, und den Zaun würde sie ein bißchen älter, ein bißchen kaputter darstellen, als er eigentlich war. Ein gutes Motiv war der tote Baum, an dem die Schlingpflanzen emporkletterten. Wenn das Bild richtig gemalt wurde, war es ein Anblick zum Fürchten. Inzwischen konnte June gar nicht mehr verstehen, warum Michelle und Sally freiwillig auf diesen Friedhof gegangen waren.

Die Neugier, dachte sie. Die beiden sind ihrer Neugier erlegen.

Die gleiche Neugier zwang June Pendleton, den Pfad zu verlassen und über den zusammengebrochenen Zaun hinwegzugehen.

Die alten Grabsteine mit den ehrwürdigen Inschriften und den merkwürdigen Namen faszinierten sie. Es war wie eine Allee steinerner Zeugen, von denen jeder eine Geschichte erzählte. Auf den Grabplatten war die Geschichte der Carsons eingemeißelt. Bald hatte June vergessen, was Mrs. Benson ihr über die Beschaffenheit des Kliffs gesagt hatte. Nur noch die Gräber und die Inschriften waren wichtig.

Sie war vor Louise Carsons Grabstein angekommen.

GESTORBEN IN SÜNDE A. D. 1880

Was um Himmels willen hatte das zu bedeuten? Wäre als Todesjahr 1680 eingemeißelt gewesen, so hätte sich als Erklärung angeboten, daß die Frau als Hexe verbrannt worden war. Aber eine Hexe im Jahre 1880? Eines war sicher: Louise Carson hatte kein glückliches Ende gefunden.

June stand vor dem Grab und starrte auf die Inschrift. Sie verspürte Mitleid mit der Frau, deren Sarg vor einem Jahrhundert in diese Erde hinabgesenkt worden war. Wahrscheinlich hat sie ganz einfach im falschen Jahrhundert gelebt, dachte sie. Ein Jahrhundert zu früh. *Gestorben in Sünde.* So umschrieb man den Tod eines gefallenen Mädchens.

June mußte über sich selbst lächeln. Wie kam sie nur auf so altmodische Worte! *Gefallen.* Wie grausam, wie herzlos das klang.

Ohne über das Für und Wider nachzudenken, kniete sie nieder und rupfte das Unkraut aus dem Beet. Die Wurzeln saßen tief, sie mußte sich anstrengen.

Das Beet vor Louise Carsons Grabstein war beinahe zur Gänze gesäubert, als ein jäher Schmerz sie durchzuckte.

Es war nur ein Stich, aber ihm folgte eine starke Wehe.

Mein Gott, dachte sie, *das ist doch nicht möglich.*

Sie kam auf die Beine und wankte zu dem toten Baum. Sie lehnte sich an den Stamm.

Ich muß nach Hause gehen.

Aber das Haus war zu weit.

Als die nächste Wehe kam, wandte June den Kopf. Die Straße. Aber dort war niemand.

Das Haus von Mrs. Benson. Vielleicht gelang es ihr, bis zum Haus von Mrs. Benson zu kommen. Sobald die Wehe nachließ, würde sie losgehen.

June setzte sich auf den Boden. Nach einer Zeit, die ihr wie eine Ewigkeit vorkam, löste sich die Spannung ihrer Muskeln. Der Schmerz verebbte. Sie versuchte aufzustehen.

»Bleiben Sie, wo Sie sind«, rief eine Stimme. June drehte sich um und erkannte Constance Benson, die den Weg entlanggeeilt kam. June sandte ein Dankgebet zum Himmel, sie ließ sich wieder auf den Boden sinken.

Sie lag auf Louise Carsons Grab und betete, daß ihr erstes Kind nicht hier, nicht auf dem Friedhof zur Welt kommen würde.

Und dann war Constance Benson da, kniete neben ihr, ergriff ihre Hand. June lehnte sich zurück.

Die nächste Wehe kam, groß und stark wie eine Woge. June spürte, wie die Fruchtblase barst. *Lieber Gott*, betete sie. *Laß es nicht hier geschehen.*

Nicht auf einem Friedhof.

Siebentes Kapitel

Der Zeiger rückte auf zehn nach drei, die Glocke ertönte. Michelle nahm ihre Bücher, stopfte sie in die grüne Segeltuchtasche und huschte zur Tür des Klassenzimmers.

»Michelle!« Es war Sally Carstairs. Michelle versuchte, ihrem Blick auszuweichen, aber die andere ergriff sie beim Arm und hielt sie fest.

»Sei doch nicht so böse auf mich«, sagte Sally. »Niemand wollte dich beleidigen, am allerwenigsten ich.«

Mißtrauisch sah Michelle ihre Freundin an. Als sie die Traurigkeit in ihren Augen bemerkte, schmolz ihr Widerstand.

»Ich verstehe nicht, warum ihr mir alle etwas einreden wollt, was nicht stimmt«, sagte sie. »Ihr wollt mir einreden, daß ich etwas gesehen habe, was ich *nicht* gesehen habe. Ich habe geschlafen, ich hatte einen Alptraum, und das ist auch schon alles.«

»Laß uns in den Flur rausgehen«, sagte Sally. Ihr Blick wanderte zu Fräulein Hatcher, die noch am Pult saß. Michelle verstand, sie folgte ihrer Freundin in den Schulflur.

»Nun?«

Sally hielt den Blick niedergeschlagen. Sie trat von einem

Bein auf das andere. Als sie sprach, geschah es so leise, daß Michelle sie nur mit äußerster Anstrengung verstehen konnte. »Vielleicht hast du wirklich nur einen Alptraum gehabt. Vielleicht auch nicht. Ich habe Amanda nämlich auch gesehen, und ich glaube, Susan Peterson auch.«

»Was? Willst du damit sagen, ihr beide habt den gleichen Traum gehabt wie ich?«

»Ich weiß nicht«, sagte Sally verlegen. »Aber ich habe Amanda gesehen, und das war kein Traum. Erinnerst du dich noch an den Tag, als ich Schmerzen am Arm hatte?«

Michelle nickte. Wie hätte sie das vergessen können? Das war schließlich der gleiche Tag, als auch sie etwas gesehen hatte. Sally hatte die Erscheinung mit dem Schatten der Ulme erklärt.

»Warum hast du mir das nicht schon früher gesagt?«

»Weil ich sicher war, daß du mir nicht glauben würdest«, sagte Sally. Es klang wie eine Bitte um Entschuldigung. »Jedenfalls habe ich das Mädchen gesehen. Ich war im Garten unseres Hauses, und plötzlich spürte ich, wie jemand meinen Arm berührte. Als ich mich umdrehte, bin ich ausgeglitten und hingefallen.«

»Aber was hast du *gesehen*?« bedrängte Michelle ihre Freundin. Sie hatte keinen Zweifel mehr daran, daß Sallys Mitteilungen von äußerster Wichtigkeit waren.

»Ich bin nicht ganz sicher«, erwiderte Sally. »Es war etwas Schwarzes. Ich habe es nur kurz sehen können. Als ich am Boden lag und aufschaute, war das Mädchen nicht mehr da.«

Michelle schwieg. In ihrer Erinnerung erstand der Abend, als sie und ihr Vater das Haus der Familie Carstair verließen. Sie, Michelle, hatte sich umgedreht und zum Haus zurückgeschaut.

Am Fenster war ein Schatten gewesen. Etwas Schwarzes.

Bevor sie Sally sagen konnte, was sie an jenem Abend gesehen hatte, erschien Jeff Benson am Ende des Flurs. Er winkte Michelle zu.

»Michelle! Michelle! Meine Mutter ist draußen im Wagen, sie will dich sprechen!«

»Aber ich...«

Jeff schnitt ihr das Wort ab. »Komm sofort raus! Es ist wegen deiner Mutter...«

Sie hörte nicht mehr, was er weiter sagte, sie ließ Sally stehen und rannte den Flur entlang.

»Was ist passiert?« keuchte sie, als sie am Portal ankam.

Jeff nahm sie am Arm und führte sie zum Wagen seiner Mutter. Es war ein betagtes Gefährt, das da am Bordstein parkte. Der Motor lief. Constance Benson saß hinter dem Steuer.

»Was ist los?« stammelte Michelle und kletterte in den Wagen.

»Es ist wegen deiner Mutter«, sagte Mrs. Benson knapp. Sie legte den Gang ein. Es krachte vernehmlich. »Sie ist in der Klinik. Die Wehen haben eingesetzt.«

Michelle schnappte nach Luft. »Aber das Baby sollte doch erst in drei Wochen kommen. Was ist passiert?«

Constance Benson ließ die Frage ohne Antwort verklingen. Sie gab die Kupplung frei und trat das Gas durch. Auf der Fahrt zur Klinik nagte sie an ihrer Unterlippe. Sie schien sich ganz auf die Straße zu konzentrieren.

Michelle saß wie auf heißen Kohlen. Sie hielt eine Zeitschrift auf den Knien, aber die Zeilen verschwammen ihr vor den Augen. Ihr Blick wanderte zur Tür. Früher oder später würde ihr Vater durch diese Tür kommen. Es war, als hätte sie die Klinke mit der Kraft ihrer Gedanken niedergedrückt. Die Tür schwang auf, Cal trat ein. Er strahlte.

»Meinen Glückwunsch, Prinzessin«, sagte er. »Du hast eine Schwester bekommen.«

Michelle sprang auf. Sie lief auf ihn zu und schlang ihm die Arme um den Hals.

»Wie geht's Mutter? Ist sie wohlauf? Wie kommt es, daß...«

»Mutter geht's gut«, sagte Cal und drückte seine Tochter an sich. »Und dem Baby ebenfalls. Was nun das Tempo der Geburt angeht – für deine Mutter und deine kleine Schwester scheinen andere Gesetze zu gelten als für andere Menschen. Dr. Carson sagt, das war die schnellste Entbindung, die er je durchgeführt hat.« Cal achtete darauf, daß alles unbesorgt klang. Dabei machte er sich Sorgen. Die Geburt war zu schnell gegangen. Abnorm schnell. Und es war unklar, warum die Wehen so plötzlich und so früh eingesetzt hatten. Dann hörte er Michelle, die etwas gefragt hatte, er verdrängte den Gedanken an die Ungereimtheiten der Niederkunft.

»Eine Schwester? Ich habe wirklich eine Schwester?«
Cal nickte.

»Kann ich sie sehen? Gleich jetzt? Bitte!« Sie klimperte mit den Augen. Cal zog sie an sich.

»In ein paar Minuten«, versprach er ihr. »Im Augenblick ist die Kleine noch nicht so, daß man sie herzeigen kann. Willst du denn gar nicht wissen, was passiert ist?« Er drückte Michelle auf einen Stuhl und setzte sich neben sie. »Deine Schwester wäre beinahe auf einem Friedhof zur Welt gekommen«, sagte er. Michelle sah ihn verständnislos an. Das Lächeln gefror ihm in den Mundwinkeln.

»Deine Mutter hatte beschlossen, einen Spaziergang zu machen«, sagte er. »Sie befand sich auf dem alten Friedhof, als die Wehen einsetzten.«

»Auf dem Friedhof?« flüsterte Michelle. Die Vorahnung von Unheil beschlich sie. »Was wollte sie denn da?«

»Nur Gott weiß es«, sagte Cal trocken. »Du kennst ja deine Mutter. Es ist schwer vorherzusagen, was sie tut.«

Michelle wandte sich zu Mrs. Benson. »Aber wo war meine Mutter denn, als Sie sie gefunden haben? An welcher Stelle des Friedhofs?«

Constance Benson zögerte. Es widerstrebte ihr, Michelle zu sagen, wo sie June gefunden hatte. Andererseits, warum daraus ein Geheimnis machen? »Sie lag auf Louise Carsons Grab«, sagte sie ruhig.

»Sie lag auf einem Grab?« echote Michelle. Wie entsetzlich! dachte sie. Sie tastete nach der Hand ihres Vaters. »Ist das Baby denn gesund? Ich meine, es ist doch ein böses Vorzeichen, wenn ein Kind auf einem Grab geboren wird.«

Cal erwiderte den Druck ihrer Hand, dann legte er seinen schützenden Arm um sie.

»Was sagst du denn da für Dummheiten! Deine Schwester ist nicht auf irgendeinem Grab zur Welt gekommen, sondern hier, in der Klinik.« Er stand auf und hielt Michelle die Hand hin. »Komm, wir sehen uns die beiden an.« Ohne Constance Benson eines Wortes zu würdigen, verließ er mit seiner Tochter den Empfangsraum der Klinik.

»O Mami, das Baby ist wunderschön«, hauchte Michelle. Sie stand über das Bett gebeugt und betrachtete das winzige Gesicht des Säuglings, der in Junes Armen lag. Das Kleine öffnete ein Auge, wie um Michelle zu antworten, dann glitt das Lid wieder zu.

June sah zu Michelle auf und lächelte. »Was meinst du, sollen wir sie behalten?«

Michelle beantwortete den Scherz mit einem lebhaften Nicken. »Wir behalten sie, und wir nennen sie Jennifer, wie es geplant ist.«

»Oder aber wir lassen sie auf den Namen Louise taufen, zum Andenken an den Ort, wo sie Mami in Angst und Schrecken versetzt hat«, sagte Cal.

»Nein, danke.« June sprach leise, aber ihre Stimme war klar und fest. »In unserer Familie wird es keine Carsons geben.« Sie wechselte einen raschen Blick mit Cal. Er war es dann, der zuerst in eine andere Richtung sah.

»Mutter«, sagte Michelle nachdenklich, »was hast du eigentlich auf dem Friedhof gemacht?«

June gab ihrer Stimme eine fröhliche Note, obwohl ihr nicht lustig zumute war. »Warum sollte ich denn nicht dorthin gehen? Dein Vater hat gesagt, ich muß jeden Tag einen ordentlichen Spaziergang machen. Ich bin am Friedhof vorbeigekommen, und dann hab' ich mir gedacht, geh doch einfach mal rein.« Sie konnte an den Mienen ablesen, daß weder ihr Mann noch ihre Tochter sich mit dieser Erklärung zufriedengeben würden. »Es gab noch einen Grund. Constance Benson hat gesagt, es ist gefährlich, auf den Friedhof zu gehen, ich wollte selbst einmal nachsehen, was es damit auf sich hat. Sie hat gesagt, der Felsen, auf dem der Friedhof steht, stürzt nächstens ins Meer.«

»Mir scheint, die Frau hat nichts als Flausen im Kopf«, sagte Cal. Er schmunzelte. »Genau wie das Fräulein hier.« Er beugte sich über das Bett und streichelte der kleinen Jennifer die Brauen. Das Baby schlug die Augen auf, starrte seinen Vater an und begann zu plärren.

»Wann kommt meine Schwester nach Hause?« fragte Michelle. Sie hatte die Hand nach dem Baby ausgestreckt, aber sie wagte es nicht, das winzige Geschöpf zu berühren.

»Heute noch«, sagte June. »Ebenso wie ich.« Michelle machte große Augen.

»Heute noch? Ich habe gedacht... Ich meine...«

»Du meinst, ich soll in der Klinik bleiben? Hier habe ich nur eine Nachtschwester, die nach mir und dem Baby schaut. Zu Hause dagegen habe ich dich und Vater, die ich herumkommandieren kann.«

Michelle sah ihren Vater an. Der nickte.

»Es gibt keinen Grund, warum die beiden nicht gleich nach Hause kommen sollten.«

»Aber das Kinderzimmer ist doch noch gar nicht fertig«, sagte Michelle.

June strahlte ihre Tochter an. »Dreimal darfst du raten, wer's fertig machen wird«, sagte sie, und dann zählte sie die Dinge auf, die Michelle bereitzulegen hatte, bevor sie und das Neugeborene zu Hause eintrafen. Die Liste wurde so lang, daß Michelle sich in komischer Verzweiflung an ihren Vater wandte.

»Und ich dachte immer, eine Frau, die eben ein Kind geboren hat, ist schwach und müde!«

Cal lachte. »So ist deine Mutter nun mal. Sie findet, eine Geburt ist nichts, wozu sich eine Frau unbedingt ins Bett legen muß. Ich fürchte, wir werden sie festbinden müssen, wenn wir verhindern wollen, daß sie schon morgen früh im Garten herumläuft.«

June hielt die Arme ausgebreitet. Sie drückte ihre große

Tochter an sich. »Jetzt gib mir einen Kuß, und dann gehst du raus zu Mrs. Benson, sie fährt dich nach Hause. Du kannst heute abend bei ihr essen, ich habe schon mit ihr gesprochen.«

»Aber wann denn?« wollte Michelle wissen.

»Auf dem Weg hierher«, sagte June stolz. »Und dann will ich dir noch etwas sagen. Ein Baby zu kriegen, ist halb so schwer, wie ich gedacht habe.« Sie gab Michelle frei.

Als das Mädchen den Raum verlassen hatte, legte sie den Säugling an die Brust. Sie tauschte einen Blick stillen Glücks mit ihrem Mann.

»Ist sie nun ein Engel, oder ist sie kein Engel?«

»Sie ist das schönste Mädchen auf der Welt«, sagte Cal.

»Sollen wir nicht besser bei dir bleiben?« bot Mrs. Benson an. Sie hatte den Wagen vor dem Haus der Familie Pendleton angehalten und starrte durch das Seitenfenster zu dem alten Gebäude hinüber, als könnte sie sich gar nicht vorstellen, daß sich ein Kind wie Michelle allein dort hineinwagen würde. Aber Michelle hatte die Wagentür bereits aufgestoßen, sie stieg aus.

»Danke, nein. Ich kann mich schon beschäftigen, bis meine Eltern nach Hause kommen. Meine Mutter hat mir ein paar Dinge aufgetragen, die ich im Kinderzimmer zurechtlegen muß.«

»Wir könnten dir dabei helfen«, sagte Mrs. Benson.

»Das ist wirklich nicht nötig«, kam Michelles Antwort. »Es sind ja nur Kleinigkeiten. Ich mache das gern.« Noch bevor Mrs. Benson etwas erwidern konnte, stellte Michelle die Frage, wann jene sie bei sich zum Abendessen erwartete.

Es war Jeff, der die Antwort gab. »Wir essen immer um sechs. Soll ich dich abholen kommen? Um diese Zeit ist es oft schon sehr neblig draußen.«

»Nicht nötig«, sagte Michelle, die sich über das Angebot ärgerte. Hielt er sie denn für ein Baby, das keinen Schritt allein gehen konnte? »Ich komme um sechs«, sagte sie. »Vielleicht auch schon etwas früher.« Sie winkte Jeff und seiner

Mutter zu, dann lief sie die Einfahrt hoch und verschwand im Vordereingang des Hauses.

Michelle schloß die Haustür hinter sich und ging auf ihr Zimmer. Sie ließ ihren Bücherbeutel auf das Bett fallen. Sie zog sich den Pullover aus und legte ihn auf einen Stuhl. Dann ging sie zum Fenstersitz und nahm die Puppe auf.

»Wir haben eine Schwester bekommen, Amanda«, flüsterte sie. Mit dem Namen der Puppe kam die Erinnerung an den Traum und an das Gespräch mit den Freundinnen wieder. »Vielleicht sollte ich dir einen neuen Namen geben«, sagte sie zu der Puppe und schaute ihr tief in die blinden braunen Augen. Aber dann verwarf sie die Idee. »Nein! Ich habe dich Amanda getauft. Du *bist* Amanda, und dabei bleibt es. Hilfst du mir Jennys Zimmer aufräumen?«

Sie nahm die Puppe mit und ging den Flur entlang. Jennifers Zimmer war der Raum neben dem Schlafzimmer der Eltern. Michelle betrat das Kinderzimmer. Sie war unschlüssig, was sie zuerst tun sollte.

Das Zimmer war fertig eingerichtet. Es gab eine Krippe, eine Korbkindertrage und eine Wickelkommode mit Schubladen. Die Wände des Raumes waren frisch gestrichen worden, an den Fenstern hingen lustige, bunte Vorhänge. Auf dem einzigen Erwachsenenstuhl im Kinderzimmer saß ein Stofftier namens Kanga, dem das Baby Roo aus der Bauchfalte schaute. Michelle setzte Amanda neben Kanga und machte sich an die Arbeit.

Sie kam recht schnell weiter mit den Dingen, die ihr die Mutter aufgetragen hatte. Die rosa Decke (rosa, aber für alle Fälle mit einem blauen Rand versehen) fand sich genau an der Stelle, die Michelles Mutter bezeichnet hatte. Sie faltete die Decke sorgfältig zusammen und legte sie in die Korbkindertrage. Dann nahm sie ihre Puppe vom Stuhl und ging ins Elternschlafzimmer. Sie wechselte die Bettwäsche, damit alles schön frisch und einladend war, wenn ihre Mutter zurückkehrte.

Mehrere Male ging sie in Gedanken die Liste der Dinge durch, die June ihr aufgetragen hatte. Soweit sie sich erinnerte, war jetzt alles erledigt. Sie nahm Amanda und kehrte in ihr Zimmer zurück. Sie schüttelte die Schulbücher aus dem Beutel und betrachtete sie mit vorwurfsvollem Blick. Es war unfair, daß sie Schularbeiten machen sollte an dem Tag, wo sie eine kleine Schwester bekommen hatte. Fräulein Hatcher würde sicher Verständnis haben, wenn sie die Schularbeiten heute ausfallen ließ. Sie ging zum Fenstersitz und machte es sich bequem, die Puppe lag in ihrem Schoß.

Michelle sah aus dem Fenster, und dann gingen ihre Gedanken auf Wanderschaft. Wie es wohl bei ihrer eigenen Geburt zugegangen war? Hatte es da auch eine ältere Schwester gegeben, die das Kinderzimmer für sie herrichtete? Wahrscheinlich nicht. Wahrscheinlich war sie nicht einmal vom Krankenhaus in das Haus ihrer leiblichen Mutter heimgeholt worden. Erst die Pendletons hatten ihr ein Heim geboten.

Die Pendletons.

Für Michelle waren die beiden immer Mami und Daddy gewesen. Jetzt erst wurde ihr klar, daß die Pendletons nicht ihre *richtigen* Eltern waren. Es war eine Erkenntnis, die Michelle erschreckte.

Wie ihre richtige Mutter wohl aussah? Warum hatte sie das Neugeborene nicht behalten? Je länger Michelle über die Frage nachdachte, um so einsamer fühlte sie sich. Sie drückte ihre Puppe an sich und küßte sie. Inzwischen bereute sie, daß sie Mrs. Bensons Angebot, bis zum Eintreffen der Eltern bei ihr im Haus zu bleiben, abgeschlagen hatte.

»Ich bin dumm«, sagte sie und erschrak beim Ton ihrer eigenen Stimme. »Ich habe eine wundervolle Mutter und einen wundervollen Vater, und jetzt habe ich sogar eine Schwester. Wen interessiert es denn, wie meine richtige Mutter aussah?«

Mit einem entschlossenen Ruck stand sie vom Fenstersitz auf und ergriff eines der Schulbücher. Anstatt über traurige Dinge nachzudenken, würde sie das Kapitel lesen, das Fräulein Hatcher den Kindern als Lektüre aufgegeben hatte. Sie legte sich auf ihr Bett, klemmte sich Amanda unter den Arm und schlug die Seite auf, wo der Krieg von 1812 behandelt wurde.

Es war halb sechs, als Michelle ihre Schulbücher beiseiteschob. Sie verließ das Haus und ging den Weg am Kliff entlang. Es war noch hell, aber die Luft war kühl und feucht. Ihr Blick eilte den Füßen voraus. Noch bevor sie das Haus von Mrs. Benson erreichte, würde der Nebel von der See heraufwallen und den Weg einhüllen. Es war unangenehm, im Nebel zu gehen. Michelle blieb stehen, und dann war ihr Entschluß gefaßt, sie würde die landeinwärts verlaufende Straße benutzen, nicht den Weg am Kliff. Sie ging zu ihrem Haus zurück und nahm den Stichweg zur Straße. Die Baumwipfel über ihr schwankten und rauschten, und die Tupfen von Rot und Gold inmitten der Blätter gewannen den Kampf gegen das Grau, das mit dem Nebel über das Kliff emporstieg. Als Michelle auf der Höhe des alten Friedhofs angekommen war, warf sie einen Blick nach Osten. Der Nebel war die Steilwand hochgekrochen und wälzte sich auf sie zu, das Licht der sinkenden Sonne brach sich in den Schwaden, ließ den wabernden Dunst rot aufglühen, wurde verschlungen vom kalten Grau der Wogen, die jenseits der Steilwand ans Ufer brandeten.

Michelle war stehengeblieben. Wie gebannt betrachtete sie die Nebelschwaden, die sich immer näher auf sie zuschoben. Sie sah, wie die weiße Wand den Friedhof erreichte, die milchige Flut umspülte die Kreuze, und dann war nur noch die verkrüppelte Eiche zu sehen. Nach einer Weile hatte das wallende Weiß auch die Krone der Eiche erreicht. Das Gerippe verblaßte.

Plötzlich bewegte sich etwas im Nebel.

Die Umrisse der Gestalt waren zunächst nicht klar zu erkennen. Ein dunkler Schatten vor grauem Hintergrund, nicht mehr.

Michelle verließ die Straße. Zögernd ging sie auf den Friedhof zu.

Der Schatten kam auf sie zugeschwebt, wurde dunkler und nahm Gestalt an.

Es war ein junges, schwarzgekleidetes Mädchen. Ein Mädchen, das eine Haube trug.

Das Mädchen, das Michelle im Traum gesehen hatte.
War es wirklich nur ein Traum gewesen?
Die Furcht umfing ihr Herz. Sie spürte die Kälte, die an ihr hochwallte.
Die merkwürdige Gestalt bewegte sich genauso schnell wie der Nebel. Sie kam immer näher. Michelle war stehengeblieben. Sie starrte das Mädchen an. Ob ich das nur träume?
Der Nebel hatte das schwarzgekleidete Mädchen eingehüllt. Ein paar Herzschläge lang blieb die Gestalt verschwunden. Dann fuhr der Wind in die Schwaden hinein, das Weiß klaffte auf.
Das Mädchen stand jetzt vollkommen still. Der Blick der leeren Augen war auf Michelle gerichtet, und Michelle erkannte das milchige Weiß der Pupillen wieder, das ihr in der vergangenen Nacht an dem Mädchen aufgefallen war.
Die schwarze Gestalt hob den Arm und winkte ihr zu.
Unwillkürlich tat Michelle einen Schritt vorwärts.
Die merkwürdige Vision verschwand.
Michelle zitterte vor Angst.
Der Nebel war jetzt an ihren Füßen angelangt. Das Weiß kroch ihre Beine hoch, weiche Fühler aus Dunst, Feuchtigkeit und Kühle. Die Fühler winkten, wie vorher das Mädchen gewinkt hatte, eine sanfte, lockende Bewegung.
Michelle ging langsam rückwärts, der Nebel folgte ihr.
Und dann berührten ihre Füße das Straßenpflaster, der Bann war gebrochen. Sekunden zuvor war ihr der Nebel noch wie ein Lebewesen erschienen. Jetzt war es nur noch Wasserdampf, der von der Brise aufs Land getrieben wurde.
Es war ein düsterer Septembertag. Die Schwärze des Abends war nahe, und Michelle rannte die Straße entlang, auf das Haus von Mrs. Benson zu, das ihr Schutz bieten würde.

»Hi«, sagte Jeff. Er hatte ihr die Tür geöffnet. »Ich wollte gerade losgehen und dich abholen. Du hattest gesagt, du kommst um sechs.«

»Aber es ist doch noch nicht sechs«, sagte Michelle. »Ich bin um halb sechs von zu Hause losgegangen, und bis hierher ist es doch nur ein paar Minuten.«

»Es ist jetzt halb sieben«, sagte Jeff und deutete auf die altmodische Standuhr, die den Flur des Hauses beherrschte. »Warum hast du so lange gebraucht? Warst du etwa noch auf dem Friedhof?«

Michelle beobachtete ihn aus den Augenwinkeln. Sie las Neugier, weiter nichts. Sie wollte ihm gerade von der Erscheinung des Mädchens berichten, als ihr das Gespräch einfiel, das sie mittags mit ihm und den Freundinnen geführt hatte. Sie änderte ihren Entschluß.

»Wahrscheinlich geht unsere Wanduhr falsch«, sagte sie. »Was gibt's zum Abendessen?«

»Schmorfleisch«, sagte Jeff. Er zog ein Gesicht und führte Michelle ins Wohnzimmer, wo sie von seiner Mutter erwartet wurden.

Constance Benson empfing Michelle mit mißtrauischen Blicken. »Wir haben uns schon Sorgen gemacht. Ich wollte gerade Jeff losschicken um nachzusehen, wo du bleibst.«

»Es tut mir leid«, sagte Michelle. Sie ließ sich auf ihren Stuhl gleiten. »Ich glaube, unsere Uhr geht nach.«

»Entweder geht eure Uhr nach, oder du hast getrödelt«, sagte Mrs. Benson streng. »Ich finde es nicht gut, wenn ein Mädchen trödelt.«

»Der Nebel war schuld«, sagte Michelle. »Als der Nebel vom Meer kam, bin ich stehengeblieben und habe zugesehen.«

Michelle nahm sich von dem Schmorfleisch und begann zu essen. Sie bekam gar nicht mit, daß Jeff und seine Mutter sie erstaunt anstarrten.

Mrs. Bensons Blick wanderte zum Fenster. Nebel, dachte sie. Ich habe keinen Nebel gesehen.

Für Constance Benson war es ein herrlich klarer Abend.

Achtes Kapitel

Cal hob den Arm und griff nach Junes Hand. Er drückte sie, und June fühlte sich umfangen von seiner Liebe und Zärtlichkeit. Sie waren schon fast zu Hause. Cal fuhr langsam, wich den Schlaglöchern aus und seufzte erleichtert auf, als das Haus in Sicht kam. Er bog in die Einfahrt ein.

Er fuhr so nahe ans Haus heran, wie es ging. Er nahm seiner Frau das Baby aus den Armen. »Ich gehe vor und lege Jennifer in ihr Bettchen. Warte hier, ich bin gleich zurück.«

»Ich bin kein Krüppel«, sagte June. Sie wand sich aus dem Wagen und ging auf die Eingangstür des Hauses zu. »*Ein bißchen zittrig, aber auf den eigenen zwei Beinen.* Na, woraus ist das?«

»Aus *Wer hat Angst vor Virginia Woolf.* Aber es paßt nicht hierher. In dem Theaterstück sagt das ein Betrunkener.«

»Einen Drink könnte ich brauchen«, sagte June. »Aber das kommt wohl nicht in Frage.«

»Ganz recht«, sagte Cal, »das kommt nicht in Frage.« Er legte sich die kleine Jennifer in die Armbeuge und bot June den freien Arm. Die hängte sich dankbar ein.

»Ich gebe zu, das Baby zu bekommen war nicht ganz so leicht, wie ich behauptet habe. Ich freue mich auf das Bett.«

Sie gingen in das dunkle Haus hinein. June wartete am Fuß der Treppe. Cal ging hinauf und brachte Jennifer ins Kinderzimmer. Er kam recht schnell zurück. June stützte sich auf ihn, sie gingen die Stufen hinauf.

»Ich hoffe, ich brauche jetzt nicht die Sachen für das Baby zusammensuchen«, sagte sie, als sie oben ankamen. »Ist das Kinderzimmer okay?«

»Alles ist okay, du brauchst dich nur noch ins Bett zu legen. Michelle hat das Laken sogar schon aufgedeckt für dich, du brauchst wirklich nur noch reinzusteigen. Sie hat uns übrigens einen Zettel geschrieben. Wir sollen sie bei Mrs. Benson anrufen, sobald wir ankommen.«

»Als ob wir das nicht auch ohne Zettel getan hätten«, schmunzelte June. »Michelle, die Perfektionistin.«

Sie zog sich den Morgenmantel und das Nachthemd aus, das man ihr in der Klinik gegeben hatte. Bevor sie sich ihr Flanellhemd anzog, betrachtete sie ihre Nacktheit im Spiegel.

»Bist du sicher, das Kind ist schon auf der Welt, Cal? Ich sehe aus, als ob ich noch schwanger wäre.«

»Die Figur behältst du noch zwei oder drei Wochen«, sagte er. »Das ist völlig normal. Das Gewebe muß sich zurückbilden. Und jetzt ins Bett mit dir.«

»Zu Befehl, Sir«, sagte June. Der militärische Gruß gelang ihr nicht ganz, so schwach war sie. Sie schwang sich aufs Bett und ließ sich in die Kissen zurücksinken. »Sehr schön«, sagte sie. »Ich bin wieder daheim.« Sie lächelte ihrem Mann zu. »Holst du bitte Jennifer rein und gibst sie mir? Und dann sei so nett und ruf Michelle an, ich bin sicher, sie hat uns vorbeifahren gesehen.«

Cal brachte ihr das Baby, dann nahm er das Telefon ab. »Sie hat sogar die Nummer von Mrs. Benson auf den Zettel geschrieben«, sagte er.

»Es hätte mich gewundert, wenn sie das vergessen hätte.« June öffnete ihr Nachthemd und legte das Baby an die Brust. Gierig begann Jennifer zu saugen.

»Mrs. Benson, ist Michelle bei Ihnen?« Cals Blick blieb auf seine Frau und seine kleine Tochter gerichtet. Er war stolz. Er streichelte Jennifer über das Köpfchen, und dann ertönte Michelles Stimme in der Muschel.

»Daddy? Seid ihr schon zu Hause? Wie geht's Mutter?«

»Wir sind zu Hause, jawohl, und deiner Mutter geht's gut, dem Baby geht's gut, und mir geht's gut. Du kannst nach Hause kommen, wann du willst, aber beeil dich, deine Schwester trinkt und wächst, und wenn du sie noch als Baby wiedersehen willst, mußt du in den nächsten zehn Minuten hier sein.«

Michelle schwieg. Als sie sich wieder meldete, klang eine Unsicherheit in ihrer Stimme mit, die Cal nicht an ihr kannte.

»Daddy, würdest du mich bitte mit dem Wagen abholen?«

Cals Gesicht verfinsterte sich. June, überrascht von der Veränderung, sah ihn neugierig an.

»Ich soll dich abholen? Aber es sind doch nur ein paar hundert Schritte...«

»Bitte«, sagte Michelle. »Nur dies eine Mal.«

»Warte einen Moment«, sagte er. Er hielt die Muschel zu und wandte sich an June.

»Sie will, daß ich sie abhole. Ich versteh' das nicht.«

June zuckte die Schultern. »Wenn sie das sagt, hol sie ab.«

»Ich weiß nicht... dich so allein lassen...«

»Mir fehlt nichts. In fünf Minuten bist du ja wieder da. Was kann schon sein? Ich bleibe im Bett und gebe Jennifer die Brust.«

Cal zog seine Hand von der Sprechmuschel. »Also gut, Prinzessin. In ein paar Minuten bin ich da. Hältst du dich bereit?«

»Wenn du ankommst, stehe ich an der Tür«, antwortete Michelle. Ihre Stimme klang jetzt fester und selbstbewußter.

Cal verabschiedete sich von ihr und legte den Hörer auf die Gabel zurück. »Ich verstehe das nicht, sie ist doch sonst so selbständig, und auf einmal möchte sie, daß ich sie abhole, obwohl es doch gerade fünfhundert Schritte sind.«

»Mich überrascht das nicht«, sagte June in sanftem Ton. »Es ist dunkel, und der Weg geht am Friedhof vorbei. Außerdem hat sich heute alles um das Baby gedreht, sie war völlig abgemeldet. Ich vermute, daß sie ganz einfach etwas auf sich aufmerksam machen will. Mein Gott, Cal, das Kind ist zwölf. Ich glaube, manchmal vergessen wir das.«

»Aber sie ist ganz verändert, June! Sie weiß, daß hier im Haus alles mögliche zu tun ist, und...«

»Was zu tun war, hat sie schon getan«, sagte June. »Und jetzt fahr los und hol sie ab. Du könntest schon wieder hier sein, wenn du nicht soviel reden würdest.«

Cal zog sich den Mantel an. Er küßte seine Frau und das Baby, dann verließ er das Haus.

Cal wollte gerade auf die Hupe drücken, als sich die Haustür öffnete. Michelle kam aus Mrs. Bensons Haus. Sekunden später saß sie neben ihm.

»Danke, daß du mich abholst«, sagte sie, als ihr Vater den Gang einlegte.

Cal musterte sie mit unverhohlener Neugier. »Seit wann hast du Angst im Dunkeln?«

Michelle drückte sich ins hinterste Eck des Beifahrersitzes. Sie schwieg. Cal tat seine Bemerkung leid. »Es ist nicht schlimm«, sagte er rasch, »ich hol' dich ja gern ab, und deine Mutter gibt dem Baby die Brust, die kommt für fünf Minuten auch ohne mich aus. Alles ist in bester Ordnung, verstehst du. Aber sag mir trotzdem: Vor was hast du Angst?«

Michelles Zorn war verflogen. Sie rückte näher zu ihrem Vater. »Ich weiß nicht«, druckste sie herum. Sie würde ihm nichts von der Gestalt erzählen, die ihr im Nebel erschienen war. »Ich glaube, es ist nur, weil ich Angst habe, im Dunkeln am Friedhof vorbeizugehen.«

»Hat Jeff dir Gespenstergeschichten erzählt?« erkundigte sich Cal. Michelle schüttelte den Kopf.

»Jeff glaubt nicht an Gespenster. Jedenfalls sagt er das.« Sie ließ durchklingen, daß es möglicherweise einen Unterschied gab zwischen dem, was Jeff sagte, und dem, was er dachte. »Aber heute abend ist es so dunkel, daß ich den Weg nicht allein gehen wollte. Es tut mir leid.«

»Aber das macht doch nichts.«

Den Rest der Fahrt schwiegen sie.

»Du warst ja recht fleißig heute nachmittag.«

June hatte die schlafende Kleine in ihrer Armbeuge liegen und sprach mit Michelle. Sie bedeutete ihr, zum Bett zu kommen und sich auf die Kante zu setzen. »Das hast du wunderbar gemacht. Du warst sicher den ganzen Nachmittag damit beschäftigt.«

»Es ging ganz schnell«, wiegelte Michelle ab. Sie hatte nur noch Augen für das Baby. »Wie klein es ist!«

»Sie werden alle in dieser Größe geliefert«, pflaumte June. »Möchtest du sie mal halten?«

»Darf ich das?« Sie war ganz aufgeregt.

»Hier hast du sie.« June richtete sich auf und reichte ihrer

Tochter den Säugling. Dann lehnte sie sich in ihre Kissen zurück. »Du mußt sie halten, wie man eine Puppe hält«, sagte sie. »Der Körper muß Halt finden in deiner Armbeuge.«

Michelle drückte das kleine Wesen an sich, der Kopf kam auf ihre Brust zu liegen. Jennifer öffnete die Augen, plötzlich machte sie ein Bäuerchen.

»Mache ich alles richtig so?«

»Du machst es völlig richtig. Wenn sie zu schreien anfängt, nehme ich sie wieder. Solange sie nicht schreit, ist alles in Ordnung.« Es war, als ob Jennifer die Worte ihrer Mutter bestätigen wollte. Sie schloß die Augen und schlief ein.

»Sag mir alles«, brach es aus Michelle hervor. Sie sah ihrer Mutter in die Augen.

»Da gibt's nicht viel zu berichten. Ich habe einen Spaziergang gemacht, und da haben die Wehen begonnen. Das ist schon alles.«

»*Auf dem Friedhof*«, sagte Michelle. »Die Wehen haben auf dem Friedhof begonnen. War dir das nicht unheimlich?«

»Warum denn?«

»Es war doch ein paar Wochen vor dem errechneten Termin. Was ist passiert?«

»Gar nichts ist passiert. Jenny hat sich entschlossen, ein bißchen früher zu kommen, das ist das ganze Geheimnis.«

Michelle dachte über die Worte ihrer Mutter nach. Schweigen hing im Raum. Als sie weitersprach, geschah es mit einem leisen Zögern. »Was hattest du denn an Louise Carsons Grab zu suchen, Mami?«

»An irgendeinem Grab mußte es schließlich passieren, oder? Ich sagte dir doch, ich war auf dem Friedhof, als die Wehen begannen.« June achtete darauf, ohne besonderen Nachdruck zu sprechen. Sie würde Michelle um so leichter überzeugen, je leiser sie sprach. Warum ist es mir so wichtig, meine Tochter zu überzeugen, dachte sie.

»Hast du die Inschrift auf dem Grabstein gesehen?« fragte Michelle.

»Natürlich habe ich die gesehen.«

»Und was bedeutet diese Inschrift?«

»Gar nichts«, sagte June. Sie streckte die Arme aus. Die kleine Jennifer war aufgewacht, sie hatte zu schreien begonnen. Widerstrebend gab Michelle ihrer Mutter das Baby zurück. »Ich gebe ihr nur zu trinken«, sagte June. »Dann kannst du sie wieder halten.«

Michelle stand auf. Sie war unschlüssig, ob sie im Raum bleiben sollte, während ihre Mutter das Baby säugte. »Würdest du etwas Tee aufsetzen?« sagte June. »Und sag deinem Vater bitte, er soll raufkommen, ja?«

June sah Michelle nach, die zur Tür ging. Dann war sie allein mit Jennifer. Das Kind lag an ihrer Brust und trank. June versuchte sich zu entspannen, aber das gelang ihr nicht. Irgend etwas stimmte nicht mit Michelle. Sehr wahrscheinlich hatte es mit dem Friedhof zu tun? Was war mit dem Mädchen passiert?

Michelle lag wach im Bett. Sie lauschte in die Stille hinein. Es war so leise im Haus, daß sie Angst beschlich.

Und das war wohl auch der Grund, warum sie nicht schlafen konnte.

Die Stille.

Der Flur. Sie mußte den Flur entlanggehen. Am Ende des Korridors war Leben. Da waren die anderen. Da waren ihr Vater, ihre Mutter, ihre kleine Schwester. Alle waren dort – nur sie nicht.

Sie stand auf, zog sich ihren Morgenrock an und verließ ihr Zimmer.

Vor dem Schlafzimmer ihrer Eltern angekommen, blieb sie stehen. Sie lauschte eine Weile, dann drehte sie den Türknopf und trat ein.

»Mami?«

June wälzte sich auf die andere Seite. Sie öffnete die Augen und war überrascht, Michelle vor ihrem Bett stehen zu sehen. »Wieviel Uhr ist es?«

»Erst elf«, sagte Michelle kleinlaut. June setzte sich aufrecht.

»Was ist los?«

»Ich kann nicht schlafen.«

»Du kannst nicht schlafen? Warum nicht?«

»Ich weiß nicht, Mami.« Michelle setzte sich zu ihrer Mutter auf die Bettkante. »Vielleicht habe ich zuviel Tee getrunken.«

June lächelte. »Das ist bei Kaffee, Kleines, nicht bei Tee.« Sie spürte, wie Cal neben ihr eine Bewegung machte. Das Baby begann zu schreien, und dann wachte Cal auf. Er knipste die Lampe an und sah Michelle auf dem Bett sitzen.

»Was tust du hier? Hast du das Baby aufgeweckt?«

June sah, daß Michelle den Tränen nahe war. »Das Baby schreit, weil es Hunger hat«, sagte sie geistesgegenwärtig. »Und Michelle ist hier, weil sie nicht schlafen kann. Sei doch so gut, Cal, und gib mir Jenny, und könntest du dann auch runtergehen und den Tee warmmachen? Michelle bleibt solange bei mir und sieht zu, wie ich Fräulein Nimmersatt stille.« Sie kniff Michelle ein Auge zu.

»Ich hole Jennifer«, bot sie an.

Cal war aufgestanden. Seufzend zog er sich seinen Morgenmantel über. Er ging hinaus, und sie hörten, wie er die Treppe hinunterstapfte. Er war kaum außer Hörweite, als June ihn in Schutz nahm. »Er hat das nicht so gemeint«, sagte sie. »Er ist nur aus dem Schlaf aufgestört worden, weißt du.«

»Ist schon gut«, sagte Michelle teilnahmslos. »Tut mir leid, daß ich euch gestört habe. Ich habe mich nur so einsam gefühlt.«

»Es ist ein großes Haus, das stimmt.« Sie sann über die eigenen Worte nach. »Vielleicht solltest du in ein Zimmer umziehen, das näher zu uns liegt«, schlug sie vor.

»Nein, nein«, sagte Michelle rasch. »Ich liebe mein Zimmer heiß und innig. Ich spüre irgendwie, daß ich dahingehöre. Seit ich Mandy gefunden habe...«

»Mandy? Ich denke, du hast sie Amanda getauft.«

»Mandy und Amanda, das ist dasselbe. Genau wie mich manche Freundinnen Mickey nennen. Mickey... Uff! Mandy, das klingt viel schöner.«

Cal kam zurück, er brachte ein Tablett, auf dem drei dampfende Tassen Tee standen. »Nicht, daß ihr euch an den nächtlichen Zimmerservice gewöhnt«, sagte er. »Wenn Jennifer was trinken will, bedeutet das nicht, daß die ganze Familie ein Picknick machen muß. Und du, kleines Fräulein, du mußt schon lange im Bett sein. Du mußt morgen früh aufstehen.«

»Das ist kein Problem«, sagte Michelle. »Ich habe mich nur so allein gefühlt.« Sie nahm einen Schluck aus ihrer Tasse, dann stand sie auf. »Bringst du mich zu Bett, Vater?«

Cal grinste. »Ich glaube, es ist jetzt ein paar Jahre her, daß ich dich noch schlafengelegt habe.«

»Nur diesmal«, bettelte Michelle.

Cal tauschte einen Blick mit seiner Frau. »Also gut«, sagte er. »Trink deinen Tee aus, dann geht's los.«

Michelle trank aus, gab ihrer Mutter einen Gutenachtkuß und folgte ihrem Vater den Flur entlang zu ihrem Zimmer.

Sie kletterte ins Bett, zog sich die Decke bis zum Kinn und bot ihrem Vater die Wange zum Kuß. Er beugte sich zu ihr hinab und küßte sie.

»Du wirst sehen, du bist in Nullkommanichts eingeschlafen.« Er wollte gerade das Licht ausknipsen und zu seiner Frau zurückkehren, als Michelle ihn bat, ihr die Puppe zu holen.

»Sie ist auf dem Fenstersitz. Bist du so nett und gibst sie mir?«

Cal hob die antike Puppe hoch und betrachtete den Kopf aus Porzellan. »Sieht nicht sehr lebendig aus«, sagte er und gab die Puppe seiner Tochter. Sie steckte die Puppe unter die Bettdecke, nur den Kopf ließ sie herausschauen.

»Sie ist lebendiger, als du denkst«, sagte sie. Er lächelte ihr zu, dann löschte er das Licht. Er zog die Tür leise hinter sich zu und ging auf Zehenspitzen den Korridor entlang.

Wieder war Michelle allein. Stille umfing sie. Als die Dunkelheit immer bedrückender wurde, umschlang sie ihre Puppe.

»Es ist anders gekommen, als ich dachte«, flüsterte sie. »Ich habe mich so sehr auf Jenny gefreut, aber jetzt, wo sie da ist, freue ich mich gar nicht mehr. Die drei sind da hinten, und hier bin ich, allein. Mami kümmert sich nur noch um Jennifer. Was bleibt mir da noch?«

Dann kam ihr ein Gedanke.

›Du bleibst mir, Mandy. Ich werde mich um dich kümmern. Ich könnte...‹

Sie hielt die Puppe an sich gepreßt, die Tränen flossen ihr über die Wangen. ›Ich werde für dich sorgen, mein Kleines, so wie meine Mami für Jenny sorgt. Wie würde dir das gefallen? Ich werde deine Mutter sein, Amanda. Du bekommst alles von mir, was du willst. Dafür wirst du bei mir bleiben, das wirst du doch, oder? Ich will nie wieder einsam sein.‹

Weinend, die Puppe ans Herz gedrückt, glitt Michelle in den Schlaf hinüber.

Neuntes Kapitel

Es war Samstag. Michelle erwachte vom Zirpen der Vögel. Sie blieb in ihrem Bett liegen und schwelgte in dem Gedanken, daß dies ein Tag war, wo sie sich nicht zu beeilen brauchte. Es war einer jener Vormittage, wo es auf ein paar Minuten nicht ankam. Sie würde sich an den Sonnenstrahlen erfreuen, die in ihr Zimmer fielen. Heute war ein guter Tag.

Sie freute sich auf das Picknick in der kleinen Bucht.

Sie war zunächst unschlüssig gewesen, ob sie hingehen sollte zu diesem Picknick. Erst heute früh war die Entscheidung gefallen.

Nach drei Tagen tat die Beleidigung, die Susan Peterson ihr zugefügt hatte, nicht mehr so weh. Sogar die Erinnerung an das schwarzgekleidete Mädchen, das ihr einmal im Traum und dann auf dem Friedhof erschien, war verblaßt. Seit Jennifer auf der Welt war, gab es so viele Dinge, über die Michelle nachzudenken hatte. Das schwarze Mädchen, das mit lockender Gebärde zwischen den Gräbern gestanden hatte, schien nicht mehr so wichtig.

Sie spürte die Sonne auf ihrem Gesicht. Ein fröhlicher Tag. Worüber habe ich mir die letzten Tage überhaupt Sorgen gemacht? Worüber und warum? Warum habe ich Sally Carstairs, als sie gestern anrief, gesagt, daß ich nicht zum Picknick komme? Natürlich gehe ich zum Picknick. Wenn Susan Peterson mich wieder ärgern will, werde ich einfach nicht hinhören.

Nachdem die Entscheidung getroffen war, stand Michelle auf. Sie zog sich ihre alten Jeans an, ein T-Shirt und ihre Tennisschuhe. Sie wollte den Raum verlassen, als ihr Blick auf die Puppe fiel. Amanda lag in den Kissen. Michelle hob sie auf und setzte sich auf den Fenstersitz.

»So«, sagte sie zärtlich. »Du kannst jetzt den ganzen Tag in der Sonne sitzen. Sei ein braves Mädchen.« Sie beugte sich vor und küßte sie Puppe auf die Wange. Es war eine Geste, die sie ihrer Mutter abgesehen hatte, genauso machte Mutter es, wenn sie die kleine Jennifer liebkoste. Sie verließ das Zimmer und zog die Tür hinter sich ins Schloß.

»Gute Idee, daß du deinem Vater helfen willst«, sagte June, als Michelle die Küche betrat. Sie stand am Herd, vor der Pfanne, in der die Spiegeleier brutzelten, und begutachtete die zerschlissenen Jeans ihrer Tochter. »Zünftig, zünftig.« Sie nickte ihr zu. Und dann: »Schau mich nicht so komisch an, ich gehe ja gleich ins Bett zurück. Frühstücken werde ich ja wohl noch dürfen. Ich muß mich etwas bewegen, weißt du, ich bin jetzt schon drei Tage im Bett, da wird man ganz verrückt!« Sie sah, daß Michelle ihr widersprechen wollte, und kam ihr zuvor. »Im Kühlschrank ist eine Kanne mit Orangensaft, bedien dich.«

Michelle öffnete den Kühlschrank und nahm die Kanne Saft heraus. »Bei was soll ich Daddy helfen?« fragte sie.

»Bei der Umgestaltung des Wäscheraums.«

»Aha.«

»Willst du ihm denn nicht helfen?« wunderte sich June. Normalerweise war Michelle kaum zu bremsen, wenn sich irgendeine Gelegenheit bot, etwas zusammen mit Cal zu tun. Jetzt aber sah es fast so aus, als wollte sie kneifen.

»Es ist nicht, daß ich Daddy nicht helfen will«, sagte Michelle zögernd. »Es ist nur... wir haben heute ein Picknick geplant.«

»Ein Picknick? Davon hast du uns ja gar nichts gesagt.«

»Ich war ja auch noch nicht sicher, ob ich hingehen würde. Ich hab' mich erst heute früh nach dem Aufstehen entschieden, daß ich mitmache. Ich darf doch hingehen, oder?«

»Natürlich darfst du hingehen«, sagte June. »Was sollst du denn zum Essen mitbringen?«

»Wo gibt's was zu essen?« fragte Cal. Er kam gerade die Kellertreppe herauf.

»Wir sind zu einem Picknick verabredet«, erklärte Michelle. »Ich und Sally und Jeff und noch ein paar andere aus der Klasse. So etwas wie der letzte Tag am Strand, verstehst du.«

»Bedeutet das, du wirst nicht mithelfen, wenn ich den Wäscheraum ummodele?«

»Stell dir einmal vor, du wärst ein Kind«, sagte June zu ihrem Mann. »Würdest du da ein Picknick sausen lassen, um deinem Vater beim Werkeln zu helfen?« Sie verteilte die Eier auf drei Teller und schob ihren Mann und Michelle ins Wohnzimmer. »Vielleicht nehme ich Jenny und komme auch zum Picknick.«

»Das geht nicht«, protestierte Michelle. »Nur Kinder nehmen teil.«

»Ich habe nur Spaß gemacht«, sagte June rasch. »Ich könnte dir ein paar gefüllte Eier zubereiten, die du deinen Freunden zum Picknick mitbringst, was hältst du davon?«

»O Mami, würdest du das wirklich tun?«

»Aber gern. Um wieviel Uhr steigt dein Picknick?«

»Wir treffen uns um zehn unten in der Bucht.«

»Na großartig«, sagte June. Sie schüttelte den Kopf. »Du hättest mir wirklich etwas früher Bescheid sagen können, Michelle! Jetzt bleibt mir ja kaum noch Zeit, die Eier zuzubereiten, und kalt werden sie bis dahin auch nicht mehr.«

»Du wirst überhaupt keine Eier für die Kinder machen«, sagt Cal zu June, und dann wandte er sich zu Michelle. »Ich habe deiner Mutter erlaubt aufzustehen, weil sie mir versprochen hat, daß sie gleich nach dem Frühstück wieder ins Bett geht. Wenn du gefüllte Eier zum Picknick mitnehmen willst, dann mußt du sie dir selbst zubereiten.«

»Aber ich weiß doch gar nicht, wie das geht.«

»Dann mußt du es eben lernen. Du bist jetzt schon ein großes Mädchen, und deine Mutter hat ein Baby, um das sie sich kümmern muß.« Als er das bestürzte Gesicht seiner Tochter sah, beschloß er nachzugeben. »Ich mach' dir einen Vorschlag. Nach dem Frühstück stecken wir deine Mutter ins Bett, du machst den Abwasch, und ich kümmere mich um die Eier fürs Picknick. Einverstanden?«

Michelles Miene hellte sich wieder auf. Alles war wieder gut. Und doch war alles anders, als sie es sich vorgestellt hatte. Sie begann abzuräumen. Jenny ist schuld, dachte sie. Seit Jenny auf der Welt ist, hat sich alles geändert.

Es gefiel ihr nicht. Es gefiel ihr ganz und gar nicht.

Michelle lief den steilen Weg hinab, der zur Bucht führte. Es war schon halb elf, sie würde die Letzte sein. Sie trug die Eier in einer Tasche bei sich, ihr Vater hatte sie zubereitet. Die Eier waren noch warm, genau wie ihre Mutter vorausgesagt hatte. Hoffentlich merkte das niemand.

Sie konnte die anderen schon sehen. Hundert Schritte weiter nördlich sprangen sie auf den Klippen herum, folgten den Wogen, die sich mit der Ebbe ins Meer zurückzogen. Jeff war der Anführer, die anderen folgten. Am Strand war nur noch ein Kind. Michelle erkannte Sally Carstairs an ihrem blonden Haar.

Als Michelle den Strand erreicht hatte, begann sie zu laufen. »He!« schrie sie. »He!« Sally sah auf und winkte ihr zu.

»Tut mir leid, daß ich zu spät komme. Mein Daddy ist erst jetzt mit den Eiern fertig geworden. Glaubst du, die andern werden was sagen, weil die Eier nicht richtig kalt sind?«

»Das ist doch nicht so wichtig. Ich hatte Angst, du kommst gar nicht mehr.«

Michelle warf Sally einen scheuen Blick zu. »Beinahe wäre

ich ganz weggeblieben. Aber es ist so ein schöner Tag...« Sie verstummte. Sally folgte ihrem Blick und sah Susan Peterson, die neben Jeff auf einem Felsen niederkniete. »Um die mußt du dich gar nicht kümmern«, sagte Sally. »Wenn sie dich wieder ärgern will, achte gar nicht darauf. Sie versucht das bei jedem, nicht nur bei dir.«

»Woher weißt du, daß mir Susan so schwer im Magen liegt?«

Sally kniff die Augen zusammen. »Weil ich mich auch oft über dieses Mädchen ärgere. Weil ihr Vater die Bank hat, meint sie, sie muß sich groß aufspielen.«

»Magst du sie nicht leiden?«

»Ich weiß nicht«, sagte Sally gedankenverloren. »Darüber hab' ich mir noch nie den Kopf zerbrochen. Wir kennen uns eben von klein auf an, weißt du, sie ist immer meine Freundin gewesen.«

»Das ist schön«, sagte Michelle. Sie setzte sich auf die Wolldecke neben Sally und griff sich eine offene Dose Cola. »Kann ich einen Schluck davon haben?«

»Kannst du austrinken«, sagte Sally. »Ich mag nicht mehr. Warum hast du vorhin gesagt, das ist schön?«

»Sich immer schon gekannt zu haben, das ist schön. Ich habe niemanden, den ich immer schon gekannt habe.« Sie senkte ihre Stimme zum Flüsterton. »Manchmal frage ich mich, wer ich eigentlich bin.«

»Du bist Michelle Pendleton. Wer solltest du sonst sein?«

»Ich bin ein Adoptivkind«, sagte Michelle gedehnt.

»Na und? Du bist immer noch du selbst.«

Michelle verspürte plötzlich das Bedürfnis, das Thema zu wechseln. Sie stand auf. »Komm, wir gehen mal schauen, was die anderen gefunden haben.« Die Gruppe stand um Jeff geschart, der etwas in der Hand hielt.

Es war ein kleiner Tintenfisch, im Durchmesser nicht größer als ein Zeigefinger. Das Tier lag auf Jeffs Handfläche und rang hilflos seine Fangarme. Als Michelle und Sally näherkamen, hielt ihnen Jeff den Tintenfisch entgegen.

»Möchtet ihr ihn einmal halten?« Es war eine Herausforderung. Sally wich erschrocken zurück, aber Michelle streckte die Hand aus, zögernd zuerst, dann mit grimmiger Entschlossenheit. Sie strich dem Tintenfisch über die schlüpfrigen Fangarme.

»Er beißt nicht«, sagte Jeff und nickte ihr zu. Für Sally hatte er nur einen verächtlichen Blick.

Michelle ließ sich das kleine Wesen auf die Hand legen. Der Tintenfisch schlang einen seiner Arme um ihren Finger und begann sich zu drehen.

»Wird er nicht sterben an der Luft?« fragte Michelle.

»Nicht so schnell«, sagte Jeff. »Hat er sich festgesaugt bei dir?«

Michelle ergriff einen Tentakel und zupfte daran. Ihre Haut kitzelte, als sich die Saugnäpfe lösten.

»Igitt! Wie kannst du so was nur tun!« Das war Susan. Sie stand hinter Michelle, die Arme auf dem Rücken verschränkt, und wand sich vor Ekel. Michelle grinste und warf den Tintenfisch in ihre Richtung, Susan schrie auf und duckte sich. Das Tier fiel ins Wasser und verschwand, die einzige Spur war ein kleiner Wirbel im Sand.

»Tu so was nicht noch mal!« Susan maß Michelle mit feindseligen Blicken.

»Das war doch nur ein Tintenfischbaby«, lachte Michelle. »Du hast doch wohl keine Angst vor einem winzigen Tintenfisch!«

»Tintenfische sind eklig!« Susan wandte sich um und stapfte den Strand entlang. Michelle folgte ihr und versuchte sie zu beruhigen, aber die andere würdigte sie keines Blickes mehr. Michelle ließ sie gehen, und dann sah sie, daß sich die anderen Kinder Susan anschlossen, nur Sally Carstairs blieb zurück.

»Du solltest sie wirklich nicht mit Tintenfischen bewerfen«, sagte Sally leise. »Du machst sie damit fuchsteufelswild.«

»Tut mir leid«, erwiderte Michelle. »Aber es war doch nur ein Scherz. Kann sie denn keinen Spaß vertragen?«

»Nicht, wenn sie die Zielscheibe ist. Sie versteht nur Spaß, wenn's auf Kosten der anderen geht. Sie wird jetzt sicher versuchen, dich aufzuziehen.«

»Na und?« sagte Michelle. Plötzlich fühlte sie sich von Mut durchströmt. »Mir macht das nichts aus, ich bin schließlich keine Mimose.« Sie stellte sich auf die Zehen, um über die Klippen hinwegzusehen. »Komm, wir gehen zum Strand rüber, zu den anderen.«

Die Sonne stand hoch am Himmel. Die Kinder hatten sich über den Strand verteilt. Sie aßen die mitgebrachten Sandwiches und tranken von dem schier unerschöpflichen Vorrat an Coladosen. Michelle hatte sich zu Sally Carstairs gesetzt. Sie fühlte sich nicht sehr wohl in ihrer Haut, weil unweit von ihnen Susan Peterson mit Jeff Benson zusammensaß. Susan hatte seit dem Streit kein Wort mehr mit Michelle gewechselt, aber sie verfolgte Michelle mit ihren Blicken, als wollte sie Maß nehmen für eine geplante Kraftprobe.

Sie setzte die Coladose ab und schickte ein bösartiges Lächeln zu Michelle hinüber.

»Gibt's irgendwas Neues vom Gespenst?« fragte sie.

»Es gibt kein Gespenst«, sagte Michelle. Sie sprach so leise, daß ihre Stimme kaum zu verstehen war.

»Du hast aber doch gesagt, du hättest vor kurzem einen Geist gesehen.«

»Das war nur ein Traum«, sagte Michelle. »Nur ein Traum.«

»Wirklich? Bist du sicher?«

Michelle sah sie feindselig an. Susan hielt ihrem Blick stand, ohne mit der Wimper zu zucken. Michelle spürte, wie der Ärger in ihr zu kochen begann. *Warum ist das so?* dachte sie. *Warum benehme ich mich immer so, daß Susan böse auf mich wird?*

»Können wir nicht über irgend etwas anderes sprechen?« schlug sie vor.

»Ich möchte aber gern über dein Gespenst sprechen«, sagte Susan heiter.

»Ich finde es doof, über Gespenster zu sprechen«, sagte

Sally Carstairs. »Ich fände es viel interessanter, wenn Michelle uns was über ihre kleine Schwester erzählt.«

Michelle bedankte sich bei Sally mit einem Lächeln. »Die Kleine ist wunderschön«, sagte sie. »Sie ist meiner Mutter wie aus dem Gesicht geschnitten.«

»Wie kannst du das sagen?« Susans Stimme war wie Eis. Ein gemeines Lächeln spielte um ihre Mundwinkel.

»Wie meinst du das?« fragte Michelle. »Jennifer sieht meiner Mutter wirklich sehr ähnlich, jeder sagt das.«

»Aber du weißt doch gar nicht, wer deine Mutter ist«, sagte Susan. »Du bist ein adoptiertes Kind.«

Die Mädchen, die in Hörweite saßen, sahen auf. Die Augen waren auf Michelle gerichtet. Alle waren neugierig, was sie Susan zur Antwort geben würde.

»Meine Eltern sind meine Eltern!«

»Aber die Pendletons *sind* doch gar nicht deine Eltern, Michelle.«

»Sie sind wohl meine Eltern«, sagte Michelle wütend. Sie stand auf und trat vor Susan hin. »Sie haben mich adoptiert, als ich noch ein kleines Baby war. Sie sind für mich wie richtige Eltern.«

»Das war vorher«, sagte Susan. Sie registrierte sorgfältig, wie Michelles Ärger anschwoll. Sie lächelte.

»Was soll das heißen: vorher?«

»Bevor sie ein eigenes Kind hatten. Weißt du, die Ehepaare adoptieren Kinder, weil sie kein eigenes haben. Aber jetzt haben deine Eltern eine richtige Tochter. Wozu brauchen sie dich jetzt noch?«

»Sag so etwas nicht, Susan«, schrie Michelle sie an. »Ich verbiete dir, so von meinen Eltern zu sprechen. Sie lieben mich genauso, wie deine Eltern dich lieben.«

»Ach wirklich?« Susans Stimme klang süß und einschmeichelnd. Was sie wirklich fühlte, konnte Michelle in ihren Augen lesen. »Wirklich, Michelle?«

»Was willst du damit sagen?« Kaum, daß der Ausruf ihre Lippen verlassen hatte, reute es Michelle, daß sie Susan auf den Leim gegangen war. Es wäre klüger gewesen, wenn sie das Mädchen gar nicht beachtet hätte. Jawohl, sie hätte aufstehen und weggehen müssen. Jetzt war es zu spät. Die Kinder waren auf den Streit zwischen Michelle und Susan aufmerksam geworden.

»Widmen deine Eltern dem Baby mehr Zeit oder dir? Haben sie das Baby lieber oder dich? Die Antwort ist: Sie lieben das Kleine mehr als dich. Das ist ja auch ganz normal. Jenny ist ihr richtiges Kind. Was bist du denn schon? Du bist doch nur ein Waisenkind, das sie zu sich genommen haben, als sie noch glaubten, daß sie keine eigenen Kinder haben könnten.«

»Das ist nicht wahr«, schrie Michelle. Aber sie spürte selbst, wie hohl, wie unsicher das klang. In einem Punkt hatte Susan recht. Seit Jenny auf der Welt war, benahmen sich ihre Eltern anders. Aber das war nur, weil die Kleine noch so hilflos war, sie brauchte eben mehr Liebe als ein großes Kind. Jedenfalls bedeutete es nicht, daß ihre Eltern sie, Michelle, weniger liebten als Jenny. Natürlich hatten sie ihre große Tochter noch genauso lieb. Ganz sicher sogar. *Ihre Eltern liebten sie!*

Plötzlich wünschte sich Michelle nach Hause. Am liebsten wäre sie jetzt bei ihrer Mutter und bei ihrem Vater gewesen. Sie war immer noch ihre Tochter. Ihre Eltern liebten sie immer noch. Natürlich! Michelle sprang auf. Sie ließ ihre Sachen am Strand zurück und rannte auf den Pfad zu.

Sally Carstairs wollte ihrer Freundin nachlaufen, aber Susan Peterson gebot ihr Einhalt.

»Laß sie doch laufen. Wenn sie keinen Spaß vertragen kann, was sollen wir dann überhaupt mit ihr anfangen?«

»Du bist gemein, Susan«, erklärte Sally. »Was du gemacht hast, ist gemein.«

»Ach ja?« Susans Stimme klang sorglos und locker. »Aber daß sie den Tintenfisch auf mich geworfen hat, das findest du ganz in Ordnung.«

»Sie konnte ja nicht wissen, daß du solche Angst vor Tintenfischen hast.«

»Und ob sie das wußte!« gab Susan zurück. »Und selbst

wenn sie's nicht gewußt hätte, sie hätte es nicht tun dürfen. Sie hat angefangen, ich hab's ihr nur zurückgezahlt.«

Sally ließ sich wieder auf ihre Decke fallen. Sie wußte nicht, wie sie sich jetzt verhalten sollte. Am liebsten wäre sie hinter Michelle hergelaufen, um sie an den Strand zurückzuholen. Aber das hätte wohl wenig genützt. Susan würde weiter auf Michelle herumhacken, sie wußte jetzt ja, wie sie ihr weh tun konnte. Außerdem, wenn sie, Sally, zu Michelle hielt, würde Susan auch sie unter Beschuß nehmen. Sally wußte, daß sie dem nicht gewachsen war.

»Laufen kann sie ja ganz gut«, spottete Susan, und die Kinder lachten. Sally fuhr aus ihren Gedanken hoch. Sie konnte sehen, daß Michelle das Kliff erklommen hatte. Sie ging am Rande der Schlucht entlang. Sally schloß die Augen. Mochten die anderen Mädchen zusehen, wie Michelle am Abgrund entlangwandelte, sie hatte nicht das Herz dazu. Sie wußte, wenn sie hinsah, würde sie in Tränen ausbrechen. Und das wollte sie nicht. Nicht in Gegenwart von Susan.

Susans Worte dröhnten in Michelles Ohren. Sie rannte auf das Kliff zu, der Sand spritzte unter ihren Füßen.

Wozu brauchen sie dich jetzt noch?
Sie lieben das Kleine mehr als dich.

Lüge, dachte sie. Nichts als Lüge. Sie lief schneller, aber die Worte folgten ihr, der Wind wirbelte sie in ihre Ohren, und dann war ihr, als drängten sich zuckende Nattern in ihre Gehörgänge.

Sie hatte das Kliff erreicht und begann den Aufstieg.

Sie war außer Atem vom Laufen, der Ärger kochte in ihrem Herzen, und sie hörte das Blut pulsen.

Wie gern wäre sie jetzt stehengeblieben, um auszuruhen. Aber sie wußte, das durfte sie nicht.

Sie wußte, daß sie von den Mädchen beobachtet wurde. Sie konnte sich vorstellen, was Susan sagen würde, süß, sanft und bösartig, wie es die Art dieses Mädchens war.

Mädchen, schaut doch nur, sie kann nicht einmal den steilen Weg hochgehen.

Sie zwang sich, zum Kliff hochzuschauen. Wie weit war es noch bis ganz oben? Wenn sie erst einmal den Weg erreicht hatte, der hinter dem Kliff verlief, war sie in Sicherheit, dort konnten sie die Spielgefährten nicht mehr sehen.

Noch weit.

Zu weit.

Und dann kam der Nebel.

Zuerst war es nur ein grauer Schleier, der sich vor ihre Augen legte.

Schritt für Schritt stieg sie höher, sie biß die Zähne zusammen und zwang sich, einen Fuß vor den anderen zu setzen. Aus dem Schleier war ein kaltes, nasses Tuch geworden, das sie einhüllte. Auf einmal fühlte sie sich getrennt von der Welt. Allein. Die Plagegeister vom Strand waren nicht mehr zu sehen. Die Mädchen waren nicht mehr da. Die Eltern waren nicht mehr da.

Ich bin bald oben.

Es kann nicht mehr weit sein.

Es war wie in einem Alptraum, sie versuchte schneller zu gehen, aber die Füße gehorchten ihr nicht, etwas wie zäher Schlamm schien sich um ihre Knöchel zu legen und jede Bewegung zu ersticken. Michelle überkam die Panik.

Sie glitt aus.

Im ersten Augenblick war das fast gar nichts. Der rechte Fuß hatte einen losen Felsbrocken berührt. Sie spürte, wie der Grund nachgab, ihre Ferse wurde nach außen gedreht.

Plötzlich hatte sie keinen Halt mehr. Die Leere. Es war, als hätte sich der Pfad in nichts aufgelöst.

Der Fall durch den furchtbaren grauen Nebel begann.

Michelle stieß einen einzigen langen Schrei aus, dann schloß sich die feuchte Wolke um ihre Gestalt, und aus Grau wurde Schwarz...

»Dr. Pendleton! Dr. Pendleton!«

Cal erschrak. Er ließ den Hammer sinken und rannte in die Küche. Er war vor die Tür getreten, als Jeff Benson auf die Veranda gerannt kam.

»Was ist los?«

»Es ist wegen Michelle«, keuchte Jeff. »Wir waren am Strand, und Michelle wollte nach Hause, und da ist sie... ich meine, sie ist...« Er ließ sich auf der obersten Treppenstufe nieder und verschnaufte.

»Was ist passiert?« Cal stand vor dem Jungen. Er mußte sich zwingen, Jeff nicht anzuschreien. »Ist ihr etwas zugestoßen?«

Aus Jeffs Augen sprach die Verzweiflung.

»Sie ist den Pfad raufgegangen, Dr. Pendleton, wir haben es alle gesehen, und plötzlich ist sie ausgeglitten... kommen Sie schnell, Dr. Pendleton. Dr. Pendleton...«

Cal setzte sich in Bewegung, wie von Sinnen hastete er die Stufen der Veranda hinunter, überquerte den Rasen und lief bis zum Rand der Steilküste. Er beugte sich vor und spähte auf die Bucht hinab. Am Strand war eine Gruppe Kinder zu erkennen, Kinder, die eng zusammenstanden. Von Michelle war nichts zu sehen.

Mein Gott, gib, daß sie noch am Leben ist!

Er kletterte den steilen Pfad hinunter, vorsichtig erst, dann in wilder Hast, und jeder Schritt war lang wie eine Ewigkeit. Er konnte Jeff hören, irgendwo über ihm, aber was der Junge sagte, war nicht zu verstehen, Cal konnte nur noch an Michelle denken, er sah im Geiste ihren kleinen, geschmeidigen Körper, zerschmettert auf den Klippen, die den unteren Bereich des Kliffs vom Strandstreifen abgrenzten.

Dann hatte er den Strand erreicht. Er lief auf die Kinder zu, die ihn hilflos anstarrten, benutzte die Ellenbogen, um den Kreis aufzubrechen.

Cal kniete vor seiner Tochter nieder. Er strich ihr über die Stirn.

Was er sah, war nicht ihr Gesicht, er sah Alan Hanley, der sich im Todeskampf wand. Die Augen des sterbenden Jungen starrten ihn an. Die Schuld.

Schwindel umfing ihn. *Es war nicht seine Schuld. Nicht von dem, was geschehen war, war seine Schuld.* Warum aber fühlte er sich so schuldig, wenn ihn keine Verantwortung traf? Zu dem Gefühl der Schuld gesellte sich Zorn. Zorn auf die Kinder, die ihn mit ihren Blicken durchbohrten. Er kam sich wie ein Tölpel vor. Ausgetrickst, ausgelacht, bemitleidet. Und schuldig. Immer wieder schuldig.

Er hatte seine Finger um Michelles Handgelenk gelegt.

Ihr Puls war zu spüren, ein stetiges Klopfen.

Als er sich über sie beugte, schlug sie die Augen auf. Sie sah ihn an aus ihren schönen, braunen Augen. Er las die Angst und wischte ihr die Tränen fort.

»Daddy? Was ist mit mir?«

»Nichts ist, mein Kleines. Alles wird wieder gut.« Er wußte, daß er sie belog.

Er hob sie auf die Arme und erschrak, als sie zu stöhnen begann. Er sah, wie sie die Augen schloß.

Er trug sie den Pfad hinauf, mit starken Armen. Ihr Kopf ruhte an seiner Brust, sie schien zu schlafen.

Sie wird wieder genesen, dachte er. *Sie wird wieder gesund, ganz sicher.*

Während er den steilen Pfad erklomm, kehrten die Gedanken an Alan Hanley zurück.

Alan Hanley war gestürzt. Man hatte den Jungen zu ihm gebracht. Er hatte versagt. Alan Hanley war gestorben.

Und jetzt Michelle. Bei ihr durfte er nicht versagen. Nicht bei der Tochter. Er ging auf das Haus zu. Er wußte, daß alles zu spät war.

Er hatte schon versagt.

ZWEITES BUCH
Die Erscheinungen

Zehntes Kapitel

Die Düsternis war wie ein Lebewesen, das seine Arme um sie schlang. Sie spürte, wie das Lebewesen ihr die Gurgel zuschnürte.

Sie wollte den Angreifer zur Seite stoßen, mit ihm kämpfen, aber es war, als hätte sie in fließendes Wasser gegriffen. Sie schlug um sich, aber die Dunkelheit rann durch ihre Finger und legte sich um ihren Hals. Sie begann zu würgen.

Sie war allein, und die Düsternis würde sie ersticken.

Ein Lichtschimmer erschien inmitten der Schwärze. Sie war nicht mehr allein.

Etwas war dort, versuchte zu ihr vorzudringen. Ein Wesen, das inmitten der Finsternis nach ihr Ausschau hielt. Jemand, der ihr helfen würde.

Sie fühlte, wie das Wesen ihre Schläfen streifte. Der Kitzel trug sie an den Rand des Bewußtseins empor.

Und eine Stimme.

Eine sanfte Stimme in der Ferne.

Sie wollte der Stimme antworten, aber die Worte blieben ihr in der Kehle stecken.

Sie versuchte, das Wesen heranzuwünschen, versuchte, es an sich zu ziehen und festzuhalten.

Wieder die Stimme. Sie war jetzt klar zu verstehen, aber sie war immer noch fern.

»Hilf mir... bitte hilf mir...«

Das Wesen schrie um Hilfe. *Ich* brauche Hilfe, dachte sie, nicht *du*. Sie spürte, wie sie in die Schwärze des Nichts zurücksank. Wie hätte sie irgend jemandem auf der Welt helfen können? Was konnte sie tun?

Die Stimme verklang in der Ferne. Die Nacht hob sich.

Michelle schlug die Augen auf.

Sie lag ruhig da. Sie wußte nicht, wo sie war. Ihr Blick blieb auf der Zimmerdecke haften.

Sie betrachtete die Sprünge in der Farbe. Ob die vertrauten Muster auftauchen würden?

Jawohl, da war die Giraffe. Nun, es war keine *richtige* Giraffe, aber wenn man die Fantasie dazunahm, war es eine Giraffe. Links daneben müßte jetzt der Vogel auftauchen, dachte sie. Ein Flügel ausgestreckt, der andere gebrochen.

Sie bewegte die Augen. Sie lag in ihrem Bett. Dies war ihr Zimmer. Aber da stimmte etwas nicht. Sie war in der Bucht gewesen. Jetzt erinnerte sie sich. Sie hatten ein Picknick veranstaltet. Sally war am Strand gewesen und Jeff und Susan. Susan Peterson. Es gab noch andere Kinder, aber Susan war die einzige, an die sie sich ganz klar erinnerte. Der Morgen schwang zurück wie eine Woge, die der Sturm ans Land wirft. Susan hatte sie geneckt. Mehr als das. Susan hatte fürchterliche Dinge zu ihr gesagt. Susan hatte behauptet, ihre Eltern liebten sie nicht mehr.

Sie hatte beschlossen, nach Hause zu gehen. Sie befand sich auf dem steilen Pfad, und Susans Stimme war wie ein Echo, das die Erinnerung ans Gestade ihres Bewußtseins schleuderte.

Und dann? Und dann... nichts.

Nur daß sie jetzt zu Hause war. In ihrem Zimmer, in ihrem Bett.

Da war ein Traum gewesen. Da war...

Eine Stimme hatte nach ihr gerufen.

»Mami?« Ihre Stimme hallte wider, so laut, daß Michelle erschrak. Aber dann ging die Tür auf, und ihre Mutter stand vor ihr. Alles würde wieder gut werden.

»Michelle!« June beugte sich über ihre Tochter und küßte sie auf die Wange. »Michelle, bist du wach? So sag doch etwas.«

Michelle lag da, mit weitaufgerissenen Augen, und die Furcht lag wie eine Maske über Junes Antlitz.

»Was ist passiert? Warum liege ich im Bett?«

Michelle wollte sich aufrichten, als ein Schmerz sie durchzuckte. Sie stöhnte auf. June drückte sie mit einer behutsamen Geste in die Kissen zurück.

»Bleib ganz ruhig liegen«, sagte sie. »Ich hole deinen Vater.«

»Was ist passiert?« begehrte Michelle auf. »Sag mir, was los ist.«

»Du bist auf dem steilen Pfad ausgerutscht und gestürzt«, sagte June. »Beweg dich jetzt bitte nicht. Bleib still liegen, bis ich mit Vater zurückkomme, dann erzählen wir dir alles.«

June ging zur Tür. »Cal? Sie ist aufgewacht!« Sie wartete seine Antwort nicht ab. Sie kam zu Michelle zurück.

»Wie fühlst du dich denn, mein Liebling?«

»Ich ... ich weiß nicht«, stammelte Michelle. »Mir ist so ...« Sie suchte nach den richtigen Worten. »Mir ist schwindlig. Wer hat mich denn hierhergebracht?«

»Vater hat dich hergetragen«, sagte June. »Jeff Benson ist gekommen und hat ihm gesagt, daß du gestürzt bist, und dann ...«

Cal erschien im Türrahmen. Sofort als sie ihn sah, wußte sie, daß etwas anders war als sonst. Es war die Art, wie er sie anblickte. Als ob sie etwas Schlimmes getan hätte. Dabei hatte sie doch nur einen Unfall gehabt. Wie konnte er auf sie böse sein, wenn sie einen Unfall gehabt hatte? »Daddy«, flüsterte sie. Das Echo des Wortes irrte durch den Raum. Cal trat einen Schritt zurück, aber dann kam er zu ihr, ergriff ihr Handgelenk und fühlte ihr den Puls. Er zwang sich zu einem Lächeln.

»Hast du große Schmerzen?« fragte er leise.

»Wenn ich still liege, nicht«, antwortete Michelle. Sie hätte ihn so gern umarmt. Sie sehnte sich danach, von ihm umfangen zu werden. Sie wollte ihn berühren. Aber sie wußte, das war nicht möglich.

»Nicht bewegen«, wies er sie an. »Bleib schön still liegen. Ich gebe dir etwas gegen die Schmerzen.«

»Wie ist es passiert?« fragte Michelle. »Wie tief bin ich gefallen?«

»Du mußt dir keine Sorgen machen«, sagte Cal ausweichend. »Du wirst wieder ganz gesund werden.«

Mit sorgsamer Geste schlug er das Laken zurück. Er tastete ihren Körper ab. Als er die linke Hüfte erreichte, schrie Michelle auf. Sofort lockerte Cal den Griff.

»Hol mir bitte die Tasche, Liebling«, sagte er zu June. Er hielt den Blick auf Michelle gerichtet. Er war darum besorgt, sich nicht den Verdacht anmerken zu lassen, der sich in ihm zu festigen begann. June war hinausgeeilt. Cal sprach im ruhigen Ton mit seiner Tochter. Er versuchte, ihre Ängste zu zerstreuen, ihre und seine eigenen.

»Du hast uns einen ganz schönen Schrecken eingejagt. Kannst du dich noch erinnern, was passiert ist?«

»Ich war auf dem Heimweg«, sagte Michelle. »Ich bin den steilen Weg hochgehastet, so schnell ich konnte, und dabei muß ich wohl ausgeglitten sein.«

Die Sorge umschattete seine Augen. Er neigte sich vor und suchte ihren Blick. »Aber warum wolltest du denn nach Hause gehen? War das Picknick denn schon zu Ende?«

»Nein, das nicht«, stotterte Michelle. »Ich ... mir hat's nicht mehr gefallen am Strand. Die Kinder haben mich geärgert.«

»Sie haben dich geärgert? Mit was denn?«

Am liebsten hätte sie es hinausgeschrien. *Es ging um dich, Vater! Um dich und um Mutter! Es ging darum, daß ihr mich nicht mehr lieb habt!* Aber sie wagte es nicht, ihren Gedanken Ausdruck zu geben. Sie schüttelte den Kopf. »Ich kann mich nicht erinnern«, flüsterte sie. »Ich kann mich überhaupt nicht mehr erinnern.« Sie schloß die Augen und versuchte, Susans spöttische Stimme zu vergessen. Aber die Stimme blieb, bohrte wie ein spitzer Dolch in ihrem Gehirn herum, fast so schlimm wie der Schmerz, den sie verspürt hatte, als der Vater ihre Hüfte berührte.

June war zurückgekehrt, und Michelle schlug die Augen wieder auf, sie sah, wie ihr Vater eine Injektionsspritze aufzog. Er rieb ihr den Arm mit Alkohol ein.

»Das tut nicht weh«, sagte er und grinste. »Jedenfalls nicht so weh wie der Sturz.« Er setzte sich zu ihr und gab ihr die

Spritze. Er stand auf. »Jetzt möchte ich, daß du schläfst. Die Spritze nimmt den Schmerz weg, du wirst sehen. Ich möchte, daß du ganz still liegst. Versuch zu schlafen.«

»Aber ich habe doch schon geschlafen«, widersprach ihm Michelle.

»Du bist bewußtlos gewesen«, sagte Cal, und für einen Augenblick vertrieb das Lächeln seine Sorgenfalten. »Eine Stunde Bewußtlosigkeit ist schon ganz schön, aber es ersetzt nicht den Schlaf. Mach jetzt ein Schläfchen, Kleines.« Er zwinkerte ihr zu, dann drehte er sich um und ging zur Tür.

»Vater!« Michelles Stimme kam klar und scharf. Wie angewurzelt blieb Cal stehen. Er sah sie mit fragendem Blick an. Michelle betrachtete ihn wie durch einen Schleier. »Vater«, sagte sie, und ihre Stimme war nur noch ein Flüstern, »liebst du mich sehr?«

Cal stand schweigend da. Nach ein paar Sekunden ging er zu seiner Tochter zurück, beugte sich über ihr Bett und küßte sie auf die Wangen. »Natürlich liebe ich dich, Prinzessin. Wieso denn nicht?«

Michelle antwortete ihm mit einem Lächeln der Dankbarkeit. »Nur so«, sagte sie. »Ich wollte es nur mal hören.«

Als Cal den Raum verlassen hatte, setzte June sich zu ihrer Tochter auf die Bettkante. Sie ergriff Michelles Hand. »Wir haben dich beide von Herzen lieb«, sagte sie. »Gibt es irgendeinen Grund, warum du daran zweifelst?«

Michelle schüttelte den Kopf. Tränen standen in ihren Augen, als sie June ansah. Fast war es, als wollte sie ihrer Mutter eine Frage stellen, aber sie schwieg. June neigte sich zu ihr und küßte sie auf die Schläfe.

»Ich werde wieder ganz gesund werden, Mami«, sagte Michelle unvermittelt. »Das verspreche ich dir.«

»Natürlich wirst du wieder ganz gesund werden.« June stand auf und ordnete das Laken. »Kann ich dir irgend etwas holen?«

Michelle verneinte. Aber dann kam ihr plötzlich ein Gedanke. »Meine Puppe«, sagte sie. »Könntest du mir Mandy bringen? Sie ist auf dem Fenstersitz.«

June holte die Puppe und legte sie mit dem Kopf auf Michelles Kissen. Mit schmerzverzerrtem Gesicht drehte sich Michelle zur Seite. Sie deckte die Puppe sorgfältig zu und herzte sie wie ein Baby. Sie schloß die Augen.

June stand ein paar Schritte vom Bett entfernt und beobachtete ihre Tochter. Als sie sicher war, daß Michelle eingeschlafen war, ging sie auf Zehenspitzen zur Tür und verließ das Zimmer.

Cal saß am Küchentisch. Er starrte aus dem Fenster. Sein Blick war auf den Horizont gerichtet, ohne daß er die Linie zwischen Himmel und Erde wahrgenommen hätte.

Es würde genauso sein wie beim ersten Mal.

Diesmal würde das Opfer seiner Unfähigkeit kein Fremder sein, sondern die eigene Tochter.

Im Unterschied zu damals würde er jetzt sein Gewissen nicht mit billigen Entschuldigungen beruhigen können. Jeder macht mal einen Fehler. Sprüche dieser Art paßten diesmal nicht.

Wie im Traum stand Cal auf. Er goß sich ein Glas Whisky ein.

June betrat die Küche in dem Augenblick, als er den ersten Schluck genommen hatte. Es dauerte eine ganze Weile, bis er verstand, daß er nicht mehr allein im Raum war. Dann sprach er.

»Es ist meine Schuld.«

June ahnte, daß er von Alan Hanley sprach. Sie ahnte auch, daß es für Cal eine Verbindung zwischen Hanleys Tod und Michelles Unfall gab.

»Es ist nicht deine Schuld«, sagte sie. »Michelle hatte einen Unfall, und ob du's glaubst oder nicht, auch Hanleys Tod war die Folge eines Unfalls. Du hast Hanley nicht getötet, Cal, und du hast Michelle nicht vom Kliff hinabgestoßen.«

Er schien ihr nicht zuzuhören. »Ich hätte sie nicht herauftragen dürfen.« Seine Stimme war stumpf, ohne Leben. »Ich hätte sie am Strand lassen und eine Trage besorgen müssen.«

Sie sah ihn aus großen Augen an. »Ich weiß gar nicht, was

du da redest. So schwer ist sie doch gar nicht verletzt, Cal!« Sie wartete auf seine Antwort. Als er schwieg, kam die Angst zu ihr zurück. Es war das gleiche Gefühl, das sie befallen hatte, als Michelle aus der Bewußtlosigkeit erwachte. Sie spürte, wie sich eine scharfe Zange um ihren Magen legte. »Wie schwer sind die Verletzungen?« fragte sie und ärgerte sich über den schrillen Klang ihrer Stimme.

»Ich weiß es nicht.« Cals Blick war müde und leer. Er schenkte sich das zweite Glas ein, und dann starrte er die Flasche an, als sei ihm eben erst bewußt geworden, daß er Whisky trank. »Es ist nicht normal, daß sie so starke Schmerzen hat«, sagte er. »Eine Prellung, ja, Schmerzen hier und da, ja, aber kein stechender Schmerz, wenn sie sich bewegt. Das macht mir Sorgen.«

»Hat sie sich was gebrochen?«

»Soweit ich das beurteilen kann, nein.«

»Was ist dann die Ursache des stechenden Schmerzes?«

Cal ließ die flache Hand auf den Tisch niedersausen. »Ich weiß es nicht, verdammt noch mal! Ich weiß es nicht!«

June war ganz schwindlig geworden bei dem Wutausbruch ihres Mannes. Er schien einem Nervenzusammenbruch nahe. Sie beschloß, die Ruhe zu bewahren.

»Hast du denn nicht wenigstens eine Vermutung, was der Grund für ihre Schmerzen sein könnte?« fragte sie, als sie sich wieder ganz unter Kontrolle hatte.

In seinen Augen leuchtete eine Wildheit, die June nie zuvor an ihm beobachtet hatte. Seine Hände zitterten. »Ich weiß es nicht, und ich habe auch Angst, die Frage zu beantworten. Sie kann alle möglichen Verletzungen davongetragen haben. Was immer es ist, es ist meine Schuld.«

»Das kannst du doch nicht sagen«, widersprach ihm June. »Wir wissen doch nicht einmal, ob sie ernsthaft verletzt ist.«

Er achtete nicht darauf, was sie sagte. »Ich hätte sie nicht hertragen dürfen. Ich hätte warten müssen.«

Er wollte sich gerade nachschenken, als an die Hintertür geklopft wurde. Sally Carstairs erschien auf der Schwelle.

»Darf ich reinkommen?«

»Sally!« sagte June erstaunt. Sie hatte geglaubt, das Picknick sei längst zu Ende. Sie warf Cal einen prüfenden Blick zu. Er schien sich soweit gefangen zu haben, daß sie ihre Aufmerksamkeit der jungen Besucherin zuwenden konnte. »Sind die anderen draußen? Komm rein.«

»Ich bin allein«, sagte Sally. Sie machte einen Schritt nach vorn. »Die anderen sind alle nach Hause gegangen.« Und dann, verlegen und unsicher: »Wie geht's Michelle?«

»Wird schon wieder in Ordnung kommen«, sagte June. Sie heuchelte Zuversicht. Sie goß Sally ein Glas Limonade ein und bot ihr einen Platz am Küchentisch an. »Sally«, sagte sie, als das Mädchen Platz genommen hatte, »was ist eigentlich am Strand passiert? Warum ist Michelle schon so früh nach Hause aufgebrochen?«

Sally wand sich auf ihrem Stuhl. Nach kurzem Nachdenken beschloß sie, die Wahrheit zu sagen.

»Die anderen haben sie gehänselt, deshalb ist sie gegangen. Vor allem Susan Peterson hat sie gehänselt.«

»Um was ging es denn?« fragte June neugierig.

»Es ging darum, daß sie ein Adoptivkind ist. Susan hat gesagt... sie hat gesagt...« Sally verstummte.

»Was hat sie gesagt? Daß wir Michelle jetzt nicht mehr liebhaben würden, wo wir Jennifer haben?«

Sally staunte. »Woher wissen Sie das?«

June setzte sich und sah Sally an. »Das ist in solchen Fällen das erste, was die Leute denken«, sagte sie ruhig. »Aber es ist nicht wahr. Wir haben jetzt zwei Töchter, und wir haben sie beide sehr lieb.«

Sally blickte gedankenverloren in ihr Glas. »Das weiß ich«, flüsterte sie. »Ich habe ja auch so was nicht gesagt. Wirklich nicht, Mrs. Pendleton.«

June spürte, wie der Kloß im Hals höher und höher stieg. Sie hätte in Tränen ausbrechen mögen. Aber sie wußte, daß sie sich keine Erleichterung verschaffen durfte. Nicht jetzt. Es war noch zu früh. Sie stand auf und versuchte die Fassung wiederzugewinnen. Sie zwang sich zu einem Lächeln.

»Komm uns morgen wieder besuchen«, sagte sie. »Ich bin

sicher, Michelle ist morgen soweit, daß du mit ihr sprechen kannst.«

Sally Carstairs trank ihr Glas aus. Sie verabschiedete sich und ging.

June ließ sich auf den Stuhl sinken und starrte die Flasche an. Sie hätte sehr gern ein Glas getrunken, aber das wagte sie nicht. Wenn sie doch Cal nur klarmachen könnte, daß er an Michelles Unglück keinerlei Schuld trug! Sie sah, wie er sein Glas nachfüllte und wollte etwas sagen, als sie plötzlich das Gefühl hatte, daß jemand sie beobachtete. Sie fuhr herum.

Dr. Carson stand auf der Schwelle der Küchentür. Wie lange er wohl schon da war? June wußte es nicht. Er begrüßte sie mit einem Kopfnicken, dann kam er in die Mitte der Küche und trat zu Cal. Er legte ihm die Hand auf die Schulter.

»Wie ist es denn passiert?« fragte er.

Cal veränderte seinen Sitz. Es war, als sei er durch Dr. Carsons Berührung wieder zum Leben erweckt worden.

»Ich hab's schlimmer gemacht«, sagte er. Er sprach jetzt wie ein kleiner Junge. »Ich wollte ihr helfen, aber ich hab's schlimmer gemacht.«

June stand auf. »Sie hat Schmerzen, Dr. Carson«, sagte sie. Sie gab sich Mühe, damit ihre Stimme nicht anklägerisch klang. »Cal meint, sie dürfte nicht so starke Schmerzen haben.«

»Sie ist vom Kliff gestürzt«, sagte Dr. Carson knapp. »Natürlich hat sie Schmerzen.« Sein Blick glitt von June zu Cal. »Versuchen Sie, den Schmerz der Patientin in Alkohol zu ertränken, Cal?«

Cal ignorierte die Bemerkung. »Einen Teil der Verletzungen könnte ich ihr zugefügt haben, indem ich sie hinauftrug«, sagte er.

»Vielleicht. Vielleicht auch nicht. Ich werde mal hinaufgehen und mir das Mädchen ansehen. Und wie meinen Sie das, Cal? Wieso haben Sie ihr Verletzungen zugefügt?«

»Weil ich sie auf den Armen hinaufgetragen habe. Weil ich nicht auf die Trage gewartet habe.«

Dr. Carson nickte und wandte sich ab, aber bevor er im

Dunkel des Flurs verschwand, gewahrte June auf seinen Zügen die Andeutung eines Lächelns.

Michelle lag wach und lauschte den Stimmen, die von unten zu ihr drangen. Vor einer Weile hatte sie Sallys Stimme erkannt. Der Mann, der jetzt sprach, war Dr. Carson.

Sie war froh, daß Sally nicht zu ihr gekommen war. Sie hoffte, daß Dr. Carson nicht zu ihr kommen würde. Sie wollte niemanden sehen.

Eigentlich wollte sie nie mehr einen Menschen sehen.

Die Tür ihres Zimmers wurde geöffnet, Dr. Carson trat ein. Er schloß die Tür hinter sich und kam an ihr Bett. Er beugte sich über sie.

»Wie ist es passiert?« fragte er. Michelle sah ihm in die Augen und schüttelte den Kopf. »Ich kann mich nicht erinnern.«

»Du kannst dich an überhaupt nichts mehr erinnern?«

»Sagen wir mal, an wenig. Ich...« Sie zögerte, aber dann sah sie, daß Dr. Carson lächelte, und er mußte sich nicht dazu zwingen wie ihr Vater, er lächelte wirklich. »Ich weiß nur noch, daß ich den Pfad raufgerannt bin, und plötzlich war ganz viel Nebel um mich, ich konnte nichts mehr sehen, und dann bin ich ausgeglitten, glaube ich.«

»Dann war also der Nebel schuld, nicht wahr?« Am Tag, als Alan Hanley vom Dach gestürzt war, hatte es ebenfalls Nebel gegeben, daran erinnerte sich Dr. Carson ganz deutlich. Der Nebel war ganz plötzlich gekommen, nachdem sich die Außentemperatur jäh abgekühlt hatte.

Michelle nickte.

»Dein Vater glaubt, er ist schuld an deinem Unglück. Glaubst du das auch?«

»Wieso sollte er daran schuld sein?«

»Ich weiß nicht.« Dr. Carsons Blick war auf die Puppe gefallen, die Michelle neben sich auf das Kopfkissen gelegt hatte. »Hat sie auch einen Namen?«

»Sie heiße Amanda. Oder Mandy.«

Dr. Carson dachte nach. Sie vermochte nicht zu ergründen, woran er dachte. Er schien zu lächeln. »Ich sag' dir, wie wir's machen, Michelle. Du bleibst im Bett, und Amanda versorgt dich. Einverstanden?« Er tätschelte ihr die Hand und stand auf. Sekunden später hatte er den Raum verlassen. Michelle war wieder allein.

Sie zog ihre Puppe an sich.

»Es ist jetzt sehr wichtig, daß du meine Freundin wirst, Mandy«, wisperte sie. »Schade, daß du kein richtiges Baby bist, dann könnte ich dir die Windeln wechseln, und wir könnten zusammen Doktor spielen, aber auch so verspreche ich dir, alles, was wir tun, werden wir von jetzt ab gemeinsam tun, ich weiß ja, daß du nie so böse Worte zu mir sagen wirst wie Susan, du liebst mich, und ich liebe dich, und jeder sorgt für den anderen.«

Sie stöhnte vor Schmerzen, als sie die Lage der Puppe veränderte. Sie legte sie so an ihre Brust, daß die Stirn der Puppe nur noch ein paar Fingerbreit von ihren Lippen entfernt war.

»Ich bin so stolz, daß du braune Augen hast«, sagte sie voller Zärtlichkeit. »Braune Augen – wie ich. Keine blauen Augen wie Mami und Daddy und Jenny, sondern braune. Ich bin sicher, meine richtige Mutter hatte braune Augen, und deine Mutter auch. Hat deine Mutter dich geliebt, Mandy?«

Sie verfiel in Schweigen. Sie lag still und lauschte in die Leere des Hauses hinein.

Dann überkam sie der Wunsch, Jennifer bei sich zu haben. Jennifer konnte noch nicht sprechen, aber sie war immerhin ein Lebewesen, ein Wesen aus Fleisch und Blut, das atmete und Laute von sich gab.

Das war das Problem mit Mandy. Sie war nicht lebendig. Was auch immer Michelle mit ihr tat, sie würde eine Puppe bleiben. Jetzt, wo sie von Schmerzen gepeinigt in ihrem Bett lag, hätte sie so gern ein Wesen besessen, das nur ihr gehörte.

Jemand, der sie nie verraten würde.

Langsam tat das injizierte Mittel seine Wirkung. Michelle sank in die Dunkelheit zurück, aus der sie gekommen war.

Die Nacht und die Stimme.

Die Stimme war wieder da, sie rief nach ihr.

Als sie eingeschlafen war, verschwand die Angst vor der Finsternis. Sie hatte jetzt nur noch ein Ziel. Sie wollte den Menschen finden, dem die Stimme gehörte. Das Ziel war auch erreicht, wenn der Mensch *sie* fand.

Elftes Kapitel

Das Leben im Hause Pendleton war vom Gefühl der Erwartung geprägt. Man wartete auf etwas Unvorhergesehenes, etwas Unbekanntes, auf eine Art Wunder, das die Dinge wieder zum Guten fügen würde. Es würde einen Knall geben, und dann würde alles wieder so sein wie früher. Seit zehn Tagen warteten sie schon auf diese Wende – seit Michelle aus dem Bostoner Krankenhaus nach Paradise Point zurückgebracht worden war. Sie war in einem Krankenwagen gekommen, mit großem Aufzug. Es war die Art von Show, die Michelle noch einen Monat zuvor von Herzen genossen hätte.

Jetzt ließ sie das ganze Theater kalt. Sie war eine andere geworden. Ein Unglücksfall? Michelle war sicher, es steckte mehr dahinter.

Zunächst einmal hatte sie sich geweigert, überhaupt das Bett zu verlassen. Als June, mit der Unterstützung der Ärzte, darauf bestanden hatte, daß sie Gehversuche machte, hatte man festgestellt, daß sie tatsächlich keinen Fuß mehr vor den anderen setzen konnte.

Sie war einer langen Reihe von Tests unterzogen worden. Die Ärzte fanden nichts. Ein paar längst verheilte Schrammen, sonst nichts.

Wie Michelle sagte, tat ihr die linke Hüfte weh. Das linke Bein war praktisch gelähmt.

Neue Tests. Das Gehirn wurde durchleuchtet, die Wirbelsäule wurde durchleuchtet, Kontrastmittel wurden in die Blutbahn gespritzt, das Rückgrat wurde angezapft, die Reflexe geprüft. Es waren soviel Tests, daß Michelle sich schließlich nur noch eines wünschte: daß man sie in Ruhe sterben ließ. Die Ursache der Lähmung blieb unklar. Man schickte Michelle zu einem Bewegungstherapeuten, der sie immerhin soweit brachte, daß sie mit dem Stock gehen konnte. Sie hatte starke Schmerzen, aber sie ging.

Vor zehn Tagen hatte der Bewegungstherapeut die Behandlung beendet. Michelle war nach Hause gebracht worden, und seitdem redete June sich ein, daß irgendwann alles besser werden würde.

Irgendwann würde Michelle wieder zu sich selbst zurückfinden. Irgendwann würde sie sich vom Schock der Krankenhausbehandlung erholen. Irgendwann würde sie ihre Behinderung mit dem gleichen Humor hinnehmen lernen, den sie früher, als es andere Probleme zu bewältigen galt, gezeigt hatte.

Man hatte Michelle in ihr Zimmer gebracht. Man hatte sie ins Bett gehoben und sie zugedeckt.

Michelle hatte nach ihrer Puppe gefragt. Man hatte ihr die Puppe ins Bett gelegt.

Seit zehn Tagen lag sie nun im Bett, die Puppe im Arm. Sie lag da und starrte an die Decke. Wenn man sie etwas fragte, gab sie Antwort. Sie bat um Hilfe, wenn sie zur Toilette gehen mußte. Sie saß klaglos im Stuhl, wenn June das Bett frisch bezog.

Die meiste Zeit schwieg sie. Sie lag da und sah in die Luft.

June war sicher, das hatte nicht nur mit dem Unfall zu tun. Auch die Schmerzen, die das Mädchen hatte, waren keine Erklärung. Auch die Behinderung nicht. Nein, etwas anderes steckte dahinter. June vermutete, daß es etwas mit Cal zu tun hatte.

Es war Samstag früh. June und Cal saßen beim Frühstück. Cal starrte in seine Tasse, sein Gesicht war ausdruckslos. June wußte, woran er dachte. Er dachte an Michelle, von der er behauptete, daß es ihr von Tag zu Tag besser ging.

Begonnen hatte das Spiel an dem Tag, als Michelle aus Boston heimgebracht wurde. Cal hatte verkündet, daß mit dem Mädchen alles zum Besten stand. Seitdem hatte er keinen

Tag verstreichen lassen, ohne auf die Besserung ihres Befindens hinzuweisen, und das, obwohl von einer Besserung nicht die Rede sein konnte.

June wußte, warum er das sagte. Cal war überzeugt, daß er die Schuld an Michelles Behinderung trug. Damit er sich keine Vorwürfe mehr zu machen brauchte, mußte es Michelle besser gehen. Und so bestand er darauf, daß es ihr besser ging.

Aber dem war nicht so.

June betrachtete ihn über ihre Kaffeetasse hinweg. Plötzlich bekam sie es mit der Wut zu tun.

»Wann wirst du mit dieser Scharade ein Ende machen?« hörte sie sich sagen. Als er sich aufrichtete und sie aus zusammengekniffenen Augen ansah, wußte sie, daß sie einen Fehler gemacht hatte. Sie hatte die falschen Worte gewählt.

»Würdest du mir bitte erklären, was du überhaupt meinst?«

»Ich spreche von dir und Michelle«, erwiderte June. »Ich spreche davon, daß du jeden Tag feststellst, ihr ginge es besser, dabei geht es ihr überhaupt nicht besser.«

»Michelle macht sehr gute Fortschritte.« Cal sprach leise, mit einem Unterton der Verzweiflung, der June nicht verborgen blieb.

»Wenn sie so gute Fortschritte macht, warum liegt sie dann Tag und Nacht im Bett?«

Cal war unruhig geworden. Er senkte den Blick. »Sie ist noch sehr schwach. Sie muß viel ruhen.«

»Was sie muß, ist aufstehen. Sie muß aus dem Bett heraus und gehen, auch wenn's etwas weh tut. Und was du mußt – du mußt aufhören, dir selbst etwas vorzumachen! Es ist jetzt nicht mehr wichtig, was passiert ist und wessen Schuld es ist. Tatsache ist, das Mädchen ist ein Krüppel und bleibt ein Krüppel, und sowohl du als auch sie selbst, ihr müßt dieser Tatsache ins Auge sehen, das Leben geht weiter!«

Cal war aufgestanden, die Wut tanzte in seinen Augen, und für den Bruchteil einer Sekunde hatte June Angst, er könnte sie schlagen. Aber er ging an ihr vorbei, ohne sie zu berühren.

»Wo willst du hin?«

Er war schon im Flur. Er blieb stehen und sah sie an.

»Ich fahre zu Dr. Carson. Ich habe mit ihm zu reden. Was dagegen?«

Sie *hatte* etwas dagegen. Sie hatte sogar sehr viel dagegen. Sie hätte es vorgezogen, wenn er daheim blieb, und sei es nur, um endlich den Wäscheraum fertig zu machen. Statt dessen verbrachte er immer mehr Zeit mit Dr. Carson. Er hängte sich an Dr. Carson wie eine Klette, und June wußte, sie konnte ihn mit nichts in der Welt davon abbringen.

»Wenn du mit ihm zu reden hast, dann fahr hin und rede mit ihm«, sagte sie. »Wann kommst du zurück?«

»Ich weiß nicht«, antwortete Cal. Sekunden später war der Knall der Haustür zu hören. Er war draußen, auf dem Weg zum Wagen.

June blieb allein am Kaffeetisch zurück. Was soll ich tun? Was *kann* ich tun? Und dann kam ihr die Idee. Sie würde mit Michelle sprechen. Sie würde die Wand zersprengen, mit der sich das Mädchen von der Außenwelt abschloß. Sie würde ihrer Tochter klarmachen, daß das Leben nicht zu Ende war, wenn jemand ein lahmes Bein hatte.

Sie wollte gerade aufstehen und zu Michelle hinaufgehen, als jemand an die Küchentür klopfte. June öffnete. Auf der Veranda standen Sally Carstairs und Jeff Benson.

»Wir kommen Michelle besuchen«, sagte Sally. Sie gab sich schüchtern. »Ich hoffe, wir stören nicht.«

June mußte lachen, die Spannung wich. Tag für Tag hatte sie gehofft, daß Michelles Freundinnen und auch Jeff, der Sohn der Nachbarin, zu Besuch kommen würden. Sie war drauf und dran gewesen, Mrs. Carstairs und Constance Benson anzurufen, aber dann war sie doch davor zurückgeschreckt. Besucher, die heranzitiert werden mußten, waren schlimmer als gar keine Besucher. »Natürlich stört ihr nicht«, sagte sie. »Ihr hättet schon viel früher kommen sollen.«

Sie ließ die beiden am Küchentisch Platz nehmen, stellte jedem eine Zimtrolle hin und ging zu ihrer Tochter hinauf.

»Michelle?« Sie sprach leise, weil sie Michelle nicht im

Schlaf erschrecken wollte. Als sie ans Bett trat, sah sie, daß sie sich umsonst Sorgen gemacht hatte. Das Mädchen war wach.

»Ja?«

»Du hast Besuch. Sally und Jeff sind da. Soll ich sie raufbringen?«

»Besser nicht«, sagte Michelle teilnahmslos.

»Warum nicht? Fühlst du dich nicht wohl?« June hatte versucht, den Ärger und die Enttäuschung aus ihrer Stimme zu verbannen. Es gelang ihr nicht. Michelle maß ihre Mutter mit einem durchdringenden Blick.

»Was wollen die beiden von mir?« fragte sie. Es klang ängstlich.

»Sie wollen dich besuchen. Es sind schließlich deine Freunde, oder nicht?«

»Na ja.«

»Ich bring' sie dann rauf.« Sie gab Michelle keine Zeit zu einer Erwiderung, sondern ging auf den Flur hinaus, um die Kinder hinaufzurufen. Wenig später schob sie die beiden in Michelles Zimmer hinein.

Michelle hatte Mühe, sich im Bett aufzurichten. Als Sally ihr helfen wollte, reagierte Michelle mit einem zornigen Blick.

»Ich kann das schon allein«, sagte sie. Es gelang ihr, sich aufzusetzen. Sie stöhnte vor Schmerzen.

»Bist du sehr krank?« fragte Sally. Erst jetzt wurde ihr die Schwere der Verletzungen bewußt, die ihre Freundin erlitten hatte.

»Ich werde bald wieder gesund sein«, sagte Michelle, und dann gab es eine Pause. »Aber es tut weh«, fügte Michelle hinzu. Sie warf den beiden einen anklagenden Blick zu.

June stand im Flur, die Tür war offen. Sie zögerte, den beiden ins Zimmer zu folgen. Vielleicht war es ein Fehler gewesen, Sally und Jeff zu Michelle zu lassen. Andererseits, das war eine Belastung, die Michelle ertragen lernen mußte. Sally und Jeff waren ihre Freunde. June machte kurzen Prozeß. Sie schloß die Tür und ging die Treppe hinunter. Sollten die Kinder allein miteinander fertig werden.

Ein betretenes Schweigen hing im Raum, nachdem June

die Kinder allein gelassen hatte. Jeder wartete darauf, daß der andere zu sprechen beginnen würde. Jeff ging im Zimmer herum, er vermied es, Michelle anzusehen.

»Tot bin ich jedenfalls nicht«, sagte Michelle.

»Kannst du gehen?« fragte Sally.

Michelle nickte. »Ich kann gehen, aber es tut lausig weh. Und es sieht schlimm aus, ich hinke.«

»Das wird schon besser werden.« Sally nahm vorsichtig auf der Bettkante Platz, sie hatte Angst, ihrer Freundin weh zu tun.

Michelle schwieg.

Sally schossen die Tränen in die Augen. Es ist alles so ungerecht, dachte sie. Michelle hatte gar nichts verbrochen, und jetzt war sie auf einem Bein lahm. Wenn überhaupt, dann hätte Susan Peterson den Unfall haben müssen. »Es tut mir so leid«, sagte sie und zwang sich, laut und deutlich zu sprechen. »Niemand wollte, daß dir was passiert. Susan hat das alles nicht so gemeint, sie wollte dich nur etwas ärgern...«

»Ich bin ausgerutscht«, sagte Michelle. »Niemanden trifft irgendeine Schuld. Ich bin ausgerutscht, und du wirst sehen, daß es mir bald besser geht!« Sie wandte den Kopf. Aber sie war nicht schnell genug, Sally hatte die Tränen gesehen, die Michelle in den Augen standen.

»Bist du uns immer noch böse?« fragte Sally. »Weißt du, ich hasse Susan...«

Michelle schoß einen neugierigen Blick auf Sally ab. »Wenn du sie haßt, warum hast du ihr dann nicht den Mund verboten? Warum hast du mir nicht geholfen, als ich Hilfe brauchte?«

Jetzt flossen bei Michelle die Tränen, und auch Sally weinte. Jeff versuchte so zu tun, als ob es die Mädchen gar nicht gab. Er verfluchte sich, daß er überhaupt mitgekommen war. Er mochte es nicht, wenn Mädchen in seiner Gegenwart weinten. Er kam sich dabei immer wie ein Verbrecher vor. Er beschloß, ein neues Thema ins Gespräch einzubringen, um den Tränenfluß zu stoppen.

»Wann kommst du wieder zur Schule? Oder möchtest du, daß wir dir die Aufgaben ans Bett bringen?«

»Mir ist nicht nach Lernen zumute«, schnaubte Michelle.

»Aber dann fällst du ja unheimlich zurück.«

»Ich werde vielleicht überhaupt nicht mehr in die Schule zurückgehen.«

»Das mußt du aber«, sagte Jeff. »Jeder muß in die Schule gehen.«

»Vielleicht schicken mich meine Eltern in eine andere Schule.«

»Aber warum?« fragte Sally. Sie hatte zu weinen aufgehört.

»Weil ich ein Krüppel bin.«

»Aber du kannst doch gehen, das hast du selbst gesagt.«

»Ich hinke. Alle werden mich auslachen.«

»Niemand wird dich auslachen«, sagte Sally. »Das werden wir gar nicht erst zulassen, wie, Jeff?« Jeff nickte. Er war unschlüssig, ob er etwas sagen sollte.

»Susan Peterson wird sich über mich lustig machen«, sagte Michelle. Ihre Stimme war ausdruckslos.

Sally zog ein Gesicht. »Susan Peterson macht sich über Gott und die Welt lustig. Es kommt nicht darauf an, was sie sagt. Man darf sich nicht um sie kümmern, weißt du.«

»So wie sich beim Picknick niemand um das gekümmert hat, was Susan gesagt hat.« Aus Michelles Stimme klang jetzt die ganze Bitterkeit, die sich in ihr angestaut hatte. »Warum laßt ihr mich eigentlich nicht in Frieden?«

Sally war erschrocken und überrascht. Sie glitt vom Bett. »Es... es tut mir leid«, stammelte sie. Ihr Gesicht hatte sich bis zu den Ohren gerötet. »Wir wollten dir nur helfen...«

»Niemand kann mir helfen«, sagte Michelle mit bebender Stimme. »Nur ich selbst kann mir helfen.«

Sie wandte sich ab und schloß die Augen. Jeff und Sally starrten sie ein paar Sekunden lang an, dann schlurften sie zur Tür.

»Ich komme dich bald wieder besuchen«, sagte Sally zaghaft.

Aber Michelle schwieg, und so folgte Sally dem Jungen, der sich bereits auf der Treppe befand.

June stand unten und nahm die beiden in Empfang. Sie wußte sofort, daß etwas schiefgelaufen war.

»Hat sie mit euch gesprochen?«

»Mehr oder weniger.« Sally war verunsichert. June sah ihr an, daß sie mit den Tränen kämpfte. Sie nahm das Mädchen in den Arm und drückte sie an sich.

»Du brauchst dir wegen Michelle keine Sorgen zu machen«, sagte sie eindringlich. »Laß dir das nicht so nahegehen. Weißt du, es war für sie eine furchtbare Erfahrung. Sie hat große Schmerzen durchgestanden, aber sie wird wieder ganz gesund werden. Wir müssen nur etwas Geduld haben.«

Sally nickte, und dann schossen ihr die Tränen aus den Augen. Sie schluchzte und barg den Kopf an Junes Schulter.

»Mrs. Pendleton, mir kommt es so vor, als wäre es unsere Schuld. Nur unsere Schuld.«

June nahm ihren Kopf zwischen die Hände und sah sie an. »Es ist nicht deine Schuld, und es ist nicht Jeffs Schuld. Es ist niemandes Schuld, und ich bin sicher, daß auch Michelle niemanden beschuldigt.«

»Werden Sie Michelle wirklich auf eine andere Schule schicken?« Jeffs Frage kam völlig unvermittelt. June sah ihn verständnislos an.

»Auf eine andere Schule? Wie meinst du das?«

»Michelle hat gesagt, sie würde vielleicht auf eine andere Schule überwechseln. Ich glaube auf eine Schule für... Krüppel.« Er tat sich schwer, den Satz zu vollenden. Er haßte das Wort Krüppel.

»Stimmt das, Mrs. Pendleton?« fragte Sally. Aufmerksam betrachtete sie Junes Gesicht. Die ließ sich keine Regung anmerken.

»Nun, wir haben darüber gesprochen...«, log sie. Wie kam Michelle auf die Idee, daß sie auf eine Schule für Behinderte gehen sollte? Davon war zwischen den Eltern und ihr zu keinem Zeitpunkt die Rede gewesen.

»Ich hoffe, sie bleibt auf unserer Schule«, sagte Sally. »Niemand wird sie auslachen – wirklich nicht.«

»Eine andere Schule? Wie kommt ihr überhaupt auf die Idee!« June fragte sich, wie das Gespräch der Kinder in Michelles Zimmer wohl verlaufen war. Sie wußte, daß es unklug war, die beiden jetzt auszufragen. »Es wäre nett, wenn ihr in ein paar Tagen wieder zu Besuch kommt«, sagte sie und lächelte aufmunternd. »Ich bin sicher, bis dahin geht es Michelle schon viel besser.«

Sie sah den Kindern nach, wie sie vom Haus auf das Kliff zugingen. Sally und Jeff schienen in einer regen Unterhaltung begriffen. Als Jeff sich umwandte, winkte June ihm zu, aber er winkte nicht zurück. Sein Gesicht war der Spiegel seiner Schuld. Er wandte sich ab und ging weiter.

Junes Laune, die sich mit der Ankunft Sallys und Jeffs verbessert hatte, sank auf einen Tiefpunkt. Sie wollte gerade zu Michelle hinaufgehen, um mit ihr zu reden, als Jennifer zu plärren anfing. June erklomm die Treppe und ging den Flur entlang. Vor Michelles Tür angekommen, blieb sie stehen. In diesem Augenblick wurde Jennifers Geschrei so durchdringend, daß June ihren Entschluß änderte. Sie würde sich erst um das Baby kümmern. Danach würde sie ihre Unterredung mit Michelle haben. Es war wichtig, daß Klarheit geschaffen wurde.

Michelle lag mit offenen Augen da und träumte. Ihr Blick war auf die Zimmerdecke gerichtet. Sie lauschte der Stimme.

Die Stimme war näher gekommen, so nahe wie nie zuvor. Immer noch mußte Michelle sehr genau hinhören, wenn sie die Worte verstehen wollte. Aber inzwischen hatte sie ja schon Übung.

Es war eine angenehme, eine musikalische Stimme. Michelle glaubte zu wissen, wem die Stimme gehörte.

Sie gehörte dem Mädchen. Dem Mädchen im schwarzen Kleid, das ihr zuerst im Traum und dann auf dem Friedhof erschienen war. Das letzte Mal hatte sie die Erscheinung an dem Tag gesehen, als Jennifer geboren wurde.

Zu Beginn hatte das Mädchen nur um Hilfe gerufen. Inzwischen sprach sie mit Michelle über alles mögliche. Michelle lag in ihrem Bett und lauschte.

»*Sie sind nicht deine Freunde*«, sagte die Stimme im Schmeichelton. »*Niemand von ihnen ist dein Freund.*«

»Du darfst Sally nicht glauben. Sally ist Susans Freundin, und Susan haßt dich.«

»Alle hassen sie dich.«

»Sie haben dich gestoßen.«

»Sie haben dich das Kliff hinabgestoßen.«

»Sie wollen dich töten.«

»Aber ich werde nicht zulassen, daß sie dich töten.«

»Ich bin deine Freundin, und ich werde dich beschützen. Ich werde dir helfen.«

»Wir werden einander helfen...«

Die Stimme verebbte, und dann wurde das Klopfen an der Tür so laut, daß Michelle nicht mehr weiterträumen konnte. Die Tür ging auf. Michelles Mutter kam ins Zimmer, sie trug die kleine Jennifer an sich gedrückt.

»Wie geht's dir denn, mein Kleines?«

»Ganz gut.«

»Hast du dich gefreut, daß Sally und Jeff gekommen sind?«

»Hm.«

»Deine Schwester möchte dir gern guten Tag sagen.«

Michelle starrte das Baby an. Ihre Miene blieb ausdruckslos.

»Was haben Sally und Jeff denn so zu erzählen gehabt?«

June spürte, wie die Traurigkeit ihre Fühler nach ihr ausstreckte. Michelle gab sich gleichgültig bis feindselig, kaum daß sie die Fragen ihrer Mutter beantwortete.

»Nichts Besonderes. Die wollten nur rasch reinschauen.«

»Aber ihr habt doch miteinander gesprochen, oder?«

»Eigentlich nicht.«

Ein dumpfes Schweigen senkte sich über den Raum. June zupfte an Jennifers Tuch herum und zerbrach sich den Kopf, welche Taktik sie jetzt mit Michelle einschlagen sollte. Sie rang sich zu einem Entschluß durch.

»Es wird Zeit, daß du aufstehst«, sagte sie knapp. Diesmal zeigte Michelle sogar so etwas wie eine Reaktion. Ihre Augenlider begannen zu flattern. Sie schien von einer Welle der Angst überflutet zu werden. Sie zog sich die Decke hoch bis zum Hals.

»Aber ich kann nicht aufstehen...«, begann sie. June unterbrach sie.

»Natürlich kannst du aufstehen«, sagte sie sanft. »Du stehst doch jeden Tag auf. Es ist gut für dich, wenn du dich soviel wie möglich bewegst. Du mußt aus dem Bett raus und gehen. Je mehr du übst, um so früher kannst du wieder in die Schule.«

»Ich will nicht in die Schule zurück«, sagte Michelle. June hatte es gar nicht mitbekommen, aber ihre Tochter hatte sich aufgesetzt. Sie suchte den Blick ihrer Mutter. »Ich will nicht mehr in die gleiche Schule, dort hassen mich alle.«

»Sei doch nicht albern«, sagte June. »Wer sagt, daß dich dort alle hassen?«

Michelle schien zornig, ihre Augen irrten durch den Raum. Schließlich fand sie, was sie suchte. Die Puppe war an ihrem üblichen Platz, auf dem Fenstersitz.

»Mandy sagt das, Mami. Amanda hat's gesagt!«

June ließ vor Staunen den Mund offenstehen. Sie sah Michelle an und dann die Puppe. Das Mädchen glaubte wohl selbst nicht, was es da sagte! Undenkbar, daß Michelle an solche Märchen glaubte. Aber dann verstand June, was passiert war. Eine Fantasiegefährtin. Michelle bildete sich eine Freundin ein. Jemand, der ihr am Krankenlager Gesellschaft leistete. Aber es war etwas mehr als Einbildung. Da war die Puppe mit den großen, dunklen Glasaugen. Das tote Gebilde schien sie mit seinen Blicken durchbohren zu wollen. June stand auf.

»Ich verstehe«, sagte sie hohl. »Nun gut.« *Lieber Gott, was ist in das Mädchen gefahren?* dachte sie. *Was ist mit uns passiert?* Sie war bestrebt, sich die Verwirrung nicht anmerken zu lassen. Sie lächelte, um Michelle zu signalisieren, daß alles in Ordnung war.

»Wir sprechen später noch drüber.« Sie beugte sich über ihre Tochter und gab ihr einen leichten Kuß auf die Wange. Michelles einzige Reaktion auf die zärtliche Geste war Abwehr. Sie schob sich tiefer unter die Decke. Jetzt saß sie nicht mehr, sie lag. June betrachtete ihr Gesicht, das keinerlei Gemütsregung mehr zeigte. Hätte Michelle nicht mit offenen Augen dagelegen, June hätte geschworen, daß sie eingeschlafen war.

Sie drückte Jennifer an sich. Rückwärtsgehend verließ sie den Raum.

Cal kam im Laufe des Nachmittags zurück. Er verbrachte den Rest des Tages mit Lesen. Er spielte auch mit der kleinen Jennifer. Zu June sagte er nur ein paar Worte. Er ging an jenem Tag nicht mehr zu Michelle aufs Zimmer.

June hatte den Tisch für das Abendessen gedeckt. Sie wollte gerade ihren Mann zum Essen rufen, als ihr ein Gedanke kam. Ohne das Für und Wider abzuwägen, ging sie ins Wohnzimmer, wo Cal in seinem Sessel saß. Er hielt Jennifer auf den Knien.

»Ich werde Michelle zum Essen runterrufen«, sagte sie. Sie sah, wie er zusammenzuckte. Aber er hatte sich schnell wieder gefangen.

»Heute abend? Warum das denn?« Aus seiner Stimme sprach die Bereitschaft, sich auf einen Streit einzulassen. Aber June dachte nicht daran zurückzustecken.

»Michelle ist zuviel sich selbst überlassen. Du gehst nie zu ihr...«

»Das ist nicht wahr«, protestierte er. Er wollte weitere Argumente zu seiner Verteidigung vorbringen, aber June fiel ihm ins Wort.

»Es ist mir egal, ob's wahr ist oder nicht. Tatsache ist, daß das Mädchen zuviel allein ist. Falls du's noch nicht gemerkt hast, sie ertrinkt in Selbstmitleid. Ich sehe mir das nicht länger mit an. Ich gehe jetzt rauf und sage ihr, sie soll sich etwas überziehen und zum Abendessen herunterkommen, ob sie will oder nicht.«

June hatte den Raum kaum verlassen, als Cal seine kleine Tochter in die Extrawiege legte, die ins Wohnzimmer gestellt worden war. Er goß sich einen Drink ein. Er war beim zweiten Glas angekommen, als June zurückkam. Sie bat ihn, in die Küche zu kommen, wo sie den Tisch gedeckt hatte, er brachte sein Glas mit.

Sie saßen da und schwiegen. Sie warteten auf Michelle. Das Ticken der Wanduhr war zu hören. Cal begann an seiner Serviette zu zupfen.

»Wie lange willst du noch warten?« fragte er.

»Bis Michelle herunterkommt.«

»Und was ist, wenn sie überhaupt nicht kommt?«

»Sie wird kommen«, sagte June mit Bestimmtheit. »Ich weiß, sie wird kommen.« Aber sie war nicht so sicher, wie sie sich gab.

Die Minuten vertropften. June mußte sich zwingen, am Tisch sitzenzubleiben. Am liebsten wäre sie aufgesprungen und zu Michelle aufs Zimmer gelaufen. Dann wieder kam ihr der Gedanke, daß es wohl am besten war, wenn sie aufgab. Und plötzlich fiel ihr ein, vielleicht *konnte* Michelle gar nicht herunterkommen. Sie stand auf und eilte in den Flur.

Am oberen Ende der Treppe stand Michelle. Das Mädchen hatte sich ihren Morgenrock übergezogen und den Gürtel fest verknotet. Sie hielt mit einer Hand das Treppengeländer umklammert, die andere Hand hielt den Stock. Sie tastete die oberste Stufe ab.

»Soll ich dir helfen?« bot June an. Michelle sah ihr in die Augen, dann schüttelte sie den Kopf.

»Ich kann das schon«, sagte sie. »Ich kann das allein.«

June spürte, wie die Spannung von ihr wich. Aber als Michelle weitersprach, kehrte die Angst zurück, die ihr jetzt schon seit Stunden den Atem benahm. Ihr war, als hätte sich ein unsichtbares Muskelgeflecht um ihren Hals gelegt. Die Schlinge wurde zugezogen.

»Mandy wird mir helfen«, sagte Michelle ruhig. »Sie hat mir versprochen, daß sie mir hilft.«

Sehr behutsam kam Michelle die Treppe herunter.

Zwölftes Kapitel

Die Morgensonne war ein Strom aus sprühender Helligkeit, der sich durch die Fenster ins Malstudio ergoß. Die Strahlen drangen in jeden Winkel des Raumes, und der blendende Widerschein des Herbstes zauberte eine neue Stimmung auf die Leinwand. June stand vor der Staffelei. Sie hatte das Gemälde ein paar Tage zuvor begonnen. Das Motiv war der Blick aus dem Studio, und das Bild strahlte eine schwermütige, traurige Stimmung aus mit seinen düsteren Blau- und Grautönen, es gab die Gefühle wieder, die June in den vergangenen Wochen beseelt hatten. Heute morgen aber, im hellen Licht der Sonne, wirkten die Farben frischer, June erinnerte es an das Schauspiel in der kleinen Bucht, wenn der böige Wind die Wogen aufwühlte. Sie gab etwas Weiß auf den Pinsel und fügte den Wogenkämmen auf ihrem Gemälde etwas Gischt hinzu.

In einer Ecke des Malstudios stand die Korbwiege mit Jennifer. Die Kleine gurgelte und gurrte im Schlaf, die winzigen Hände waren um die Bettdecke gekrampft. June verließ ihren Platz an der Staffelei, um Jenny zu bewundern. Sie lächelte. Als sie gerade an die Leinwand zurückkehren und weitermalen wollte, bemerkte sie eine Bewegung vor den Fenstern.

Sie legte Palette und Pinsel beiseite, ging zur Fensterfront und sah in den Garten hinaus.

Michelle kam auf das Gartenhäuschen zu. Sie stützte sich auf ihren Stock.

June stand da und kämpfte mit ihren Gefühlen. Am liebsten wäre sie losgerannt, um Michelle zu helfen.

Daß Michelle Schmerzen hatte, stand ihr ins Gesicht geschrieben. Über den feinen, ebenmäßigen Zügen lag eine Maske der Konzentration, jeder Schritt war Kampf und Schmerz, obwohl sich das rechte Bein leicht bewegen ließ. Das linke Bein wurde nachgezogen, es sah aus, als müßte Michelle den Fuß jedesmal aus einem zähen Sumpf herausziehen. Nur mit äußerster Willenskraft kam sie voran.

June fühlte die Tränen über die Wangen kullern. Welch ein

Unterschied zwischen dem zerbrechlichen Geschöpf, das da auf sie zugehumpelt kam, und der robusten, wendigen Michelle, die sie vor ein paar Wochen noch beim Herumtollen beobachtet hatte.

Ich darf nicht weinen, dachte sie. Wenn Michelle die Situation ertragen kann, dann kann ich es auch. Auf eine merkwürdige Weise zog June Kraft aus dem Anblick des schmerzverkrümmten Körpers, der dem Gartenhaus immer näher kam. Plötzlich schämte sie sich. Es war nicht gut, daß sie ihre Tochter ohne deren Wissen betrachtete. Sie wandte sich wieder der Staffelei zu und setzte ihre Arbeit fort. Als Michelle Minuten später an der Tür erschien, mimte June Überraschung.

»Wen haben wir denn da!« rief sie aus. Sie hatte einen fröhlichen Ton angeschlagen, obwohl ihr auf einmal gar nicht mehr fröhlich zumute war. Sie tat einen Schritt auf Michelle zu. Die winkte ab.

»Ich hab's geschafft«, sagte sie triumphierend. Sie ließ sich auf den Stuhl sinken. June sah, wie ihr linkes Bein schlaff herabhing. Michelle seufzte, und dann bahnte sich jenes Lächeln einen Weg in ihre Züge, das June so an ihrer Tochter liebte. »Wenn ich mich noch etwas mehr angestrengt hätte, hätte ich's in der halben Zeit schaffen können.«

»Tut es noch fürchterlich weh?« fragte June. Sie ließ die Maske der Fröhlichkeit zerschellen. Michelle schien über die Antwort nachzudenken, die sie ihrer Mutter geben wollte, und June fragte sich, ob sie wohl die Wahrheit zu hören bekommen würde oder eine gefällige, nichtssagende Auskunft, wie man sie jemandem gibt, dem man nicht weh tun will.

»Die Schmerzen sind nicht mehr so schlimm wie gestern«, sagte Michelle.

»Ich weiß nicht, ob es richtig war, daß du den ganzen Weg...«

»Ich wollte mit dir reden, Mutter.« Michelles Miene hatte sich mit feierlichem Ernst überzogen. Sie verlagerte ihr Gewicht auf dem Stuhl. Es war nur eine kleine Bewegung, und doch war die Anstrengung so schmerzhaft, daß Michelle aufstöhnte. Sie wartete, bis der Schmerz verebbt war.

»Worüber?« fragte June. »Worüber willst du mit mir reden?«

»Ich... ich weiß nicht. Es ist wegen...« Ihre Augen wurden feucht. June trat zu ihr und legte ihr den Arm um den Hals.

»Was hast du denn, mein Liebling? Sprich doch, bitte.«

Michelle vergrub ihren Kopf am Busen der Mutter. Der kleine Körper wurde von Schluchzen geschüttelt, und bei jeder Bewegung durchzuckte das Mädchen ein Schmerz, der auf June überging. Minuten verstrichen. June hielt ihre Tochter an sich gedrückt. Sie wartete, bis Michelle sich beruhigt hatte.

»Ist es so schlimm?« fragte sie. »Hast du so große Schmerzen?« Wie gern hätte June die Qualen ihrer Tochter auf sich genommen.

»Es ist wegen Vater«, sagte Michelle in ihre Gedanken hinein.

»Wegen Vater? Was ist mit ihm?«

»Er ist so... verändert«, sagte Michelle. Sie sprach so leise, daß June sie nur mit großer Anstrengung verstehen konnte.

»Verändert? Inwiefern?« Noch bevor sie die Frage ausgesprochen hatte, wußte sie die Antwort.

»Es begann, als ich den Unfall hatte«, sagte Michelle. Wieder wurde ihr Körper von Schluchzen geschüttelt. »Er liebt mich nicht mehr«, heulte sie. »Seit ich vom Kliff gestürzt bin, liebt er mich nicht mehr!«

June wiegte das Mädchen in ihren Armen, versuchte sie zu trösten. »Aber mein Liebling, das stimmt doch nicht. Du weißt selbst, daß es nicht stimmt. Dein Vater hat dich lieb. Er hat dich sehr, sehr lieb.«

»Aber er benimmt sich nicht wie ein Vater, der seine Tochter lieb hat«, schluchzte Michelle. »Er... er spielt nicht mehr mit mir, er spricht nicht mehr mit mir, und wenn ich etwas zu ihm sage, geht er aus dem Zimmer.«

»Also wirklich... Das stimmt doch gar nicht«, sagte June.

Aber sie wußte, daß Michelle die Wahrheit sagte. Sie hatte Angst gehabt vor dieser Aussprache mit ihrer Tochter. Sie wußte, daß Michelle früher oder später bemerken würde, wie sehr Cal sich verändert hatte, und natürlich würde die Tochter auch spüren, daß es mit ihr, mit Michelle, zu tun hatte. Das Mädchen in ihren Armen hatte zu zittern begonnen, obwohl es im Studio angenehm warm war.

»Es stimmt doch«, sagte Michelle. Die Stimme klang gedämpft, weil Michelles Lippen die Bluse ihrer Mutter berührten. »Heute vormittag habe ich ihn gebeten, daß er mich in die Praxis mitnimmt. Ich wollte nur etwas im Wartezimmer sitzen und in den Zeitschriften lesen! Aber er hat's mir nicht erlaubt.«

»Ich bin sicher, das hat nichts damit zu tun, daß er dich nicht bei sich haben wollte«, log June. »Er hatte wahrscheinlich viel Arbeit in der Praxis, so daß er sich nicht um dich hätte kümmern können.«

»Er hat keine Zeit mehr für mich. Überhaupt keine Zeit mehr.«

June zog ihr Taschentuch hervor und trocknete Michelle die Tränen. »Ich mache dir einen Vorschlag«, sagte sie. »Ich werde heute abend mit ihm sprechen und ihm klarmachen, es ist sehr wichtig, daß du mal aus dem Haus kommst. Ich bin sicher, dann nimmt er dich morgen mit. Einverstanden?«

Michelle schneuzte sich ins Taschentuch. »Ja«, sagte sie leise. Sie richtete sich auf und versuchte ein Lächeln. »Er hat mich doch noch lieb, oder?«

»Natürlich hat er dich noch lieb«, versicherte June ihrer Tochter. »Ich bin sicher, mit Vater ist alles in Ordnung, du machst dir umsonst Sorgen. Und nun laß uns von etwas anderem reden.« Sie hoffte, daß ihr schnell genug ein neues Thema einfallen würde. »Von der Schule zum Beispiel. Findest du nicht, es ist Zeit, daß du wieder in die Schule gehst?«

Michelles Unsicherheit war nicht gespielt. »Ich will nicht wieder in die Schule in Paradise Point gehen. Die werden mich doch nur auslachen. Krüppel lachen sie immer aus, Mami.«

»In den ersten Tagen vielleicht«, räumte June ein. »Du mußt in diesem Fall einfach die andere Wange hinhalten. Kümmere dich nicht darum. Und außerdem bist du doch gar kein Krüppel. Du hinkst nur etwas, und bald ist auch das Hinken Vergangenheit, dann läufst du daher wie die anderen Kinder.«

»Ich hinke«, sagte Michelle ruhig. »Und ich werde den Rest meines Lebens hinken.«

»Das wirst du nicht«, widersprach ihr June. »Du wirst wieder ganz gesund werden. Alles wird sein wie vorher.«

Michelle schüttelte den Kopf. »Ich werde nicht wieder gesund, Mutter. Ich werde mich an die Behinderung gewöhnen, aber gesund werde ich nie wieder.« Unter Schmerzen stand sie auf. »Darf ich etwas spazierengehen?«

»Du willst spazierengehen?« sagte June voller Angst. »Wo denn?«

»Am Kliff entlang. Ich gehe nicht weit, ich versprech's dir.« Sie suchte den Blick ihrer Mutter. »Wenn ich wieder in die Schule gehen soll, muß ich gehen üben, oder?«

Michelle wollte wieder in die Schule gehen. Vor einer Minute hatte sie noch gesagt, sie wollte *nicht* in die Schule gehen. June war verwirrt. Sie nickte. »Natürlich. Aber sei vorsichtig, mein Liebling. Versuche nicht zum Strand runterzugehen, hörst du?«

»Ich werde nicht zum Strand runtergehen«, versprach Michelle. Sie wollte zur Tür gehen, als ihr Blick auf den Fleck am Boden fiel. »Ich dachte, der Fleck wäre weg.«

»Wir haben es mit allem möglichen versucht«, sagte June, »aber der Fleck geht nicht weg. Wenn ich nur wüßte, was es ist...«

»Warum fragst du nicht Dr. Carson? Der müßte das doch wissen.«

»Vielleicht spreche ich mit ihm«, sagte June. Dann: »Wie lange bleibst du weg, Michelle?«

»So lange wie nötig«, sagte Michelle. Auf ihren Stock gestützt humpelte sie ins Sonnenlicht hinaus.

Dr. Josiah Carson legte den Kopf in den Nacken. Er fuhr sich mit einer Hand durch die weiße Haarmähne, mit den Fingern der anderen Hand trommelte er auf der Schreibtischplatte. Wie immer wenn er allein war, dachte er über Alan Hanley nach. Alles war gut gewesen, bis Alan vom Dach fiel. War er wirklich *gefallen?*

Josiah war sich da nicht so sicher. So viele merkwürdige Dinge hatten sich in diesem Haus ereignet. So viele Menschen waren gestorben.

Seine Gedanken wanderten in die Vergangenheit. Das Leben mit Sarah, seiner Frau, war vollkommen gewesen. Wenigstens hatte es zu Beginn so ausgesehen. Sie hatten sich darauf gefreut, eine große Familie zu haben. Aber dann war alles anders gekommen. Sarah war bei der Geburt des ersten Kindes, einer Tochter, gestorben. Es hätte nicht passieren dürfen. Es gab keine begreifbare Ursache für diesen Tod. Sarah war eine gesunde Frau gewesen, die Schwangerschaft war völlig normal verlaufen, ohne Beschwerden, aber bei der Geburt der Tochter war die Mutter gestorben. Danach hatte Josiah seine ganze Liebe der neugeborenen Tochter zugewendet, die er Sarah getauft hatte.

Sarah war zwölf Jahre alt, als es geschah.

Eines Morgens war er in die Küche gekommen, er hatte den begehbaren Kühlschrank geöffnet.

Er hatte seine Tochter tot vorgefunden. Sie hielt eine Puppe in den Armen, die er nie zuvor gesehen hatte.

Warum war sie in den Kühlschrank gegangen? Josiah hatte auf diese Frage nie eine Antwort bekommen.

Er begrub die kleine Sarah, und er begrub die Puppe mit ihr.

Er war allein geblieben. Vierzig Jahre waren vergangen. Er hatte gehofft, daß das Unglück nicht aufs neue zuschlagen würde.

Aber dann war Alan Hanley vom Dach gestürzt.

Josiah war überzeugt, daß Alan nicht ausgerutscht war, wie alle anderen glaubten. Nein, es steckte etwas anderes dahinter. Der Beweis war die Puppe.

Die Puppe, die er mit seiner Tochter begraben hatte.
Die Puppe, die zum Vorschein kam, als er Alan aufhob.
Die Puppe, die Michelle Pendleton ihm gezeigt hatte.

Josiah hätte Alan gern gefragt, was es mit der Puppe auf sich hatte, aber der arme Junge hatte das Bewußtsein nicht mehr erlangt. Er war Dr. Pendleton unter den Händen gestorben. Cal hatte Alan getötet, jawohl.

Wenn Cal den Jungen nicht getötet hätte, dann hätte Josiah herausfinden können, was auf dem Dach passiert war. Er hätte erfahren, was Alan gedacht, gefühlt, gehört hatte. Er hätte herausgekriegt, was eigentlich in diesem Haus vorging, er hätte endlich gewußt, warum seine Frau und seine Tochter sterben mußten. Nun würde er es nie erfahren. Dr. Cal Pendleton hatte die große Chance zunichte gemacht.

Er würde sich rächen.

Die Vorbereitungen waren getroffen.

Es war ganz einfach gewesen. Der Schlüssel hieß Schuld. Cal fühlte sich schuldig an Alans Tod. Nachdem das feststand, war alles sehr leicht gegangen. Er hatte ihm die Praxis verkauft. Er hatte ihm das Haus verkauft. Der Plan war gut eingefädelt.

Cal wohnte in dem Haus. Die Puppe war zurückgekehrt. Cal saß in der Falle. Die Puppe war bei Cals Tochter.

Was immer geschehen würde, das Opfer würde kein Mitglied der Carsonsippe sein.

Das Opfer würde ein Pendleton sein.

Er vernahm Geräusche und fuhr aus seinen Gedanken hoch. Die Geräusche kamen aus dem Sprechzimmer nebenan, wo Cal eine junge Patientin untersuchte. Das Mädchen hieß Lisa Hartwick.

Cal hatte Josiah gebeten, die Untersuchung des Mädchens zu übernehmen, aber der hatte sich geweigert. Schließlich war Dr. Pendleton der neue Arzt. Josiah wußte, daß Cal vor der Behandlung von Kindern zurückschreckte. Cal hatte das Gefühl, daß er bei der Behandlung von Kindern einen Fehler nach dem anderen begehen würde.

Dr. Carson konnte ihn gut verstehen.

Lisa Hartwick stand im Sprechzimmer und sah Dr. Pendleton mißtrauisch an. Sie hatte die Augen zusammengekniffen. Die Ponyfransen hingen ihr tief in die Stirn. Als er sie anwies, den Mund zu öffnen, schmollte sie.

»Warum?«

»Damit ich dir in den Hals schauen kann«, sagte Cal. »Wenn du mich nicht reinschauen läßt, kann ich dir auch nicht sagen, warum dir der Hals weh tut.«

»Ich habe keine Halsschmerzen. Das habe ich meinem Vater nur gesagt, damit ich nicht in die Schule gehen mußte.«

Cal legte den Mundspiegel auf den Instrumententisch zurück. Ein Gefühl der Erleichterung durchflutete ihn. Bei der Behandlung dieses Kindes würde es keine gefährlichen Situationen geben. Allerdings, diese Lisa Hartwick war alles andere als sympathisch. Er empfand Widerwillen, wenn er sie nur ansah.

»Ich verstehe«, sagte er. »Gehst du nicht gerne in die Schule?«

»Nicht so besonders. Ich mag die hochnäsigen Kinder in diesem Ort nicht. Wenn man nicht hier geboren ist, behandeln sie einen wie den letzten Dreck.«

»Ich weiß nicht«, widersprach Cal. »Meine Tochter hat sich mit den Kindern in der Schule ganz gut angefreundet.«

»Das *glaubt* sie«, sagt Lisa. »Wie es wirklich ist, das wird sie feststellen, wenn sie wieder in die Schule kommt.« Sie sah Cal forschend an. »Stimmt es, daß sie nicht mehr gehen kann?«

Cals Gesicht überzog sich mit Röte. Seine Antwort kam schroff. »Sie kann sogar recht gut gehen. Sie hat kaum noch Beschwerden, innerhalb kürzester Zeit wird sie die ganze Sache vergessen haben. Es war nur ein leichter Sturz.« Er mußte lügen, er konnte nicht anders. Irgendwie erleichterte es ihn, wenn er den Menschen sagen konnte, Michelle würde wieder ganz gesund werden. Vielleicht, nur vielleicht, würde sie wirklich wieder ganz gesund werden.

»Ich habe aber ganz etwas anderes gehört«, sagte Lisa. Ihr Gesichtsausdruck wurde weich. Sie war jetzt ein kleines, verletzliches Geschöpf, nicht mehr die Lisa Hartwick, die auftrumpfend ins Sprechzimmer marschiert kam. »Ich habe übrigens das gleiche Problem wie Michelle«, sagte sie leise. »Ich habe auch keine Mutter mehr.«

Cal verstand nicht gleich, was sie meinte. Dann dämmerte es ihm. »Aber Michelle hat eine Mutter«, sagte er. »Wir haben sie adoptiert, als sie noch ein Baby war.«

»Aha«, sagte Lisa. Die Enttäuschung war ihr deutlich anzumerken.

»Ich glaube allerdings, daß ihr beide trotzdem ein paar Dinge gemeinsam habt«, fuhr Cal fort. »Ihr seid beide nicht in Paradise Point geboren, und ihr seid beide Waisen. Du bist Halbwaise, und Michelle war Vollwaise, als wir sie adoptierten. Weißt du, Lisa, ich würde mich freuen, wenn du Michelle einmal besuchen würdest...« Er ließ den Vorschlag im Raum verklingen, neugierig auf Lisas Echo.

»Vielleicht besuche ich sie«, sagte Lisa lustlos. »Vielleicht auch nicht.« Noch bevor Cal etwas antworten konnte, war sie aus dem Sprechzimmer geschlüpft.

Als Cal das gemeinsame Büro betrat, tat Dr. Carson, als wäre er in die Lektüre einer medizinischen Zeitschrift vertieft. Er wartete, bis Cal Platz genommen hatte, dann ließ er das Magazin sinken.

»Alles klar?« fragte er.

»Ein schwieriges Mädchen«, sagte Cal.

»Ein schwieriges Mädchen? Ein Satansbraten, würde ich sagen.«

»Sie hat's auch nicht leicht im Leben.«

»Niemand hat's leicht im Leben«, sagte Josiah scharf.

Cal zuckte zusammen. Er zwang sich, dem anderen in die Augen zu sehen. »Was wollen Sie damit sagen?«

»Legen Sie's aus, wie Sie wollen.«

Cal hatte das Gefühl, als hätte ihm jemand den Stecker herausgezogen. Mutlos ließ er sich auf einen Stuhl sinken. Sein Blick war ohne Leben.

»Ich weiß nicht mehr, was ich machen soll, Josiah. Ich kann

Michelle nicht mehr in die Augen sehen. Ich kann nicht mehr mit ihr reden, ich kann sie nicht einmal mehr berühren. Ich muß immer an Alan Hanley denken. Was habe ich damals falsch gemacht? Was habe ich bei Michelle falsch gemacht?«

»Wir alle machen Fehler«, sagte Dr. Carson. »Sie brauchen sich keine Vorwürfe zu machen, weil Sie in einer Streßsituation versagt haben. Wir müssen lernen, unsere Grenzen zu akzeptieren. Wir müssen damit leben, daß wir fehlbar sind.«

Er machte eine Pause. Er war neugierig, wie Cal reagieren würde. Vielleicht hatte er die Daumenschrauben zu schnell zugedreht. Aber nein, Cal sah ihn ganz freundlich an, er schien ihm sehr aufmerksam zuzuhören. Josiah lächelte. Er beschloß, seine Taktik zu ändern. »Vielleicht bin ich an allem schuld. Was Michelle zugestoßen ist, dafür trage ich ganz sicher die Verantwortung. Wenn ich Ihnen nicht das verdammte Haus verkauft hätte...«

Cal starrte ihn erschrocken an. »Das verdammte Haus? Warum sagen Sie das, Josiah?«

Der andere setzte sich bequem. »Ich hätte den Ausdruck nicht benutzen dürfen, entschuldigen Sie. Es ist mir so herausgerutscht.«

Aber so leicht ließ Cal sich nicht abschütteln.

»Gibt es etwas mit dem Haus, was Sie mir noch nicht gesagt haben, Josiah?«

»Eigentlich nicht«, sagte Dr. Carson vorsichtig. »Ich habe nur allmählich den Eindruck, daß es ein Unglückshaus ist. Erst Alan Hanley, dann Michelle...« Cal war nicht sicher, ob er einen weiteren Namen genannt hatte, so undeutlich sprach er.

Cal kam sich betrogen vor. Er liebte das Haus, liebte es jeden Tag mehr, und er wollte nicht, daß irgend jemand etwas Schlechtes über das Haus sagte. »Es tut mir leid, daß Sie so denken, Josiah. Für mich ist es ein gutes Haus.«

Er zog sich seinen weißen Kittel aus. Er würde zum Mittagessen heimfahren. Er war schon an der Tür angelangt, als er den Entschluß faßte, dem alten Arzt ein Friedensangebot zu unterbreiten.

»Josiah?«

Dr. Carson sah ihn fragend an.

»Ich möchte, daß Sie eines wissen, Josiah. Ich bin Ihnen sehr dankbar für alles, was Sie für mich getan haben. Ich weiß nicht, wie ich das alles ohne Sie durchgestanden hätte. Ich schätze mich glücklich, daß ich einen Freund wie Sie habe.« Cal stand da und dachte über seine Worte nach. Als die Verlegenheit unerträglich wurde, eilte er hinaus.

Dr. Carson dachte über die drei Worte nach, die Cals Widerspruch ausgelöst hatten.

Das verdammte Haus.

Es ist wirklich ein verdammtes Haus, dachte er. Vor ihm erstand das Bild des Fleckens. Der Fleck auf dem Fußboden des Gartenhäuschens.

Der Fleck, den niemand hatte beseitigen können.

Der Fleck, der ihn ein ganzes Leben lang verfolgt hatte. Dr. Carson ahnte, daß es einen Zusammenhang gab zwischen dem Fleck und der Puppe.

Die Puppe würde den Pendletons als Geist erscheinen, würde sie verfolgen, würde sie quälen.

Die Jagd hatte begonnen.

Dr. Josiah Carson hätte nicht zu sagen vermocht, wer oder was in diesem Haus die Unglücksfälle auslöste. Er war nicht sicher, aber er hatte so seine Vermutungen. Und inzwischen zeichnete sich ab, daß seine Vermutungen korrekt waren. Michelle... Sie war nur ein Glied in der Kette. Es würde weitergehen, immer weiter...

Michelle war auf dem kleinen Friedhof angekommen. Sie betrachtete den Grabstein, auf dem nur ein einziges Wort stand.

AMANDA

Sie reinigte ihren Geist von allen störenden Gedanken. Ihr Kopf mußte frei sein, wenn die Stimme kam.

Es kam, wie sie erwartet hatte. Die Stimme war noch weit entfernt, aber sie näherte sich stetig.

Als die Stimme deutlicher wurde, verblaßte das Licht der Sonne. Vom Meer stieg Nebel auf. Das milchige Weiß umschloß die Gestalt des Mädchens.

Michelle hatte das Gefühl, sie sei allein auf der Welt.

Und dann war ihr, als sei sie von einer Hand berührt worden. Jemand hatte den Arm ausgestreckt und sie angefaßt. Sie war nicht mehr allein.

Sie wandte sich um. Hinter ihr stand das schwarze Mädchen.

Ihr Kleid reichte fast bis auf die Erde. Sie trug eine Haube. Der Blick der blinden Augen war auf Michelle gerichtet. Sie schien ihr zuzulächeln.

»Du bist Amanda«, flüsterte Michelle. Ihre Worte wurden vom Nebel verschluckt. Das Mädchen nickte.

»Ich habe dich erwartet«, sagte das schwarzgekleidete Mädchen. Die Stimme war sanft und melodisch. »Ich warte schon so lange auf dich. Wir werden gute Freunde sein, du und ich.«

»Ich... ich habe keine Freunde«, murmelte Michelle.

»Ich weiß. Mir geht es wie dir, ich habe auch keine Freunde. Aber jetzt haben wir einander, und alles wird gut.«

Michelle stand regungslos vor dem Grab und starrte die merkwürdige, vom Nebel umwallte Erscheinung an. Eine unbestimmte Angst umfing sie. Aber Amandas Worte waren Trost. Und sie sehnte sich nach einer Freundin.

Sie sprach kein Wort. Sie wußte, Amanda war ihre Freundin.

Dreizehntes Kapitel

»Bist du sicher, daß du zurechtkommst?«

»Wenn ich nicht mehr weiter weiß, werd' ich dich anrufen, oder Fräulein Hatcher wird dich anrufen, oder *irgend jemand* wird dich anrufen«, antwortete Michelle. Sie stieß die Wagentür auf, setzte den rechten Fuß auf den Bürgersteig, stützte ihren Stock auf und stieg aus. June sah, wie ihre Tochter zu schwanken begann. Nach ein paar Sekunden gewann Michelle das Gleichgewicht zurück, sie schlug die Wagentür zu. Ohne sich von ihrer Mutter zu verabschieden, humpelte sie auf das Schulgebäude zu. June blieb regungslos hinter dem Steuer sitzen. Sie sah ihrer Tochter nach, bis sie in der Schule verschwand.

Vorsichtig erklomm Michelle die Stufen, mit der Linken umfaßte sie das Geländer, die Rechte hielt den Stock. Sie setzte den rechten Fuß auf die nächsthöhere Stufe und zog den linken nach. Sie kam nur langsam voran. Als sie die sieben Stufen bewältigt hatte, drehte sie sich um und winkte ihrer Mutter zu. June war erleichtert. Sie legte den Gang ein und lenkte den Wagen auf die Fahrbahn. Während der Nachhausefahrt sandte sie ein Stoßgebet zum Himmel. Lieber Gott, mach, daß alles wieder gut wird. Sie freute sich auf den Tag, den sie mit ihrem Baby verbringen konnte. Sie freute sich aufs Malen. Und sie hatte ein schlechtes Gewissen, weil sie sich freute.

Corinne Hatcher hatte bereits mit dem Unterricht begonnen, als die Tür aufging. Michelle erschien auf der Schwelle, auf ihren Stock gestützt. Der Gesichtsausdruck war unsicher. Ob dies überhaupt das richtige Klassenzimmer war? In den Bänken breitete sich Schweigen aus. Die Schülerinnen und Schüler reckten die Hälse.

Michelle beachtete sie nicht. Sie humpelte den Gang entlang. Ihr Ziel war der freie Platz in der ersten Reihe. Der Platz zwischen Sally und Jeff, der offensichtlich für sie freigehalten worden war. Sie setzte sich. Sie sah Fräulein Hatcher an und lächelte.

»Es tut mir leid, daß ich zu spät gekommen bin«, sagte sie scheu.

»Das macht nichts«, sagte Corinne. »Wir haben gerade erst angefangen. Ich freue mich, daß du wieder da bist.« Sie warf einen Blick in die Runde. »Kinder, wollt ihr Michelle nicht willkommen heißen?«

Gemurmel in den Bänken. Und dann sagte ein Kind nach dem anderen die Grußformel. Sally Carstairs gab Michelle sogar die Hand, aber Michelle zog ihre Hand gleich wieder zurück. Jeff sagte etwas, aber dann wurde er von Susan Peterson zurechtgewiesen, er verstummte. Als Michelle ihn ansah, wandte er sich ab. Ihr Gesicht überzog sich mit flammender Röte.

Der Unterricht begann, aber Michelle konnte sich nicht konzentrieren. Es war ein furchtbares Gefühl, sie war sich bewußt, daß nicht Fräulein Hatcher, sondern sie der Mittelpunkt war, alle starrten sie an, die Blicke waren wie Dolche in ihrem Rücken. Flüstern war zu hören. Die Mädchen sprachen gerade so leise, daß Michelle sie nicht verstehen konnte.

Fräulein Hatcher blieb die Unruhe in der Klasse nicht verborgen. Sie erwog, die Erörterung des Lehrstoffes abzubrechen und statt dessen mit den Schülern über den Unfall zu sprechen, den Michelle erlitten hatte, über den Unfall und die Folgen. Aber sie verwarf die Idee. Michelle würde zu sehr darunter leiden. Und so verstärkte sie ihre Bemühungen, die Kinder mit Aufgaben zu beschäftigen, so daß sich das allgemeine Interesse von der behinderten Mitschülerin abwenden würde. Corinne war erleichtert, als die Pausenglocke zu läuten begann. Die Kinder stürmten hinaus. Michelle wollte aufstehen, aber die Lehrerin gebot ihr sitzen zu bleiben.

Sie waren allein. Corinne nahm ihren Stuhl und stellte ihn vor Michelles Bank. Sie setzte sich.

»Na, das war doch gar nicht so schlimm, oder?« fragte sie. Sie war bemüht, im normalen Gesprächston zu bleiben. Michelle sah sie verständnislos an.

»Was war nicht so schlimm?«

»Die erste Schulstunde nach deinem Unfall.«

»Alles in Ordnung«, sagte Michelle. »Hatten Sie denn Probleme erwartet?« Sie sprach in einem herausfordernden Tonfall, der Corinne bestürzte. Es war, als wollte das Mädchen ein Gespräch über das Geflüster heraufbeschwören, das während des Unterrichts die Stimmung im Raum beherrscht hatte.

»Wie wäre es, wenn wir uns zusammen die letzten Kapitel im Lesebuch ansehen«, sagte Corinne. »Du hast einiges aufzuholen.« Sie war bereit, auf Michelle einzugehen. Wenn das Mädchen nicht über die Reaktion ihrer Mitschüler sprechen wollte, nun gut, dann würde sie dieses Thema aussparen.

»Ich arbeite das allein nach«, sagte Michelle. »Ich brauche keine Hilfe. Kann ich jetzt auf die Toilette gehen?«

Corinne starrte das Mädchen an, das sich so ruhig, so selbstsicher gab. Sie verstand das nicht. Michelle hätte eigentlich nervös sein müssen, unsicher und zögerlich. Sie hätte weinen müssen. Es war *unnatürlich*, daß sie in einer solchen Situation ganz einfach sagte, sie wolle jetzt auf die Toilette gehen. Corinne verdrängte die Fragen, die ihr auf der Zunge lagen. Wie schade, daß Tim Hartwick, der Schulpsychologe, heute keinen Dienst hatte. Corinne sah Michelle nach, die zur Tür unterwegs war. Corinne Hatcher machte sich Sorgen.

Michelle war froh, daß der Korridor menschenleer war. Sie würde von niemandem beobachtet werden, wie sie zur Mädchentoilette humpelte. Niemand würde sie anstarren, wenn sie mit der Spitze ihres Stocks die Dielenbretter abtastete.

Schade, daß ich mich nicht unsichtbar machen kann, dachte sie.

Die Kinder hatten sie ausgelacht. Es war gekommen, wie sie es befürchtet hatte. Sally hatte kaum ein Wort mit ihr gesprochen. Die anderen hatten geschwiegen.

Nun, sie dachte nicht daran, vor der Klasse zu kapitulieren.

Sie stieß die Tür zur Mädchentoilette auf und überquerte die Schwelle. Sie trat vor den Spiegel, um ihr Gesicht zu betrachten. Ob man ihr ansah, welche Schmerzen sie ausstand?

Es war wichtig, daß niemand ihr die Schmerzen ansah. Niemand durfte erfahren, wie sehr sie litt. Niemand durfte wissen, was sie fühlte.

Wie zornig sie war.

Besonders auf Susan Peterson.

Susan hatte mit Jeff gesprochen.

Susan hatte etwas zu Jeff gesagt, und daraufhin hatte Jeff das Gespräch mit Michelle abgebrochen.

Amanda hatte recht. Diese Kinder waren nicht ihre Freunde. Nicht mehr. Michelle beugte sich über das Becken und wusch sich das Gesicht. Sie betrachtete noch einmal ihr Spiegelbild. »Es kommt nicht darauf an«, sagte sie laut. »Ich brauche die Kinder nicht. Amanda ist meine Freundin. *Zur Hölle mit allen anderen!*« Sie erschrak, als sie sich den Fluch aussprechen hörte. Sie machte einen Schritt rückwärts und kam ins Stolpern. Sie fing sich im Fallen, hielt sich am Rande des Waschbeckens fest. Sie gewann ihr Gleichgewicht zurück. Die Frustration kam über sie wie eine Woge aus Gift. Sie hätte weinen mögen, aber sie war entschlossen, sich keine Schwäche merken zu lassen. Sie würde nicht aufgeben. *Ich werde es ihnen zeigen*, schwor sie sich. *Allen werde ich es zeigen!*

Unter Schmerzen humpelte sie zum Klassenzimmer zurück.

Nach der Pause war alles anders. Das Flüstern hatte aufgehört. Die Kinder saßen über ihre Bücher gebeugt.

Hin und wieder blickte ein Mädchen verstohlen zu Michelle hinüber, und von Michelle irrten die Blicke zu Susan Peterson. Es war unklar, ob die Mädchen gemerkt hatten, daß jetzt alles anders war. Keine der Schülerinnen äußerte eine Gemütsregung, aus der sich Schlüsse ziehen ließen.

Keine außer Sally Carstairs. Sally war kreuzunglücklich. Alle paar Minuten sah sie von ihrem Schulbuch auf, sie blickte zu Michelle herüber, und dann starrte sie an Jeff Benson vorbei auf Susan Peterson. Die Blicke der beiden trafen sich, Susans Lippen wurden zu schmalen Strichen. Susan schüttelte den Kopf, und Sally errötete.

Als die Mittagspause begann, blieb Michelle allein im Klassenzimmer zurück, alle Kinder waren hinausgerannt, und auch Sally Carstairs hatte sich mit abgewandtem Gesicht an ihr vorbeigedrängt. Michelle holte ihr Lunchpaket aus dem Bücherbeutel hervor. Sie stand auf und humpelte zur Tür.

»Möchtest du nicht hierbleiben und mit mir zu Mittag essen?« bot Corinne Hatcher ihr an.

Ein paar Sekunden lang zögerte Michelle, dann schüttelte sie den Kopf. »Ich esse draußen«, verkündete sie.

»Möchtest du wirklich draußen essen?« Corinne lächelte ihrer Schülerin freundlich zu.

Michelle nickte. »Ich werde draußen auf der obersten Stufe sitzen, wo ich alles sehen kann«, sagte sie. Sie hatte die Tür erreicht und blieb stehen. Sie wandte sich um und sah Corinne in die Augen. »Es ist wichtig, daß ich sehen kann. Wußten Sie, Fräulein Hatcher, daß das sehr wichtig ist?« Ohne die Antwort der Lehrerin abzuwarten, verließ Michelle das Klassenzimmer.

Michelle hatte auf der obersten Stufe der Treppe Platz genommen, das linke Bein hatte sie steif von sich gestreckt. Das rechte Bein war hochgezogen, so daß ihr Kinn auf dem Knie ruhte. Michelle ließ ihren Blick über das Schulgelände schweifen.

Sie entdeckte ihre Klassenkameraden im Schatten des großen Ahornbaumes. Susan und Jeff und Sally und die anderen. Sie standen in einer Gruppe zusammen und tuschelten.

Und Michelle wußte sofort, die Kinder sprachen über sie.

Susan Peterson tat sich durch besonderen Eifer hervor. Michelle konnte sehen, wie Susan sich vorbeugte und einem Mädchen etwas ins Ohr flüsterte. Sie konnte das Gesicht des anderen Mädchens nicht erkennen, auch nicht, als die beiden zu ihr herübersahen und kicherten.

Einmal sagte Susan etwas zu Sally, aber Sally schüttelte bloß den Kopf. Gleich darauf sah Sally in eine andere Richtung.

Michelle löste den Blick von der Gruppe. Es war sehr schwer, nicht mehr zu der Gruppe hinüberzusehen, aber sie schaffte es. Sie ließ den Blick über den Rasen wandern. Nahe beim rückwärtigen Zaun spielten Kinder der vierten Klasse Softball. Es ging so ähnlich wie Baseball, aber der Ball war etwas größer und etwas weicher. Michelles Gedanken färbten sich mit Neid, als sie die Kinder rennen sah. Früher hatte sie auch Softball gespielt. Sie war schneller gelaufen als alle anderen.

Früher.

Gegenüber, in der Nähe des Tors, saß Lisa Hartwick im Gras. Sie war allein. Einen Augenblick lang fühlte Michelle den Wunsch, Lisa möge zu ihr kommen und sich neben sie auf die Treppenstufen setzen, aber dann fiel ihr ein, die anderen Kinder mochten Lisa nicht. Zwar war es so, daß die Klassenkameraden schon jetzt nicht mehr mit ihr, mit Michelle, sprachen, aber wenn sie nett zu Lisa war, würde das alles nur noch schlimmer machen.

Am Fuße der Treppe spielten drei Mädchen. Die Mädchen waren vielleicht acht Jahre alt. Sie warfen Münzen. Sie merkten nicht, daß Michelle ihnen bei ihrem Spiel zusah. Michelle erinnerte sich an das Spiel, sie hatte das gespielt, als sie acht Jahre alt war. Sie war nie sehr geschickt gewesen bei diesem Spiel, irgendwie waren ihr die Münzen immer durch die Finger geglitten. Es war ein Spiel, bei dem man nicht zu rennen brauchte. Ein Spiel, bei dem Michelle trotz ihrer Behinderung hätte mitmachen können. Vielleicht konnte sie die Mädchen bitten, ob...

Die Glocke schrillte. Die Mittagspause war zu Ende.

Michelle stand auf und humpelte ins Gebäude zurück. Sie setzte ihren Stolz darein, das Klassenzimmer vor den anderen zu erreichen. Sie setzte sich in die hinterste Bankreihe. Sie saß jetzt so, daß die Schüler sich umdrehen mußten, wenn sie Michelle ansehen wollten.

Sie saß ihnen im Nacken.

Sie konnte sie beobachten.

Sie konnte feststellen, wer sie auslachte...

Es war zehn nach drei. Die Glocke schrillte. Der Unterricht war zu Ende. Corinne Hatcher gab Michelle das Zeichen zu warten. Sie bat sie, zu ihr ans Pult zu kommen. Das Klassenzimmer hatte sich geleert, es war still im Raum.

»Ich möchte mich für die Klasse entschuldigen.«

Michelle stand vor dem Pult und sah Fräulein Hatcher an. Ihr Gesicht verriet keine Bewegung. Eine Maske aus Gleichgültigkeit.

»Sie möchten sich entschuldigen? Warum?«

»Weil sich die Kinder dir gegenüber so schlimm aufgeführt haben. Die haben sich wirklich ganz übel benommen.«

»So? Davon habe ich gar nichts gemerkt«, sagte Michelle teilnahmslos.

Corinne lehnte sich in ihrem Stuhl zurück. Sie klopfte mit dem Bleistift auf die Tischplatte. »Mir ist aufgefallen, daß du nicht mit den anderen gegessen hast.«

»Ich sagte Ihnen ja schon, daß ich oben auf der Treppe sitzen bleiben würde. Es fällt mir nicht sehr leicht, Stufen runterzugehen. Kann ich jetzt verschwinden? Ich habe einen weiten Heimweg.«

»Willst du etwa zu Fuß nach Hause gehen?« Corinne war entsetzt. Das Mädchen durfte nicht zu Fuß nach Hause gehen, der Weg war zu weit. Aber Michelle bejahte die Frage ganz eifrig.

»Das ist gut für mich«, sagte sie freundlich. Corinne fiel auf, daß Michelle jetzt, wo sich das Gespräch nicht mehr um die Klassenkameraden drehte, einen ganz entspannten Eindruck machte. »Außerdem gehe ich gern zu Fuß. Jetzt, wo ich nicht mehr so schnell gehen kann wie früher, sehe ich Dinge, die ich früher nicht gesehen habe. Sie würden staunen, wenn Sie wüßten, was ich alles sehe.«

Corinne fiel ein, was Michelle beim Gespräch in der Mittagspause gesagt hatte. *Es ist wichtig, daß ich sehen kann.*

»Was siehst du denn?« fragte Corinne.

»Ach, alles mögliche. Blumen und Bäume und Felsen, solche Dinge eben.« Sie sprach im Flüsterton weiter. »Wenn man allein ist, schaut man sich das alles sehr aufmerksam an, wissen Sie?«

Corinne tat das Mädchen leid, und dieses Mitleid klang auch in ihrer Antwort durch. »Ich glaube dir, daß du viel siehst.« Sie stand auf und legte ihre Bücher auf dem Pult zusammen. Sie ging so langsam, daß Michelle mit ihr Schritt halten konnte. Sie verließen das Klassenzimmer. Corinne schloß ab.

Sie waren auf der Treppe angekommen, die vom Schulflur auf den Rasen hinunterführte. »Bist du sicher, daß ich dich nicht nach Hause fahren soll?« fragte Corinne.

»Nein, danke. Das ist wirklich nicht nötig, ich schaffe das schon.« Michelle machte einen zerstreuten Eindruck. Ihr Blick irrte über die Rasenfläche, als suchte sie jemanden.

»Wollte jemand mit dir gehen?«

»Nein, nein... ich dachte nur...« Michelle verstummte. Sie nahm die erste Stufe. »Bis morgen, Fräulein Hatcher.« Sie hatte sich umgedreht und sprach über die Schulter. Sie nahm die nächste Stufe. Als sie auf dem Rasen angekommen war, hing sie sich den Bücherbeutel über die Schulter. Sie humpelte auf den Bürgersteig zu.

Corinne Hatcher sah ihr nach, bis sie um die Ecke verschwand, dann ging sie zu ihrem geparkten Wagen.

Er hätte auf mich warten können, dachte Michelle. Ihre Gedanken waren auf einmal von Bitterkeit erfüllt.

Sie ging, so schnell sie konnte, aber nach ein paar Häuserblocks begann ihre Hüfte zu schmerzen, so daß sie das Tempo minderte.

Sie versuchte, die Erinnerung an Jeff Benson zu verdrängen, und doch war er bei jedem ihrer Schritte gegenwärtig. Wie schön war es gewesen, als er sie nach Hause begleitet hatte. Jetzt ging er wahrscheinlich mit Susan Peterson.

Die Häuser waren zu Ende. Michelle ging neben der gepflasterten Straße entlang. Der Weg neben der Straße war uneben. Es wäre leichter gewesen, wenn sie auf dem Asphalt ging, aber sie wußte, sie war nicht schnell genug, um einem Auto auszuweichen. Der Weg neben der Straße war sicherer.

Sie blieb alle paar Meter stehen, um auszuruhen und um sich die Gegend anzuschauen. Sie betrachtete alles, als sähe sie es zum ersten Mal oder zum letzten Mal. Ein paarmal stand sie regungslos da, mit geschlossenen Augen. Sie stellte sich vor, wie es sein würde, wenn sie blind wäre. Sie tastete mit dem Stock nach den Steinen und probierte aus, ob ihr Tastgefühl für die Orientierung genügte.

Der Versuch scheiterte, sie hatte keine Orientierung.

Blindsein, das ist ja entsetzlich, dachte sie. Blindsein, das wäre das Schlimmste auf der Welt.

Sie hatte die Hälfte des Heimwegs hinter sich gebracht, als jemand ihren Namen rief.

»Michelle! He, Michelle, so warte doch!«

Sie tat, als hätte sie nichts gehört. Gleichmütig humpelte sie weiter.

Wenig später hatte Jeff Benson sie eingeholt.

»Warum bist du weitergelaufen?« fragte er. »Hast du denn nicht gehört, wie ich dich gerufen habe?«

»Doch.«

»Warum bist du dann nicht stehengeblieben?«

»Warum hast du nach der Klasse nicht auf mich gewartet?« konterte sie. »Warum bist du ohne mich losgerannt?«

»Ich hatte Susan versprochen, daß ich sie nach Hause bringe.«

»Aha. Und du hast gedacht, du kannst sie ruhig erst nach Hause bringen, mich holst du immer noch ein, so langsam wie ich gehe. Ist es so?«

Jeff war rot geworden. »Das habe ich nicht gesagt.«

»Du hättest dich nicht zu bemühen brauchen.« Schweigen war zwischen ihnen wie eine unsichtbare Wand. Michelle ging weiter, Jeff hielt Schritt. »Du brauchst nicht langsam zu gehen für mich«, sagte sie.

»Es macht mir nichts aus.«

Sie gingen weiter. Michelle wollte Jeff loswerden, und sie sagte ihm das auch.

»Wenn du da bist, komme ich mir vor wie eine Mißgeburt«, schrie sie ihn an. »Geh nach Hause, und laß mich in Frieden.«

Jeff blieb wie angewurzelt stehen. Er starrte sie an wie eine Erscheinung. Sein Mund klappte auf. Sie sah, wie er die Fäuste ballte. »Wenn das so ist, dann gehe ich wirklich«, sagte er gedehnt.

»Gut so!« Michelle spürte, wie sich ihre Augen mit Tränen

füllten. Die Angst überkam sie. Angst, daß sie in seiner Gegenwart zu weinen beginnen würde. Aber dann wandte sich Jeff von ihr ab. Er begann zu laufen. Er rannte voraus, die Straße entlang. Nach ein paar Schritten drehte er sich um und winkte ihr zu, dann lief er weiter. Für Michelle war es wie ein Schlag ins Gesicht.

Jeff riß die Haustür auf und polterte den Flur entlang. Er rief nach seiner Mutter, um sie wissen zu lassen, daß er aus der Schule zurück war. Er warf seine Schulbücher auf das Tischchen und ging ins Wohnzimmer. Er setzte sich aufs Sofa und legte die Beine hoch. Mädchen! Etwas Schlimmeres gab's ja gar nicht!

Zuerst Susan Peterson, die ihm in den Ohren gehangen hatte, er sollte nicht mehr mit Michelle sprechen. Dann Michelle, die ihm erklärt hatte, daß sie keinen Wert auf seine Begleitung legte. Verrückt. Jawohl, die beiden waren richtig verrückt. Er hob den Kopf und spähte aus dem Fenster.

Da kam Michelle. Sie ging allein. Jeff beobachtete sie, wie sie draußen vorbeihumpelte. Er sah, wie sie vor dem kleinen Friedhof stehenblieb. Sie hatte eine plötzliche Bewegung gemacht, und dann war sie stehengeblieben. Sie starrte die Grabsteine an, obwohl es da gar nichts zu sehen gab. Jeff fand, der Friedhof sah aus wie immer, ein Gräberfeld voller Unkrautstauden, schiefstehende Grabsteine. Was fand Michelle an diesem Friedhof so interessant?

Als Michelle auf der Höhe des Friedhofs angelangt war, wurde die Sonne zu einer bleichen Scheibe. Nebel stieg auf. Michelle hatte sich daran gewöhnt, daß es hier oft neblig war, sie war nicht überrascht, als die feuchten Schwaden auf sie zuschwebten. Wenig später war sie von der Welt abgeschlossen. Sie war allein, aber sie wußte, daß sie nicht lange allein bleiben würde. Mit dem Nebel kam Amanda. Michelle freute sich über das Weiß, das an ihr hochkroch, und sie freute sich auf ihre Freundin. Und da war sie auch schon. Sie kam vom Friedhof. Sie lächelte. Sie winkte Michelle zu.

»*Hi*«, rief Michelle.

»Ich habe dich erwartet«, sagte Amanda und stieg über den zusammengebrochenen Zaun hinweg. »Ist es gekommen, wie ich gesagt habe? Haben sie sich so benommen, wie ich es dir prophezeit habe?«

»Ja.« Sie mußten beide lachen. Sie sprachen im Flüsterton miteinander.

»Also gut«, sagte Amanda schließlich. »Ich werde dich begleiten, und du wirst mir sagen, wie die Dinge aussehen.«

»Kannst du denn nicht sehen?«

Amandas milchweiße Pupillen fixierten die Freundin. »Ich kann nichts sehen«, sagte sie. »Außer du bist bei mir...« Michelle ergriff Amanda an der Hand. Sie gingen den Pfad, der zum Friedhof führte. Aus irgendeinem Grunde fiel Michelle das Gehen jetzt leichter als vorher, wo sie allein gewesen war. Ihre Hüfte tat nicht mehr so weh. Es ging so leicht, daß sie kaum noch hinkte.

Amanda führte ihre Freundin quer über den Friedhof, und dann gingen sie den Weg auf dem Kliff entlang. Wenig später kam Michelles Haus in Sicht. Sie wollte auf das Hauptgebäude zugehen, als Amanda an ihrer Hand zupfte.

»Nicht zum Haus«, sagte Amanda. Ihre Hand schloß sich um Michelles Finger. »Zum Gartenhäuschen. Was ich sehen will, ist im Gartenhäuschen.« Michelle zögerte, aber dann gewann die Neugier die Oberhand. Sie ließ sich von Amanda zu dem Studio führen, das ihre Mutter im Gartenhäuschen eingerichtet hatte.

An der Ecke des Häuschens angekommen, blieb Amanda stehen.

»Schau durchs Fenster«, flüsterte sie Michelle zu.

Michelle gehorchte. Sie ging zum Fenster und spähte hinein.

Der Nebel, der dick und grau im Garten wallte, schien auch in das Studio gefunden zu haben. Die Umrisse der Gegenstände blieben unklar.

Alles sah verändert aus. Falsch.

Die Staffelei ihrer Mutter stand an der üblichen Stelle, aber das Bild war nicht von ihrer Mutter gemalt, da war Michelle ganz sicher.

Michelle stand auf Zehenspitzen und starrte das Gemälde an, als sie einen Schatten bemerkte. Ihr Blick glitt zur Seite, in die nebelverhangene Düsternis hinein. Da waren Menschen im Malstudio. Michelle konnte die Gestalten nicht klar erkennen, weil die Schwaden ihre Sicht behinderten. Die Köpfe blieben im Dunkel.

Dann war eine Stimme zu hören.

Es war Amandas Stimme.

»Es ist wahr«, zischte Amanda ihr ins Ohr. »Sie ist eine Hure. *Eine Hure!*«

Michelles Augen weiteten sich, so erschrocken war sie über den Haß, der in der Stimme ihrer Freundin mitschwang. Sie versuchte ihre Hand aus Amandas Klammergriff zu befreien, aber das erwies sich als unmöglich.

»Nicht«, sagte Amanda. »Du darfst nicht weggehen! Ich muß es sehen!«

Ihre Züge waren wutverzerrt. Ihre Hand, die Michelles Finger umklammert hielt, war zu einer schmerzhaften Zange geworden.

Mit einer jähen Bewegung kam Michelle frei. Sie wich vor Amanda zurück. Das schwarzgekleidete Mädchen starrte sie aus blinden Augen an.

»Nicht«, bettelte sie. »Bitte nicht. Geh nicht weg. Laß mich sehen. Ich muß es sehen. Ich bin deine Freundin, und ich werde dir helfen. Willst du mir nicht auch helfen?«

Aber Michelle war schon zum Haus unterwegs. Der Nebel hob sich.

Als sie das Haus erreichte, hatten sich die milchigen Schwaden aufgelöst.

Sie hatte sehr langsam gehen müssen. Der Schmerz in der Hüfte war wie eine große, glühende Wunde.

Vierzehntes Kapitel

Michelle trat ein und knallte die Tür hinter sich ins Schloß. Sie warf ihren Bücherbeutel auf den Küchentisch und ging zum Kühlschrank. Es war ihr sehr unangenehm, daß ihre Mutter sie beobachtete. Es dauerte eine ganze Weile, bis sie ihre zitternden Hände unter Kontrolle gebracht hatte. Sie hatte sich ein Glas Milch eingeschüttet, als June zu sprechen begann.

»Michelle, ist alles in Ordnung?«

»Alles ist bestens«, erwiderte sie. Sie stellte den Milchkrug in den Kühlschrank zurück und strahlte ihre Mutter an.

June maß sie mit einem skeptischen Blick. Irgend etwas stimmte nicht mit dem Mädchen. Michelle sah verängstigt aus. Was konnte ihr Angst eingejagt haben? June hatte ihre Tochter das Grundstück betreten sehen. Michelle hatte einen Augenblick gezögert, dann war sie weitergegangen, zum Gartenhäuschen. Sie war am Fenster stehengeblieben und hatte einen Blick ins Studio geworfen. Als sie zum Haus gehumpelt kam, machte sie ein Gesicht, als hätte sie eine Erscheinung erblickt.

»Was hast du dir da angesehen?« fragte June.

»Was ich mir angesehen habe?« June war sicher, ihre Tochter sagte das nur, um Zeit zu gewinnen.

»Ich meine, was du im Studio gesehen hast. Ich habe mitbekommen, wie du vor dem Gartenhäuschen gestanden hast und durch das Fenster geschaut hast.«

»Aber du kannst doch nicht...« Michelle verstummte. Sie warf einen Blick aus dem Fenster.

Draußen schien die Sonne.

Der Nebel war fort.

»Nichts«, sagte Michelle. »Ich habe nichts gesehen. Ich habe nur durchs Fenster geschaut, weil ich dachte, du bist vielleicht im Studio.«

»Hm«, sagte June kühl. Dann: »Wie ist es denn in der Schule gegangen?«

»Ganz gut.« Michelle trank ihre Milch aus. Sie stand auf und zuckte zusammen, als die Hüfte zu schmerzen begann.

Sie nahm ihren Bücherbeutel und ging auf die Verbindungstür zum Vorrats- und Wäscheraum zu.

»Ich dachte, du wolltest Sally mitbringen, wenn du aus der Schule kommst«, sagte June.

»Das... das ging nicht«, log Michelle. »Sie kann nicht, sie hat was zu erledigen. Und außerdem wollte ich den Heimweg allein machen.«

»Heißt das, weder Sally noch Jeff haben dich herbegleitet?«

»Jeff ist ein kurzes Stück mit mir gegangen. Er hat zuerst Susan Peterson nach Hause gebracht, und dann hat er mich eingeholt.«

June sah ihrer Tochter prüfend in die Augen. Da war etwas, das Michelle ihr verschwieg. Das Gesicht war ohne Falsch. Und doch war June sicher, daß Michelle etwas verbarg, daß sie ihr etwas vorenthielt. »Ist wirklich auf dem Heimweg nichts passiert?« fragte sie mit Nachdruck.

»Alles ist *bestens*, Mutter!« Es klang gereizt. June beschloß, das Thema fallenzulassen.

»Möchtest du mir beim Teigkneten helfen?«

Michelle dachte über das Angebot nach. Schließlich schüttelte sie den Kopf. »Ich habe ziemlich viel aufzuholen in der Schule. Ich mache mich jetzt über meine Bücher her. Ich gehe auf mein Zimmer, da lernt sich's besser.«

June ließ sie gehen. Sie knetete den Brotteig. Nach einer Weile wanderte ihr Blick durch das Fenster zum Malstudio. *Was war geschehen? Was hatte Michelle im Studio gesehen? Etwas hatte ihr Angst gemacht.* June wischte sich die mit Teig verklebten Finger an der Schürze ab und ging in den Garten hinaus. Was immer Michelle gesehen hatte, es mußte sich noch im Studio befinden...

Michelle zog die Zimmertür hinter sich zu. Sie ließ sich auf das Bett sinken. Vielleicht hätte sie ihrer Mutter von den Menschen erzählen sollen, die sich im Studio befanden. Aber sie hatte eine Hemmung verspürt. Eine Stimme, die ihr zu schweigen gebot. Was sie gesehen hatte, würde ein Geheimnis bleiben. Ein Geheimnis, das sie nur mit Amanda teilte.

Allerdings, das Erlebnis hatte ihr Angst gemacht. Sie zitterte am ganzen Körper, wenn sie sich an den Anblick erinnerte.

Sie stand auf und ging zum Fenstersitz. Sie ergriff die Puppe und brachte sie in Augenhöhe. Sie schaute ihr in das Porzellangesicht.

»Was willst du, Amanda?« fragte sie zärtlich. »Was muß ich tun?«

»Ich möchte, daß du mir verschiedene Dinge zeigst«, flüsterte die Stimme ihr ins Ohr. »Du sollst mir die Dinge zeigen, und du sollst meine Freundin sein.«

»Aber was willst du denn sehen? Wie kann ich dir Dinge zeigen, wenn du mir nicht sagst, was du sehen willst?«

»Ich will Dinge sehen, die sich vor vielen Jahren ereignet haben. Dinge, die ich damals nicht sehen durfte... So lange schon habe ich auf dich gewartet, Michelle. Manchmal hatte ich fast schon die Hoffnung verloren, daß ich je sehen würde. Ich habe andere Menschen gebeten, mir die Dinge zu zeigen, aber sie haben versagt. Und dann kamst du...«

Von draußen kam ein Geräusch. Das Flüstern verstummte.

»Was ist das für ein Geräusch?« fragte die Stimme nach einer Weile.

»Das ist Jenny.« Das Geschrei kam aus dem Kinderzimmer und wurde immer lauter. Michelle lauschte. Ob ihre Mutter vielleicht die Treppe heraufkommen würde? Plötzlich ließ sich die Stimme wieder vernehmen.

»Zeig's mir!«

»Was denn? Das Baby?«

»Ich will es sehen.«

Jennifers Plärren war in ein Wimmern eingemündet. Michelle ging zur Tür.

»Mutter?« Sie erhielt keine Antwort.

»Mutter, Jenny weint!« Immer noch keine Antwort. Michelle ging den Flur entlang und blieb vor dem Kinderzimmer stehen. Sie war sicher, daß Amanda ihr gefolgt war. Obwohl sie das Mädchen nicht sehen konnte, so war ihre Gegenwart doch deutlich zu spüren. Ein angenehmes Gefühl, befand Michelle. Wirklich schön.

Sie öffnete die Tür zum Kinderzimmer, und sofort wurde das Geschrei des Kindes lauter. Michelle nahm die Kleine aus der Wiege und drückte sie an sich, wie sie es bei ihrer Mutter gesehen hatte.

»Ist sie nicht wunderschön?« sagte sie zu Amanda.

»Du mußt ihr etwas tun«, flüsterte Amanda.

»Ihr etwas tun? Warum?«

»Sie ist wie die anderen ... sie ist nicht deine Freundin ...«

»Sie ist meine Schwester«, widersprach Michelle. Aber sie war unsicher geworden.

»Nein, das ist sie nicht«, sagte Amanda. »Sie ist *ihre Tochter*, aber sie ist *nicht deine Schwester*. Die beiden lieben das kleine Mädchen, nicht dich!«

»Das ist nicht wahr.«

»Das ist wohl wahr. Du weißt ganz genau, daß es wahr ist. Du mußt ihr etwas tun.« Das Flüstern schien den Raum zu erfüllen, Michelle stand ganz unter seinem Bann.

Sie betrachtete das feingeschnittene Gesicht des Säuglings, und dann wurde ihr der Schmerz bewußt, der sich in den Zügen der Kleinen abmalte. Plötzlich verspürte sie das wahnwitzige Verlangen, den Säugling zu kneifen. Sie würde irgend etwas tun, um das Kind zum Schweigen zu bringen. Sie würde es bestrafen.

Ihre Muskeln strafften sich. Sie drückte Jenny an ihre Brust. Jennifers Weinen wurde zum Kreischen.

Michelle verstärkte den Druck. Die Schreie der Kleinen schienen fortzuschweben wie Nebelfetzen, zugleich war da Amandas Stimme, die von Herzschlag zu Herzschlag lauter wurde.

»So ist es richtig«, säuselte die Stimme. »Fester. Drück sie fester ...«

Das kleine Geschöpf schrie aus Leibeskräften, es begann mit den Ärmchen zu fuchteln, und dann wurden die Schreie leiser.

»Fester«, flüsterte die Stimme.

June erschien im Türrahmen. »Michelle! Was ist denn los?«

Michelle war es, als sei ein Schalter in ihrem Kopf betätigt worden. Die Stimme war verschwunden. Sie starrte ihre Mutter an, dann das Baby. Erst jetzt wurde ihr klar, daß sie dem Kleinen weh tat. Sie verringerte den Druck. Der Säugling hörte zu schreien auf, die bläuliche Tönung der Haut wurde von frischem Rot durchpulst. »Ich... ich hab' sie weinen gehört«, sagte Michelle. »Als du nicht raufkamst, bin ich zu ihr gegangen, um nach ihr zu sehen. Ich habe sie nur aus der Wiege gehoben und...«

June nahm die kleine Jenny, die wieder zu weinen begonnen hatte. Sie barg das Kind an ihrer Brust.

»Ich war draußen im Malstudio«, sagte sie. »Dort konnte ich sie nicht hören. Aber es ist gut.« Sie streichelte das Kind und schnalzte mit der Zunge. »Ich kümmere mich um sie«, sagte sie, zu Michelle gewandt. »Geh jetzt auf dein Zimmer, ja?«

Einen Augenblick lang zögerte Michelle. Sie wollte nicht auf ihr Zimmer zurückgehen. Sie wollte dableiben, bei ihrer Mutter, bei ihrer kleinen Schwester.

Aber dann erinnerte sie sich an die Worte, die Amanda gesagt hatte. Jennifer war nicht ihre Schwester. Und diese Frau war nicht ihre Mutter. Jedenfalls war sie nicht ihre *richtige* Mutter. Von widerstrebenden Gefühlen verfolgt, verließ Michelle das Kinderzimmer und humpelte zu ihrem Zimmer zurück.

Sie lag auf dem Bett und wiegte die Puppe in ihren Armen. Ihr Blick war auf die Zimmerdecke gerichtet.

Alles hatte sich zu einem klaren Bild zusammengefügt...

Amanda hatte recht.

Sie war allein.

Sie hatte nur Amanda.

Amanda war ihre Freundin.

»Ich liebe dich«, flüsterte sie der Puppe ins Ohr. »Ich liebe dich mehr als irgendeinen Menschen auf der Welt.«

Als Cal an jenem Nachmittag nach Hause kam, saß June am Küchentisch. Sie hielt die kleine Jennifer auf dem Schoß und sah auf das Meer hinaus. Er blieb im Türrahmen stehen, um die beiden zu betrachten. Der Widerschein der Sonne umgab Mutter und Kind mit einer goldenen Gloriole. Cal war überwältigt von der Schönheit des Anblicks. Mutter und Kind, *seine* Frau und *seine* Tochter, vor dem Hintergrund der Bucht, umspielt vom Licht des Gestirns. Als June dann ihren Kopf wandte, so daß er ihre Miene erkennen konnte, war es mit seiner Hochstimmung vorbei.

»Setz dich, Cal. Ich habe mit dir zu reden.« Er wußte sofort, daß es um Michelle ging, obwohl June keinerlei Andeutung in dieser Richtung gemacht hatte.

»Mit Michelle stimmt etwas nicht«, begann June. »Es hat nicht nur mit dem Bein zu tun. Irgend etwas ist heute passiert, Cal! Entweder während des Unterrichts oder nach der Schule. Michelle will nicht darüber sprechen, sie ist völlig verängstigt.«

»Nun, es war ihr erster Tag in der Schule, und...« June fiel ihm ins Wort.

»Es steckt etwas anderes dahinter. Ich war heute nachmittag im Studio und habe gemalt, da habe ich Jenny schreien gehört, und als ich ins Kinderzimmer kam, stand Michelle da, sie hielt das Kind in ihren Armen und machte ein ganz merkwürdiges Gesicht, sie sah ganz geistesabwesend aus, Cal, und dann habe ich gesehen, wie sie Jenny fest an sich gepreßt hat, als ob...« June verstummte. Die Erinnerung an die seltsame Szene war so lebhaft, als wäre es erst vor wenigen Minuten gewesen.

Cal dachte nach. Als er weitersprach, war ihm die Anspannung deutlich anzumerken.

»Was willst du damit sagen? Willst du etwa behaupten, Michelle entwickelt sich nicht normal?«

»Wir beide wissen, daß sich das Kind nicht normal entwickelt, Cal, und wenn wir nicht...« Diesmal war er es, der sie nicht zu Ende sprechen ließ.

»Sie ist gestürzt, und sie hat sich bei diesem Sturz Prellungen zugezogen, und sie hat infolge dieser Verletzungen ein paar Tage Unterricht versäumt, aber das ist auch alles. Es geht ihr von Tag zu Tag besser.«

»Es geht ihr eben *nicht* besser. Du willst, daß es ihr besser geht, und deshalb bildest du dir ein, es wäre so, aber wenn du dich wirklich mit Michelle befassen würdest, dann hättest du längst gemerkt, daß sie nicht mehr das lebensfrohe Geschöpf ist, das sie einmal war.« Unwillkürlich sprach sie lauter, eindringlicher. »Das Mädchen nimmt eine ungute Entwicklung, Cal. Sie verschließt sich vor uns, sie ist oft allein. Die meiste Zeit verbringt sie mit dieser verdammten Puppe, und ich frage mich, warum das so ist. Und was dich nun angeht, Cal, du wirst Michelle ab sofort mehr Zeit widmen. Wenn ich sie morgen zur Schule fahre, wirst du mit im Wagen sitzen, und wenn ich sie wieder aus der Schule abhole, ebenfalls, und abends wirst du dich nicht mehr in deine Zeitschriften vergraben, und du wirst auch nicht nur mit Jenny spielen, sondern dich um deine Tochter Michelle kümmern. Habe ich mich deutlich ausgedrückt?«

Cal war aufgestanden. Sein Gesicht war düster, der Blick brütend. »Ich führe mein Leben, wie es mir Spaß macht, damit du's nur weißt.«

»Es ist nicht nur dein Leben«, ereiferte sich June. »Es ist auch mein Leben und Michelles Leben und Jennys Leben! Es tut mir leid, was du durchgemacht hast, du kannst mir glauben, daß ich dir gern helfen würde, aber du kannst Michelle deswegen nicht sich selbst überlassen. Sie ist ein junger Mensch, und sie braucht uns. Wir haben für sie dazusein, verstehst du? Auch du, nicht nur ich!«

Cal hatte ihr nicht bis zu Ende zugehört. Er hatte die Küche verlassen und lief durch den Flur ins Wohnzimmer, schloß die Tür hinter sich und goß sich einen Drink ein. Er versuchte zu vergessen, was seine Frau gesagt hatte. Ihre Beschuldigungen lasteten auf ihm wie ein Alp. Immer beschuldigte sie ihn.

Es gelang ihm nicht, den Eindruck ihrer Worte zu verdrängen. Es blieb wohl nur eine Möglichkeit. Er mußte ihr beweisen, daß sie im Unrecht war.

Er mußte ihr und sich selbst beweisen, daß alles in Ordnung war, daß es Michelle von Tag zu Tag besser ging. Er mußte beweisen, daß er im Recht war.

Es war am Abend jenes Tages, nach dem Abendessen, als Michelle im Wohnzimmer erschien. Sie hielt das Schachspiel unter dem Arm.

»Daddy?«

Cal hatte es sich in seinem Lieblingssessel gemütlich gemacht, er las in einer Zeitschrift. June saß ihm gegenüber, sie strickte. Cal zwang sich zu einem Lächeln. Er wandte sich seiner Tochter zu. »Ja?«

»Spielst du mit mir Schach?« Sie strahlte ihn an und schüttelte die Schachfiguren im Kasten.

Cal wollte gerade sagen, daß er keine Lust zum Schachspielen hatte, wollte irgendeine Entschuldigung erfinden, als June ihm einen warnenden Blick zuwarf. »Also gut«, sagte er lustlos. »Stell die Figuren auf, ich hole mir nur noch eben einen Drink.«

Michelle ließ sich vorsichtig auf dem Teppichboden nieder, das linke Bein von sich gestreckt. Sie öffnete das Kästchen und stellte die Figuren auf. Als ihr Vater zurückkehrte, hatte sie bereits den ersten Zug gemacht. Cal setzte sich zu ihr auf den Teppich.

Michelle saß da und wartete.

Cal schien die Figuren anzustarren. Aber nach einer Weile bekam Michelle Zweifel, ob er wirklich das Schachbrett anschaute.

»Du bist dran, Vater.«

»Ach ja. Entschuldige.« Mit einer automatischen Bewegung machte er den Gegenzug. Michelle wunderte sich. Kein sehr guter Zug. Zögernd bewegte sie die nächste Figur. Vater spielte wie jemand, der zum ersten Mal in seinem Leben ein Schachbrett sieht.

Cal betrachtete die Schachfiguren, sein Blick verriet Müdigkeit. Er nahm einen Schluck aus seinem Glas. Er saß da und rührte sich nicht, bis Michelle ihn an den nächsten Zug erinnerte. Als er die Figur bewegt hatte, traf ihn ein erstaunter Blick seiner Tochter. Merkte er denn gar nicht, daß sie ihm eine Falle gestellt hatte? Sonst hatte er viel besser gespielt. Sie zog die Königin ein Feld vor.

June hatte ihr Strickzeug weggelegt. Sie stand auf und kam zu ihrem Mann und ihrer Tochter. Sie studierte die Konstellation auf dem Schachbrett und durchschaute recht bald den Plan ihrer Tochter. Sie zwinkerte ihr aufmunternd zu. Sie war sicher, daß Cal den Plan alsbald durch den richtigen Gegenzug vereiteln würde. Aber ihr Mann schien nichts gemerkt zu haben.

»Cal, du bist dran«, sagte June.

Er antwortete nicht.

»Ich glaube, das Spiel interessiert ihn nicht besonders«, sagte Michelle ruhig. Cal schien nicht zu hören, was seine Tochter sagte. Michelle sah vom Schachbrett auf. »Daddy, wenn du nicht willst, brauchst du nicht mit mir zu spielen.«

»Was?« Cal fuhr aus seinen Träumen hoch. Er griff nach einer Figur. Michelle war entschlossen, seinen Mangel an Konzentration zu ihrem Vorteil zu nutzen. Sie machte ihren Zug und war darauf gefaßt, daß er aus der Falle fliehen würde, die sie aufgebaut hatte. Er will mich nur in Sicherheit wiegen, dachte sie. Sobald er sie eingelullt hatte, würde er einen raffinierten Zug tun, dann würde das Spiel richtig anfangen. Sie freute sich auf den weiteren Verlauf des Kampfes.

Aber Cal trank sein Glas aus, er machte einen lustlosen Zug, und als Michelle ihre Königin vorrückte und ihm das Schachmatt ankündigte, zuckte er die Schultern. »Stell die Figuren wieder auf«, sagte er. »Wir machen noch ein Spiel.«

»Wozu denn?« sagte Michelle. In ihren Augen loderte der Zorn. »Es macht keinen Spaß, wenn du dich nicht etwas anstrengst!« Sie raffte die Figuren zusammen, steckte sie in das Kästchen zurück, ergriff das Schachbrett und verließ das Wohnzimmer. Sie hörten, wie sie die Treppe hinaufhumpelte.

»Ich muß dir zubilligen, daß du es zumindest versucht hast«, sagte June. »Du hast sie zwar nicht angesehen. Du hast auch auf nichts reagiert, was sie gesagt hat. Aber du hast dich mit ihr auf den Teppich gesetzt. Wie war das Gefühl, Cal?«

Cal antwortete ihr nicht.

Fünfzehntes Kapitel

Cal blieb nachdenklich am Steuer sitzen, als Michelle aus dem Auto gestiegen war. Er sah ihr nach, wie sie zum Schulgebäude ging und im Portal verschwand. Er sah, wie die anderen Kinder in das Schulgebäude strömten. Gesunde Mädchen und Jungen, die über den Rasen liefen und lachten.

Lachten sie ihn vielleicht aus?

Es gab Kinder, die zu ihm herübersahen. Sally Carstairs winkte ihm sogar zu. Die Kinder sahen in seine Richtung, und dann wandten sie sich ab und kicherten. Er bekam mit, wie sie zu tuscheln begannen. Sie schienen zu ahnen, daß er Angst vor ihnen hatte. Andererseits, wie konnten sie das denn ahnen? Sie waren doch nur Kinder, und er war der Arzt. Jemand, zu dem die Kinder aufzusehen hatten. Ein Mann, der Vertrauen und Bewunderung verdiente.

Schlecht, dachte er. Sehr schlecht. Er schämte sich. Er verdiente kein Vertrauen mehr, auch keine Bewunderung. Er hatte den Glauben an sich selbst verloren, und die Kinder spürten das. Kinder hatten einen feinen Instinkt, sie waren in der Lage, die Schwingungen in ihrer Umgebung aufzufangen. Babys, und wenn sie noch so sorgsam von ihrer Umwelt abgeschirmt wurden, reagierten auf Spannungen, die sich zwischen ihren Eltern entwickelten. Die Kinder, die jetzt in die Schule strömten, was dachten sie von ihm? War es nicht ein Hohn, daß er für die Gesundheit dieser Mädchen und Jungen verantwortlich war? Ahnten die Kinder, wer er wirklich war?

Wußten sie, daß er Angst vor ihnen empfand?

Wußten sie, daß die Angst im Begriff war, sich in Haß zu verwandeln?

Er war sicher, die Kinder wußten es.

Ein Auto bog auf den Parkplatz vor der Schule ein. Cal sah, wie Lisa Hartwick aus dem Auto ausstieg. Sie sah zu ihm herüber und winkte ihm zu, dann gesellte sie sich zu dem Pulk der Nachzügler, die gerade die Stufen zum Eingang des Gebäudes hocheilten. Cal schaltete die Zündung des Wagens ein und startete den Motor. Er wollte gerade losfahren, als er einen Mann erblickte, der ihm ein Zeichen machte. Das war wohl Lisas Vater. Cal ließ den Leerlauf eingeschaltet und beobachtete, wie der Mann auf ihn zukam.

»Sind Sie Dr. Pendleton?« Tim Hartwick stand auf der Beifahrerseite, er streckte die Hand durch die Öffnung. »Mein Name ist Tim Hartwick.«

Cal nickte. Er zwang sich zu einem Grinsen und schüttelte dem Mann die Hand. »Weiß schon Bescheid. Sie sind Lisas Vater, nicht wahr? Sie können stolz sein auf Ihre Tochter.«

»Auf eine Tochter, die krank spielt?«

»Das tun sie mehr oder weniger alle«, erwiderte Cal. »Sogar meine eigene Tochter ist ein paar Tage länger im Bett geblieben, als notwendig war.«

»Aber die hatte wenigstens einen Grund«, sagte Tim. »Lisa dagegen hat richtig gemogelt. Ich bin Ihnen dankbar, daß Sie ihr das nicht haben durchgehen lassen.«

»Nicht der Rede wert. Ihre Tochter war eigentlich ganz einsichtig. Als ich ihr in den Hals schauen wollte, hat sie mir die Wahrheit gestanden.«

»Wie geht es denn Michelle inzwischen?« Die Frage traf Cal unvorbereitet. Er zögerte mit der Antwort.

»Bestens. Wirklich bestens.«

Tim Hartwick zog die Stirne kraus. »Freut mich, das zu hören. Corinne, ich meine die Lehrerin, machte sich ja etwas Sorgen wegen Ihrer Tochter. Sie sagt, gestern war ein harter Tag für Michelle. Ich habe gedacht, es ist am besten, wenn ich mich einmal mit Ihrer Tochter über die Sache unterhalte.«

»Mit Michelle? Warum denn?«

»Nun, ich bin der Schulpsychologe, und wenn eines der Kinder ein Problem hat...«

»Ihr eigenes Kind hat ein Problem, Mr. Hartwick. Sie lügt, das haben Sie eben selbst zugegeben. Was Michelle angeht, der geht es gut. Sie hat keinerlei Probleme. Und jetzt entschuldigen Sie mich bitte, ich habe ein paar wichtige Termine wahrzunehmen.« Er wartete Hartwicks Antwort gar nicht erst ab. Er trat aufs Gas und fuhr los.

Tim Hartwick blieb in Gedanken versunken auf dem Gehsteig zurück und sah Cals Wagen nach. Der Mann steht unter großem Streß, sinnierte er. Zuviel Streß. Wenn es zutraf, daß Michelle Probleme hatte, dann wußte er, Tim Hartwick, worauf sich diese Probleme gründeten. Er nahm sich vor, mit Corinne über die Angelegenheit zu sprechen. Wenn nötig, würde er auch mit Michelles Mutter reden.

Der zweite Tag sollte noch schlimmer werden als der erste. Michelle kam sich wie ein Ausgestoßener vor, wie ein Freak. Als das Schlußleuten ertönte, atmete sie erleichtert auf. Gott sei Dank würden heute ihre Eltern kommen und sie abholen.

Langsam humpelte sie den Flur entlang. Als sie die vordere Treppe erreichte, war von ihren Klassenkameraden niemand mehr zu sehen. Michelle blieb stehen und warf einen Blick in die Runde.

Nur ein paar Schritte vom Schulgebäude entfernt spielte eine Gruppe Mädchen. Die dritte Klasse. Die Kinder hatten ein Springseil. Zwei Mädchen schwangen das Seil, eines hüpfte. Dahinter bildete sich eine kleine Schlange. Da Michelles Eltern noch nicht gekommen waren, setzte sie sich auf die oberste Stufe. Sie würde dem Spiel der Kinder zusehen. Plötzlich löste sich eines der Mädchen von der Gruppe und kam bis an die Treppe. Sie sah Michelle an.

»Möchtest du mitspielen?«

Michelle machte ein finsteres Gesicht. »Das geht nicht«, sagte sie.

»Warum nicht?«

»Ich kann nicht springen mit meinem Bein.«

Das kleine Mädchen schien über die erhaltene Information nachzudenken. Auf einmal lächelte sie.

»Du könntest ja das Seil halten, nicht? Dann käme jeder von uns öfter dran.«

Michelle erwog das Angebot. Das kleine Mädchen machte sich nicht über sie lustig, sie meinte es ehrlich. Michelle stand auf. »Einverstanden. Aber springen kann ich nicht, das sage ich dir gleich.«

»Niemand wird dich löchern, daß du springen sollst, ich versprech's dir. Ich heiße Annie. Annie Whitmore. Und wie heißt du?«
»Michelle.«
Annie wartete, bis Michelle die Stufen bewältigt hatte.
»Hast du dir weh getan?«
»Ich bin vom Kliff gefallen«, sagte Michelle. Sie beobachtete sorgfältig, welchen Eindruck ihre Worte auf Annie machen würden, aber in den Augen des kleinen Mädchens stand Neugier, sonst nichts.
»Hat's weh getan?«
»Ich glaube, schon«, erwiderte Michelle. »Ich weiß es nicht mehr. Ich bin dann nämlich ohnmächtig geworden.«
Jetzt machte Annie große Augen. Sie fand die Story ausgesprochen aufregend. »Wirklich?« hauchte sie. »Was war das denn für ein Gefühl, als du ohnmächtig warst?«
Michelle konterte mit einem Grinsen. »Ich kann mich nicht erinnern, ich war richtig weggetreten, verstehst du.«
Und dann gingen sie zu der Gruppe, Annie lief voran, und Michelle humpelte hinter ihr her. Als sie bei der Gruppe ankam, stand Annie da und verkündete:
»Sie heißt Michelle, sie ist vom Kliff gefallen, und sie ist ohnmächtig geworden, und sie kann nicht Seilspringen, aber sie wird beim Seilhalten mitmachen, ist sie nicht nett?«
Die Mädchen sahen Michelle an. Einen Augenblick lang dachte sie, daß man sie jetzt auslachen würde.
Die Mädchen lachten sie nicht aus.
Sie schienen im Gegenteil der Meinung zu sein, daß sie zu beneiden war. Wenn jemand vom Kliff fiel und ohnmächtig wurde, war er zu beneiden, denn das war ja ein sehr aufregendes Erlebnis. Ein paar Minuten später stand Michelle da, ein Ende des Seils in der Hand, sie hatte sich an einen Baumstamm gelehnt, sie schwang das Seil und sang die Verse der kleinen Mädchen mit.

June dachte nicht daran, das Schweigen zu brechen. Ihr Mann saß am Steuer. Sie waren nach Paradise Point unterwegs, um ihre Tochter abzuholen. Sie spürte die Feindseligkeit, die von Cal ausging. Auch ohne daß er ein Wort sagte, ließ er sie fühlen, daß er sie für einen ausgemachten Narren hielt. Sie waren vor der Schule angekommen. Als er zu sprechen begann, schwang Triumph in seiner Stimme mit.

»Sieh dir das einmal an! Und du hast behauptet, unser Mädchen sondert sich ab!« Er spuckte die Worte aus wie Bissen einer bitteren Speise.

June folgte seinem Blick, und da war Michelle, sie stand an einen Baum gelehnt und schwang das Seil für die jüngeren Mädchen. Ein glückliches Lächeln lag auf ihrem Gesicht. Ihre Stimme, lauter als die anderen Kinder, war bis zum Wagen zu vernehmen.

> *Der Mann ist die Asche,*
> *Krokodilledertasche,*
> *Ruf den Arzt, und ruf die Schwester,*
> *Krokodile bauen Nester.*

June starrte auf die spielende Gruppe. Sie traute ihren Augen nicht. *Ich habe mich geirrt*, dachte sie. *Alles wird gut. Alles wird wieder gut.* Ich war überreizt, als ich die Dinge so pessimistisch beurteilte. Dort drüben spielte ihre Tochter, überstrahlt vom klaren Licht der Herbstsonne. Alles war normal.

Michelle hatte ihre Eltern bemerkt, sie winkte ihnen zu, und dann gab sie das Seil an Annie Whitmore weiter. Sie kam auf ihre Eltern zu. Als sie vor dem Wagen angekommen war, blieb sie stehen. Immer noch lächelte sie.

»*Hi!* Ihr habt ja ganz schön auf euch warten lassen, ich habe mir schon Sorgen gemacht.« Ihr Lächeln wurde breiter. »*Aber nicht sehr große Sorgen.*« Sie kletterte in den Fond des Wagens.

»Alles in Ordnung«, sagte Cal, zu seiner Frau gewandt. »Alles in bester Ordnung. Du brauchst keine Angst mehr zu haben.«

June hörte, wie er das sagte, aber die Zweifel blieben. Er hatte beherzt sprechen wollen, hatte ihr Sicherheit einflößen wollen, aber seine Stimme zitterte. Für June war es der Beweis, daß er log. Die Angst kehrte in Junes Herz zurück. Vielleicht hatte er ja recht. Vielleicht war Michelle *wirklich* auf dem Wege der Besserung. Aber Cal – war es nicht so, daß es Cal von Tag zu Tag schlechter ging?

Michelle wälzte sich im Schlaf auf die andere Seite. Sie stöhnte, und dann wachte sie auf.

Es war kein langsames Erwachen, wie es Menschen erleben, die ausgeschlafen sind. Es war nicht jener Zustand, wo man noch eine Weile darüber nachdenkt, ob man überhaupt schon wach ist. Michelle war sehr plötzlich aufgewacht, wie jemand, der im Schlaf von einem ungewöhnlichen Geräusch gestört wird.

Nur daß es überhaupt kein Geräusch gegeben hatte.

Sie lag reglos in ihrem Bett und lauschte.

Nur das Rauschen der Brandung war zu hören und dazwischen das Rascheln des Herbstlaubs in den Bäumen.

Und Amandas Stimme.

Für Michelle war es ein tröstlicher Klang. Sie zog die Bettdecke fester um sich und spitzte die Ohren.

»Komm mit mir«, flüsterte Mandy.

Und dann, dringlich: »Komm mit mir, wir gehen nach draußen.«

Michelle warf die Bettdecke zurück und stand auf. Sie ging zum Fenster und sah hinaus.

Es war fast Vollmond, das bleiche Licht spiegelte sich auf den Wogen. Michelle nahm die Szenerie in sich auf, und dann blieb ihr Blick auf dem Gartenhaus haften, auf den Fenstern des Malstudios. Das Gartenhaus sah klein und unwichtig aus. Und einsam. Eine Schachtel, die jemand an den Rand des Kliffs gestellt hatte. Noch während Michelle das Gartenhaus betrachtete, schob sich eine Wolke vor den Mond.

»Komm«, flüsterte Mandy. »Wir müssen nach draußen gehen.«

Michelle konnte richtig spüren, wie Mandy an ihr zupfte

und zerrte. Sie zog sich ihren Morgenrock über, zog den Gürtel ganz fest zu und verknotete ihn. Sie verließ ihr Zimmer. Sie ging langsam. Sie lauschte Amandas Stimme.

Sie hatte ihren Stock im Zimmer zurückgelassen. Der Stock stand gegen das Bett gelehnt.

Michelle ging durch das dunkle Haus. Durch den Hinterausgang gelangte sie in den Garten. Sie überquerte den Rasen, von Mandys Stimme geleitet. Sie betrat das Studio ihrer Mutter.

Auf der Staffelei stand das Gemälde, das Seestück, an dem ihre Mutter schon so lange arbeitete. Es war düster im Raum. Michelle starrte das Bild an, und die Farben waren nur noch Grautöne, ein verblichenes, wehmütiges Grau, und der Gischt auf den Wogen leuchtete. Es war ein Bild, das Unheil verhieß.

Sie fühlte, wie sie von der Staffelei fortgedrängt wurde. Sie wurde zum Schrank geführt. »Was ist denn?« fragte sie leise.

Sie öffnete die Schranktür.

»Male ein Bild für mich«, hörte sie Amanda flüstern.

Michelle gehorchte. Sie nahm eine Leinwand von dem Stapel, der im Schrank stand, und trug sie zur Staffelei. Sie ergriff das Gemälde, das ihre Mutter angefertigt hatte, und stellte es in die Ecke. Dann hob sie die leere Leinwand auf die Staffelei.

»Was für ein Bild soll ich malen?« fragte sie.

Schweigen in der Düsternis. Dann kam Amandas Stimme, deutlicher als vorher.

»Male, was du mir gezeigt hast.«

Michelle ergriff ein Stück Holzkohle und begann zu skizzieren.

Sie spürte, daß Amanda hinter ihr stand. Amanda blickte ihr über die Schulter.

Die Skizze ging Michelle schnell von der Hand. Es war, als würde ihre Hand von einem unsichtbaren Wesen geführt.

Auf der Leinwand entstanden zwei Gestalten.

Zuerst entstand die Frau. Sie lag lasziv auf einem Sofa ausgestreckt, und das Sofa stand im Studio.

Dann entstand der Mann. Er war über der Frau und liebkoste sie.

Michelle spürte, wie die Erregung sie überkam. Ihr war, als flösse Energie von dem unsichtbaren Wesen auf sie über.

»Ja«, flüsterte Amanda. »Genauso war es ... Jetzt kann ich es sehen. Es ist das erste Mal, daß ich es wirklich sehen kann ...«

Eine Stunde verstrich. Michelle nahm die Leinwand von der Staffelei und stellte sie in den Schrank zurück. Sie holte das Bild, das ihre Mutter gemalt hatte, und plazierte es so auf die Staffelei, wie sie es vorgefunden hatte.

Als sie das Studio verließ, blieb keine Spur zurück, die von Michelles nächtlichem Besuch kündete, nur die Kohlezeichnung auf der Leinwand, und diese Leinwand war in den Tiefen des Schrankes verborgen.

Als Michelle am nächsten Morgen aufwachte, wunderte sie sich über die Müdigkeit in ihren Gliedern.

Sie hatte gut geschlafen.

Sie war sicher, daß sie gut geschlafen hatte.

Und doch fühlte sie sich müde. In der Hüfte pulste der Schmerz.

Sechzehntes Kapitel

June erschrak, als Michelle die Küche betrat. Michelle hinkte stärker denn je. Wie es schien, hatte sich das Leiden in aller Stille verschlimmert. In den Augen des Mädchens war eine Müdigkeit, die June Angst machte.

»Wie fühlst du dich heute, Michelle?«

»Gut«, sagte Michelle. »Meine Hüfte schmerzt, das ist alles.«

»Dann solltest du vielleicht besser zu Hause bleiben«, schlug June vor.

»Ich gehe zur Schule, das ist schon in Ordnung. Daddy fährt mich hin, und wenn die Schmerzen heute nachmittag immer noch so schlimm sind, rufe ich zu Hause an, damit ihr mich abholen kommt. Einverstanden?«

»Aber wenn du zu schwach bist, um...«

»Ich bin okay«, sagte Michelle mit Nachdruck.

Cal sah von seiner Zeitung auf. Er schoß einen Blick in Junes Richtung ab. *Wenn sie sagt, daß sie okay ist, dann rede ihr bitte nicht ein, daß sie nicht okay ist.* Das war in etwa die Botschaft, die der Blick beinhaltete. June verstand. Sie wandte sich wieder der Pfanne mit dem Rührei zu. Michelle kam an den Küchentisch. Sie ließ sich auf den Stuhl nieder, der ihrem Vater gegenüberstand.

»Wann wirst du den Wäscheraum fertigmachen, Vater?«

»Wenn ich Zeit dazu finde. Die Sache hat keine Eile.«

»Ich frage, weil ich dir gern helfen würde«, sagte Michelle.

»Mal sehen.« Cal hatte mit seiner Antwort alles offengelassen, aber Michelle spürte, daß er ihr Angebot am liebsten zurückgewiesen hätte. Sie wollte ihm sagen, daß sie mit einer Verzögerung der Entscheidung nicht einverstanden war, im letzten Augenblick entschied sie sich anders. Sie würde das Thema ganz unter den Tisch fallen lassen.

Aus dem Obergeschoß des Hauses war Jennys Geschrei zu vernehmen. June stand immer noch am Herd. Sie hob den Blick und deutete zur Treppe. »Michelle, könntest du vielleicht...«

Aber Cal war schon aufgesprungen. Er ging auf die Treppe zu. »Ich kümmere mich um die Kleine. Bin gleich zurück.«

June hatte bemerkt, daß Michelles Blick dem Vater folgte. Als das Mädchen sie ansah und Anstalten machte, ein Gespräch mit ihr zu beginnen, beugte sich June über ihre Pfanne. Es gab nichts, was sie in dieser Situation noch hätte tun können. Sie kam sich hilflos vor. Sie war der Lage, die entstanden war, nicht mehr gewachsen. Und sie war zornig, auf sich selbst und auf Cal.

»Hier ist unser vorlautes Mädchen«, sagte Cal. Er kam in die Küche, Jenny auf den Armen. Er nahm am Tisch Platz und ließ das Baby vorsichtig auf seinem Knie auf und niederhüpfen, indem er mit beiden Händen den Brustkorb umfaßte. Jenny quietschte vor Vergnügen.

»Kann ich sie halten?« bat Michelle.

Cal sah sie von der Seite an, schließlich schüttelte er den Kopf. »Sie ist bei mir ganz gut aufgehoben. Ist sie nicht wunderschön?«

Michelle war aufgestanden.

»Ich habe oben etwas vergessen«, verkündete sie. »Ruf mich bitte, wenn du soweit bist, daß wir losfahren können, Vater.« Cal quittierte die Bemerkung mit einem geistesabwesenden Blick, er war voll und ganz von dem Baby in Anspruch genommen.

»Das war grausam«, sagte June, als Michelle die Küche verlassen hatte.

»Was war grausam?« Cal wunderte sich über den traurigen Ausdruck in Junes Augen. Was hatte er denn getan, daß sie ihn der Grausamkeit bezichtigte?

»Du hättest ihr Jenny geben können, wo sie schon darum gebeten hat.«

»Was sagst du da?« Cal schien ahnungslos. June gewann den Eindruck, daß er nicht den leisesten Schimmer hatte, wovon sie überhaupt sprach.

»Vergiß es«, sagte sie. Dann legte sie ihm und sich von dem Rührei auf.

Als sie an jenem Morgen nach Paradise Point hineinfuhren, sagte weder Cal noch Michelle ein einziges Wort. Ein gespanntes Schweigen herrschte im Wagen. Es war nicht mehr das stille Einverständnis, das die Beziehungen zwischen Vater und Tochter in Boston gekennzeichnet hatte. Es war, als hätte sich ein Abgrund zwischen ihnen aufgetan. Die Kluft wurde von Tag zu Tag größer, und keiner von beiden wußte, wie man sie überbrücken konnte.

Sally Carstairs versuchte vergeblich, Susan Petersons quäkende Stimme aus ihrer Wahrnehmung auszuschalten.

Sie saßen unter dem Ahornbaum und verzehrten den mitgebrachten Lunch. Susan redete und redete, die Sache begann Sally auf die Nerven zu gehen. Schon eine Viertelstunde ging das jetzt so.

»Man sollte denken, daß sie selbst genug Takt hätte, auf eine andere Schule zu gehen.« Alle wußten, wen Susan mit »sie« meinte, denn ihr Blick war auf Michelle gerichtet, die auf der obersten Stufe der Treppe saß. »Ich meine, haben wir das denn nötig, uns ständig das Mädchen anzusehen, wie es da herumhinkt? Sie ist wirklich ein Freak, und ich finde, so etwas gehört auf die Sonderschule, wo der Lehrplan auf Schwachsinne abgestellt ist.«

»Sie ist nicht schwachsinnig«, wandte Sally ein. »Sie hat nur ein lahmes Bein.«

»Wo ist da der Unterschied?« flötete Susan. »Ein Freak bleibt ein Freak.«

Sie sprach weiter, und jedes Wort, das sie sagte, troff von Bosheit. Sie zählte alle Argumente auf, die sich gegen ein Verbleiben Michelles in der Schule finden ließen. Ihr zufolge war es undenkbar, daß Michelle unter dem gleichen Dach unterrichtet wurde wie die anderen. Noch unvorstellbarer war, daß Michelle weiterhin die gleiche Klasse besuchen würde.

Sally versuchte den Klang der bohrenden Stimme aus ihren Gedanken zu verdrängen, aber gegen das Geräusch war nicht anzukommen, es war wie eine Schmeißfliege, die sich im Gehörgang festgesetzt hat, so daß der ganze Kopf von ihrem Summen erfüllt wird. Bei jedem dritten oder vierten Satz sah Susan auf und vergewisserte sich, ob Michelle auch alles verstanden hatte. Aber Michelle ließ nicht erkennen, ob sie die Schmähungen mitbekommen hatte. Sally machte das Gerede sehr wütend, sie wollte gerade aufstehen und zu Michelle hinübergehen, als die kleine Annie Whitmore am Fuße der Treppe erschien. Sally sah, wie das kleine Mädchen etwas sagte, und dann wurden die Schüler, die im Schatten des Ahornbaums saßen, Zeuge, wie Annie das große Mädchen an der Hand ergriff. Sie half ihr aufzustehen. Als die Schüler merkten, was da drüben vorging, verstummte Susans Redefluß. Sie sahen, wie das kleine Mädchen Michelle die Stufen hinunterführte. Die beiden gingen etwas abseits, zu einer Stelle, wo die Schülerinnen der dritten Klasse spielten. Wenig später begann das Seilspringen, Michelle hielt ein Ende des Seils in der Hand und Annie das andere. Die kleinen Mädchen hatten eine Schlange gebildet, eine nach der anderen sprang in die schwingende Schleife.

»Schaut sie euch an«, sagte Susan Peterson. »Ist sie nun zurückgeblieben oder nicht?« Die Mädchen, die ihr am nächsten saßen, kicherten.

Michelle wollte das Gelächter nicht hören. Erst einmal war es nicht sicher, ob die Mädchen dort drüben überhaupt lachten, und wenn, dann lachten sie vielleicht über jemand anderen, nicht über sie. Nach ein paar Versuchen gab sie die Selbsttäuschung auf. Sie konnte sehr genau spüren, daß sie die Zielscheibe war. Die Mädchen sahen zu ihr herüber, steckten die Köpfe zusammen, prusteten los. Sie fühlte, wie sich ihr Magen zusammenkrampfte. Ihre Hand schloß sich ganz fest um den Griff des Springseils. Sie zwang sich, auf Annie Whitmore zu achten, die im Rhythmus des Liedes vor ihr auf- und niederhüpfte.

Aber dann wurde das Gelächter drüben unter dem Ahornbaum lauter, so laut, daß Michelle es nicht länger ignorieren konnte. Ihr Zorn schwoll an wie eine Woge, bevor sie ans Land geworfen wird. Sie spürte, wie ihr das Blut in die Wangen schoß. Sie schloß die Augen. Vielleicht gelang es ihr, die Geräusche aus dem Bewußtsein zu verdrängen, wenn sie die lachenden, spottenden Münder nicht mehr sah.

Es begann, als sie die Augen wieder öffnete. Die Sonne, die vorher ein greller, leuchtender Ball gewesen war, hatte sich in einen grauen Nebelfleck verwandelt. Und dabei war es noch so früh am Tage, daß kein Nebel aufkommen konnte. Wenn es Nebel gab in Paradise Point, dann am späten Nachmittag...

Die Beschimpfungen, von Susan Peterson mit bösartigem Hohn vorgetragen, wurden lauter, durchdrangen den Nebel, fanden den Weg in ihr Ohr, quälten sie.

Schwing das Seil, dachte sie. Schwing das Seil, und tu, als ob nichts wäre.

Die Sicht wurde schlechter und schlechter, und es kam der Augenblick, wo Michelle nur noch das Springseil erkennen konnte. Sie beschleunigte den Rhythmus des Liedes, und zugleich bewegte sie das Seil schneller und schneller.

Annie hatte gelächelt, als sie in das schwingende Seil hineinsprang, aber jetzt war das Lächeln fort, sie hüpfte schneller und versuchte, sich dem Rhythmus anzupassen, längst hatte sie den kleinen Zwischensprung aufgegeben, mit dem sie das Spiel zu verzieren pflegte, sie sah zu Michelle hinüber, unentschieden, ob sie im Spiel bleiben oder rausspringen sollte. Aber das Seil schwang jetzt so schnell, daß sie seiner Peitsche nicht mehr entrinnen konnte.

Das Seil traf sie am Knöchel. Annie schrie auf, sie geriet ins Stolpern und stürzte.

Der Schrei durchbohrte Michelle wie ein Dolch.

Er war so laut, daß er Susan Petersons Lachen übertönte. Er durchschnitt den Nebel, hell und scharf wie ein Blitz.

Michelle hatte das Seil fallengelassen, es lag wie eine tote Schlange zu ihren Füßen. Sie konnte sich nicht erinnern, wann sie den Griff losgelassen hatte, und sie verstand nicht recht, was überhaupt passiert war. Sie sah nur, daß Annie sich den schmerzenden Knöchel rieb. Vorwurfsvoll sah sie das größere Mädchen an.

»Warum hast du das getan? So schnell kann ich nicht springen, das kannst du dir doch denken.«

»Es tut mir leid«, sagte Michelle. Sie trat einen Schritt auf Annie zu, aber die wich vor ihr zurück. »Es war keine Absicht, wirklich nicht. Ich weiß auch nicht, warum ich so schnell gemacht habe. Hast du dir sehr weh getan?«

Sie half der Kleinen aufzustehen.

»Aua, das beißt!« heulte Annie. Am Knöchel war ein roter Striemen zu erkennen, der rasch anschwoll. Die Mädchen kamen zusammengelaufen, sie bildeten einen Kreis um Annie und Michelle.

Als Susan kam, brach Michelle aus dem Kreis aus, sie humpelte auf die Treppe zu und blieb erst stehen, als sie Sally Carstairs Stimme vernahm.

Sally war ihr gefolgt. »Michelle, was ist denn passiert?«

Michelle sah Sally in die Augen. Die Freundin schien nur neugierig, aber Michelle traute dem Frieden nicht, schließlich hatte Sally ja wenige Minuten zuvor noch mit Susan Peterson unter dem Ahornbaum gesessen.

»Nichts ist passiert«, sagte sie. »Ich habe das Seil zu schnell gedreht, und da hat es Annie an die Beine bekommen. Sie ist gestolpert und hingefallen.«

Sally beobachtete die Mimik der Freundin, sie fragte sich, ob Michelle wohl die Wahrheit sagte. Aber dann läutete die Glocke, die Mittagspause war zu Ende, und Sally beschloß, nicht weiter in Michelle zu dringen. »Gehen wir zusammen in die Klasse zurück?« bot sie an.

»Nein«, sagte Michelle mit verletzender Schärfe. »Laß mich zufrieden!« Beleidigt wandte sich Sally ab und eilte ins Schulgebäude. Als Michelle begriff, daß sie einen Fehler gemacht hatte, war alles zu spät, Sally war bereits in der Schule verschwunden. Langsam ging Michelle die Stufen hoch. Sie war erleichtert, daß die anderen Kinder an ihr vorbeiströmten, ohne ihr besondere Beachtung zu schenken, der Zwischenfall mit Annie schien vergessen.

»Ich habe gesehen, was du gemacht hast«, zischte Susan Peterson ihr ins Ohr.

Michelle erschrak so sehr, daß sie beinahe das Gleichgewicht verloren hätte, sie mußte sich am Geländer festhalten.

»Was?«

»Ich habe alles gesehen«, flüsterte Susan, der Haß glitzerte in ihren Augen. »Ich habe gesehen, daß du Annie absichtlich zu Fall gebracht hast, und ich werd's Fräulein Hatcher sagen. Du wirst aus der Schule verwiesen!« Ohne Michelles Antwort abzuwarten, rannte sie in das Schulgebäude hinein. Michelle war auf einmal allein. Sie drehte sich um und ließ den Blick über den Rasen schweifen, als könnte sie das Bild des springenden kleinen Mädchens zurückholen. Was geschehen war, blieb ihr ein Rätsel. Sie hatte es nicht mit Absicht getan, wirklich nicht. Aber es gab da eine Lücke, die Michelle Angst machte. Sie konnte sich nicht erinnern, was passiert war, bevor Annie Whitmore den Schrei ausstieß. Seufzend brachte sie die letzten Stufen hinter sich. *Sie soll sterben*, dachte sie. *Susan Peterson soll sterben!* Sie war vor dem Portal angekommen, und dann vernahm sie, tief in ihrem Kopf, Amandas weiche, schmeichelnde Stimme.

»Ich werde sie töten«, flüsterte Amanda. »Wenn sie dich verpetzt, werde ich sie töten...«

June legte Jennifer in die Korbwiege und zog die Decke zureckt, so daß die Kleine gut zugedeckt war. Dann wandte sie sich der Staffelei zu. Sie betrachtete das Gemälde. Das Seestück war fast fertig. Zeit, daß sie ein neues Gemälde begann. Sie öffnete die Schranktür und zog an der Leine, die zum Lichtkontakt führte. Sie ergriff die erste auf Rahmen gespannte Leinwand und betrachtete sie prüfend. Das Format war ungeeignet. Sie nahm die nächste Leinwand und begann den Stapel zu sortieren. Sie stieß auf einen Rahmen, der die richtige Größe hatte und zog ihn heraus.

Erst auf halbem Weg zur Staffelei merkte sie, daß diese Leinwand schon eine Skizze trug.

Sie blieb stehen, um die Kohlezeichnung zu betrachten. Sie konnte sich nicht erinnern, wann sie diese Skizze gefertigt hatte, und doch mußte die Zeichnung von ihrer Hand stammen. Sie hob die Leinwand auf die Staffelei und stellte sie vor das Seestück.

Sie trat ein paar Schritte zurück.

Ein merkwürdiges Bild.

Die Zeichnung war gar nicht schlecht. Ein Akt. Ein Paar in inniger Umarmung.

Aber die Zeichnung war nicht von ihr.

Das war nicht ihr Stil.

Es war auch nicht die Art von Motiv, die sie zu zeichnen pflegte.

Über die Jahre hinweg hatte sie Dutzende von Skizzen mit Holzkohle auf Leinwand aufgebracht. Weil das Ergebnis ihr nicht gefiel, hatte sie die Skizzen wegsortiert. Irgendwann einmal würde sie das malen, oder aber sie würde die Skizze von der Leinwand entfernen. Bisher war es immer so, daß sie sich an die Motive erinnert hatte, wenn sie das Bild sah. Zumindest erkannte sie ihren Stil wieder.

Diesmal war es anders. Die Skizze war mit kühnen Strichen gefertigt. Auf gewisse Weise war die Zeichnung primitiver als das, was sie zu skizzieren pflegte. Und doch war es ein gutes Bild. Die Proportionen stimmten. Ein Bild, das Leben hatte. Die Figuren schienen sich zu bewegen. Wer hatte diese Skizze angefertigt?

Es muß von mir sein, dachte sie. Es gab ja gar keine andere Möglichkeit! Aber erinnern konnte sie sich nicht. Sie wollte die Leinwand reinigen und hatte sie zu diesem Zweck schon auf den Arbeitstisch gelegt, als sie es sich anders überlegte. Ein Gefühl der Beklommenheit überkam sie, als sie die Leinwand in den Schrank zurückstellte.

Michelle schichtete ihre Hefte und Bücher zu einem Stapel. Sie hielt den Blick auf den Fußboden gerichtet, während die Klassenkameraden auf den Flur hinausstürmten. Der Nachmittag in der Schule war eine Qual gewesen. Sie hatte sich der Pause entgegengesehnt. Sie war sich sicher gewesen, daß Fräulein Hatcher sie zu sich ans Pult bitten würde. Aber die Pause kam, ohne daß die Lehrerin sie nach vorn rief. Und jetzt war der Schultag zu Ende. Michelle stand auf, packte ihren Stock und humpelte auf die Tür zu.

»Michelle, würdest du noch einen Augenblick dableiben?«

Sie wandte sich um. Fräulein Hatcher saß hinter ihrem Pult. Sie sah nicht einmal ärgerlich aus. Nur besorgt.

»Michelle, was ist heute in der Mittagspause vorgefallen?«

»Sie meinen das mit Annie?«

Corinne Hatcher nickte. »Soweit ich informiert bin, hat sich Annie verletzt.« Die Stimme klang nicht ärgerlich. Nur besorgt. Michelle atmete auf.

»Ich glaube, ich war zu schnell beim Seilschwingen. Annie ist ins Stolpern gekommen und hingefallen, das Seil hat sie am Knöchel erwischt, aber sie hat mir gesagt, es ist nicht so schlimm.«

»Wie ist das denn passiert?« wollte Fräulein Hatcher wissen. Und Michelle fragte sich, welche Version Susan Peterson der Lehrerin erzählt hatte.

»Es ist einfach so passiert«, sagte Michelle. Sie war ratlos, wie hätte sie das Vorkommnis näher beschreiben sollen? »Ich habe wahrscheinlich nicht richtig aufgepaßt.« Sie verstummte und dachte nach. Nur zögernd wagte sie die Frage. »Was hat Susan denn gesagt?«

»Nicht viel. Eigentlich nur, daß Annie das Seil an den Knöchel bekommen hat.«

»Und sie hat außerdem gesagt, ich hätte es mit Absicht getan, oder?«

»Warum sollte sie so etwas denn behaupten?« entgegnete Corinne. Sie sagte das, obwohl Michelle mit ihrer Vermutung völlig richtig lag. Genau das hatte Susan Peterson vorgetragen.

»Mir hat sie gesagt, ich würde dafür von der Schule verwiesen.« Michelles Stimme zitterte. Das Mädchen war den Tränen nahe.

»Selbst wenn du das mit Absicht getan hättest, würde ich dich deshalb nicht von der Schule verweisen. Vielleicht würde ich dich hundertmal an die Tafel schreiben lassen: *Ich darf Annie Whitmore kein Bein stellen*. Aber nachdem es keine Absicht war, brauche ich dich ja wohl nicht zu bestrafen, oder?«

Michelle war so aufgeregt, daß sie kaum noch Luft bekam. »Bedeutet das, Sie glauben mir?«

»Natürlich glaube ich dir, mein Kind.« Die Spannung wich von Michelle. Alles würde wieder in ein gutes Fahrwasser kommen, Gott sei Dank. Sie sah Fräulein Hatcher flehentlich an.

»Fräulein Hatcher, warum hat Susan wohl gesagt, daß ich es mit Absicht getan habe?« fragte sie.

Weil sie eine bösartige, kleine Lügnerin ist, hätte Corinne am liebsten geantwortet. Aber sie beherrschte sich. »Es kommt vor, daß die Menschen bei dem gleichen Ereignis etwas Verschiedenes sehen«, sagte sie ruhig. »Jeder sieht etwas anderes, obwohl es doch nur eine Wahrheit gibt. Deshalb ist es so wichtig, daß man mehrere Zeugen hört. Sally Carstairs hat zum Beispiel gesagt, du hättest es *nicht* mit Absicht getan, dazu seist du gar nicht fähig. Sie sagt, das Ganze war einfach ein kleiner Unfall.«

Michelle nickte. »Das war es auch. Ich würde Annie nie etwas tun, ich habe sie nämlich sehr gern, und sie mich auch.«

»Jeder hier hat dich gern, Michelle.« Corinne legte ihr die Hand auf die Schulter. »Du mußt nur etwas Geduld haben und die Freunde an dich herankommen lassen. Du wirst sehen, alle mögen dich.«

Michelle vermied es, ihr in die Augen zu schauen. »Kann ich jetzt gehen?« fragte sie.

»Aber ja. Holt dich deine Mutter nicht ab?«

»Ich kann den Weg zu Fuß gehen.« Die Art, wie sie es sagte, machte Fräulein Hatcher klar, daß sie sehr stolz auf diese Fähigkeit war.

»Ich bin überzeugt, daß du den Weg zu Fuß gehen kannst«, sagte sie freundlich. Michelle war schon zur Tür unterwegs, als Corinne sie beim Namen rief.

»Michelle!« Das Mädchen blieb stehen, aber sie drehte sich nicht um. Sie hielt Corinne den Rücken zugewandt und wartete. »Michelle, was dir zugestoßen ist, war auch ein Unfall. Du mußt dich deswegen nicht grämen oder irgend jemandem die Schuld dafür aufbürden. Es war ein Unfall, genau wie das, was heute deiner kleinen Freundin Annie passiert ist.«

»Ich weiß«, sagte Michelle mit ausdrucksloser Stimme.

»Und die Kinder werden sich an dich gewöhnen. Die älteren brauchen etwas länger als die jüngeren, das ist alles. Irgendwann werden sie aufhören, dich zu necken.«

»Werden sie damit wirklich aufhören?« fragte Michelle. Sie wartete die Antwort nicht mehr ab, sondern humpelte aus dem Klassenzimmer.

Als sie die Treppe hinunterging, war auf dem Rasen kein Schüler mehr zu sehen. Sie hinkte die Straße entlang. Einerseits war sie froh, daß niemand sie beobachtete, andererseits war sie enttäuscht, weil niemand da war, mit dem sie sich unterhalten konnte. Sie hatte gehofft, daß Sally auf sie warten würde. Allerdings, warum sollte Sally das eigentlich tun? Warum sollte sie ihre Zeit an ein verkrüppeltes Mädchen verschwenden?

Michelle versuchte sich einzureden, daß Fräulein Hatchers Prognose richtig war. Die Klassenkameradinnen würden sich mit der Zeit daran gewöhnen, daß es ein behindertes Mädchen in der Klasse gab, das Thema würde an Interesse verlieren und eines Tages würden die Mädchen über jemand anderen lachen, nicht mehr über sie. Sie ging weiter, die Hüfte schmerzte mit jedem Schritt. Der Schmerz wurde böse und beißend, und dann begriff Michelle, es gab keine Besserung für ihr Leiden. Im Gegenteil, die Behinderung würde immer schlimmer werden.

Sie war an der Wegkreuzung angekommen, wo die Straße zum Kliff abzweigte. Sie blieb stehen und lehnte sich auf ihren Stock. Sie sah auf das Meer hinaus, wo sich die Möwen schwerelos im Wind wiegten.

Wie sehr wünschte sie sich, selbst ein Vogel zu sein! Sie würde davonfliegen, würde sich auf die See hinausschwingen, würde sich von den Winden in die Ferne tragen lassen, weit, weit fort, wo sie keinen Menschen mehr sehen würde. Aber sie konnte nicht fliegen. Sie konnte nicht einmal richtig laufen. Nie wieder würde sie mit anderen Kindern um die Wette rennen können.

Sie zwang sich, weiterzugehen. Der Schmerz fraß sich in ihre Gelenke.

Als sie am Friedhof vorüberkam, vernahm sie die Stimme.

»Krüppel... Krüppel... Krüppel!«

Noch bevor sie sich umdrehte, wußte sie, wem die Stimme gehörte. Sie blieb stehen, und dann sah sie Susan Peterson in die Augen.

»Hör auf damit.«

»Warum sollte ich?« spottete Susan. »Was willst du mir denn tun? Krüppel!«

»Du hast hier auf dem Friedhof nichts verloren«, sagte Michelle. »Verschwinde!« Sie versuchte ihren Zorn unter Kontrolle zu behalten, jenes Gefühl, das ihr die Kehle zuschnürte.

»Ich kann gehen, wohin ich will, und ich kann tun, was ich will«, sagte Susan und weidete sich an Michelles Bestürzung. *Ich bin nicht behindert wie gewisse andere Mädchen.*«

Die Worte gellten Michelle in den Ohren, wurden zu Stacheln, die ihr ins Fleisch drangen, und die Stacheln wurden zu Messern, die ihr ins Herz schnitten. Die Wut in ihr war ein brodelnder Sud aus Gift und Haß, und dann sah Michelle, wie der Nebel heranschwebte.

Mit dem Nebel kam Amanda.

Sie konnte Amanda spüren, noch bevor das Mädchen zu sprechen begann. Amanda war gegenwärtig, war um sie, stützte sie und umfing sie. Und dann begann Mandy zu flüstern.

»Du darfst nicht zulassen, daß sie solche Dinge zu dir sagt«, säuselte Mandy. »Bring sie zum Schweigen. Stopf ihr den frechen Mund!«

Michelle stolperte den Weg entlang, der in den Friedhof hineinführte. Die Unkrautschlingen legten sich um ihre Füße, und der Stock war plötzlich keine Hilfe mehr, er war nur noch hinderlich. Hilfe kam von Mandy, das Wesen ging an ihrer Seite, gab ihr Kraft und Mut, schob sie nach vorn.

Im Nebel war Susan Petersons Gesicht zu erkennen. Das Lächeln erstarb, und die Lippen waren trocken und weiß.

»Was hast du vor?« flüsterte Susan. »Komm mir nicht zu nahe!«

Aber Michelle schritt unaufhaltsam voran, zog mit bitterer Entschlossenheit ihr lahmes Bein hinter sich her, der Schmerz war vergessen, sie hieb mit dem Stock auf die Schlingpflanzen ein, die ihr den Weg versperrten, stieß die Steine zur Seite, sie achtete nicht auf Susans Worte, sie hatte nur noch ein Ohr für Mandys süße Einflüsterungen.

Susan taumelte zurück, als Michelle näherkam.

»Geh fort«, schrie sie. »Laß mich in Ruhe. *Du sollst mich in Ruhe lassen!*« Ihr Gesicht zerfloß zu einer Maske der Furcht. Plötzlich drehte sie sich um und suchte ihr Heil in der Flucht. Sie rannte in den Friedhof hinein, auf die Kreuze zu, wo die Nebel kreisten. Michelle war entschlossen, die Verfolgung aufzunehmen. Sie würde keine Gnade kennen, wenn...

»Bleib hier«, flüsterte Amanda ihr ins Ohr. »Du bleibst hier, das ist besser. Laß *mich* das machen. *Ich* will das machen...«

Und dann war Amanda verschwunden, Michelle blieb allein zurück, stand inmitten der von Büschen und Stauden überwucherten Gräber und bohrte die Spitze ihres Stocks in den weichen, dunklen Boden. Der Nebel umkreiste sie, eine feuchte, graue Wolke.

Der langgezogene Todesschrei klang erstickt, als hätte jemand Susan ein Tuch vor den Mund gehalten. Der Schrei wurde vom Nebel zu Michelle getragen, auf mächtigen, weichen Schwingen. Dann herrschte wieder Grabesstille.

Michelle wagte nicht, sich zu rühren. Sie stand da und lauschte in die Düsternis hinein. Als Amanda wieder zu sprechen begann, war es ihr, als ob die Stimme aus ihrem Inneren käme. Das merkwürdige Mädchen schien einen Weg in ihr Herz gefunden zu haben.

»Ich habe sie getötet«, flüsterte Mandy. »Ich habe dir versprochen, daß ich sie töten würde, und ich habe mein Versprechen erfüllt.«

Die Worte klangen wie ein langhallendes Echo in ihren Ohren. Michelle machte sich auf den Heimweg. Als sie das Haus ihrer Eltern erreichte, schien die Sonne. Der herbstliche Himmel war groß, klar und blau, und das einzige Geräusch an dieser Stelle der Küste war das Kreischen der Möwen.

Siebzehntes Kapitel

Der Tag in der Praxis war recht ruhig gewesen. Soeben hatte der letzte Patient das Sprechzimmer verlassen. Die beiden Männer waren unter vier Augen. Dr. Josiah Carson holte eine Flasche Bourbon aus seinem Schreibtisch. Er goß zwei Gläser voll. Er mochte das. Ein Glas Bourbon nach der Arbeit war eine gute Sache.

»Gibt's irgendwas Neues bei Ihnen daheim?« fragte er beiläufig.

»Wie meinen Sie das?« fragte Cal.

Du machst ganz auf cool, mein Junge, dachte Dr. Carson. Aber das wird dir nichts nützen. Die Angst hat sich festgekrallt in deinen Gehirnwindungen, ich sehe es in deinen Augen. Als er weitersprach, gab er seiner Stimme einen betont liebenswürdigen Klang. »Ich habe über Michelle nachgedacht«, sagte Dr. Carson. »Gibt es irgendwelche Anhaltspunkte, worauf die Lähmung zurückzuführen ist?«

Cal wollte ihm gerade antworten, als im Vorraum, in der Anmeldung, das Telefon zu läuten begann. Dr. Carson quittierte die Störung mit einem unterdrückten Fluch.

»Wie verhext! Kaum geht die Praxishilfe weg, schon ruft jemand an.« Als Dr. Carson keine Anstalten machte, den Ruf anzunehmen, beugte sich Cal über den Schreibtisch und nahm den Hörer ab.

»Praxis Dr. Pendleton«, meldete er sich.

»Ist Dr. Carson da?« Es war die Stimme einer aufgeregten Frau. Cal kannte die Stimme.

»Mrs. Benson, hier spricht Dr. Pendleton. Was kann ich für Sie tun?«

»Ich will Dr. Carson sprechen«, sagte Constance Benson zornig. »Ist er da, ja oder nein?«

Cal hielt die Muschel zu. Er gab Josiah den Hörer. »Mrs. Benson ist dran. Sie ist sehr aufgeregt, sie will ihr Anliegen mit Ihnen persönlich besprechen.«

Dr. Carson hatte den Hörer ergriffen. »Constance? Was ist denn los?«

Cal beobachtete aufmerksam das Gesicht des Arztes. Als sich Blässe über dessen Züge breitete, beschlich ihn die Angst. »Wir kommen sofort«, hörte er Dr. Carson sagen. »Unternehmen Sie nichts, Sie würden die Dinge nur noch schlimmer machen.« Er legte den Hörer auf und stand auf.

»Ist Jeff was passiert?« fragte Cal.

Dr. Carson schüttelte den Kopf. »Es geht um Susan Peterson. Rufen Sie sofort den Krankenwagen an, und dann fahren wir beide hin. Ich erkläre Ihnen unterwegs, was passiert ist.«

»Ich bete zu Gott, daß der Krankenwagen rechtzeitig eintrifft«, sagte Cal.

Sie hatten die letzten Häuser des Ortes hinter sich gelassen. Cal steuerte den Wagen die schmale Straße entlang. Die Reifen quietschten, als er in die Abzweigung zur Bucht einbog.

»Ich bezweifle, ob wir den Krankenwagen überhaupt noch brauchen werden«, gab Dr. Carson zur Antwort. Sein Gesicht war eine zerklüftete Landschaft aus Falten. »Wenn Constances Schilderung zutrifft, dann kommt jede Hilfe zu spät.«

»Was ist denn überhaupt passiert?« fragte Cal.

»Susan ist vom Kliff auf die Felsen hinabgestürzt. Constance behauptet, sie ist nicht eigentlich runtergefallen, sie ist in vollem Lauf über die Felskante hinausgerannt.«

»Hinausgerannt?« stotterte Cal. »Sie meinen, das Mädchen ist in den Abgrund gesprungen? Sind Sie sicher, daß Sie Mrs. Benson richtig verstanden haben?«

»Ich wiederhole nur, was sie gesagt hat. Sie sagt, Susan ist über die Felskante gerannt. Aber vielleicht habe ich es am Telefon auch nicht richtig mitgekriegt. Constance war nämlich sehr durcheinander.«

Noch bevor er Cal in allen Einzelheiten darlegen konnte, was Constance ihm mitgeteilt hatte, kam das Haus in Sicht. Mrs. Benson stand auf der Veranda. Ihr Gesicht war kreideweiß. Sie rang die Hände.

Die beiden Männer waren aus dem Wagen gesprungen.

»Sie liegt da unten, zwischen den Felsen«, rief Mrs. Benson. »Mein Gott, so beeilen Sie sich doch! Ich weiß nicht, ob... ob...« Sie verstummte, und ihr Gesicht wurde zu einem Spiegel der Hilflosigkeit. Dr. Carson ging auf sie zu. Er hatte Cal angewiesen, zum Strand hinunterzulaufen und sich um Susan Peterson zu kümmern.

»Hinter dem Haus führt ein steiler Pfad den Hang hinab«, rief er ihm zu. »Das ist der schnellste Weg zum Strand. Susan müßte ungefähr hundert Meter südlich vom Weg liegen.«

Cal ließ den Blick über das Kliff gleiten. Als er an den Grabkreuzen ankam, erschrak er. »Sie meinen, Susan liegt unterhalb vom Friedhof?« fragte er.

Dr. Carson nickte. »Und machen Sie sich auf das Schlimmste gefaßt, Cal. Das Kliff geht dort senkrecht in die Tiefe.«

Cal Pendleton hatte die Arzttasche ergriffen und rannte um das Haus herum. Er spürte, wie die Panik an ihm hochkroch. Er wehrte sich mit aller Kraft gegen das Gefühl. Wieder und wieder sprach er die Beschwörungsformel. *Sie ist schon tot. Ich kann nicht mehr versagen. Was auch immer ich mache, ist richtig. Sie ist schon tot.* Als die Worte sein Bewußtsein erreichten, klang die Angst ab.

Der Pfad, der von Mrs. Bensons Haus zum Strand hinunterführte, ähnelte dem Weg, der sein eigenes Grundstück mit dem Strand verband. Eine schmale, im Zickzack verlaufende Schneise zwischen Felsen und Büschen, steil abfallend und gefährlich. Laufend und rutschend taumelte er hinab, und seine Gedanken wanderten zu jenem Tag vor fünf Wochen zurück, als er zum Strand gerannt war, um seine bewußtlose Tochter zu bergen.

Nein, er würde den Fehler nicht wiederholen.

Diesmal würde er tun, was zu tun war. Er würde alles richtig machen.

Nur daß es eigentlich nichts gab, was ein Arzt bei einem Toten noch *richtigmachen* konnte.

Er war auf dem Strand angekommen. Er rannte los. Er hatte vielleicht fünfzig Meter zurückgelegt, als er sie erblickte. Sie lag auf dem Rücken, reglos und starr.

Er wußte, daß er zu spät kam. Er ging langsamer.

Susan Peterson hatte sich beim Sturz das Genick gebrochen. Der Kopf war unnatürlich verdreht, die Augen standen offen. Panische Furcht malte sich auf dem Antlitz des toten Mädchens ab. Arme und Beine waren grotesk verrenkt, sie erinnerten Cal an nutzlose Spielzeuge. Die Wellen griffen nach dem Leichnam, als seien sie begierig, das reglose Gebilde zu verschlingen, das vor einer Viertelstunde noch ein lebendiges zwölfjähriges Mädchen gewesen war.

Cal kniete nieder und ergriff Susans Handgelenk. Er preßte ihr das Stethoskop auf die Brust. Er wußte, es war eine sinnlose Anstrengung. Das Instrument würde ihm bestätigen, was er bereits wußte.

Er wollte das tote Mädchen auf seine Arme heben, als seine Muskeln erstarrten. Seine Gliedmaßen verweigerten ihm den Dienst, sie schienen sich nicht mehr zu kümmern um die Signale, die das Gehirn aussandte. Cal stand auf. Sein Blick war auf Susans Augen gerichtet. Im Geiste starrte er in Michelles reglose Pupillen.

Ich darf sie nicht aufheben, dachte er. *Wenn ich sie trage, – das könnte die Verletzungen verschlimmern.*

Das Mädchen war tot. Der Gedanke, daß er ihre Verletzungen durch seine Unachtsamkeit verschlimmern konnte, war irrational, und Cal *wußte*, daß der Gedanke irrational war. Aber er stand da, wie gelähmt. Er konnte sich nicht überwinden, die tote Susan Peterson auf die Arme zu nehmen und den steilen Weg hinaufzutragen, so wie er vor Wochen seine Tochter hinaufgetragen hatte. Von tiefer Scham erfüllt, ging Cal Pendleton zum Fuße des Kliffs zurück. Er überließ Susans Leichnam der steigenden Flut.

»Sie ist tot.«

Cal sagte das mit einer Teilnahmslosigkeit, als spräche er zu einem Menschen, der ihm seine Katze zum Einschläfern überlassen hatte.

»O mein Gott«, murmelte Constance Benson. Sie ließ sich in den Sessel sinken. »Wer spricht mit Estelle?«

»Das mache ich«, sagte Dr. Carson. Er sah Cal prüfend an. »Warum haben Sie die Leiche nicht raufgetragen?«

»Ich dachte, wir warten besser, bis der Krankenwagen kommt«, log Cal. Aber er wußte, daß er den erfahrenen Arzt nicht hinters Licht führen konnte. »Sie hat sich das Genick gebrochen«, fuhr er fort. »Es scheinen auch noch andere Brüche vorzuliegen.« Sein Blick wanderte zu Constance Benson. »Wie ist es passiert? Dr. Carson sagte mir, sie ist über die Felskante gerannt.« Er hatte gezögert, bevor er das Wort *gerannt* aussprach. Er vermochte sich nicht vorzustellen, daß Susan tatsächlich in den Abgrund gesprungen war.

Constance schien seine Frage nicht beantworten zu wollen. Sie sah Dr. Carson fragend an. Der nickte. »Es ist besser, Sie sagen es ihm, Constance.« Cal wurde von einem Gefühl namenloser Angst durchströmt. Noch bevor Mrs. Benson ihre Schilderung begann, war ihm klargeworden, daß sich hinter Susans Sturz ein furchtbares Geheimnis verbarg. Was die Frau ihm dann eröffnete, sollte alle seine Befürchtungen noch übertreffen.

»Ich war in der Küche beim Äpfelschälen«, sagte Constanze Benson. Sie hielt den Blick auf den Fußboden gerichtet, als müßte sie jeden Moment befürchten, von einem der beiden Ärzte in der Darlegung der Wahrheit unterbrochen zu werden. »Ich habe aus dem Fenster geschaut, so wie Sie jetzt aus dem Fenster schauen, und plötzlich sehe ich Susan Peterson auf dem Friedhof stehen. Ich weiß auch nicht, was das Mädchen da zu suchen hatte, ich habe Estelle ausdrücklich gesagt, sie soll ihre Tochter vom Friedhof fernhalten, und Ihrer Frau, Herr Dr. Pendleton, habe ich es ja auch gesagt, sie soll Michelle verbieten, auf den Friedhof zu gehen, aber auf mich hört ja niemand. Jetzt, wo das Kind in den Brunnen gefallen ist, wird man vermutlich mehr auf mich hören. Jedenfalls war ich beim Äpfelschälen, ich habe also nicht dauernd auf den Friedhof geachtet, und dann sah ich plötzlich, wie Michelle die Straße entlangkam. Wo der Weg zum Friedhof abbiegt, blieb sie stehen. Ich glaube, Susan hat etwas zu ihr gesagt, sie hat nämlich in Susans Richtung gestarrt.

»Haben Sie denn nicht gehört, was Susan gesagt hat?« fragte Cal. Zum ersten Mal seit Beginn ihrer Schilderung hob Mrs. Benson den Blick.

»Nein, leider nicht. Das Küchenfenster war geschlossen, und es ist ja auch ein schönes Stück Weg von meinem Haus bis zum Friedhof. Aber die beiden haben miteinander gesprochen, das war deutlich zu erkennen. Susan hat Michelle wohl etwas zeigen wollen, denn Michelle ist zu ihr gegangen. Sie ist über den Zaun geklettert, ich habe auch gesehen, daß sie über die Schlingpflanzen gestolpert ist, und wie sie mit ihrem Bein über den Zaun gekommen ist, ist mir immer noch ein Rätsel, aber Tatsache ist, sie ist drübergeklettert. Susan war auf der anderen Seite, sie hat auf Michelle gewartet, jedenfalls sah es so aus, und das ist eine Sache, die ich nun überhaupt nicht verstehe, nach dem was passiert ist.«

Sie hielt inne. Ihr war anzusehen, daß sie vergeblich versuchte, die losen Enden des Knäuels miteinander zu verbinden.

»Und was ist dann passiert?« drängte Cal.

»Etwas sehr Merkwürdiges«, sagte Constance nachdenklich, und dann richtete sie den Blick ihrer kalten Augen auf ihn. »Michelle hatte gerade etwas zu Susan gesagt, ich konnte natürlich nicht verstehen, *was* sie sagte, aber besonders liebenswürdig muß es wohl nicht gewesen sein, jedenfalls hat Susan sie mit Augen angestarrt, wie ich sie in meinem Leben nie wieder sehen möchte. Susan hat furchtbare Angst gehabt. Jawohl, furchtbare Angst.«

In Cals Erinnerung erstand das Bild des toten Mädchens. Was Mrs. Benson sagte, entsprach seinen eigenen Beobachtungen. Susans Gesicht war eine Maske der Angst gewesen. Namenlose, durch nichts zu besänftigende Angst.

»Und dann begann Susan zu rennen«, hörte er Mrs. Benson sagen. »Sie ist gerannt, als sei der Teufel hinter ihr her. Sie ist über den Rand des Kliffs hinausgerannt.«

Constance Benson hatte die letzten Worte im Flüsterton gesagt. Der Klang hing im Raum wie ein unsichtbarer Schleier aus Eis.

»Ist sie wirklich über den Rand der Felsen hinausgerannt?« fragte Cal. Er kam sich dumm vor, weil er Mrs. Bensons Feststellungen wiederholte, aber er wollte einfach nicht glauben, was sie gesagt hatte. »Hat sie denn überhaupt gesehen, wohin sie lief? Ich kann mir das gar nicht vorstellen.«

»Sie hat genau gesehen, wohin sie lief«, sagte Constance Benson. »Sie hat den Abgrund vor sich gesehen, und sie ist einfach darauf zugerannt.«

»Mein Gott«, sagte Cal. Er schloß die Augen, um das Bild zu vertreiben. Vergeblich, das Bild blieb. Und dann fiel ihm ein, daß auch Michelle den Todessprung beobachtet haben mußte. Er öffnete die Augen. Als er Constance Benson ansah, war ein Anflug von Furcht in seinem Blick.

»Und Michelle, was hat sie währenddessen getan?«

Mrs. Bensons Züge wurden hart. Sie sah ihn an, verächtlich und feindselig. »Nichts«, sagte sie. Es klang, als hätte sie ihn angespuckt.

»Wie meinen Sie das, nichts?« fragte Cal. Er ignorierte ihren beleidigenden Tonfall. »Sie muß doch irgend etwas gemacht haben.«

»Sie ist stehengeblieben, wo sie stand, mitten auf dem Friedhof. Es hat so ausgesehen, als hätte sie gar nicht mitbekommen, was geschehen war. Nach dem Schrei, den Susan ausstieß, blieb Michelle noch etwa eine Minute auf dem Friedhof, dann ist sie nach Hause gegangen.«

Cal stand wie angewurzelt in Mrs. Bensons Wohnzimmer. Alles in ihm sträubte sich, die Mitteilung der Frau aufzunehmen. »Ich glaube Ihnen nicht«, sagte er schließlich.

»Sie können mir glauben, oder Sie können's sein lassen«, sagte Constance Benson. »Aber ich schwöre bei Gott, daß ich die Wahrheit sage, die reine Wahrheit. Ihre Tochter hat sich benommen, als ob gar nichts passiert sei.«

Cal wandte sich zu Dr. Carson, irgendwie erwartete er in dieser Situation Hilfe von seinem Arztkollegen. Aber Dr. Carson war tief in Gedanken versunken. Nachdem Cal ihn mit seinem Namen angesprochen hatte, schien er wie aus einem Traum aufzutauchen. Er streckte die Hand aus und berührte Cals Oberarm. Als er sprach, veränderte sich seine Stimme auf seltsame Weise. Es hörte sich an, als entfernte er sich mit jedem Wort weiter von Cal und Mrs. Benson. »Sie gehen jetzt besser nach Hause, Cal«, sagte er. »Ich werde hier tun, was zu tun ist. Sie müssen sich jetzt um Michelle kümmern. Es wäre ja möglich, daß sie einen Schock erlitten hat.«

Cal nickte Zustimmung. Schweigend ging er zur Tür. Er blieb stehen, weil ihm plötzlich ein Gedanke gekommen war. Er wollte etwas sagen, aber als er den eisigen Ausdruck in Mrs. Bensons Augen gewahrte, änderte er seinen Entschluß. Er öffnete die Tür und war fort.

Dr. Josiah Carson und Constance Benson saßen da und schwiegen. Der Krankenwagen war eingetroffen. Als Dr. Carson sich bereits von Mrs. Benson verabschiedet hatte, erwachte sie zum Leben.

»Ich mag diesen Mann nicht«, sagte sie.

»Aber Constance, Sie kennen Dr. Pendleton doch kaum.«

»Ich muß sagen, ich habe auch keinerlei Interesse, ihn näher kennenzulernen. Ich glaube, der Mann hat einen Fehler gemacht, als er mit seiner Familie nach Paradise Point zog.« Sie umfing Dr. Carson mit einem Blick, der von offener Feindseligkeit nicht mehr weit entfernt war. »Und dann wollte ich Ihnen noch sagen, daß auch Sie einen Fehler gemacht haben, Dr. Carson. Sie hätten ihm das Haus nicht verkaufen dürfen. Sie hätten das Haus schon vor vielen Jahren abreißen lassen müssen.«

Dr. Carson wurde ernst. »Was Sie da sagen, ist unsinnig und albern, Constance, das wissen Sie wohl auch selbst. Das Haus ist doch nicht an den Dingen schuld, die sich dort ereignet haben.«

»Wirklich nicht?« Constance Benson wandte ihm den Rücken zu. Sie trat ans Fenster und sah zum Friedhof hinüber. Jenseits der Gräber war das viktorianische Haus der Familie Pendleton zu erkennen.

»Die Pendletons können dort nicht leben«, murmelte Constance. »Auch Sie konnten dort nicht mehr leben, nachdem

Alan Hanley verunglückt war, vergessen Sie das nicht, Dr. Carson. Es ist sinnlos, dort ausharren zu wollen. Wenn ich June Pendleton wäre, ich würde auf der Stelle meine Sachen packen und mitsamt dem Baby verschwinden. Ich würde aus dem Haus fliehen, solange Flucht noch möglich ist.«

»Es tut mir leid, daß Sie so empfinden«, sagte Dr. Carson. Es klang steif und förmlich. »Ich bin ganz und gar nicht Ihrer Auffassung, das sollten Sie vielleicht wissen. Ich bin froh, daß Dr. Pendleton und seine Familie hergezogen sind, und ich hoffe, daß sie in Paradise Point bleiben, ungeachtet der Vorkommnisse, auf die Sie anspielen.« Er räusperte sich. »Ich werde jetzt Estelle und Henry Peterson vom Tod ihrer Tochter verständigen.« Er verließ den Raum, ohne sich von ihr zu verabschieden. Mrs. Benson blieb am Fenster stehen, ihr Blick war in eine unwirkliche Ferne gerichtet. Niemand hätte ihr anzusehen vermocht, was sie dachte.

Cal lief die Stufen zur vorderen Veranda hoch. Er öffnete die Tür, trat ein und schlug die Tür hinter sich zu.

»Cal, bist du's?« June schien überrascht zu sein, daß er so früh heimkehrte, ihre Stimme klang befremdet. Noch überraschter als June war Cal, als er sie im Wohnzimmer in ihrem Sessel vorfand. Sie stickte.

»Mein Gott«, herrschte er sie an. »Was tust du denn hier? Wie kannst du jetzt so ruhig herumsitzen? Wo ist Michelle?«

June sah ihn erstaunt an. Sie verstand nicht, warum er sich so aufregte.

»Wie du siehst, habe ich eine Stickarbeit begonnen, ich hoffe, du hast nichts dagegen.« Sie sprach zögernd und unsicher. »Warum sollte ich eigentlich nicht im Wohnzimmer sitzen? Michelle ist oben in ihrem Zimmer.«

»Ich kann's nicht glauben«, sagte Cal.

»Was kannst du nicht glauben? Cal, jetzt sag mir endlich, was überhaupt los ist!«

Er ließ sich in einen Sessel fallen. Er versuchte so etwas wie Ordnung in seine Gedanken zu bringen. Plötzlich paßten die Teile des Puzzlespiels überhaupt nicht mehr zusammen.

»Wann ist Michelle nach Hause gekommen?« fragte er nach einer langen Pause.

»Vor einer Dreiviertelstunde. Vielleicht ist sie auch schon eine Stunde hier, ich weiß es nicht.« June legte ihren Stickrahmen zur Seite. »Cal, ist irgendein Unglück passiert?«

»Ich kann's nicht glauben«, wiederholte er. »Ich kann es einfach nicht glauben.«

»*Was* kannst du nicht glauben?« verlangte June zu wissen. »Würdest du dich endlich einmal klar ausdrücken?«

»Hat dir Michelle denn nicht gesagt, was passiert ist?«

»Sie hat kaum gesprochen, als sie nach Hause kam«, erwiderte June. »Sie ist in die Küche gekommen, hat sich ein Glas Milch eingegossen, und dann hat sie gesagt, in der Schule ist alles okay, was ich ihr nicht abnehme. Danach ist sie raufgegangen in ihr Zimmer.«

»O Gott!« Cal kam sich vor wie in einem Alptraum. »*Michelle muß dir doch irgend etwas erzählt haben, June.* Sag mir bitte, was sie dir erzählt hat!«

»Cal, wenn du mir nicht endlich erklärst, was passiert ist, bekomme ich einen Tobsuchtsanfall.«

»Susan Peterson ist tot!«

June sah ihn an, als hätte er eine Bemerkung zum Wetter abgegeben. Dann begannen die Muskeln in ihrem Gesicht zu zucken. Als sie weitersprach, war ihre Stimme nur noch ein Wispern.

»Was sagst du da?«

»Ich glaube, ich habe mich unmißverständlich ausgedrückt. Susan Peterson ist tot, und Michelle war dabei, als es passierte. Hat sie dir *wirklich* nichts erzählt?« Und dann berichtete er ihr, was geschehen war und was er von Constance Benson erfahren hatte.

June saß wie gebannt da und hörte ihm zu. Mit jedem Wort, was er sagte, wuchs ihre Angst. Als Cal seine Schilderung der Ereignisse beendete, zitterte sie vor Furcht. Susan Peterson *konnte* nicht tot sein, das war ja völlig unmöglich, und ebenso unmöglich war, daß Michelle dabeigewesen war, als Susan Peterson starb. Wäre sie dabeigewesen, dann hätte sie ihrer Mutter von der Sache *erzählt. Ganz sicher* hätte sie der Mutter davon erzählt.

»Und Michelle hat wirklich nichts davon gesagt, als sie nach Hause kam?« vergewisserte er sich.

»Kein Wort«, sagte June. »Kein einziges Wort. Es ist unglaublich.«

»Ich finde es ebenso unglaublich wie du.« Cal stand auf. »Ich gehe jetzt wohl besser zu Michelle nach oben und rede mit ihr. Sie kann nicht einfach so tun, als wäre nichts passiert.«

Er war zur Tür unterwegs. June schloß sich ihm an.

»Ich möchte dabei sein, wenn du mit ihr sprichst. Das Mädchen ist sicher ganz durcheinander.«

Michelle lag auf ihrem Bett und las. Sie hielt die Puppe in ihrer Armbeuge. Als die Eltern an der Tür erschienen, musterte sie die beiden mit neugierigem Blick.

Cal kam gleich zur Sache. »Michelle, es ist besser, wenn du uns ganz offen sagst, was heute nachmittag passiert ist.«

Michelle sah ihn an und runzelte die Stirn. »Heute nachmittag ist nichts passiert. Ich bin von der Schule nach Hause gegangen, und jetzt bin ich hier.«

»Bist du unterwegs nicht in den Friedhof abgebogen? Hast du auf dem Nachhauseweg nicht mit Susan Peterson gesprochen?«

»Nur ganz kurz«, sagte Michelle. Ihr Gesichtsausdruck verriet, daß sie die ganze Sache nicht für erwähnenswert hielt. Cal wollte Michelle nach dem Inhalt ihrer Unterhaltung mit Susan befragen, aber June fiel ihm ins Wort.

Sie trat vor das Bett ihrer Tochter. »Als du nach Hause gekommen bist, hast du aber nichts davon gesagt, daß du unterwegs mit Susan gesprochen hast.« Sie vermied es sorgfältig, die Version zu verraten, die ihr Mann gegeben hatte. Aus irgendeinem Grunde schien es ihr wichtig, erst einmal Michelles eigene Darstellung zu hören.

»Wir waren nur ein oder zwei Minuten zusammen«, sagte Michelle. »Susan hat auf dem Friedhof rumgegammelt, und als ich sie gefragt habe, was sie da eigentlich macht, hat sie mich gehänselt. Sie... sie hat mich einen Krüppel geschimpft. Sie hat gesagt, ich bin *behindert*.«

»Und was hast du daraufhin getan?« fragte June vorsichtig. Sie hatte sich zu Michelle aufs Bett gesetzt. Sie hielt die Hand ihrer Tochter und drückte sie.

»Ich habe nichts getan. Ich wollte in den Friedhof reingehen, aber da ist Susan weggelaufen.«

»Sie ist weggelaufen? Wohin ist sie denn gelaufen?«

»Das weiß ich nicht. Sie ist im Nebel verschwunden.«

Junes Blick glitt zum Fenster. Auf dem Meer spiegelten sich die Strahlen der Sonne. Ein klarer, wolkenloser Tag. »Sie ist im Nebel verschwunden, sagst du? Aber heute hat's doch gar keinen Nebel gegeben.«

Michelle schien ratlos. Sie sah ihre Mutter an, dann den Vater. Ihr Vater schien sehr zornig auf sie zu sein. Warum eigentlich? Was hatte sie denn getan? Sie verstand gar nicht, was die Eltern von ihr wollten. Sie zuckte die Schultern. »Ich weiß nur, daß plötzlich Nebel aufgekommen ist. Ich ging auf den Friedhof zu, im gleichen Augenblick war der Nebel da, so dicht, daß ich gar nichts mehr sehen konnte. Susan ist in den Nebel hineingelaufen.«

»Hast du nichts gehört?« fragte June.

Michelle dachte nach. »Doch. Ich habe einen Schrei gehört. Ich glaube, Susan ist über irgendwas gestolpert.«

Mein Gott, dachte June. *Sie weiß es nicht. Sie weiß nicht, was mit Susan passiert ist.*

»Ich verstehe«, sagte sie leise. »Und als du Susans Schrei gehört hast, was hast du da getan?«

»Dann bin ich nach Hause gegangen.«

»Aber mein Liebling«, sagte June, »wenn der Nebel wirklich so dicht war, wie du sagst, wie konntest du denn da den Weg nach Hause finden?«

Michelle lächelte. »Das war ganz leicht«, sagte sie. »Mandy hat mich geführt. Mandy macht der Nebel nämlich überhaupt nichts aus.«

Nur mit äußerster Willensanstrengung gelang es June, ihre Tränen zurückzuhalten.

Achtzehntes Kapitel

June fand die Stimmung beim Abendessen schier unerträglich. Michelle saß ihr gegenüber und kaute, sie schien heiter und gelöst. Was wenige Stunden zuvor passiert war, schien sie nicht zu bekümmern. Cal hatte seit der Unterhaltung in Michelles Zimmer kein Wort mehr gesagt, sein Schweigen lag über dem Abendtisch wie ein unsichtbares Grabtuch. June betrachtete ihren Mann und Michelle aus den Augenwinkeln, auf der Suche nach Anzeichen, die dem Ganzen den Anschein von Normalität geben konnten.

Und da lag das Problem. June erkannte es, als sie nach dem Abendessen die Teller abräumte. Das Problem lag darin, daß trotz Susans Tod alles normal weiterging. Sie, June, war offensichtlich der einzige Mensch, dem das alles *nicht* normal vorkam. Sie legte die schmutzigen Teller ins Spülbecken. Sie begann an ihrem Verstand zu zweifeln. Zweimal wollte sie die Küche verlassen und ins Wohnzimmer gehen, beide Male entschied sie sich im letzten Augenblick anders. Schließlich war die Spannung so stark, daß sie es nicht mehr aushielt.

Sie betrat das Wohnzimmer, wo Cal in seinem Sessel saß. »Wir haben miteinander zu reden«, sagte sie. Von Michelle war nichts zu sehen, June vermutete, daß ihre Tochter sich in ihrem Zimmer aufhielt. Cal hielt die kleine Jennifer auf dem Schoß. Er sprach mit ihr. Als er June das Wohnzimmer betreten sah, wandte er den Blick von Jennifer zu ihr.

»Über was hätten wir denn zu reden?« Er starrte sie an, und June war es, als wüchse in diesem Augenblick eine Mauer zwischen ihm und ihr in die Höhe. Etwas wie Sorge schlich sich in seine Miene, die Falten um die Augen wurden tiefer. Als er weitersprach, klang seine Stimme kalt und reizbar. »Ich wüßte nicht, was es noch zu reden gäbe.«

June bewegte die Lippen, ohne daß ein Wort zu hören war. Schließlich fand sie ihre Stimme wieder. »Du weißt es nicht?« schrie sie. »*Du weißt es nicht?* Mein Gott, Cal, wir müssen unsere Tochter in Behandlung geben.« Was war mit Cal los? Verdrängte er etwa alles, was ihm irgendwie nicht in den

Kram paßte? June war sicher, daß es sich so verhielt. Sie sah es ihm an den Augen an.

»Ich verstehe nicht, warum wir sie in Behandlung geben sollten. Sie hat doch nichts.«

Da lag der Hase im Pfeffer. Deshalb also hatte er so eisern geschwiegen, als Michelle ihre Version erzählte. Er sträubte sich, die schmerzhafte Wahrheit zur Kenntnis zu nehmen. Er schloß sich hermetisch von allem ab, was ihm unangenehm werden konnte. Und doch mußte sie einen Weg zu ihm finden, mußte ihm klarmachen, wie es um ihre Tochter stand. »Wie kannst du so etwas sagen?« warf sie ihm vor. Sie zwang sich, ruhig und beherrscht zu sprechen. »Heute ist Susan Peterson zu Tode gestürzt, Michelle war dabei, sie hat zugeschaut, und wenn sie nicht zugeschaut hat, dann *hätte* sie zuschauen müssen. Verstehst du denn nicht, was das bedeutet? Wenn sie wirklich nichts von dem mitbekommen hat, was da passiert ist, dann kommen mehr Probleme auf uns zu, als ich je für möglich hielt. Das Mädchen hat keine Freundinnen, Cal, sie hat auch keine Freunde, sie hat niemanden außer Mandy, und Mandy ist eine *Puppe*, verdammt noch mal, und jetzt das mit dem Nebel, sie sagt, Susan Peterson ist in den Nebel hineingelaufen, aber heute gab's keinen Nebel, Cal, den ganzen Tag hat die Sonne geschienen, ich hab's selbst gesehen, ich war ja die ganze Zeit hier. Cal, unsere Tochter ist dabei, ihr Augenlicht zu verlieren. Und da sagst du, sie hat nichts, wir brauchen sie nicht in Behandlung zu geben! Bist du denn blind?« June hielt inne. Sie hatte gemerkt, wie schrill, wie mißtönend ihre Stimme geworden war. Aber was machte das jetzt noch aus? Sie sah, daß Cals Augen kalt wie Eis waren, und sie wußte, was das bedeutete. Sie wußte, was er sagen würde, noch bevor er den Mund aufmachte.

»Ich habe das nicht gehört, June! Du willst mir irgendwie anhängen, ich hätte Michelle in den Wahnsinn getrieben. Nun, ich habe sie *nicht* in den Wahnsinn getrieben. Niemand hat sie in den Wahnsinn getrieben. Das Mädchen ist völlig normal. Heute nachmittag hat sie einen Schock erlitten. Sie verdrängt das. Sie kann sich an die Einzelheiten nicht mehr erinnern. Na und? Das ist völlig normal. Verstehst du mich? Es ist *normal!*«

June war so verblüfft, daß ihr keine unmittelbare Entgegnung einfiel. Sie ließ sich in ihren Sessel sinken und versuchte ihre Gedanken zu ordnen. Eigentlich hatte Cal recht. Es gab nichts, worüber sie noch miteinander reden konnten. Statt zu reden würde sie handeln.

»Jetzt hör mir einmal gut zu«, hörte sie Cal sagen. Seine Stimme war ruhig, und seine Argumente waren auf wahnwitzige Weise vernünftig. »Ich bin in der Bucht gewesen, wo es passiert ist, nicht du. Ich habe mit Mrs. Benson gesprochen, nicht du. Ich habe mir genau angehört, was sie zu sagen hatte, und ich habe mir auch angehört, was Michelle zu sagen hatte. Es kommt gar nicht so sehr darauf an, wem du glaubst, Mrs. Benson oder unserer eigenen Tochter. Die Versionen sind nämlich fast deckungsgleich. Mrs. Benson hat gar nicht behauptet, Michelle hätte irgend etwas getan. Sie hat nur gesagt, Michelle hätte *keine Reaktion* auf den Vorfall gezeigt. Und nun frage ich dich, wie hätte sie denn eine Reaktion zeigen *sollen*? Sie hatte doch einen Schock erlitten!«

Mit einer Hälfte ihrer Gedanken gab sie ihm recht. Die andere Hälfte wehrte sich im wütenden Protest. Cal verdrehte die Tatsachen. Er erzählte die Dinge so, daß sie sich schlüssig anhörten.

»Was ist mit dem Nebel?« fragte sie. »Michelle hat erzählt, auf dem Friedhof sei Nebel gewesen, aber es gab keinen Nebel. Verdammt noch mal, es *gab* keinen Nebel!«

»Ich habe nicht behauptet, daß es Nebel gab«, sagte Cal geduldig. »Wenn Michelle trotzdem Nebel gesehen hat, dann gibt es eine Erklärung dafür. Vielleicht hat sie gesehen, was Susan zugestoßen ist. Mrs. Benson behauptet zwar, Michelle hat auf das Ereignis überhaupt nicht reagiert. Vielleicht bestand ihre Reaktion darin, daß sie das Ereignis aus ihrem Bewußtsein verdrängte. Es wäre denkbar, daß sie den Nebel erfunden hat. Der Nebel erlaubt ihr, die Eindrücke auszufiltern, die sie nicht wahrnehmen will.«

»So wie du ja auch alle Eindrücke ausfilterst, die du nicht wahrnehmen willst!« Kaum war der Satz heraus, tat es June leid. Aber es gab keine Möglichkeit, die Worte zurückzuholen. Der Vorwurf, den June formuliert hatte, traf Cal wie ein Boxhieb. Er sank in seinem Sessel zusammen. Er hob das Baby empor, als könnte er es als Schild gegen Junes Angriffe benutzen.

»Es tut mir leid«, sagte June. »Ich hätte das nicht sagen sollen.«

»Warum denn nicht?« konterte Cal. »Du hast es gedacht, und du hast es ausgesprochen. Ich gehe jetzt schlafen. Es hat keinen Sinn, diese Diskussion weiterzuführen.«

June sah ihm nach, wie er aus dem Zimmer ging, sie machte keinen Versuch, ihn zurückzuhalten oder die Unterredung fortzusetzen. Sie saß da wie festgeleimt. Sie hörte, wie Cal die Stufen hinaufging, hörte seine Schritte leiser werden, als er sich dem Schlafzimmer näherte. Dann war Ruhe im Haus. June versuchte nachzudenken, sie versuchte ihre Gedanken auf Michelle zu konzentrieren. Sie mußte etwas unternehmen, um ihr Kind vor Schaden zu schützen. Sie war sich der Gefahren bewußt, die jetzt drohten. June hatte einen Entschluß gefaßt. Sie würde sich durch nichts auf der Welt mehr von diesem Entschluß abbringen lassen.

Für Estelle und Henry Peterson war die Zeit stehengeblieben. Es war kurz vor Mitternacht. Estelle saß ganz ruhig da, die Hände im Schoß. Sie schwieg. Auf ihrem Gesicht malte sich Verwunderung ab, und man hätte auch die Frage herauslesen können, wo eigentlich die Tochter blieb, warum Susan um diese Zeit noch nicht zu Hause war. Henry ging im Zimmer auf und ab. Sein Gesicht war vom Zorn gerötet, und seine Erregung wuchs von Minute zu Minute. Wenn es stimmte, daß Susan tot war, dann mußte es auch einen Schuldigen für diesen Tod geben.

»Erzähl mir das noch einmal, Constance«, sagte er zu der Frau, die ihm gegenübersaß. »Erzähl mir noch einmal, wie es passiert ist. Ich bin sicher, du hast was Wichtiges vergessen.«

Constance Benson hatte einen der besseren Stühle im Hause Peterson angewiesen bekommen. Der Stuhl war hart, und sie fühlte sich recht unglücklich. Sie beantwortete Henrys Aufforderung mit einem müden Kopfschütteln.

»Ich habe dir alles gesagt, was ich weiß, Henry. Es gibt wirklich nichts mehr, was ich dir berichten könnte.«

»Meine Tochter würde über die Felskante eines Kliffs hinausrennen«, sagte Henry. Er sagte es, als könnte er mit recht viel Inbrunst das Mädchen wieder zum Leben erwecken. »Michelle muß sie in den Abgrund gestoßen haben, es ist gar nicht anders denkbar.«

Constance hielt den Blick auf ihre Hände gerichtet, was nichts daran änderte, daß sich die Hände hin und her wanden. Constance war nervös. Wie gern hätte sie Henry gesagt, was er zu hören wünschte. Aber das wäre eine Lüge gewesen.

»Sie hat Susan nicht hinuntergestoßen, Henry. Ich glaube, sie hat etwas zu ihr gesagt, aber das war auch alles. Ich habe nicht verstehen können, was sie sagte, ich war ja in der Küche. Michelle stand ziemlich weit weg von Susan. Es war... nun, sagen wir, es war alles ein bißchen merkwürdig.«

»Mir ist es ein bißchen *zu* merkwürdig«, grunzte Henry. Er goß sich aus der Whiskyflasche nach, trank aus und setzte sich seinen Hut auf. »Ich fahre jetzt zu Dr. Carson«, sagte er. »Der ist Arzt. Er müßte eigentlich wissen, was dahintersteckt.« Er stakste aus dem Raum. Der Knall der Haustür war zu hören, wenig später das Aufheulen eines Motors.

»O Gott«, seufzte Estelle. »Ich hoffe, er macht keine Dummheiten. Du kennst ihn ja. Oft streitet sich Susan mit ihm wegen Kleinigkeiten...« Sie verstummte, als ihr einfiel, daß sich Susan nie wieder mit ihrem Vater streiten würde, weder wegen Kleinigkeiten noch aus wichtigem Anlaß. Sie sah Constance Benson hilfeheischend an. »Oh, Constance, was sollen wir tun? Ich kann einfach nicht glauben, daß mein Kind tot ist. Ich habe das Gefühl, sie müßte jeden Augenblick durch die Tür kommen, und alles war nur ein Traum, ein schrecklicher Traum.«

Constance Benson stand von ihrem Stuhl auf und ging zum Sofa. Sie setzte sich neben Estelle und legte ihr den Arm um den Hals. Erst jetzt, als sie Constances Arm um sich spürte, ließ Estelle ihren Tränen freien Lauf. Ihr Körper wurde von Schluchzen geschüttelt. Sie nahm ein Taschentuch und versuchte, sich die Tränen abzutrocknen.

»Wein dich nur aus«, sagte Constance. »Du darfst den Schmerz nicht in dich hineinfressen. Susan wäre auch gar nicht damit einverstanden, wenn du das tust. Und was Henry angeht, mach dir wegen dem keine Sorgen, der wird sich schon beruhigen. Er muß sich nur etwas aufspielen, so ist er eben.«

Estelle schneuzte sich und richtete sich auf. Sie versuchte Constance zuzulächeln, aber das Lächeln mißlang. »Bist du sicher, Constance, daß du uns alles erzählt hast, was du gesehen hast? Gab es vielleicht Sachen, die du in Gegenwart von Henry nicht gern sagen wolltest?«

Constance seufzte. »Ich wünschte, ich wüßte das Geheimnis, dem du nachjagst. Ich wünschte, ich hätte den Schlüssel des Rätsels in der Hand und könnte ihn dir geben. Aber dem ist nicht so. Ich weiß nur eines, ich habe allen immer wieder gesagt, laßt eure Kinder nicht auf diesem Friedhof spielen, der Friedhof ist gefährlich. Niemand hat mir geglaubt. Was passiert ist, weißt du selbst.«

Ihre Blicke trafen sich. Eine ganze Weile lang sahen sich die beiden an. Es war, als fände eine wortlose Verständigung zwischen den Frauen statt. Als Estelle dann etwas sagte, geschah es sehr leise.

»Es war doch diese Michelle Pendleton, nicht wahr? Susan hat mir erzählt, mit dem Mädchen stimmt was nicht.«

»Die Kleine ist ein Krüppel«, sagte Constance. »Sie ist vom Kliff gefallen.«

»Ich weiß«, sagte Estelle. »Ich weiß, daß sie vom Kliff gefallen ist. Ich meine etwas anderes. Susan hat gestern noch mit mir darüber gesprochen, ich habe vergessen, was sie sagte.«

»Ich weiß nicht, ob das jetzt noch wichtig ist«, sagte Constance. »Was wir jetzt tun müssen, wir müssen die anderen warnen. Die Eltern müssen ihre Kinder vom Friedhof fernhalten, und vor allen Dingen müssen sie die Kinder von Michelle Pendleton fernhalten. Ich weiß nicht, was dieses Pendleton-Mädchen verbrochen hat, aber ich bin sicher, sie hat etwas verbrochen.«

Estelle Peterson nickte Zustimmung.

Die Nachricht verbreitete sich in Paradise Point sehr schnell. Constance Benson hatte ihre Freundinnen angerufen, und diese wiederum hatten andere Freundinnen verständigt. In jener Nacht saßen die Familien in der Küche oder im Wohnzimmer zusammen, die Eltern sprachen mit ihren schläfrigen Kindern und warnten sie vor Michelle. Die älteren Kinder nickten, sie wußten sofort Bescheid.

Die jüngeren Kinder waren nicht so einsichtig. Sie verstanden nicht, was an Michelle so gefährlich war.

Constance Benson hatte bei Bertha Carstairs angerufen, um sie über Michelle aufzuklären. Bertha bedankte sich für den guten Rat, das Gespräch war recht kurz. Sie beendete es mit der Bitte an Constance, Estelle Peterson ihr Beileid zu übermitteln. Bertha legte auf und drehte sich zu ihrem Mann um. Der hob den Blick.

»Etwas spät, um andere Leute anzurufen, findest du nicht?« Er setzte sich im Bett auf. Er haßte es, mitten in der Nacht geweckt zu werden.

»Das war Constance Benson«, sagte Bertha sachlich. »Sie sagt, Michelle Pendleton hat was mit dem zu tun, was heute passiert ist.«

»Constance muß es ja wissen«, grunzte Fred schläfrig. Und dann malte sich in seinem Gesicht ein Anflug von Argwohn ab. »Was hat Michelle denn gemacht?«

»Das hat Constance nicht gesagt. Ich hatte den Eindruck, sie weiß es selbst nicht so genau. Sie hat nur gesagt, wir sollen mit Sally sprechen und sie davor warnen, mit Michelle zu verkehren.«

»Constance Benson könnte mich vor einem großen, bösen

Bären warnen, und ich würde trotzdem in den Wald gehen«, sagte Fred. »Diese Frau jammert, sobald sie den Mund aufmacht, und jedesmal, wenn ich sie sehe, warnt sie mich vor dem Friedhof, ich weiß nicht, wieso sie sich auf dem Friedhof auskennt, sie verläßt doch kaum das Haus. Für ihren Jungen muß das Leben mit ihr ganz schön schwierig sein.«

»Das ist eine Sache, die hat er unmittelbar mit ihr auszumachen«, sagte Bertha. »Das geht uns nichts an.«

Bertha Carstairs wollte gerade das Licht ausknipsen, als an die Tür geklopft wurde. Sally kam ins Schlafzimmer der Eltern. Sie setzte sich auf die Bettkante. Sie war hellwach.

»Wer hat angerufen?« fragte sie.

»Mrs. Benson hat angerufen«, sagte Bertha. »Es war wegen Susan und Michelle.«

»Wegen Michelle? Was ist denn mit Michelle?«

»Weil Michelle dabei war, als die Sache mit Susan passiert ist, darum ging es wohl.« Sally nickte, aber ganz klar waren ihr die Zusammenhänge doch nicht.

»Es ist merkwürdig«, sagte sie. »Susan hat Michelle gehaßt. Ich wundere mich, daß sie mit ihr zusammengewesen ist, obwohl sie Michelle so sehr haßte. Hast du eine Idee, warum?«

Bertha Carstairs ignorierte die Frage. Statt zu antworten, stellte sie eine Gegenfrage. »Warum hat Susan denn Michelle so sehr gehaßt?«

Sally war es ungemütlich in ihrer Haut, aber dann beschloß sie, klaren Tisch zu machen. Es war besser, wenn sie einem Erwachsenen sagte, was sie fühlte und was sie wußte.

»Weil sie hinkt. Susan hat Michelle immer wie eine Mißgeburt behandelt. Sie hat sie verspottet, sie wäre ein zurückgebliebenes Kind.«

»O mein Gott«, murmelte Bertha. »Das ist ja fürchterlich. Die arme Michelle.«

»Und wir haben mitgemacht«, sagte Sally. Sie schämte sich. Sie kam sich klein und häßlich vor.

»Ihr habt mitgemacht? Willst du damit sagen, ihr habt Michelle auch verspottet?«

Sally schossen die Tränen in die Augen. Sie nickte. »Ich wollte nicht, wirklich nicht. Aber dann... Michelle hat mir gesagt, sie will mit mir nichts mehr zu tun haben, und Susan... Nun ja, mit Susan war das so, wer mit Michelle gut Freund war, der war ihr Feind. Und... ich kenne Susan schon seit so vielen Jahren.« Sie begann zu schluchzen. Bertha Carstairs zog ihre Tochter an sich, um sie zu trösten.

»Aber Kleines, jetzt wein doch nicht. Alles wird wieder gut.«

»Aber Susan ist *tot*«, heulte Sally. Ein Gedanke durchzuckte sie. Sie machte sich aus der Umarmung ihrer Mutter frei. »Hat Michelle sie etwa getötet?«

»Natürlich nicht«, sagte Bertha mit Nachdruck. »Ich bin sicher, es war ein Unfall.«

»Und was sagt Jeffs Mutter, was es war?« kam Sallys Frage.

»Sie sagt... sie sagt...« Bertha Carstairs war ins Stocken geraten. Sie sah hilfesuchend zu ihrem Mann hinüber.

»Jeffs Mutter hat gar nichts gesagt«, sprang Fred Carstairs ein. »Susan ist wahrscheinlich ausgerutscht, und dann ist sie abgestürzt, genau wie Michelle vor ein paar Monaten, nur daß Michelle mehr Glück gehabt hat als Susan. Und wenn ihr mich fragt, dann ist es ganz schön schlimm, was Susan und die anderen Kinder mit Michelle aufgeführt haben. Du, Sally, wirst das Mädchen um Verzeihung bitten. Du wirst ihr sagen, daß du dich wieder mit ihr vertragen willst.«

»Aber das habe ich ihr doch schon gesagt.«

»Sag's ihr noch mal«, brummte Fred Carstairs. »Das Mädchen hat eine schlimme Zeit durchgemacht, und jetzt, wo Constance Benson überall herumtelefoniert, wird für Michelle alles noch viel schlimmer werden. Ich möchte nicht, daß jemand sagt, meine Tochter hat bei dem Kesseltreiben gegen Michelle Pendleton mitgemacht. Haben wir uns verstanden?«

Sally nickte. In gewisser Weise freute sie sich über die Anweisung, die ihr Vater ausgesprochen hatte. Er hatte genau das gesagt, was sie hören wollte. Was aber, wenn Michelle die angebotene Verständigung ausschlug? Was dann?

Sally fand die ganze Sache sehr undurchsichtig. In jener Nacht lag sie noch lange wach.

Irgend etwas lief falsch.

Völlig falsch.

Aber ihr wollte nicht einfallen, was.

Die Pendletons waren in jener Nacht die einzige Familie in Paradise Point, die keinen Anruf bekam, und doch konnte Cal spüren, daß Unheil in der Luft lag. Jetzt fühlte er es ganz deutlich, es war ein Fehler gewesen, in diesen kleinen Ort zu ziehen. Jetzt steckte er bis zum Hals in Schulden, er arbeitete in einer Praxis, die kaum Geld abwarf. Da war außerdem das Baby, das seiner Frau viel Arbeit machte. Und da war Michelle, die den Rest des Lebens ein Krüppel bleiben würde.

Soweit die Ergebnisse des Umzugs. Aber Cal war zuversichtlich, er würde ein Problem nach dem anderen lösen. Im Laufe der Wochen hatte sich in Cal die Überzeugung gefestigt, er gehörte nach Paradise Point. Er hätte den Grund nicht benennen können, aber er gehörte hierher, an diesen Teil der Küste, in dieses Haus. Er wußte, daß er das Haus nicht aufgeben würde. Für nichts auf der Welt. Nicht einmal für seine Tochter.

Hinzu kam: Sie war ja gar nicht seine Tochter. Sie war ein adoptiertes Kind. Sie war keine richtige Pendleton.

Der Gedanke durchzuckte ihn wie ein Blitz. Sie ist nicht meine Tochter. Cal wälzte sich in seinem Bett. Er verspürte Schuldgefühle wegen des Gedankens. Und doch war es Tatsache. Sie war nicht seine Tochter.

Er hatte schon Probleme genug am Hals. Und jetzt gab es noch ein neues Problem, eines, das er einem Mädchen zu verdanken hatte, die nicht einmal seine Tochter war.

Er warf sich auf die andere Seite. Er versuchte auf andere Gedanken zu kommen.

Was auch immer.

Bilder erstanden vor seinem inneren Auge. Kinder und junge Menschen. Alan Hanley war da, Michelle war da, Susan Peterson ebenfalls. Gesichter. Schmerzverzerrte, von

Furcht geprägte Gesichter, deren Züge ineinander verschwammen. Augen, die ihn anstarrten. Münder, die ihn beschuldigten.

Da war auch Sally Carstairs und Jeff Benson. Wenig später erschienen ihm die kleinen Mädchen, mit denen Michelle gespielt hatte. Wann war das gewesen? Gestern? War es wirklich erst gestern gewesen? Nun, es kam nicht so sehr auf den Zeitpunkt an. Die Kinder waren vollzählig. Sie sahen ihn an, mit fragendem Blick.

Werden Sie uns auch weh tun?

Der Schlaf kam, aber es war kein erholsamer Schlaf. Die Kinder waren da. Hilflose, bittende Kinder.

Kinder, die ihn anklagten.

In jener Nacht wuchs Cals Verwirrung, zugleich wuchs sein Zorn. Er war schließlich nicht schuld an dem, was vorgefallen war. Er war an nichts und gar nichts schuld. Warum klagten sie ihn dann an?

Es war eine ermüdende Nacht. Es waren die Gefühle, die ihn so ermüdeten.

Es war Vollmond. Als Michelle aufwachte, war das ganze Zimmer von geisterhaftem Licht erfüllt. Sie setzte sich auf. Sie war sicher, daß Amanda in der Nähe war.

»Mandy?« Sie flüsterte den Namen ihrer Freundin und lauschte. Die Antwort kam von weither. Es war Amandas Stimme, leise, aber deutlich zu verstehen.

»Komm heraus, Michelle. Komm heraus...«

Michelle glitt aus dem Bett und ging zum Fenster. Das Meer glänzte im Mondlicht, aber Michelle schenkte dem wunderbaren Schauspiel nicht viel Beachtung, sie spähte statt dessen in den Garten hinab, auf der Suche nach gewissen Schatten, die ihr verraten würden, wo Amanda sich verbarg.

Ein dunkles Feld bewegte sich über den Rasen.

Amanda. Sie blieb stehen. Der Kopf war zurückgelegt. Die Gestalt war vom Mondlicht umflossen. Sie winkte Michelle zu. Sie lockte.

Michelle zog sich ihren Bademantel über und verließ ihr Zimmer. Im Flur angekommen, verharrte sie. Sie lauschte in die Nacht hinein. Als sie kein Geräusch aus dem Schlafzimmer ihrer Eltern hörte, ging sie weiter. Sie eilte die Treppe hinab.

Draußen wurde sie von Amanda erwartet. Michelle konnte die Gegenwart ihrer Freundin spüren. Amanda würde sie führen.

Sie ging auf das Gartenhaus mit dem Studio zu.

Michelle öffnete die Tür. Sie verzichtete darauf, das Licht anzuschalten. Sie wußte genau, was Amanda wollte. Sie ging zum Schrank und nahm eine Leinwand heraus.

Sie stellte die Leinwand auf die Staffelei, ergriff ein Stück Zeichenkohle und verharrte in Wartestellung.

Michelle würde Amanda zeigen, was diese zu sehen begehrte. Sie würde in der Lage sein, alles zu malen, was Amanda sich wünschte.

Und dann begann sie ihr Werk.

Wieder zeichnete sie mit kühnen, schnellen Strichen, als würde ihr die Hand von einem kundigen Meister geführt. Während sie zeichnete, veränderten sich ihre Augen, eine milchige Schicht legte sich über ihre Pupillen. Amandas Augen, die blind und bleich gewesen waren, begannen zu glänzen. Sie schienen kreuz und quer durch den Raum zu huschen. Sie saugten die Bilder auf, die ihnen so lange vorenthalten worden waren.

Es dauerte nicht lange, bis eine fertige Zeichnung entstand. Sie war vom gleichen, mutigen Strich wie die Skizze, die Michelle in der Nacht zuvor gezeichnet hatte.

Nur daß diesmal zwei Mädchen abgebildet waren. Da war Susan Peterson, die schreiend, mit angstverzerrtem Gesicht in den Abgrund stürzte.

Oben auf dem Kliff stand ein schwarzgekleidetes Mädchen. Ein grausames Lächeln spielte um ihre Lippen. Sie trug eine Haube. Es war Mandy. Sie hielt die Arme ausgestreckt wie jemand, der einem Menschen einen Stoß gegeben hat.

Das schwarzgekleidete Mädchen triumphierte.

Michelle war mit ihrer Zeichnung fertig. Sie trat ein paar Schritte zurück.

Hinter ihr stand Amanda, sie konnte ihre Nähe fühlen. Sie spürte ihren Atem an der Schulter. Amanda hatte sich auf die Zehen gestellt, um das Bild zu betrachten.

»Ja«, flüsterte Amanda ihr ins Ohr. »Genauso war es.«

Widerstrebend stellte Michelle die Leinwand in den Schrank zurück. Amanda hatte sie angewiesen, diesen Rahmen in die hinterste Ecke zu plazieren, wo ihn so bald niemand finden würde.

Michelle richtete den Raum wieder so her, wie sie ihn vorgefunden hatte, dann ging sie zum Haus zurück.

Sie hatte den Rasen fast überquert, als sie wieder Amandas Flüstern vernahm.

»Die Menschen werden dich jetzt hassen. Alle werden sie dich hassen. Aber das macht nichts. Mich haben sie auch gehaßt. Mich haben sie auch verspottet. Verlaß dich auf mich, Michelle. Ich werde dich beschützen. Ich werde dafür sorgen, daß sie dich nicht mehr auslachen. Niemand mehr wird es wagen, dich auszulachen.«

Amanda tauchte ein in den milchigen Schein der Nacht...

DRITTES BUCH
Die Furie

Neunzehntes Kapitel

Der Tag war für alle eine Qual gewesen. Corinne Hatcher hatte mindestens sechzigmal auf die Uhr gesehen. Weder in den Pausen noch während der Schulstunden war Ruhe eingekehrt. Die Kinder hatten die Köpfe zusammengesteckt und getuschelt. Michelle Pendleton war der Mittelpunkt der Aufmerksamkeit gewesen. Die Mädchen hatten sie angestarrt wie ein Kalb mit zwei Köpfen. Nur wenn Fräulein Hatcher die eine oder andere dabei ertappte, hatte Michelle ein paar Sekunden Ruhe gehabt.

Corinne wußte, was alle wußten, nicht mehr, nicht weniger. Sie kannte die Gerüchte, die im Ort im Umlauf waren. Einige Mütter hatten sie in der Nacht nach Susans Todessturz angerufen, und aus allen Gesprächen war herauszuhören, die Frauen hatten ein sehr großes Interesse daran, daß die Lehrerin ›die Wahrheit‹ erfuhr. Hand in Hand mit der Verkündigung der Wahrheit ging der Wunsch, daß Michelle Pendleton unverzüglich von der Klasse ›getrennt‹ wurde, was immer sich die Mütter darunter vorstellten. Corinne war ganz verzweifelt gewesen, verzweifelt und ratlos. Sie hatte Dr. Carson angerufen, um von ihm ›die Wahrheit‹ zu erfahren. Nachdem das Gespräch mit ihm beendet war, hatte sie auf die Gabel gedrückt und den Hörer neben den Apparat gelegt.

Es war Nachmittag, die Uhr ging auf drei zu. Immer noch war sich Corinne unschlüssig, ob sie vor der Klasse das Thema Susan Peterson zur Sprache bringen sollte. Und dann, als nur noch wenige Minuten bis zum Schlußläuten blieben, hatte sie beschlossen, daß es bei ihrem derzeitigen Wissensstand sinnlos war, mit den Mädchen über die Sache zu sprechen. Zum einen gab es nichts, was sie der Klasse

hätte sagen können, und zum anderen wollte sie das Thema nicht durchsprechen, wenn Michelle Pendleton dabei war.
 Michelle.

Michelle war diesen Morgen erst kurz vor Beginn der Stunde in die Klasse gekommen. Sie hatte sich ohne viel Aufhebens in eine der hinteren Bänke gesetzt. Während des Unterrichts war sie die einzige gewesen, die sich auf den Stoff konzentriert hatte. Die anderen Schüler vertaten ihre Zeit mit Flüstern. Michelle saß ruhig – konnte man es stoisch nennen? – in ihrer Bank, sie schien nichts von der Unruhe wahrzunehmen, die sich in der Klasse ausbreitete. Corinne war beeindruckt, sie beschloß, sich an dem Mädchen ein Beispiel zu nehmen. Wenn Michelle über das Ganze hinwegging, als ob nichts geschehen wäre, dann konnte sie das auch. Susan Peterson hatte nichts mehr davon, wenn man die Sache an die große Glocke hängte. Und außerdem hatte Corinne die Hoffnung, die Kinder möchten das Interesse an dem ganzen Problem verlieren, wenn sie, die Lehrerin, das Thema ignorierte.

Sie war erleichtert, als die Schlußglocke zu schrillen begann. Sie sah den Kindern nach, die in den Flur hinausströmten. Keines der Mädchen, das fiel Corinne auf, hatte ein Wort zu Michelle gesagt. Sally Carstairs hatte gezögert, als sie an Michelle vorbeiging, aber dann hatte sie ihren Schritt wieder beschleunigt und war mit Jeff Benson in den Lärm des Korridors weggetaucht. Als sie mit Michelle allein war, belohnte Corinne das Mädchen mit einem Lächeln.

»Nun«, sagte sie fröhlich, »wie hat's dir heute gefallen?« Sie würde ihr Gelegenheit geben, über die Sache zu sprechen. Jetzt. Aber Michelle schien keine Lust zu haben, über die Sache zu sprechen.

»Ganz gut«, sagte sie lustlos. Sie war aufgestanden und ordnete ihre Bücher. Sie hängte sich den Beutel um die Schulter und hinkte zur Tür. Sie blieb stehen und lächelte Corinne zu. »Bis morgen«, sagte sie. Und dann war sie fort.

Als Michelle das Klassenzimmer verließ, hielt sie als erstes nach Sally Carstairs und Jeff Benson Ausschau. Sie fand die beiden am Ende des Korridors, sie waren in ein Gespräch vertieft.

Michelle wandte sich ab, sie würde den Hinterausgang benutzen. Sie ging über den Rasen. Wie schön, kein Mädchen aus ihrer Klasse war mehr zu sehen. Sie sah Annie Whitmore, die mit ihren Freundinnen spielte. Ein Hüpfspiel: Himmel und Hölle. Michelle sah der Gruppe eine Weile lang zu. Vielleicht hätte sie sogar mitspielen können, wenn sie auf dem gesunden Bein hüpfte. Sie konnte es ja einmal versuchen. Aber nur, wenn sie allein war.

Sie ging auf das rückwärtige Tor zu. Sie hatte die Schaukeln passiert, als ein Junge aus der zweiten Klasse ihr etwas zurief: »Gibst du mir einen Schubs?«

Michelle blieb stehen und betrachtete den Jungen.

Er war sieben, für sein Alter etwas zu klein. Er saß auf einer der Schaukeln und beobachtete voller Neid seine Freunde, deren Schaukeln hin und her schwangen. Sein Problem war offensichtlich, daß er den Boden nicht mit den Füßen erreichen konnte, er konnte sich nicht abstoßen. Er sah Michelle an aus seinen großen, braunen Puppenaugen.

»Bitte«, sagte er.

Michelle legte ihren Bücherbeutel auf den Rasen. Sie nahm hinter dem Jungen Aufstellung, was gar nicht so einfach war. »Wie heißt du?« fragte sie ihn. Sie gab ihm einen leichten Stoß.

»Billy Evans. Ich weiß, wer du bist. Du bist das Mädchen, das vom Kliff gefallen ist. Hat das weh getan?«

»Nicht besonders. Ich bin ohnmächtig geworden.«

Billy fand das ganz normal. »Aha«, sagte er. Und: »Mach fester.«

Michelle gab ihm noch einen Stoß, und dann schwang Billys Schaukel hin und her, er hielt die kurzen Beine in die Luft gestreckt und quietschte vor Vergnügen.

Sally Carstairs und Jeff Benson ging die Stufen hinunter. Sie hatten es nicht eilig. Es war, wie beide fanden, ein angenehmes Gefühl, das Zusammensein auszudehnen. Ein Band hatte sich zwischen Sally und Jeff gebildet. Sie hatten nie darüber gesprochen, und trotzdem war das Bewußtsein der Zusammengehörigkeit da. Hätte man die beiden dazu befragt, keiner hätte zugegeben, was er fühlte und dachte. Sie hatten den Rasenplatz erreicht, der das Schulgebäude umgab, und gingen auf das vordere Tor zu.

Sie sahen, wie ein Wagen vorfuhr. June stieg aus. Jedes der beiden Kinder murmelte einen Gruß, als sie an ihnen vorbeiging, aber June schien den Gruß nicht gehört zu haben. Sie sahen ihr nach, wie sie im Schulgebäude verschwand.

»Ich glaube es einfach nicht, daß Michelle mit der Sache zu tun hat«, sagte Sally unvermittelt. Sie hatten es bisher vermieden, über Michelle oder Susan zu sprechen, aber Jeff wußte sofort, was Sally meinte.

»Meine Mutter sagt, sie war dabei«, bemerkte Jeff.

»Aber das bedeutet nicht, daß sie Susan vom Kliff gestürzt hat«, konterte Sally.

»Sie hat Susan nicht gemocht, das ist einmal sicher.«

»Warum hätte sie Susan auch mögen sollen«, erwiderte Sally, und erstmals im Gespräch mit Jeff klang in ihrer Stimme so etwas wie Zorn durch. »Susan hat sie ganz gemein behandelt. Vom ersten Schultag an hat Susan sie gemein behandelt.«

Jeff stand da und scharrte mit den Füßen. Was Sally sagte, gefiel ihm nicht, und doch wußte er, daß sie die Wahrheit sagte.

»Es war ja nicht nur Susan, wir haben alle mitgemacht.«

»Eben. Wir *hätten* dabei nicht mitmachen sollen.«

Jeff musterte Sally mit einem Blick voller Entrüstung. »Meinst du, wenn wir Michelle nicht so gehänselt hätten, wäre Susan noch am Leben?«

»Das habe ich nicht gesagt!« Aber im stillen fragte sich Sally, ob sie nicht eben das hatte sagen wollen. »Kann ich mit dir gehen?« bot sie an.

Jeff gab sich gleichgültig. »Wenn du willst, bitte. Aber du mußt dann allein nach Hause gehen.«

»Das macht doch nichts.« Sie gingen den Weg entlang.

»Ich könnte auf dem Rückweg kurz bei Michelle reinschauen«, sagte Sally. Es klang unsicher, wie eine Frage.

Jeff blieb stehen und sah sie mißbilligend an.

»Meine Mutter sagt, wir sollen Michelle meiden. Das Mädchen ist gefährlich.« Er ging weiter, Sally folgte ihm.

»Aber das ist doch albern«, gab Sally zur Antwort. »Meine Eltern haben mir gesagt, ich soll mich mit ihr anfreunden.«

»Ich verstehe nicht, was du dir davon versprichst. Michelle ist doch zu nichts mehr zu gebrauchen. Weißt du, sie hat sich bei dem Sturz ja nicht nur das Bein verletzt. Sie ist auch auf den Kopf gefallen!«

»Jeff Benson, hör sofort damit auf!« Sie hatte ihn angeschrien. »Du redest ja genauso daher wie Susan. Du hast doch gesehen, wie es Susan ergangen ist!«

Sein Blick wurde bohrend. Wieder war er stehengeblieben. »Du glaubst also doch, daß Michelle ihr was getan hat.« Sally biß sich auf die Lippen. Sie senkte den Blick.

»Du brauchst dich deswegen nicht zu schämen«, setzte Jeff nach. »Alle hier glauben, daß sie Susan was getan hat, nur daß niemand genau zu wissen scheint, *was* sie ihr getan hat.«

Sie waren beim Spielplatz angekommen. Als sie an den Büschen vorbeigingen, beschlich Sally das merkwürdige Gefühl, daß jemand sie beobachtete. Als sie sich umdrehte, erblickte sie Michelle. Das Mädchen stand hinter der Schaukel, und in der Schaukel saß der kleine Billy Evans. Das Kind lachte, es hatte Michelle gerade gebeten, der Schaukel einen stärkeren Stoß zu geben. Sally erschrak, als Michelle sie ansah. Für den Bruchteil einer Sekunde musterten sie sich aus ernsten Augen. Etwas in Michelles Miene verriet ihr, daß sie Jeffs Bemerkung mitbekommen hatte, und dann wurde der Blick so starr, daß Sally es mit der Angst zu tun bekam. Sie tastete nach Jeffs Hand und drückte sie.

»Komm schnell«, sagte sie, und ihre Stimme war nur noch ein Flüstern. »*Sie hat dich gehört.*«

Jeff reagierte mit allen Anzeichen des Unmuts. Er verstand überhaupt nicht, warum Sally plötzlich im Flüsterton sprach. Mit einer brüsken Bewegung wandte er sich um.

Er sah Michelles Augen auf sich gerichtet.

Seine erste Reaktion war, ich muß ihrem Blick standhalten. Er würde sie ansehen, bis sie aufgab. Aber das erwies sich als unmöglich. Michelle blickte ihn an, ohne mit der Wimper zu zucken, ihr Gesicht war zur Maske geworden. Jeff spürte, wie er die Kontrolle über die Situation verlor. Als er dann aufgab und den Blick senkte, versuchte er sich einzureden, daß es überhaupt nicht darauf ankam, wer bei einem solchen Zweikampf die Oberhand behielt.

»Gehen wir, Sally«, sagte er so laut, daß Michelle es hören mußte. »Was geht uns das an, daß Michelle mit den Wickelkindern spielt.« Er setzte sich in Bewegung, Sally blieb verwirrt zurück. Sie wollte ihm nachlaufen, aber ihre Füße waren wie festgenagelt. Sie dachte, ich muß mich irgendwie bei Michelle entschuldigen, aber ihr fiel nicht ein, in welche Worte sie die Entschuldigung kleiden konnte. Verlegen und bedrückt rannte sie weiter, es war wichtig, daß sie Jeff einholte.

Corinne Hatcher sah von den Testbögen auf, die sie zur Korrektur auf ihrem Pult ausgebreitet hatte. Ihr Lächeln machte dem Ausdruck der Besorgnis Platz, als sie June Pendleton im Türrahmen erkannte. Abgehärmt sah diese Frau aus, unsicher, unglücklich. Das Haar war vom Wind zerzaust, der Rock voller Sitzfalten. Corinne stand auf. Sie machte eine einladende Handbewegung.

»Geht's Ihnen nicht gut, Mrs. Pendleton?« Erst als der Satz schon gesagt war, fiel Corinne ein, daß sie mit einer solchen Begrüßung Junes Verwirrtheit nur vergrößern konnte. Die Frau indes schien an ihren Worten keinen Anstoß zu nehmen.

»Ich fürchte, ich sehe so durcheinander aus, wie ich mich fühle«, sagte sie. Sie versuchte zu lächeln, aber es wurde eine klägliche Grimasse daraus. »Ich... ich muß einfach mit jemandem reden, ich halte es nicht mehr aus.«

»Ich habe von der Sache mit Susan Peterson gehört«, sagte Corinne. »Für Michelle muß das ja furchtbar gewesen sein.«

June war so dankbar für das Verständnis, das aus den Worten der Lehrerin herausklang. Sie ließ sich in eine der engen

Schulbänke gleiten. Sie hatte kaum die Sitzfläche berührt, als sie wieder aufstand, so unangenehm war ihr das Gefühl, zwischen Tischkante und Rückenlehne eingeklemmt zu sein.

»Das ist mit ein Grund, warum ich gekommen bin«, sagte sie. »Ist Ihnen heute an Michelle etwas aufgefallen? Ich meine... hat sie sich anders benommen als sonst?«

»Ich fürchte, heute war überhaupt kein guter Tag«, erwiderte Corinne. »Für uns alle nicht. Die Kinder waren alle so... wie soll ich sagen... verängstigt. Ich glaube, das ist der richtige Ausdruck dafür. *Verängstigt.*«

»Haben Sie gehört, ob die Klassenkameraden irgend etwas zu Michelle gesagt haben?«

Corinne zögerte mit der Antwort. Sie rang sich zu der Erkenntnis durch, es gab keinen Grund, vor dieser Frau mit der Wahrheit hinter dem Berg zu halten. »Mrs. Pendleton, die Kinder haben überhaupt nicht mit Ihrer Tochter gesprochen. Kein einziges Wort haben sie mit ihr gesprochen.«

June hatte sofort verstanden.

»Genau das habe ich befürchtet«, sagte sie. Es klang, als spräche sie zu sich selbst. »Fräulein Hatcher... ich weiß nicht mehr, was ich tun soll.«

June ließ sich wieder in die Bank sinken. Sie war auf einmal so müde, so entmutigt von der Situation, daß es ihr nicht mehr darauf ankam, was sie für eine Figur machte. Corinne stand auf und ging zu ihr. Sie gab ihr die Hand und zog sie hoch.

»Kommen Sie, wir gehen ins Lehrerzimmer und trinken eine Tasse Kaffee zusammen. Sie sehen zwar aus, als ob Sie jetzt einen Schnaps bräuchten, aber die Bestimmungen der Schule verbieten jeden Alkohol, daran muß man sich halten.« Sie lächelte. »Sind Sie einverstanden, wenn wir uns mit dem Vornamen anreden? Ich bin Corinne.«

June beantwortete das Angebot mit einem geistesabwesenden Nicken. Sie ließ sich von Fräulein Hatcher, von ›Corinne‹, den Flur entlang zum Lehrerzimmer führen.

»Und Sie glauben wirklich, daß Ihr Freund meiner Tochter helfen kann?« fragte June. Sie hatte Corinne erzählt, was am Vortag passiert war, und sie hatte ihr auch erklärt, wie unsinnig und wirr sie das alles fand. Zuerst war Michelle heimgekommen, als ob nichts wäre. Als Cal eintraf, hatte der Streit begonnen, ein richtiger Alptraum.

June breitete alle Einzelheiten aus, an die sie sich überhaupt erinnerte, sie sagte es so, wie es gewesen war, immer bemüht, der Lehrerin das Gespenstische der Situation begreiflich zu machen. Für sie, June, war das alles so unwirklich gewesen, sie war sich vorgekommen wie Alice im Wunderland, die merkwürdigsten Dinge geschahen, aber die Menschen, mit denen sie drüber sprach, fanden alles ganz normal. Bei alledem, so führte June aus, sei sie sehr im Zweifel gewesen, ob man sich über Michelle mehr Sorgen machen mußte oder über Cal. In der vergangenen Nacht dann war in ihr die Erkenntnis gereift, daß Michelle vorging.

Corinne hörte sich an, was June zu erzählen hatte, sie unterbrach sie nicht, sie stellte keine Fragen. Sie spürte, daß June diese Dinge erst einmal loswerden mußte. Die Gedanken dieser Frau waren ein einziges Chaos, und der Druck in ihrer Seele suchte sich ein Ventil, das Gespräch.

»Ich würde meinen, daß Tim in dieser Situation viel Gutes bewirken könnte«, sagte sie, nachdem June zu Ende war. Sie stand auf und ging zu dem kleinen Elektrokocher, wo die Kaffeekanne stand. Sie goß zwei Tassen nach. Sie kam zu June zurück und reichte ihr eine Tasse. Als sie weitersprach, fiel June der aufmunternde Tonfall auf.

»Vielleicht ist alles gar nicht so schlimm, wie es den Anschein hat.« Sie zögerte. Sie musterte ihr Gegenüber mit einem Blick, der Unsicherheit verriet. »Ich weiß, daß Ihnen das alles sehr bedrohlich erscheint, June, aber ich glaube, Sie machen sich mehr Sorgen als nötig.«

»Nein, nein, nein!« Junes Stimme klang heiser und verstört. Die Tränen standen ihr in den Augen. »Mein Gott, Corinne, Sie müßten Michelle einmal hören, wenn sie von ihrer Puppe spricht. Sie nennt sie Mandy, und das Kind glaubt, daß Mandy lebt! Ich schwöre es Ihnen, sie glaubt, die Puppe lebt!« Von June Pendleton ging eine Trostlosigkeit aus, die Corinne Angst machte.

Sie ergriff die Hand der Frau. Sie nahm sich vor, Selbstvertrauen auszustrahlen, als sie weitersprach. »Ich verstehe, daß Sie das alles in Schrecken versetzt, aber alles wird wieder gut werden. Glauben Sie mir, alles wird wieder gut.« Es klang so ruhig und optimistisch, aber tief in ihrem Herzen spürte Corinne, daß weder sie noch June Pendleton je verstehen würden, was mit Michelle vorgegangen war. Es war ein Gefühl, das sie bis an den Rand der Panik trieb.

Michelle versuchte Jeffs Worte aus ihrer Erinnerung zu verdrängen. Sie sah Sally nach, die um die Ecke verschwand. So sehr sie sich bemühte, an etwas anderes zu denken, immer wieder kehrte Sallys Stimme zurück, ein spöttisches Echo, das in ihrem Kopf widerhallte und sie quälte. Von irgendwoher war Billy Evans' Kreischen zu hören, seine Bitte, sie möge doch der Schaukel noch einen Stoß geben. Michelle war es, als fänden die Laute durch eine dicke Nebelwand zu ihr.

Sie wartete, bis die Schaukel zum Stillstand gekommen war. Als Billy protestierte, sagte sie ihm, sie sei jetzt müde, ein anderes Mal würde sie ihn gern wieder schaukeln. Unter Schmerzen humpelte sie in den Schatten des Ahornbaums. Sie ließ sich im Gras nieder. Sie wollte abwarten, bis die Entfernung zu Jeff und Sally groß genug war. Erst wenn keine Gefahr mehr bestand, daß sie den beiden begegnete, erst dann würde sie den langen Heimweg antreten.

Sie streckte sich im Gras aus und schaute in das Blattwerk des Baums hinauf, wo sich die Farben des nahenden Herbstes in das Grün mischten. Auf einmal fand sie die Einsamkeit gar nicht mehr schlimm. Nicht daß sie die Menschen haßte. Was sie haßte, waren die Kinder, die sie verspotteten. Sie haßte sie um so mehr, als diese Kinder einst ihre Freunde gewesen waren.

Sally war eine Ausnahme. Michelle war sich nicht sicher, welche Haltung sie gegenüber Sally einnehmen sollte. Sally war besser als die anderen Kinder. Sie war warmherziger. Michelle beschloß, sich mit Amanda wegen Sally zu beraten. Vielleicht konnte sie sich wieder mit Sally vertragen, freilich nur, wenn Amanda einverstanden war. Michelle hätte sich so gern wieder mit Sally vertragen, sie mochte das Mädchen. Aber ob das möglich war, hing von Amanda ab...

Vom Fenster des Klassenzimmers aus beobachtete Corinne, wie June den Rasen überquerte. Sie vermeinte so etwas wie ein Zögern in Junes Schritten zu bemerken. Anscheinend scheute sich die Mutter, ihre Tochter zu wecken. Michelle lag im Schatten des Ahornbaums, und solange sie dort lag und schlief, war sie sicher vor dem Chaos, das Junes Gedanken beseelte. Aber dann sah Corinne, wie June vor Michelle niederkniete und sie wachrüttelte.

Michelle stand auf. Der Schmerz in ihrer Hüfte schien schlimmer geworden zu sein, das verriet der Gesichtsausdruck des Mädchens sogar auf die Entfernung, die Corinne von jenem Teil der Wiese trennte. Michelle war überrascht, als sie von ihrer Mutter geweckt wurde, aber sie war ihr auch dankbar. Sie ergriff die dargebotene Hand und ließ sich wegführen. Nach wenigen Schritten verschwanden die beiden aus Corinnes Sicht.

Corinne blieb am Fenster stehen. Der Rasen war jetzt menschenleer, aber immer noch sah sie das Bildnis des Mädchens vor sich, die gebeugten Schultern, das schlaff herabhängende Haar, das mutlose Gesicht eines Geschöpfes, das bei einem unerklärlichen Unfall zum Krüppel geworden war.

Der Tag, als Michelle springlebendig, mit einem fröhlichen Lachen, in die Klasse gekommen war, der Tag, als dieses Mädchen sein Leben in Paradise Point begann – Corinne kam es vor, als sei das schon unendlich lange her.

Dabei waren doch nur ein paar Wochen vergangen. Ein paar Wochen, die alles verändert hatten. War Paradise Point ein Paradies? Für manche Menschen vielleicht. Nicht für Michelle Pendleton.

Corinne hatte plötzlich keinen Zweifel mehr daran. Der Ort war kein Paradies für Michelle, er würde es auch nie sein.

Zwanzigstes Kapitel

Es war ein schöner klarer Tag. Die Sonne stand im Westen, als Corinne mit flinkem Schritt auf das Haus mit den Rosen zuging. Sie dachte über das Gespräch mit June Pendleton nach und war so tief in ihre Grübeleien vertieft, daß sie gar nicht auf den Weg und die Richtung achtete. Erst als das Haus mit den Kletterrosen vor ihr auftauchte, wurde ihr bewußt, daß die Klinik ihr Ziel war. Vor dem Haus angekommen, blieb sie stehen und betrachtete das Schild. Die Lettern ›Dr. Josiah Carson‹ waren verblichen. Deutlich zu erkennen war die neue Inschrift ›Dr. Calvin Pendleton‹. Das Schild zu sehen, stimmte Corinne traurig. Es dauerte eine Weile, bis sie den Grund verstand. Die alte und die neue Inschrift bedeuteten, daß die alte Ordnung der neuen weichen mußte. Dr. Carson war der Arzt in Paradise Point, seit Corinne denken konnte. Sie konnte sich gar nicht vorstellen, wie es sein würde, wenn er nicht mehr in Paradise Point war.

Sie betrat das Haus und begab sich ins Wartezimmer. Sie war erleichtert, als sie Marion Perkins in der Anmeldung erkannte.

Marion saß über den Karteikarten gebeugt. Auch wenn es eines Tages keinen Dr. Carson mehr gab, Marion Perkins würde noch da sein.

Die Arzthelferin hatte von ihren Karteikasten aufgesehen, als die Glocke über der Tür zu bimmeln begann. »Corinne!« In ihrer Miene mischten sich Anteilnahme und Überraschung. »Ich hatte so ein Gefühl, daß Sie heute kommen würden. Es ist merkwürdig, daß Sie gerade jetzt kommen... Oder vielleicht ist es auch *nicht* merkwürdig nach dem, was vorgefallen ist. Heute sind schon eine ganze Reihe Leute hier gewesen. Alles wegen Susan Peterson.« Sie schnalzte bedauernd mit der Zunge. »Ist das nicht furchtbar? Wirklich, ein schmerzhafter Verlust für Henry und Estelle. Und dann vermuten die Leute auch noch, die kleine Michelle hat was mit der Sache zu tun.« Sie beugte sich vor. Ihre Stimme wurde zu einem vertraulichen Flüstern. »Ehrlich, einiges von dem, was die Leute gesagt haben, möchte ich am liebsten gar nicht wiederholen.«

»Dann tun Sie's nicht«, sagte Corinne. Sie entschärfte die Bemerkung durch ein freundliches Lächeln. »Ist Onkel Joe zu sprechen?«

Marion machte eine Geste, als bereute sie ihre Vertraulichkeit. Sie griff nach dem Hörer des Gegensprechgerätes. »Ich melde Sie an.« Sie drückte auf den Knopf. »Dr. Joe? Eine Überraschung. Corinne Hatcher ist da und möchte Sie sprechen.«

Wenig später ging die Tür auf. Dr. Carson trat ein. Mit ausgebreiteten Armen kam er auf Corinne zu. Er lächelte, aber Corinne hatte den Eindruck, als ob sich etwas Wehmut in dieses Lächeln mischte. Worüber war er traurig? Sie wußte, daß er am Tod eines Patienten großen Anteil nahm. Besonders tief traf es ihn, wenn der Patient ein Kind gewesen war. Lange vor Corinnes Geburt war Dr. Carsons Tochter gestorben, und seit jenem Tag hatte dieser Arzt seine väterlichen Gefühle den Kindern in Paradise Point zugewandt. Und so verstand Corinne, daß er um Susan Peterson trauerte. Aber da war noch etwas, außer der Traurigkeit, die sich in seinen Augen spiegelte. Corinne konnte es nur sehr schwer identifizieren.

Er schloß sie in die Arme und drückte sie an sich. »Was führt Sie zu mir?« fragte er. »Fühlen Sie sich nicht wohl?«

Corinne machte sich aus seiner Umarmung frei. »Mir geht's gut, danke. Ich komme... na ja, ich komme eigentlich, weil ich mir um Ihr Wohlergeben Sorgen mache. Ich weiß ja, Sie nehmen es immer sehr schwer, wenn eines Ihrer Kinder stirbt.«

Dr. Carson nickte. »Das ist immer ein harter Schlag«, sagte er. Er deutete auf das Sprechzimmer. »Kommen Sie rein, Sie kriegen einen Drink.«

Dr. Carson ließ sie in einem Sessel Platz nehmen, dann schloß er die Tür. Er holte eine Flasche Bourbon aus dem Schreibtisch und goß zwei große Gläser voll. Er maß Corinne mit aufmerksamem Blick.

»Was gibt's denn, Corinne?« Er nahm einen Schluck. »Wollen Sie's mir nicht sagen?«

Corinne trank. Sie verzog das Gesicht und stellte das Glas auf den Tisch zurück. Ihre Blicke trafen sich.

»Ich komme wegen Michelle Pendleton«, sagte sie.

»Das überrascht mich nicht«, antwortete er. »Um die Wahrheit zu sagen, ich war sicher, daß Sie früher oder später bei mir auftauchen würden. Geht es Michelle schlechter?«

»Ich bin mir nicht sicher«, sagte Corinne. »Heute muß ein fürchterlicher Tag für das Mädchen gewesen sein. Kein Kind will mehr was mit ihr zu tun haben, das haben sie ihr deutlich gezeigt. Bis gestern habe ich noch geglaubt, es ist nur, weil sie hinkt. Aber nach dem, was ich heute vormittag erlebt habe... Sie wissen ja selbst, wie die Menschen in Paradise Point sind. Da werden Mitbürger für schuldig erklärt, die überhaupt keine Schuld auf sich geladen haben. Die Menschen hier scheinen nicht über die Fähigkeit zu verfügen, gewisse Dinge einfach zu vergessen.« Sie ergriff ihr Glas, nahm einen Schluck und stellte es wieder auf den Tisch zurück. »Onkel Joe«, sagte sie unvermittelt, »ist Michelle in Gefahr?«

»Es kommt darauf an, was Sie unter Gefahr verstehen. Sie spielen wahrscheinlich auf den Geisteszustand des Mädchens an, habe ich recht?«

Corinne rutschte in ihrem Sessel hin und her. »Ich weiß nicht, was mit Michelle los ist. Ich hatte gar nicht vor, deswegen zu Ihnen zu gehen, aber dann habe ich mich auf einmal vor Ihrem Haus wiedergefunden. Ich vermute, mein Unterbewußtsein hat mich zu Ihnen geführt, Onkel Joe.« Sie machte eine kleine Pause. Sie nahm das Glas und leerte es in einem Zug bis zur Hälfte. »Wußten Sie schon, daß Michelle sich eine Freundin einbildet?« sagte sie. Sie gab sich Mühe, die Frage beifällig und bedeutungslos klingen zu lassen.

Dr. Carson runzelte die Stirn und sah Corinne an. »Sie bildet sich eine Freundin ein?« Er sagte es, als wüßte er gar nicht, wovon sie sprach. Dann: »Sie meinen, sie hat eine Fantasiegefährtin wie die meisten kleinen Kinder?«

»Genau«, sagte Corinne. »Angefangen hat es mit einer

Puppe. Ich weiß nicht genau, was für eine Puppe, Mrs. Pendleton hat mir nur gesagt, daß die Puppe alt ist, sehr alt. Michelle hat sie im Schrank gefunden, als sie ihr Zimmer bezog.«

Dr. Carson schien verwundert. Er kratzte sich den Schädel. »Ich kenne die Puppe«, sagte er sanft. »Sie ist *wirklich* alt. Der Kopf ist aus Porzellan, und die Puppe trägt altmodische Kleider, unter anderem eine Haube, wie sie vor hundert Jahren Mode war. Michelle hatte die Puppe bei sich, als ich sie nach dem Unfall besucht habe. Wenn ich Sie richtig verstehe, Corinne, dann geht es jetzt darum, daß Michelle die Puppe für lebendig hält?«

Corinne bestätigte das mit einem knappen Nicken. »Es scheint so. Und jetzt raten Sie einmal, welchen Namen sie der Puppe gegeben hat.«

»Das brauche ich nicht zu raten. Michelle hat mir gesagt, daß sie die Puppe Amanda getauft hat.«

»Amanda«, echote Corinne. »Sagt Ihnen der Name nichts?« Sie leerte ihr Glas und hielt es ihm hin. »Bin ich erwachsen genug, daß ich ein zweites Glas eingegossen kriege?«

Dr. Carson schenkte ihr nach, dann füllte er sein eigenes Glas auf. »Nun... ich würde mir das so erklären, daß jemand ihr die alten Geschichten erzählt hat.«

Corinne schüttelte den Kopf. »Das habe ich auch gedacht, bis mir June sagte, sie hat die Puppe gleich am Tage ihrer Ankunft auf diesen Namen getauft, ohne mit jemand am Ort gesprochen zu haben.«

»Ich verstehe«, sagte Dr. Carson. »Dann war es also ein Zufall.«

»War es wirklich ein Zufall?« sagte Corinne leise. »Onkel Joe, wer war Amanda? Ich meine, hat diese Amanda wirklich gelebt, oder sind das nur Legenden?«

Dr. Carson lehnte sich in seinem Sessel zurück. Er hatte noch nie mit einem Menschen über Amanda gesprochen, und er war nicht gewillt, von diesem Prinzip abzugehen. Andererseits, das Gespräch über Amanda hatte bereits begonnen. Alles, was er tun konnte, war, dem Gespräch die richtige Richtung zu geben.

»Amanda war meine Großtante«, sagte er vorsichtig. »Aber...«

»Aber was?«

»Sie war blind. Sie ist in jungen Jahren vom Kliff abgestürzt. Das ist eigentlich alles, was man über sie weiß.« Er sprach zögernd, und der schleppende Tonfall bestärkte Corinne in dem Verdacht, daß er ihr etwas verbarg.

»Sie sagen das so, als ob Sie mehr über die Sache wissen.« Sie sah ihn prüfend an. Er antwortete ihr nicht. »Was steckt dahinter, Onkel Joe?«

»Sie meinen, ob ich an die Geistergeschichte glaube?«

»Nein, das meine ich nicht. Ich frage Sie: steckt mehr dahinter?«

»Ich weiß es nicht. Mein Großvater, Amandas Bruder, glaubte ganz fest, daß mehr dahintersteckte.«

Corinne saß da und schwieg.

Dr. Carson lehnte sich zurück. Er warf einen Blick aus dem Fenster.

Er sprach langsam, jedes Wort bedächtig abwiegend. »Wissen Sie, Corinne, als meine Vorfahren diesen Ort Paradise Point tauften, da hatten sie nicht die paradiesische Lage über dem Meer im Sinn, sondern das Jenseits, sagen wir besser: ihr Vorstellung vom Jenseits. Sie haben Paradise Point als ein Paradies auf Erden verstanden.« Bei den letzten Worten hatte sich Ironie in seine Stimme gemischt, ein spöttischer Beiklang, der Corinne nicht verborgen blieb.

»Ich weiß, daß es unter Ihren Vorfahren Priester gab«, sagte sie.

Dr. Carson nickte. »Fundamentalisten von der ganz harten Sorte. Aber seit Lemuel Carson, der mein Urgroßvater war, hat es keine Priester mehr in unserer Familie gegeben.«

»Und was ist mit dieser Amanda passiert?«

»Ich muß da etwas weiter ausholen. Mein Großvater hat mir erzählt, das Problem nahm seinen Anfang, als Amanda erblindete. Der alte Lemuel glaubte, daß es sich bei der Erblindung um eine Art Gottesurteil handelte. Er hat das Mädchen vor aller Welt als Märtyrerin hingestellt. Er hatte sie angewiesen, immer schwarze Kleidung zu tragen. Das arme kleine Ding. Sie muß ein sehr trauriges Leben geführt haben, blind und von allen verlassen. Ich bin sicher, sie ist sehr einsam gewesen.«

»War sie allein, als sie vom Kliff stürzte?«

»Ich nehme das an. Mein Großvater hat nie darüber gesprochen. Er war überhaupt ein Mann, der wenig sprach. Ich hatte übrigens immer das Gefühl, daß ein Geheimnis dahintersteckt. Aber wie ich schon sagte, mein Großvater hat sich darüber nie ausgelassen, er war in diesem Punkt auch nicht besser als sein Vater. Der alte Lemuel, in seinem Paradies gab es keine süßen Früchte. Nur Schlangen...«

»Gibt es nicht immer noch Schlangen in diesem Paradies?« warf Corinne ein. Dr. Carson schien ihr nicht zuzuhören.

»Mittelpunkt des Geheimnisses scheint Lemuels Frau gewesen zu sein. Ich würde einmal sagen, daß sie nicht die treueste Frau der Welt war. Mein Großvater meinte, sie ist wahrscheinlich so geworden, weil sie Lemuels ständige Reden vom Höllenfeuer nicht mehr hören konnte.«

»Ihre Urgroßmutter hat also eine Affäre mit einem anderen Mann gehabt.«

Dr. Carson schmunzelte. »Jedenfalls ist sie eine recht unternehmungslustige Frau gewesen. Mein Großvater sagte mir, sie war sehr hübsch, und er sagte auch, sie hätte besser getan, wenn sie seinen Vater nie geheiratet hätte.«

»Louise Carson«, flüsterte Corinne. »Gestorben in Sünde.«

»Sie ist ermordet worden«, sagte Dr. Carson leise. Corinne starrte ihn erschrocken an. »Es ist in dem kleinen Gartenhaus passiert, das June Pendleton jetzt als Malstudio benutzt. Lemuel hat sie dort mit einem ihrer Liebhaber überrascht. Die beiden wurden wenig später tot aufgefunden. Erstochen.«

»Mein Gott.« Corinne erschauderte. Sie spürte, wie sich ihr der Magen umdrehte, und gleich darauf überkam sie ein Gefühl, als ob sie sich übergeben müßte.

»Die Leute in Paradise Point waren natürlich ganz sicher, daß Lemuel die beiden umgebracht hatte«, fuhr Dr. Carson fort, »aber er wurde deshalb nicht zur Rechenschaft gezogen, er hatte großen Einfluß im Ort, und damals war auch eine Ehebrecherin nicht sonderlich hoch angesehen. Die Bürger fanden wahrscheinlich, sie hätte, als sie ermordet wurde, genau die Strafe bekommen, die sie verdiente. Lemuel hat nicht einmal eine Trauerfeier für sie abhalten lassen.«

»Ich habe vermutet, daß die Inschrift auf dem Grabstein etwas mit ehelicher Untreue zu tun hatte«, sagte Corinne. »Ich habe überhaupt viel über Louise Carson nachgedacht. Als ich ein kleines Mädchen war, habe ich mit meinen Freundinnen oft auf dem Friedhof gespielt. Wir haben uns die Inschriften auf den Grabsteinen angesehen.«

»Und außerdem haben Sie nach dem Gespenst Ausschau gehalten, nicht wahr?«

Corinne bejahte.

»Haben Sie das Gespenst denn je zu sehen bekommen?« fragte er.

Corinne dachte lange nach, bevor sie ihm antwortete. Schließlich schüttelte sie den Kopf.

Er sah sie zweifelnd an. »Sind Sie sicher, Corinne?« Er sprach sanft und voller Verständnis für sie.

»Nein, sicher bin ich nicht«, erwiderte sie. Sie kam sich töricht vor. Töricht, weil sie die Erinnerungsfetzen nicht zu greifen vermochte. »Da war etwas«, sagte Corinne. »Es ist nur ein einziges Mal passiert. Ich war mit einer Freundin auf den Friedhof gegangen, ich weiß nicht mehr, wie sie hieß. Als wir zwischen den Kreuzen standen, kam Nebel auf. Nun, Sie können sich ja vorstellen, welche Angst Kinder haben, wenn sie sich auf einem alten Friedhof befinden und Nebel kommt auf. Vielleicht ist damals auch nur meine Fantasie mit mir durchgegangen, aber plötzlich hatte ich das Gefühl, daß es außer uns ein drittes Lebewesen zwischen den Gräbern gab. Nichts, was man hätte berühren können, aber doch ein Wesen. Ich blieb ganz still stehen und spürte, wie es näher und näher kam.«

»Und Sie glauben, das war Amanda?« fragte Dr. Carson.

»Irgendwas war da«, sagte Corinne.

»Sie haben recht«, konterte Dr. Carson mürrisch. »Etwas war da, und zwar Ihre Angst! In Ihrer Vorstellung gab es auf einmal ein Gespenst namens Amanda. Sie waren noch ein kleines Mädchen, es war ein nebliger Tag, Sie befanden sich auf einem Friedhof, wo es ja bekanntlich Geister noch und noch gibt, und außerdem hatten Sie alle möglichen Geschichten über das Geistwesen gehört. Mich wundert nur, daß Sie sich nicht auch noch ausführlich mit Amanda unterhalten haben!«

»Ich habe kein Wort mit ihr gesprochen«, sagte Corinne. Inzwischen ärgerte sie sich, daß sie Dr. Carson auf die Sache angesprochen hatte. »Ich habe sie ja nicht einmal zu sehen bekommen.«

Dr. Carson betrachtete sie aus den Augenwinkeln. »Wie war das denn mit Ihrer Freundin? Hat auch sie plötzlich das Gefühl gehabt, daß es ein drittes Lebewesen zwischen den Gräbern gab?«

»Erstaunlicherweise ja!« Corinne spürte, wie der Ärger sich in ihr staute. Sie konnte vertragen, daß er ihr nicht glaubte. Aber daß er sich über sie lustig machte? Nein. »Und wir waren nicht die einzigen, die so etwas erlebt haben«, fuhr sie fort. »Viele in meiner Klasse haben auf dem Friedhof die gleiche Erfahrung gemacht wie ich. Alles Mädchen übrigens, und alle zwölf Jahre alt. So alt wie Amanda, so alt wie Michelle Pendleton.«

Dr. Carsons Blick wurde hart. »Corinne«, murmelte er, »wissen Sie, was Sie da sagen?«

Und plötzlich verstand Corinne die Zusammenhänge. »Jawohl. Ich behaupte, daß die Geistergeschichten wahr sind, und wenn immer wieder das Gegenteil behauptet wird, dann doch nur, weil niemand bisher Amanda *gesehen* hat, und die einzigen, die Amanda *gespürt* haben, sind zwölfjährige Mädchen. Wer glaubt schon, was ein zwölfjähriges Mädchen sagt? Kinder in diesem Alter haben eine lebhafte Fantasie, das ist bekannt. Onkel Joe, was ist, wenn ich es mir *nicht* eingebildet habe? Was ist, wenn eines von uns Mädchen die Gegenwart dieses Geistwesens *wirklich* gespürt hat? Was ist, wenn Michelle diese Amanda nicht nur gespürt, sondern auch gesehen hat?«

Dr. Carsons Gesichtsausdruck zeigte an, daß sie an den wunden Punkt gerührt hatte.

»Sie glauben daran, daß es dieses Geistwesen gibt«, flüsterte sie.

»Und Sie? Glauben Sie daran?« Es war nicht zu überhören, daß er immer aufgeregter wurde.

»Ich weiß es nicht«, log Corinne. Natürlich wußte sie, daß es Amanda gab! »Aber was Michelle erzählt hat, klingt logisch, nicht? Wenn man einmal davon ausgeht, daß es dieses Geistwesen überhaupt gibt, dann ist es naheliegend, daß nur ein zwölfjähriges Mädchen es sehen kann.«

»Amanda«, sagte Dr. Carson nachdenklich. »Sie hat über einhundert Jahre Zeit gehabt, um einem Menschen zu erscheinen. Warum jetzt? Warum erscheint sie gerade Michelle Pendleton?« Er beugte sich vor und stützte sich mit den Ellenbogen auf der Schreibtischplatte ab. »Corinne«, sagte er mit großer Ruhe. »Ich weiß, daß Sie sich wegen Michelle Sorgen machen. Ich weiß, daß Sie sich über den Namen wundern, den das Mädchen für seine Puppe ausgewählt hat. Sie bildet sich ein, daß ihre Puppe lebt, und zu allem Überfluß gibt es da noch diese Namensgleichheit. Sie halten das nicht für einen Zufall, aber verdammt noch mal, es *ist* ein Zufall. Sie dürfen da nichts hineingeheimnissen!«

Corinne stand auf. Sie war ernsthaft zornig. »Onkel Joe«, sagte sie, und ihre Stimme klang hart und schrill, »Michelle ist meine Schülerin, ich mache mir Sorgen über sie. Ich mache mir ebenso Sorgen über den Rest der Klasse. Susan Peterson ist zu Tode gestürzt. Michelle Pendleton ist infolge eines Sturzes verkrüppelt, sie benimmt sich merkwürdig. Ich möchte nicht, daß sonst noch jemand Schaden nimmt.«

Dr. Carson hielt ihrem Blick stand. Sie blieb vor seinem Schreibtisch stehen, ein Bild aus Wut und Entschlossenheit. Er wollte sie berühren, um sie zu beruhigen, um sie zu trösten, aber noch bevor er sich aus seinem Sessel erheben konnte, hatte sie sich umgewandt und war davongeeilt.

Dr. Josiah Carson ließ sich in den Sessel zurücksinken. Lange saß er so und dachte nach. Die Sache lief nicht richtig. Nichts lief richtig. Er hatte Susan Petersons Tod nicht gewollt. Michelle hätte sterben müssen, die Tochter dieses Dr. Pendleton. Auge um Auge, Zahn um Zahn, Kind um Kind. Aber keines *seiner* Kinder.

Jetzt blieb ihm nur noch eine Möglichkeit. Er mußte abwarten. Früher oder später würde das Unglück wieder seine Finger nach dem Haus ausstrecken, wie schon so oft. Wenn das Haus Alan Hanleys Tod gerächt hatte, war alles ausgestanden, dann konnte er davongehen in die Fremde und Paradise Point vergessen. Er goß sich etwas Bourbon nach und spähte aus dem Fenster. In der Ferne waren die schäumenden Strudel von Devil's Passage zu erkennen. Ein passender Name. Seit wie vielen Jahren war der Teufel schon zu Gast im Hause der Familie Carson? Jetzt erst, nach Generationen, hatte ein Carson, der letzte Carson, den Mut, den Teufel für sich einzusetzen. Richtig romantisch, fand Dr. Josiah Carson.

Er hoffte nur, daß nicht allzu viele seiner Kinder für den Versuch einer Rache ihr Leben lassen mußten.

Am späten Nachmittag jenes Tages begab sich Michelle zum alten Friedhof. Sie ging neben dem alten Grabstein in die Hocke. Sie würde auf ihre Freundin warten. Die Gräber waren in Grau getaucht, längst hatte Michelle sich an die Mischung aus Glanz und Düsternis gewöhnt. Als ihr bewußt wurde, daß man sie beobachtete, erhob sie sich und warf einen Blick in die Runde. Sie entdeckte Lisa Hartwick, die nur wenige Schritte von ihr entfernt stand.

»Hast du... Schmerzen?« flüsterte Lisa.

Michelle schüttelte den Kopf. Lisa tat einen Schritt auf sie zu. »Ich habe dich überall gesucht«, sagte Lisa. In ihren Augen stand die Angst. Michelle dachte nach, aber sie fand keine logische Erklärung.

»Du hast mich gesucht? Warum?«

»Ich wollte mit dir reden.«

Michelle betrachtete sie abschätzend. Niemand mochte

Lisa. Alle sagten, Lisa sei ein Satansbraten. Was das Mädchen wohl von ihr wollte? Vielleicht war sie ihr auf den Friedhof gefolgt, um sie zu hänseln. Aber Lisa machte keine Anstalten, eines der Spottgespräche zu beginnen, die Susan der Klasse so schön vorgeführt hatte. Statt dessen kam sie auf Michelle zu und hockte sich neben sie. Michelle ließ sich erleichtert auf den weichen Boden zurücksinken.

»Ist es wahr, daß du ein adoptiertes Kind bist?« fragte Lisa unvermittelt.

»Na und?«

»Du mußt das nicht falsch verstehen«, sagte Lisa. Dann: »Meine Mutter ist vor fünf Jahren gestorben.«

Michelle wunderte sich nicht schlecht. Warum sagte Lisa das? Wollte sie sich mit ihr anfreunden? Und wenn ja, warum?

»Ich weiß nicht, wer meine Eltern sind«, sagte Michelle. »Ich weiß nicht einmal, ob sie überhaupt noch leben. Vielleicht leben sie noch, vielleicht haben sie mich nur weggegeben, weil sie mich nicht leiden konnten.«

»Mein Vater mag mich nicht leiden«, sagte Lisa ruhig.

»Woher weißt du das?« Michelle war ein Stein vom Herzen gefallen. Das Mädchen war nicht zu ihr gekommen, um sie zu verspotten.

»Ich weiß es, weil er deine Klassenlehrerin liebt. Seit er mit ihr zusammen ist, liebt er mich nicht mehr.«

Michelle dachte nach. Vielleicht hatte Lisa recht. Vielleicht erging es Lisa so, wie es ihr, Michelle, nach der Geburt von Jenny ergangen war. »Mich liebt niemand«, sagte sie.

»Ich kenne das«, sagte Lisa. »Mich liebt auch niemand.«

»Dann laß uns doch Freundschaft schließen«, schlug Michelle vor. Lisas Stirn umwölkte sich.

»Ich weiß nicht... Man erzählt sich so manches über dich.«

Michelle war auf einmal hellwach. »Was denn?«

»Seit du vom Kliff gefallen bist, stimmt's nicht mehr mit dir.«

»Ich bin seitdem auf einem Bein lahm«, sagte Michelle. »Das weiß doch jeder.«

»Das meine ich nicht. Ich habe gehört... na ja, es heißt, du sollst das Geistwesen gesehen haben.«

Michelle atmete auf. »Du meinst Amanda? Das ist aber kein Geistwesen. Sie ist meine Freundin.«

»Ich verstehe dich nicht«, sagte Lisa. »In Paradise Point gibt's kein Mädchen, das Amanda heißt.«

»O doch«, widersprach ihr Michelle. »Sie heißt Amanda, und sie ist meine Freundin.« Lisa hatte sich brüsk erhoben. Sie wich vor Michelle zurück. »Wo willst du hin?« fragte Michelle.

»Ich... ich muß jetzt nach Hause«, sagte Lisa unruhig.

Michelle hatte Mühe, auf die Beine zu kommen. Wütend sah sie Lisa an. »Du hältst mich für verrückt, stimmt's?«

Lisa schüttelte den Kopf. Zu sagen wagte sie nichts.

Plötzlich schwebte die Nebelwand auf Michelle zu. Amandas Stimme war zu hören, sie schien aus der Ferne zu kommen. Amanda rief nach ihr.

»Ich bin nicht verrückt«, sagte sie zu Lisa. Sie war jetzt sehr traurig. »Amanda lebt. Gleich wird sie hier sein, dann kannst du dich überzeugen!«

Lisa ging rückwärts, in panischer Angst. Während sich der Nebel um Michelle schloß, drehte sich Lisa um und begann zu laufen.

Sie lief, wie Susan Peterson gelaufen war.

Einundzwanzigstes Kapitel

Es war Samstag. Die Trauerfeier für Susan Peterson hatte begonnen.

Estelle Peterson, die Mutter, saß in der vordersten Bankreihe der Methodistenkirche und spielte nervös mit dem Taschentuch, das sie zu einem feuchten Ball zusammengeknüllt hatte. Susans Sarg stand nur wenige Schritte entfernt, er war von Blumengebinden eingerahmt. Der Deckel war geöffnet worden. Henry, der Vater des toten Mädchens, saß mit stoischer Ruhe neben seiner Frau. Sein Blick war auf einen imaginären Punkt über dem Sarg gerichtet.

In der Kirche hatte sich ein Gemurmel erhoben. Estelle versuchte das Geräusch aus ihrem Bewußtsein zu verdrängen. Erst als sie inmitten des Stimmengewirrs Constance Bensons Stimme ausmachen konnte, hob sie den Kopf.

Ihr Blick fiel auf Michelle Pendleton, die den Mittelgang entlanggehumpelt kam. Sie trug ein schwarzes Kleid und ging auf ihren Stock gestützt. Hinter ihr schritten ihre Eltern, ihre Mutter trug das Baby. Als June die Mutter des toten Mädchens ansah, senkte diese den Blick. Und wieder war Constance Bensons Flüstern zu hören.

»Daß sie sich traut, hier in der Kirche aufzutauchen...« Sie konnte nicht weitersprechen, weil ihr Bertha Carstairs, die rechts neben ihr in der Bank saß, einen Rippenstoß versetzt hatte. Als die Pendletons in einer der mittleren Bänke Platz genommen hatten, trat der Geistliche vor den Altar. Er hob die Hände.

Michelle konnte die Feindseligkeit, die sie umgab, fast mit Händen greifen. Ihr war, als seien aller Augen auf sie gerichtet. Sie war das Objekt, das man ungestraft anstarren konnte, sie war die Angeklagte. Am liebsten wäre sie aufgestanden und fortgerannt. Aber das konnte sie nicht. Sie war ein Krüppel, es würde auffallen, wenn sie davonhinkte. Ihr Stock würde auf den Boden schlagen, tack-tack-tack-tack, das Echo würde im Kirchenschiff widerhallen, der Geistliche würde in seiner Predigt innehalten, und der Zorn der Gemeinde würde sich auf sie, auf Michelle, richten. Solange sie sitzen blieb, *taten* die Leute wenigstens so, als ob sie nicht zu ihr herüberstarrten. Aber Michelle wußte ganz genau, daß jeder in der Kirche sie aus den Augenwinkeln beobachtete.

June mußte sich zwingen, ruhig sitzen zu bleiben. Ihr Gesicht war zu einer gleichmütigen Maske erstarrt. Endlos schleppten sich die Gebete dahin. Es war Cal, der auf einem gemeinsamen Besuch der Trauerfeier bestanden hatte. June hatte ihm widersprochen, aber das hatte nichts genützt. Er hatte stur argumentiert, Michelle hätte mit Susans Tod nichts zu tun, es gäbe also keinen Grund, warum sie nicht an der Trauerfeier für die Schulkameradin teilnehmen sollten. June hatte vorgebracht, daß es für Michelle ein Spießrutenlaufen werden würde, eine Prüfung. Verstand er denn nicht, daß sie litt, wenn sie inmitten ihrer früheren Freundinnen saß und der Messe für Susan zuhörte? Verstand er nicht, daß es gar nicht auf die Tatsachen ankam, daß in einem solchen Rahmen nur wichtig war, was die Leute *für die Wahrheit hielten?*

Nein, davon hatte Cal nichts wissen wollen. Er hatte sich durchgesetzt, und so waren sie zur Trauerfeier gekommen. June hatte Constance Bensons bösartigen Kommentar sehr wohl gehört, sie war sicher, daß auch Michelle die häßlichen Worte vernommen hatte. Der Blick, mit dem Estelle Peterson sie fixierte, hatte sich ihr eingeprägt. Schmerz, Bestürzung und Anklage.

Und dann war die Feier zu Ende. Die Gemeinde hatte sich von den Plätzen erhoben. Der Sarg mit dem Mädchen wurde durch den Mittelgang getragen, hinter dem Sarg gingen die Eltern. Als sie an der Familie Pendleton vorbeikamen, warf Henry Peterson einen haßerfüllten Blick in Cals Richtung. Cal spürte, wie sich sein Magen zusammenkrampfte. *June hatte recht*, dachte er. Wir hätten nicht kommen sollen. Aber dann, als sich die Kirche bereits zu leeren begann, trat Bertha Carstairs zu ihm. Sie nahm seine Hand.

»Ich möchte Ihnen etwas sagen... meine Familie und ich, es tut uns allen sehr leid, wie es gekommen ist. Ich meine... seit Sie in Paradise Point sind...« Sie verstummte. Mit einem hilflosen Schulterzucken signalisierte sie ihm, was sie fühlte.

»Ich danke Ihnen«, sagte Cal. »Aber Sie brauchen sich wegen dieser Dinge nicht weiter Gedanken zu machen. Jetzt wird alles gut. Es gibt nun einmal Unfälle...«

»*Unfälle!*«

Constance Benson stand da wie eine Viper, die ihr Gift ausspuckt, sie hielt Jeff an der Hand. »Was Susan Peterson zugestoßen ist, war kein Unfall!« Cal war kreidebleich geworden. Mrs. Benson rauschte an ihm vorüber und verließ die Kirche.

Die Pendletons waren allein. June schaute in die Runde, auf der Suche nach Freunden. Es gab keine. Alle Gemeindemitglieder, auch die Carstairs, hatten die Kirche verlassen. June sah, wie Bertha Carstairs ein Gespräch mit den Petersons anknüpfte.

»Gehen wir«, sagte sie zu ihrem Mann gewandt. »Bitte! Wir haben an der Feier teilgenommen, wie du es gewünscht hast. Die Feier ist zu Ende. Gehen wir heim.«

Michelle war aufgestanden. Sie sagte nichts. Die Tränen liefen ihr über die Wangen.

Corinne Hatcher hatte die Kirche verlassen, noch bevor der Gottesdienst zu Ende ging. Sie wurde von Tim Hartwick und seiner Tochter Lisa begleitet. Corinne hatte es sich natürlich nicht nehmen lassen, an der Trauerfeier für ihre Schülerin teilzunehmen. Allerdings hatte sie Vorsorge getroffen, daß sie nach Abschluß der Feier nicht von der einen oder anderen Seite vereinnahmt wurde. Wenn sie sich in die Menge vor der Kirche mischte, würde man sie zwingen, entweder für die Petersons oder für die Pendletons Partei zu ergreifen. Sie wußte, es gab viele Menschen in Paradise Point, die überzeugt davon waren, daß Michelle der verunglückten Susan ›etwas getan‹ hatte. Gott sei Dank war die Feier nun ausgestanden.

»Ich frage mich, ob Michelle Susan umgebracht hat«, sagte Lisa in Corinnes Gedanken hinein. Lisa saß auf dem Rücksitz. Tim steuerte den Wagen, Corinne saß neben ihm.

»Was du da sagst, ist unsinnig...« begann Corinne, aber Lisa fiel ihr sofort ins Wort.

»Ich bin sicher, sie hat Susan umgebracht. Die Kinder haben recht. Michelle ist nicht richtig im Kopf.«

Tim schaltete sich ein, ruhig aber bestimmt. »Ich habe dir schon oft gesagt, Lisa, sprich nicht über Dinge, von denen du nichts verstehst.«

»Ich weiß, was mit Michelle los ist«, beharrte Lisa. Ihre Stimme glitt in den weinerlichen Tonfall ab, der Corinne immer schon auf die Nerven gegangen war.

Sie wandte sich um und sah Lisa in die Augen. »Du kennst Michelle doch gar nicht.«

»Und ob ich sie kenne! Ich habe neulich sogar mit ihr gesprochen, und zwar auf dem alten Friedhof.«

»Ich habe dir verboten, auf dem Kliff zu spielen.« Tim sprach, ohne die Stimme zu heben, aber der Tadel war unüberhörbar.

»Ich habe nicht auf dem Kliff gespielt, ich war nur auf dem Friedhof. Ich kann nichts dazu, daß ich Michelle auf dem Friedhof traf.«

»Und wie kommst du darauf, daß sie verrückt ist?« fragte Tim.

»Weil sie Dinge sagt, die nur einem Verrückten einfallen. Sie glaubt, das Geistwesen, das auf dem Friedhof spukt, ist ihre Freundin. Sie hat gesagt, ich kann mich davon überzeugen, daß ihre Freundin lebt. Sie könnte sie mir jederzeit vorstellen.«

»Sie dir vorstellen?« Corinne schüttelte den Kopf. »Demnach hat Michelle also wirklich geglaubt, ihre Freundin befände sich auf dem Friedhof.«

Lisa hob die Schultern in einer Geste der Ratlosigkeit. »Ich weiß es nicht. Gesehen habe ich ihre Freundin jedenfalls nicht. Als ich Michelle sagte, ihre Freundin ist ein Geist, da ist sie fuchsteufelswild geworden.« Lisa begann zu kichern. »Ich sage dir, sie ist verrückt.« Sie trällerte einen Spottgesang. »Verrückt, ver-rückt, ver-rückt!«

Corinne Hatcher verlor die Geduld. »Das reicht jetzt, Lisa!« schrie sie. Lisa verstummte, als hätte sie einen Schlag auf den Mund erhalten. Tim warf Corinne einen vorwurfsvollen Blick zu, aber er sagte nichts. Sie waren vor seiner Wohnung angekommen und gingen ins Haus. Erst als Lisa sich auf ihr Zimmer zurückgezogen hatte, gab Tim seinen Gefühlen Ausdruck.

»Corinne, wenn meine Tochter zu maßregeln ist, dann mache ich das selbst.«

»Du hast sie verzogen, nach Strich und Faden«, entgegnete Corinne wütend. »Wenn du nicht rechtzeitig gegensteuerst, kriegst du einen unerträglichen Tyrann.« Die Traurigkeit in seinen Augen hieß sie schweigen. Lisa, das war sein wunder Punkt, und ohnehin gab es im Augenblick viel wichtigere Dinge, über die sie mit ihm sprechen wollte. »Ich möchte, daß du dich einmal mit Michelle unterhältst«, sagte sie. »Und zwar über die Freundin, die sie sich einbildet.«

Tim dachte nach. Nach einer Weile nickte er. »Es ist ganz sicher nicht normal, wenn sich ein Kind in diesem Alter noch einen Spielgefährten einbildet. Ich möchte nicht Lisas Ausdruck benutzen, aber es wäre denkbar, daß es sich bei Michelle um ein schwer gestörtes Kind handelt.«

»Tim«, sagte Corinne, »nehmen wir einmal an, Michelle ist *nicht* gestört, sondern normal. Nehmen wir an, es handelt sich bei der Freundin, von der sie spricht, um ein Wesen, das wirklich existiert. Nehmen wir weiter an, daß Amanda ein Geist ist. Was dann?«

Tim starrte sie fassungslos an.

»Aber das ist doch unmöglich!« Die Art, wie er es sagte, machte Corinne klar, daß jede Diskussion zwecklos war.

Michelle klappte ihr Buch zu und legte es zur Seite. So sehr sie sich auch bemühte, die Trauerfeier aus der Erinnerung zu verdrängen, es gelang ihr nicht. Wie die Menschen sie angegafft hatten! Sie war sich vorgekommen wie eine Mißgeburt. Sie war es leid, als Mißgeburt behandelt zu werden.

Mit einiger Mühe stand sie von ihrem Sessel auf, sie streckte und reckte sich. Sie humpelte zum Fenster. Das Zwielicht hatte die See eisengrau eingefärbt, das Abendrot hatte dem Blau der sinkenden Nacht Platz gemacht. Der Himmel lag wie eine flache Glocke über Land und Meer. Unten, im Garten, war Mutters Malstudio zu erkennen. Michelle betrachtete die Mauern, als wartete sie auf ein ganz bestimmtes Ereignis. Aber was sollte schon passieren? Das Studio war leer. Aus dem Wohnzimmer im Erdgeschoß des Hauses schallten die Stimmen ihrer Eltern zu Michelle herauf, leise, gedämpfte Stimmen, dann und wann von Jennifers fröhlichem Kreischen unterbrochen.

Jennifer.

Michelle dachte den Namen. Jennifer. Wie hatte sie diesen Namen je hübsch finden können? Heute verstand sie das nicht mehr. Sie sprach den Namen laut aus: »Jennifer.« Sie lauschte dem Klang der Silben. Dann war ihr klar, daß sie den Namen haßte. Plötzlich begann das Kind zu schreien, es war, als sei Michelles Haß in sein Denken eingeflossen.

Michelle lauschte dem Plärren. Als das Geschrei leiser wurde, legte sie sich auf ihr Bett und schlug das Buch auf. Sie suchte und fand das Kapitel, das sie zu lesen begonnen hatte.

Jennifer fing wieder zu schreien an, laut und schrill.

Nachdem sie ihr Buch auf den Nachttisch gelegt hatte, erhob sich Michelle von ihrem Bett. Sie nahm ihren Stock und ging ins Treppenhaus hinaus.

June sah von ihrer Stickarbeit auf, sie hatte das Geräusch des Stocks auf der Treppe vernommen. Sie wandte sich zu ihrem Mann.

»Sie kommt runter.« Cal, der Jennifer auf dem Schoß hielt, ließ sich nicht anmerken, ob er June verstanden hatte.

Das Geräusch des Stockes kam näher und näher, June hatte ihren Stickrahmen wieder zur Hand genommen. Als Michelle in dem Bogen erschien, der die Verbindung zwischen Wohnzimmer und Eingangshalle bildete, mimte June Überraschung.

»Bist du mit deinen Hausaufgaben fertig?« fragte sie.

Michelle nickte. »Ich habe versucht, etwas zu lesen, aber es fällt mir schwer, mich zu konzentrieren. Ich dachte vielleicht, daß ich mit Daddy ein Spiel spielen könnte.«

Cals Züge erstarrten. Ihm fiel das Schachspiel ein – und wie es ausgegangen war. »Nicht jetzt. Ich bringe deiner Schwester gerade bei, wie sie mit ihren Zehen spielen kann.« Cal entging das schmerzliche Zucken in Michelles Antlitz, June nicht.

»Ist es nicht Zeit, Jenny zu Bett zu bringen?« schlug sie vor. Cal warf einen Blick auf die Uhr, die auf dem Kaminsims stand. »Um halb acht? Wenn wir sie jetzt zu Bett bringen, wird sie die ganze Nacht wachbleiben. Wir werden kein Auge zutun.«

»Sie bleibt so und so die ganze Nacht wach«, entgegnete June. »Cal, ich möchte, daß du sie jetzt raufbringst.«

Es war offensichtlich, daß June nicht nachgeben würde. Cal erhob sich. Er hielt das Baby über seinen Kopf. Das Kleine lachte, und er zwinkerte ihm freundlich zu. »Komm, Prinzessin, deine Mutti hat gesagt, jetzt geht's ins Bett.« Er wollte das Zimmer verlassen, aber Michelle vertrat ihm den Weg.

»Können wir ein Spiel spielen, wenn du zurückkommst?«

Cal vermied es, sie anzusehen. Er ging um sie herum, auf die Treppe zu. »Ich weiß nicht«, murmelte er. »Ich bin ziemlich müde. Vielleicht an einem anderen Abend.« Er hatte Michelle den Rücken zugewandt, und so sah er die Tränen nicht, die seiner älteren Tochter in die Augen schossen.

Rasch legte June ihre Handarbeit fort. »Komm, Michelle, wir backen ein paar Plätzchen.« Aber es war schon zu spät. Michelle war zur Tür unterwegs.

»Ich habe keinen Hunger«, sagte sie mit matter Stimme. »Ich geh wieder nach oben und lese noch etwas. Nacht.«

»Möchtest du mir keinen Gutenachtkuß geben?«

Wie im Traum ging Michelle zu ihrer Mutter und küßte sie auf die Wange. June legte ihr die Arme um den Hals. Sie wollte sie an sich ziehen, aber Michelle sperrte sich.

»Es tut mir leid«, sagte June, »aber heute abend ist dein Vater *wirklich* zu müde zum Spielen.«

»Ich weiß.« Michelle löste sich aus der Umarmung ihrer Mutter. June blieb in Ratlosigkeit zurück. Was auch immer sie sagte, Michelle schien sie nicht zu beachten. Nur Cal konnte ihr das Selbstvertrauen geben, das ihr so sehr mangelte, und June war sicher, daß er es Michelle weiterhin vorenthalten würde. Es sei denn, daß sie ihn zum Umdenken zwang.

Eine halbe Stunde verstrich. Als Cal immer noch nicht zurückgekommen war, stand June auf. Sie machte die Runde im Erdgeschoß des Hauses und löschte die Lichter. Dann stieg sie die Treppe hinauf. Sie schaute kurz in Michelles Zimmer hinein und wünschte ihr gute Nacht, dann ging sie den Flur entlang, auf das Elternschlafzimmer zu. Cal lag im Bett, er las. Neben dem Bett stand die Korbwiege mit Jennifer, die Kleine war eingeschlafen. Es war ein rührender Anblick, aber June machte es wütend.

»Du warst nicht müde, Cal«, sagte sie. Er sah auf.

»Was?«

»Ich habe gesagt, du warst nicht müde. Tu nicht so, als ob du mich nicht gehört hättest.« Junes Stimme zitterte vor Zorn, aber Cal gab sich nach wie vor ahnungslos.

»Ich habe sehr wohl gehört, was du gesagt hast. Aber ich verstehe nicht, was du damit sagen willst.«

»Dabei ist es doch so einfach«, sagte June. »Vor einer halben Stunde, als ich dir vorgeschlagen habe, du sollst Jennifer raufbringen, damit du mit Michelle spielen kannst, da hast du gesagt, es ist noch viel zu früh. Du hast gesagt, du bist müde. Und jetzt liegst du im Bett und liest.«

»June...« Cal hatte zu einer Gegenrede angesetzt, aber sie schnitt ihm das Wort ab.

»Erzähl mir doch nichts! Glaubst du, ich merke nicht, was hier vorgeht? Du bist hier im Schlafzimmer verschwunden, weil du dich vor Michelle verstecken wolltest. Du versteckst dich vor deiner eigenen Tochter! Um Himmels willen, Cal, verstehst du denn gar nicht, was du ihr damit antust?«

»Ich tue ihr gar nichts an«, sagte er aufgebracht. »Es ist nur... Ich...«

»Es ist nur, daß du ihr nicht mehr in die Augen sehen kannst. Nun, Cal, du wirst ihr in die Augen sehen *müssen!* Was du vorhin getan hast, war grausam. Michelle wollte mit dir spielen. Sie wollte ein ganz normales Spiel mit dir spielen. Nur ein Spiel, Cal! Mein Gott, wenn du so große Schuldgefühle hast, dann müßtest du dir doch gerade die Finger danach lecken, mit ihr zu spielen, und sei es nur um sie gewinnen zu lassen. Und dann hast du Jenny auch noch ›Prinzessin‹ genannt. Hast du nicht gemerkt, wie sehr du Michelle damit verletzt hast? Das ist ihr Kosename!«

»Sie hat's gar nicht gehört«, sagte Cal eingeschnappt.
»Wie willst du das denn wissen, ob sie's gehört hat oder nicht? Du siehst sie ja nicht einmal an. Und ich sage dir, Cal, sie hat's gehört. Michelle haben die Tränen in den Augen gestanden, als du das gesagt hast. Ich kann dir auch sagen, warum sie nicht wirklich losgeheult hat. Weil sie nämlich glaubt, daß es in dieser Familie niemanden mehr interessiert, ob sie heult oder nicht. Mein Gott, begreifst du denn nicht, was du dem Mädchen antust?«
Ihr Zorn wandelte sich zu Frustration und Verzweiflung. June begann zu schluchzen, sie warf sich aufs Bett. Cal zog sie in seine Arme. Die Beschuldigungen, mit denen sie ihn bombardiert hatte, tanzten in seinem Kopf herum wie Bienen in einem Bienenkorb.
»Nicht weinen, mein Liebling«, flüsterte er. »Bitte nicht weinen.«
Junes Erstarrung wich dem Gefühl der Hilflosigkeit. Und dann kehrte die Hoffnung zurück. Er war ihr Mann. Sie liebte ihn. Was geschehen war, war weder Cals Schuld noch Michelles Schuld. Es war passiert. Sie mußten sich da durchbeißen. Gemeinsam.
Sie setzte sich auf und tupfte sich die Tränen mit einem Papiertaschentuch ab.
»Ich muß dir etwas sagen, Cal. Ich weiß, du wirst es nicht gerne hören, aber ich muß es dir sagen.«
»Was denn?«
»Du kennst doch Corinne Hatchers Freund, den Schulpsychologen. Ich habe einen Termin mit ihm vereinbart für eine Besprechung, zu der wir alle drei hingehen werden.«
»Alle drei?«
June nickte.
»Ich verstehe.«
Wenn vor Sekunden noch Zärtlichkeit und Sorge in seinen Augen gestanden hatten, so waren diese Gefühle jetzt wie weggewischt. Seine Stimme war kalt wie Eis.
»Bist du sicher, daß wir da alle drei hingehen müssen?« fragte er. Sie sah, wie er sich in die Bettdecke einwickelte.

»Warum fragst du das?«

»Weil ich an deinem Verstand zweifle. Du hättest dich gerade mal hören müssen. Einen sehr, nun sagen wir: vernünftigen Eindruck machst du gerade nicht.«

June blieb vor Überraschung der Mund offenstehen. Sie starrte ihm in die Augen. Dachte er wirklich, was er da sagte? Es schien ihr unvorstellbar.

»Cal, das kannst du nicht tun!« Sie spürte, wie sie die Selbstbeherrschung verlor. Dicke Tränen standen in ihren Augen. Die Wut, die sie mit der Erinnerung an ihre Liebe verdrängt hatte, kehrte zurück wie eine zerstörerische Woge.

»*Was* kann ich nicht tun? Ich hab' ja gar nichts getan.« Er sprach ruhig und sachlich. »Ich bin raufgegangen, weil du gesagt hast, ich soll das Kind zu Bett bringen. Ich habe Jennifer in ihre Wiege gelegt. Dann habe ich mich selbst hingelegt, und als nächstes bist du reingekommen wie eine Furie und hast behauptet, ich bin ein Monstrum, das in Behandlung gehört. Findest du das vernünftig?«

June war vom Bett aufgestanden, ihre Augen sprühten vor Zorn. »Wie kannst du es wagen, so einen Unsinn zu erzählen! Bist du denn nicht mehr bei Verstand? Willst du wirklich immer so weitermachen? Willst du einfach immer behaupten, du bist an nichts schuld und mit Michelle steht alles zum besten? Jetzt hör mir einmal zu, Calvin Pendleton! Ich werde das nicht hinnehmen. Entweder du gibst sofort dein Einverständnis, daß wir alle drei zu Tim Hartwick gehen, oder ich schwöre dir, ich nehme Michelle und Jennifer und verlasse dich, und zwar noch heute nacht!«

Sie stand in der Mitte des Raums und wartete auf seine Antwort. Lange Sekunden wechselten sie zornige Blicke. Es war dann Cal, der einlenkte.

Seine Augen flackerten wie erlöschende Kerzen. Er ließ sich in das Bett zurücksinken.

»Also gut«, sagte er leise. »Ich will dich nicht verlieren, June. Ich will Jennifer nicht verlieren. Ich komme mit.«

Michelle humpelte zu ihrem Zimmer zurück, und der

Schmerz in der Hüfte war wie eine Flamme, die sich durch ihre Gelenke fraß.

Sie hatte die Eltern streiten gehört. Zuerst hatte sie gar nicht darauf geachtet, aber als die Stimme ihrer Mutter erlosch, war sie erschrocken. Sie war aufgestanden und war den dunklen Flur entlanggetapst. Vor der Tür der Eltern war sie stehengeblieben. Sie hatte gelauscht.

Zu Anfang waren die Stimmen so leise gewesen, daß sie den Sinn der Worte nicht verstand.

Dann aber hatte ihre Mutter zu weinen begonnen. Sie hatte dem Vater gedroht, ihn zu verlassen und die Kinder mitzunehmen. Michelle hatte da gestanden, mit klopfendem Herzen. Der Schmerz in der Hüfte war aufgelodert wie eine verzehrende Fackel.

Und dann hatte ihr Vater gesprochen. Die Worte klangen wie ein mißtönendes Glockengeläut in ihren Ohren. *Ich will dich nicht verlieren, June. Ich will Jennifer nicht verlieren.*

Kein Wort von ihr, von Michelle.

Sie hinkte zu ihrem Bett und legte sich schlafen. Sie zog sich die Decke bis zum Hals. Sie zitterte vor Schmerz und Enttäuschung.

Es war, wie sie die ganze Zeit befürchtet hatte. Er liebte sie nicht mehr. Er hatte sie zu lieben aufgehört an dem Tag, als sie vom Kliff fiel.

An jenem Tag hatte alles Gute zu existieren aufgehört. Das Böse hatte die Herrschaft übernommen.

Nun blieb ihr nur noch Amanda.

In der ganzen weiten Welt gab es nur noch Amanda.

Sie wünschte, Amanda möge zu ihr kommen, mit ihr reden, ihr sagen, daß alles sich zum Guten wenden würde.

Amanda kam. Die dunkle Gestalt, zunächst nur ein Schatten, kam aus der Ecke des Raums auf sie zugeschwebt. Sie hielt die Hand nach Michelle ausgestreckt, berührte ihre Wangen.

Es war ein gutes Gefühl. Michelle erschauderte vor Wonne, als ihre Freundin sie an sich zog.

»Sie haben sich gestritten, Mandy«, flüsterte Michelle. »Sie haben sich meinetwegen gestritten.«

»Nein«, sagte Amanda. »Sie haben sich nicht deinetwegen gestritten. Du interessierst sie überhaupt nicht mehr. Sie lieben nur noch Jennifer.«

»Nein«, widersprach Michelle. »Das kann nicht sein.«

»Es ist, wie ich sage«, flüsterte Amanda. Die Stimme war weich und eindringlich. »Jennifer ist schuld. Wenn es Jennifer nicht gäbe, würden sie dich immer noch lieben, alles wäre wie vorher. Wenn es Jennifer nicht gäbe, wärst du auch nicht vom Kliff gestürzt. Erinnerst du dich denn nicht mehr, wie man dich verspottet hat? Es ging um Jennifer. Es ist Jennifers Schuld. Alles ist Jennifers Schuld.«

»Jennifer ist schuld? Aber sie ist doch noch so klein?«

»Das ändert nichts«, flüsterte Amanda. »Ich werde dir die Sache abnehmen, Michelle. Es wird ganz leicht sein, du wirst sehen. Wenn Jennifer nicht mehr ist, wird alles wieder sein wie vorher. Verstehst du mich?«

Michelle drehte die Gedanken hin und her, und die ganze Zeit lauschte sie Amandas schmeichelnder Stimme, ihren Einflüsterungen. Was Amanda sagte, hatte Hand und Fuß.

Es war wirklich Jennifers Schuld.

Wenn Jennifer nicht gekommen wäre...

Michelle glitt in den Schlaf hinüber. Sie hielt Amanda in den Armen. Als sie eingeschlafen war, erklärte Amanda ihr, was sie zu tun hatte.

Michelle fand das alles sehr einleuchtend.

Und sehr vernünftig.

Zweiundzwanzigstes Kapitel

Zähflüssig verstrich die Woche. June wurde von Tag zu Tag ungeduldiger. Ein paar Mal war June drauf und dran, den Schulpsychologen um eine Vorverlegung des Termins zu bitten. Sie widerstand der Versuchung. Es war wichtig, so sagte sie sich, daß sie jetzt nicht hysterisch wurde.

Als der Freitag kam, war sie schier verzweifelt. Ob es für

das Gespräch mit Tim Hartwick nicht überhaupt schon zu spät war? Die vier Menschen, die in dem alten Haus am Kliff lebten... June fand, man konnte das nicht mehr eine Familie nennen. Michelle hatte sich noch mehr als früher in ihr Schneckenhaus zurückgezogen. Schweigend verließ das Mädchen morgens die Küche, um zur Schule zu gehen. Schweigend kehrte sie zurück und verschwand gleich darauf in ihrem Zimmer.

Wieder und wieder fand sich June im Flur, vor Michelles Zimmertür, wieder. Sie legte ihr Ohr an die Tür und lauschte.

Michelles Stimme war zu hören, sehr leise. Geflüsterte Worte, deren Sinn June nur ahnen konnte. Dann Pausen, als wenn Michelle jemand anderen sprechen ließ. Aber June wußte, ihre Tochter war allein.

Allein, wenn man von Amanda absah.

Einige Male versuchte June in jenen Tagen, die Kluft zu überbrücken, die sich zwischen ihr und ihrem Mann aufgetan hatte. Aber Cal gab sich taub. Er fuhr in aller Morgenfrühe in die Praxis. Er kehrte erst nach Einbruch der Dunkelheit heim, spielte dann noch ein paar Minuten mit der kleinen Jennifer, worauf er sich zu Bett begab.

Jennifer. – Es war, als hätte das kleine Wesen die Spannungen registriert, die in der Familie zu verzeichnen waren. Vergeblich wartete June jetzt bei ihrer Kleinsten auf das glückliche Kreischen, auf das übermütige Lachen, das sie so liebgewonnen hatte. Jennifer war ein stilles Geschöpf geworden, ein Kind, das darauf bedacht schien, ihren Eltern jede Unruhe zu ersparen.

June hielt sich so oft wie irgend möglich in ihrem Studio auf. Sie versuchte zu malen, aber nicht selten endete das, indem sie eine Stunde lang vor der leeren Leinwand stand. Die Staffelei verschwamm ihr vor den Augen. Einige Male war sie zu dem Schrank gegangen, wo sie auf Rahmen gespannte Leinwände und die Farben aufbewahrte. Sie hatte begonnen, nach der merkwürdigen Skizze zu suchen, von der sie wußte, daß sie nicht von ihrer Hand stammte. Etwas hatte sie veranlaßt, die Suche immer wieder abzubrechen. Die Angst.

Sie hatte Angst, die Skizze anzusehen. Wenn sie jenes Bild lange genug betrachtete, würde ihr einfallen, wer das gemalt hatte. Und eben das wollte June nicht wissen.

Der Freitag kam. June war erleichtert. Heute würden sie mit Tim Hartwick sprechen. Vielleicht würde sich mit der Unterredung alles zum Guten wenden.

Es war zum ersten Mal in jener Woche, daß June während des gemeinsamen Frühstücks das schwere Schweigen brach.

»Ich hole dich heute von der Schule ab«, sagte sie, zu Michelle gewandt.

Michelle sah sie auskunftheischend an. June reagierte mit einem Lächeln, von dem sie hoffte, daß es Zuversicht ausstrahlte. »Ich treffe mich nach der Schule mit Vater. Wir gehen alle drei zu Mr. Hartwick.«

»Zu dem Schulpsychologen? Warum denn?«

»Weil ich's für eine gute Idee finde«, sagte June. »Darum.«

Tim Hartwick begrüßte Michelle mit einem vertrauenerweckenden Lächeln. Er bat sie in sein Büro und bot ihr einen Stuhl an. Sie setzte sich. Sie ließ ihren Blick in die Runde schweifen. Tim wartete, bis ihre Augen zu ihm gefunden hatten.

»Ich dachte, meine Eltern würden bei dem Gespräch dabeisein.«

»Mit deinen Eltern spreche ich nachher. Ich wollte zunächst einmal dich kennenlernen.«

»Ich bin nicht verrückt«, sagte Michelle. »Es ist mir egal, was die anderen über mich erzählt haben, ich bin nicht verrückt.«

»Niemand hat mir etwas über dich erzählt«, versicherte ihr Tim. »Aber du kannst dir ja wohl vorstellen, warum ich dich zu mir gebeten habe.«

Michelle nickte. »Sie glauben, daß ich Susan Peterson etwas getan habe.«

Tim gab sich erstaunt. »*Hast* du ihr denn etwas getan?«

»Nein.«

»Warum sollte ich dann so etwas von dir annehmen?«

»Weil die anderen auch alle glauben, daß ich Susan etwas

getan habe.« Sie machte eine kleine Pause. Dann: »Alle glauben das, außer Amanda.«

»Amanda?« fragte Tim. »Wer ist Amanda?«

»Das ist meine Freundin.«

»Ich war sicher, ich kenne alle Schulkinder«, sagte Tim vorsichtig. »Aber ich kenne kein Mädchen mit dem Namen Amanda.«

»Amanda geht nicht in die Schule«, sagte Michelle. Tim Hartwick beobachtete sorgfältig ihr Mienenspiel. Aber Michelles Gesicht war ein Buch, in dem es nichts zu lesen gab. Ihre Haltung war entspannt.

»Warum geht Amanda nicht in die Schule?« fragte Tim.

»Sie ist blind.«

»Blind?«

Michelle nickte. »Sie kann nichts sehen, außer ich bin bei ihr. Sie hat merkwürdige Augen. Weiß wie Milch.«

»Und wo hast du Amanda kennengelernt?«

Michelle dachte lange nach, bevor sie ihm antwortete. »Ich kann mich nicht mehr genau erinnern«, sagte sie schließlich. »Ich glaube, es war in der Nähe von unserem Haus am Kliff. Amanda wohnt dort, wissen Sie.«

Tim beschloß, das Thema zurückzustellen. »Wie geht's denn deinem Bein?« erkundigte er sich. »Tut es sehr weh?«

»Je nachdem.« Sie hielt inne, um nachzudenken. »Manchmal habe ich große Schmerzen, manchmal ist es dann wieder nicht so schlimm. Und dann gibt es Zeiten, wo mir das Bein überhaupt nicht weh tut.«

»Wann denn?«

»Wenn Amanda bei mir ist. Ich ... ich glaube, das ist, weil sie mich auf andere Gedanken bringt. Deshalb sind wir auch so gute Freundinnen. Sie ist blind, und ich bin lahm.«

»Bevor du vom Kliff gestürzt bist, war die Freundschaft da noch nicht so eng?« fragte Tim. Er war sicher, daß er dem Grund für Michelles Lähmung auf die Spur gekommen war.

»Nein. Wir hatten uns vorher ein paarmal getroffen, aber so richtig kennengelernt haben wir uns erst nach meinem Unfall. Sie hat mich dann ein paarmal besucht.«

»Hattest du nicht eine Puppe, die Amanda heißt?« fragte Tim rasch. Michelle nickte.

»Die Puppe habe ich immer noch. Aber es ist eigentlich nicht *meine* Puppe. Früher hat die Puppe Mandy gehört, und jetzt gehört sie uns gemeinsam.«

»Ich verstehe.«

»Ich freue mich, daß wenigstens einer mich versteht«, sagte Michelle.

»Du willst damit sagen, daß es Menschen gibt, die dich *nicht* verstehen.«

»Mammi zum Beispiel. Sie glaubt, ich bilde mir Amanda nur ein. Sie glaubt das, weil Amanda und die Puppe den gleichen Namen tragen.«

»Daß die beiden den gleichen Namen tragen, ist ja auch etwas verwirrend, findest du nicht?«

»Das stimmt«, sagte Michelle. »Ich habe zuerst auch gedacht, Amanda und die Puppe, das wäre dasselbe. Aber es gibt einen Unterschied. Amanda lebt, die Puppe lebt nicht.«

»Was tust du denn, Michelle, wenn du mit Amanda zusammen bist?«

»Meistens unterhalten wir uns nur miteinander. Aber manchmal machen wir auch gemeinsame Spaziergänge.«

»Worüber sprecht ihr denn?«

»Über alles mögliche.«

Tim beschloß, einen Schuß ins Dunkle abzugeben. »War Amanda bei dir, als Susan Peterson vom Kliff abstürzte?«

Michelle nickte.

»Habt ihr euch auf dem Friedhof getroffen?«

»Ja. Susan war da, Amanda und ich. Susan hat ganz gemeine Dinge zu mir gesagt, aber Mandy hat sie zum Schweigen gebracht.«

»Wie hat sie das denn fertiggebracht?«

»Sie hat sie weggejagt.«

»Du meinst, sie hat sie in den Abgrund gejagt.«

»Ich weiß nicht«, sagte Michelle nachdenklich. Die Idee, daß Amanda das Mädchen über die Felsen hinaus in den Abgrund getrieben haben könnte, war ihr noch nie gekommen.

»Kann sein. Ich konnte das nicht mehr sehen, weil es so neblig war. Mammi behauptet, an dem Tag war gar kein Nebel, aber das stimmt nicht. Es war so neblig, daß ich die Hand nicht mehr vor Augen erkennen konnte.«

Tim lehnte sich zu ihr. Sein Gesicht war ernst geworden. »Michelle, ist es immer neblig, wenn Amanda zu dir kommt?«

Sie dachte nach. Nach einer Weile verneinte sie die Frage.

»Manchmal ja, manchmal nein.«

Tim Hartwick nickte. »Wie ist das mit deinen anderen Freundinnen? Kennen die Amanda?«

»Ich habe keine Freundinnen außer Amanda.«

»Keine einzige?«

Michelles Antwort kam so leise, daß er sie kaum vernehmen konnte. Etwas wie ein Schleier hatte sich über ihre Augen gesenkt. »Seit ich vom Kliff gefallen bin, will niemand mehr mit mir spielen.«

»Und deine kleine Schwester«, sagte Tim, »ist die für dich denn nicht wie eine Freundin?«

»Das ist ja noch ein Baby.« Schweigen folgte dieser Antwort. Tim zögerte, eine neue Frage zu stellen, er war sicher, daß Michelle noch etwas hinzufügen wollte. So kam es auch.

»Außerdem«, flüsterte Michelle, »außerdem ist sie gar nicht meine richtige Schwester.«

»Wie meinst du das?«

»Ich bin ein adoptiertes Kind, Jennifer ist ein richtiges Kind.«

»Macht dir das Kummer?«

»Ich weiß nicht recht. Amanda sagt...«

»*Was* sagt Amanda?« drängte Tim.

»Amanda sagt, seit es Jennifer gibt, haben Mammi und Daddy mich nicht mehr lieb.«

»Glaubst du, daß sie recht hat?«

Ein trotziger Ausdruck hatte sich über Michelles Miene gebreitet. »Es sieht ganz so aus. Mein Daddy spricht kaum noch ein Wort mit mir, und meine Mammi ist die ganze Zeit mit Jennifer beschäftigt, und... und...« Sie verstummte. Die Tränen liefen ihr über die Backen.

»Michelle«, sagte er leise, »wünschst du dir manchmal, daß Jennifer nicht auf die Welt gekommen wäre?«

»Ich... das weiß ich nicht.«

»Es wäre ganz normal, wenn du so fühlst«, sagte Tim. »Ich weiß noch, wie wütend ich war, als ich eine kleine Schwester bekam. Ich fand das fürchterlich unfair. Bis dahin hatte ich meine Eltern ganz für mich allein gehabt, und plötzlich gab es noch jemanden in der Familie. Ich habe dann allerdings festgestellt, daß meine Eltern mich noch genauso liebhatten wie vor der Geburt meiner Schwester.«

»Aber bei Ihnen war das anders«, konterte Michelle. »Sie waren kein adoptiertes Kind.« Sie erhob sich von ihrem Stuhl. »Kann ich jetzt gehen?«

»Möchtest du denn nicht mehr mit mir reden?«

»Nein, jedenfalls jetzt nicht, und vor allem möchte ich nicht mehr über Jennifer reden. Ich hasse Jennifer!«

»Also gut«, versuchte Tim sie zu besänftigen, »wir sprechen nicht mehr über Jennifer.«

»Ich will überhaupt nicht mehr mit Ihnen reden!« Michelle maß ihn mit einem feindseligen, verschlossenen Blick.

»Was willst du *denn* tun?«

»Ich will jetzt nach Hause gehen«, sagte Michelle. »Ich will mich mit Amanda treffen!«

»Einverstanden«, sagte Tim. »Du kannst gleich nach Hause. Ich möchte vorher nur noch ein paar Worte mit deinen Eltern reden. Komm, ich gebe dir eine Cola, und wenn du dein Glas ausgetrunken hast, bin ich mit deinem Vater und deiner Mutter soweit fertig, daß ihr losfahren könnt. Was hältst du von dem Vorschlag?«

Michelle wollte ihm widersprechen, aber plötzlich verflog ihre Wut. Sie zuckte apathisch die Schultern. »Na gut.«

Tim geleitete sie hinaus. Er begrüßte June und Cal, die im Vorraum warteten, mit einem ermunternden Lächeln. »Ich besorge Michelle rasch eine Cola«, sagte er. »Sie können schon hineingehen, ich komme gleich zurück.«

»Danke«, murmelte June. Cal schwieg.

Als er in sein Büro zurückkehrte, hatte June auf dem Stuhl

Platz genommen, wo wenige Minuten zuvor Michelle gesessen hatte. Cal war ans Fenster getreten, er sah auf den Rasen hinaus. Tim konnte seine Augen nicht sehen, aber er spürte die Feindseligkeit, die von diesem Mann ausging. Er nahm hinter seinem Schreibtisch Platz und öffnete den Schnellhefter, der die Aufschrift ›Michelle Pendleton‹ trug.

»Wie weit sind Sie mit ihr gekommen?« fragte June.

»Wir hatten eine sehr aufschlußreiche Unterredung.«

»Und sind Sie auch der Meinung wie meine Frau, daß Michelle verrückt ist?«

»Cal, das habe ich nie gesagt«, protestierte June.

»Aber das ist das, was du glaubst.« Er wandte sich dem Schulpsychologen zu. »Meine Frau hält Michelle und mich für verrückt.«

In Junes Zügen mischten sich Mitleid und Bestürzung. Tim brauchte sie gar nicht erst zu fragen, was sie von ihrem Mann hielt.

»Mr. Hartwick...« June geriet ins Stottern, sie wußte nun nicht mehr, wie sie ihren Sorgen Ausdruck geben sollte.

Der Psychologe kam ihr zu Hilfe. »Nennen Sie mich einfach Tim, das macht unser Gespräch leichter.« Er sah Cal freundlich an. »Dr. Pendleton, möchten Sie sich nicht setzen?«

»Ich kann stehen«, sagte Cal schroff. Er verharrte am Fenster, als gälte es den Platz gegen böse Feinde zu verteidigen. June zuckte die Schultern, ihr Blick wanderte zu Tim. Er verstand sofort. Er beschloß, fürs erste keinen Druck auf Cal auszuüben.

»Ich habe mich mit Michelle über ihre Freundin unterhalten«, sagte er, zu June gewandt. »Über diese Amanda.«

»Und?«

»Ich habe den Eindruck gewonnen, daß sie Amanda für ein existentes Wesen hält. Nicht notwendigerweise für einen Menschen aus Fleisch und Blut, aber doch für ein Lebewesen, das unabhängig von ihr existiert.«

»Ist das... normal?«

»Bei Dreijährigen kommt so etwas vor, ja. Aber...«

»Ich verstehe«, sagte June. »Michelle ist gestört, oder?«

»Vielleicht ist die Störung gar nicht so schwerwiegend«, begann Tim, aber Cal fiel ihm ins Wort.

»Michelle ist in keiner Weise gestört«, sagte er scharf. »Sie hat sich ganz einfach eine Freundin ausgedacht, weil sie glaubt, daß sie mit solch einer Gefährtin ihre Schwierigkeiten besser bewältigt. Ich verstehe gar nicht, warum Sie davon soviel Aufhebens machen.«

»Ich wollte, ich könnte mich Ihrer optimistischen Diagnose anschließen, Herr Dr. Pendleton«, sagte Tim. Er sprach mit ruhiger, Sicherheit einflößender Stimme. »Aber das kann ich leider nicht. Ihre Tochter durchlebt eine Phase mit sehr ernsthaften Problemen, und wenn Sie, die Eltern, sich diesen Problemen nicht stellen wollen, dann sehe ich nicht, wie ich ihr überhaupt helfen könnte.«

»Probleme«, echote June. »Sie sprechen von Problemen. Meinen Sie damit Dinge, die nichts mit Michelles ... körperlicher Behinderung zu tun haben?«

Tim bestätigte ihre Vermutung. »Ich glaube nicht, daß das gelähmte Bein das Hauptproblem ist. Ich bin fast sicher, daß es nicht so ist. Das Problem ist Michelles Schwester.«

»Jennifer«, sagte Cal.

»Oh, mein Gott«, stöhnte June. »Das habe ich befürchtet.« Sie wandte sich zu ihrem Mann. »Cal, ich hab's dir gesagt! Seit Wochen rede ich mit dir über nichts anderes, aber du willst mir nicht glauben!«

Tims Worte klangen bedeutungsschwer. »Herr Dr. Pendleton, Ihre Tochter Michelle glaubt, daß Sie sie nicht mehr liebhaben. Weil sie ein adoptiertes Kind ist, glaubt sie, daß Sie seit der Geburt Jennifers nur noch Ihr leibliches Kind gern haben.«

»Das ist doch lächerlich«, sagte Cal.

»Ist es wirklich lächerlich?« sagte June.

»Es scheint, ihre Freundin Amanda hat ihr das eingeredet«, sagte Tim.

June starrte ihn an wie einen Geist. »Ich fürchte, ich verstehe Sie nicht recht, Tim.«

Tim Hartwick setzte sich bequem. »Es ist nicht so schwer

zu verstehen, wie es auf den ersten Blick scheint. Michelle wird derzeit von Gedanken und Gefühlen heimgesucht, die ihr vollkommen fremd sind. Sie mag diese Gedanken und Gefühle nicht. Sie kommt sich vor wie ein Mensch, den man in zwei Stücke auseinanderreißt. Und deshalb hat sie Amanda erfunden. Amanda ist die dunkle Seite ihres Ichs. Auf Amanda überträgt Michelle alle Gedanken und Gemütsregungen, die ihr häßlich und abstoßend erscheinen. Die Dinge, für die sie die Verantwortlichkeit nicht übernehmen will, läßt sie Amanda tun.«

»Nennt man so etwas nicht eine Projektion?« fragte Cal. In seiner Stimme schwang Verachtung für den Psychologen mit. Aber Tim ließ sich davon nicht beeindrucken.

»In der Tat handelt es sich um eine Projektion, allerdings haben wir es hier mit einer extremen Form zu tun. Wir sprechen sonst nur von einer Projektion, wenn jemand die eigenen Probleme auf jemand anderen projiziert. Der andere ist aber eigentlich immer jemand, der wirklich existiert. Ein typisches Beispiel ist der treulose Ehemann, der seine Frau der Untreue bezichtigt, um sich über das eigene Fehlverhalten keine Rechenschaft ablegen zu müssen.«

»Sie brauchen mir nicht zu erklären, was eine Projektion ist«, sagte Cal.

Tims Geduldfaden war zum Zerreißen gespannt. »Herr Dr. Pendleton, ich habe den Eindruck, daß Sie auf meine Ausführungen keinen besonderen Wert legen.«

»Ich bin mitgekommen, weil meine Frau das verlangt hat«, sagte Cal. »Aber inzwischen glaube ich, wir vergeuden hier nur unsere Zeit.«

»Vielleicht haben Sie recht«, räumte Tim ein. Er faltete die Hände und wartete. Die Stille sollte nicht lange dauern.

»Siehst du«, sagte Cal, zu June gewandt, »sogar der Psychologe sagt, daß dieses Gespräch Zeitverschwendung ist. Wenn du dich weiterhin über diesen Unsinn unterhalten willst, mußt du's mit ihm tun. Mir reicht's!« Er ging zur Tür. Er hatte den Türknopf ergriffen und wandte sich um. »Kommst du mit, June?«

June hielt seinem Blick stand. Sie gab ihm ihre Antwort mit fester Stimme. »Nein, Cal, ich komme nicht mit. Ich kann dich nicht zwingen, Mr. Hartwick zuzuhören, aber mich interessiert es sehr, was er zu sagen hat, und deshalb bleibe ich hier. Wenn du willst, kannst du auf mich warten. Wenn nicht, dann fahr schon mit Michelle nach Hause. Ich komme zu Fuß nach.«

Tim hatte Cal, während June mit ihm sprach, aufmerksam beobachtet. Er hatte bemerkt, daß Cal bei dem Namen Michelle zusammenzuckte. Er beschloß zu schweigen. Er war neugierig, was Dr. Pendleton seiner Frau antworten würde.

»Ich warte draußen«, sagte Cal. Er verließ das Büro und schloß die Tür. June wandte sich dem Psychologen zu.

»Es tut mir so leid«, sagte sie. »Mein Mann... er scheint irgendwie nicht fähig, den Tatsachen ins Auge zu sehen. Es ist furchtbar.«

Tim schwieg eine Weile. Es war wichtig, daß seine Gesprächspartnerin ihrem Kummer Ausdruck geben konnte. »Ich denke, ich werde Michelle helfen können«, sagte er dann. »Sie steht unter großem Druck. Zum einen ist da die Behinderung, das Bein. Ein Kind tut sich sehr schwer zu begreifen, daß es ein Krüppel ist, das ist bei jedem Kind so. Außerdem ist da die Sache mit Jennifer. Und die Schlagsahne auf dem Kuchen ist Ihr Mann, ich meine die Art, wie er sich zu Michelle verhält. Alles zusammen stellt für Michelle eine außerordentliche Belastung dar. Wenn wir nichts unternehmen, treibt das Kind auf eine Katastrophe zu.«

»Dann hatte ich also doch recht mit meinen Befürchtungen«, hauchte June. Ihr war, als sei ihr ein schweres Gewicht von den Schultern genommen worden. »Und jetzt sagen Sie mir bitte, Tim, wie kommt es, daß ich mich jetzt auf einmal besser fühle?«

»Wir fühlen uns immer besser, wenn wir ein Problem verstehen«, erklärte ihr Tim. »Hingegen sind wir völlig verzweifelt, wenn wir nicht wissen, was eigentlich vorgeht. Was Michelle angeht, so meine ich, liegt das Problem jetzt offen zutage.«

Michelle hatte in der Pausenzone des Lehrpersonals gewartet. Sie hatte dagesessen und an ihrer Cola genippt. Sie hatte nachgedacht. Sie mochte diesen Mr. Hartwick. Er hatte ihr zugehört. Er hatte sie nicht ausgelacht, als sie ihm von Amanda erzählt hatte. Er hatte nicht behauptet, bei Amanda handelte es sich nur um einen Geist, um ein Gespenst. Was er jetzt wohl ihren Eltern erzählte? Eigentlich war es egal, was er denen sagte. Ihre Eltern würden sie nie mehr liebhaben, was auch immer der Psychologe machte.

Sie verließ die Pausenzone und ging zur rückwärtigen Veranda. Sie sah auf den Rasen hinaus. Zwischen den Bäumen war Billy Evans zu erkennen. Er saß auf einer Schaukel und versuchte sich mit den Beinen abzustoßen. Außer ihm waren keine Kinder zu sehen. Als er Michelle sah, winkte er ihr zu. Sie warf den leeren Becher fort und ging, auf ihren Stock gestützt, die Stufen hinunter. Sie überquerte die Rasenfläche.

»Tag«, sagte Billy. »Gibst du mir einen Schubs?«

»Gerne.«

Sie versetzte der Schaukel einen Stoß. Billy kreischte vor Vergnügen. Sie sollte ihm mehr Schwung geben, bat er sie.

»Das ist zu gefährlich«, sagte Michelle. »Eigentlich dürftest du noch gar nicht auf die große Schaukel. Du gehörst auf die kleinen Schaukeln.«

»Ich bin schon groß«, erwiderte Billy. »Ich kann sogar schon auf dem Balken vom Kugelfang balancieren.«

Michelle sah zum Baseballplatz hinüber, wo es einen Kugelfang aus Balken und Maschendraht gab. Das Gebilde war etwa 2,40 m hoch und 6 m lang. Michelle hatte oft zugesehen, wenn größere Jungen, Schüler ihres Alters, das Gerüst erklommen und auf dem Querbalken entlangspazierten. Die kleineren Kinder wagten das nicht.

»Ich habe noch nie gesehen, wie du über den Balken spaziert bist«, sagte Michelle.

»Du hättest eben aufpassen sollen. Warte nur, bis die Schaukel anhält, dann zeig' ich dir, wie gut ich das kann.«

Michelle trat einen Schritt zurück. Der kleine Junge sprang von der Schaukel, er landete ihr zu Füßen, und dann rannte er los, auf den Baseballplatz zu. Er blickte sich im Laufen um und winkte. »Komm!« rief er. Michelle humpelte hinter ihm her, so schnell sie konnte. Als sie den Kugelfang erreichte, krabbelte Billy bereits das Netz hoch.

»Paß auf, daß du dir nicht weh tust«, sagte Michelle.

»Es geht ganz leicht«, prahlte Billy. Er hatte das Netz erklommen und setzte sich rittlings auf den Querbalken. Er strahlte sie an. »Komm rauf«, sagte er.

»Das schaffe ich nicht«, sagte Michelle. »Das weißt du doch.«

Billy hob zuerst den linken Fuß, dann den rechten. Er hielt sich mit beiden Händen am Balken fest und kauerte sich hin. Schwankend erhob er sich. Er hielt die Arme ausgebreitet.

»Siehst du?«

Immer noch schwankte er. Sie war sicher, daß er vom Balken stürzen würde.

»Billy, komm sofort wieder herunter. Du wirst hinfallen und dir weh tun. Du weißt doch, daß ich dich nicht auffangen kann.«

»Ich werde *nicht* hinfallen. Schau doch!«

Zögernd setzte er einen Fuß vor den andern. Er hätte beinahe den Balken verfehlt, aber dann sah sie, wie sein Fuß auf dem Balken Halt gewann.

»Bitte, Billy!«

Billy wandte ihr den Rücken zu. Seine Schritte auf dem Balken wurden immer mutiger, immer schneller. Er hatte das Gleichgewicht wiedergewonnen.

»Ich falle nicht hin«, prahlte er. Als ihm klarwurde, daß sie ihn nicht loben, sondern ihm Vorwürfe machen würde, beschloß er sie herauszufordern. »Du sagst, ich soll runterkommen, weil du selbst nicht auf dem Balken balancieren kannst. Wenn du kein Krüppel wärst, könntest du's. Aber da du nun mal ein Krüppel bist, kannst du's nicht!«

Er lachte sie aus.

Michelle starrte zu ihm hinauf, sein Lachen gellte in ihren Ohren. Es klang wie Susan Petersons Lachen. Wie das Lachen der Kinder am Strand.

Der Nebel war näher gekommen, der kalte, feuchte Hauch, der Amanda zu ihr tragen würde. Das Bild des Jungen, der sich auf dem Balken vorwärts tastete, verschwand in den weißen Schwaden. Seine Stimme aber blieb deutlich zu vernehmen. Er lachte, und das Lachen durchschnitt den Nebel wie eine scharfe Klinge. Und dann stand Amanda hinter ihr. Sie spürte den Atem der Freundin auf ihrem Nacken.

»Das darf er nicht tun, Michelle«, flüsterte Mandy. »Er lacht dich aus. Du darfst nicht zulassen, daß er dich auslacht. Sorge dafür, daß niemand mehr über dich lacht.«

Michelle zögerte. Billys Gelächter war lauter geworden.

»Wenn du kein Krüppel wärst, könntest du das auch, Michelle!«

»Bring ihn zum Schweigen!« zischte Mandy ihr ins Ohr.

Michelle brach in Tränen aus. »Ich weiß nicht, wie«, schluchzte sie. Sie drehte sich um, auf der Suche nach Amanda.

»Ich zeig' dir, wie«, wisperte Mandy. »Paß jetzt gut auf...«

Das spöttische Gelächter des kleinen Jungen erstarb. Gleich darauf ertönte ein entsetzlicher Schrei.

Billy versuchte auf das Netz zurückzuklettern, aber es war zu spät. Der Balken hatte zu schwanken begonnen.

Er verlor die Balance, gewann wieder Halt, verlor dann endgültig das Gleichgewicht. Mit wirbelnden Armen stürzte er in die Tiefe.

Eine Sekunde später senkte sich Grabesstille über den Rasenplatz. Das einzige Geräusch inmitten des Schweigens war Amandas Stimme, nur Michelle konnte das Geräusch hören.

»Hast du gesehen? So leicht ist das. Jetzt wird niemand mehr über dich lachen...«

Die Stimme verhallte, Amanda war fort. Der Nebel hob sich. Michelle stand da und starrte den davonschwebenden Schwaden nach.

Billy Evans lag nur wenige Schritte von ihr entfernt. Sein Hals war verdreht, er starrte sie an aus leeren Augen. Michelle war sicher, daß er sie nie wieder auslachen würde.

Dreiundzwanzigstes Kapitel

Michelle betrachtete den kleinen Körper, sah Billy Evans in das bleiche, leblose Gesicht. Sie zwang sich näher zu gehen.

»Billy?« Ihre Stimme klang zaghaft, unsicher. »Billy, ist alles okay?«

Noch bevor sie die Frage aussprach, wurde ihr klar, er war tot. Sie tat einen weiteren Schritt nach vorn, dann änderte sie ihren Entschluß. Es hatte keinen Sinn, daß sie den Jungen aus nächster Nähe betrachtete.

Hilfe. Sie mußte Hilfe holen.

Sie lehnte sich an den Kugelfang und hob ihren Stock auf. Nach einem letzten Blick auf Billy überquerte sie die Rasenfläche. Auf dem Freigelände war kein einziger Mensch. Niemand, der Billy Evans zu Hilfe eilen konnte.

Niemand, der ihr hätte erklären können, was eigentlich passiert war.

Denn Michelle erinnerte sich nicht, was passiert war.

Sie erinnerte sich nur, daß Billy den Maschendraht hochgeklettert war.

Sie erinnerte sich auch, daß er auf dem langen Querbalken entlangspaziert war. Sie hatte ihm zugerufen, er sollte vorsichtig sein.

Dann hatte er zu lachen begonnen.

Der Nebel war herangeschwebt und hatte Michelle eingehüllt. Mit dem Nebel war Amanda gekommen.

Und dann?

Michelles Gedächtnis war leer wie eine unbeschriebene Seite.

Sie setzte ihren gesunden Fuß auf die erste Stufe und zog das lahme Bein nach.

»Hilfe!« schrie sie. »Bitte! Hört mich denn niemand?«

Sie war auf der vorletzten Stufe angekommen, als das rückwärtige Portal aufging. Ihr Vater erschien auf dem Treppenabsatz.

»Michelle! Was ist passiert? Hast du dir weh getan?«

»Billy ist etwas zugestoßen!« schrie Michelle. »Billy Evans!

Er ist gestürzt, Daddy! Er wollte auf dem Balken balancieren, und da ist er gestürzt!«

»Oh, mein Gott!« Cal war es, als wollte ihm jemand die Kehle zuschnüren. Die Gesichter der toten Kinder waren wieder da, jene Augen, die ihn anklagten. Etwas wie Schwindel umfing ihn. Er zwang sich, zum Spielplatz hinüberzuschauen. Unter dem Kugelfang lag die reglose Gestalt eines Jungen.

Michelle kam auf ihn zugewankt, umschlang ihn mit beiden Armen. In ihren Augen schimmerten Tränen.

»Er ist vom Balken abgestürzt, Daddy. Ich glaube... ich glaube, er ist tot.«

Er mußte nachdenken. Und er mußte *handeln*. So schwer war das alles, so unendlich schwer. »Komm herein«, murmelte er. »Komm herein, deine Mutter wird sich um dich kümmern.« Er löste sich aus ihrer Umarmung und führte Michelle in Mr. Hartwicks Büro. Tim und June sahen ihn erstaunt an. Sie lasen ihm an den Augen ab, daß etwas Furchtbares passiert war.

»Rufen Sie einen Krankenwagen an, Mr. Hartwick«, sagte Cal. »Es hat einen Unfall gegeben. Ein kleiner Junge ist auf den Kugelfang geklettert, er ist heruntergefallen. Ich... ich werde gleich nach ihm sehen.« Seine Stimme brach. »Ich muß... ich werde...« Er wandte sich um und ging hinaus.

Tim Hartwick hatte den Hörer abgenommen. Er wählte die Nummer, als Michelle zu sprechen begann.

»Mammi...« Es klang traurig und traumverloren. June schloß ihre Tochter in die Arme.

»Ist schon gut, mein Kleines«, flüsterte sie ihr ins Ohr. »Dein Vater kümmert sich um den kleinen Jungen, und gleich wird auch der Krankenwagen dasein. Wie ist das eigentlich passiert?«

Michelle vergrub ihr Gesicht im Schoß der Mutter und begann zu schluchzen. June hielt sie an sich gedrückt. Sie lauschte dem Gespräch, das Tim Hartwick führte. Beruhigend strich sie ihrer Tochter über den Scheitel. Michelles Schluchzen ebbte ab.

Tim Hartwick hatte das Telefongespräch beendet, als Michelle den Hergang des Unfalls zu erzählen begann. Er hörte ihr aufmerksam zu, zugleich beobachtete er ihren Gesichtsausdruck, versuchte die Wahrheit von ihren Augen abzulesen. Als Michelle mit ihrer Schilderung fertig war, zog June ihre Tochter wieder in die Arme.

»Wie furchtbar«, sagte sie sanft. »Aber mach dir keine Sorgen, Kleines, der Junge wird sicher wieder gesund.«

»Er wird nie wieder gesund«, sagte Michelle hohl. »Er ist tot. Ich weiß, er ist tot.«

Es war wie in einem Alptraum.

Cal überquerte den Platz wie im Halbschlaf. Seine Füße schienen in Treibsand zu versinken. Er brauchte nur ein paar Sekunden, um bis zu Billy Evans zu laufen, aber diese Sekunden schienen ihm lang wie Stunden. Eine düstere Vorahnung beschlich ihn.

Er hatte den Baseballplatz erreicht und kniete vor dem verkrümmten Körper des Jungen nieder. Er sah dem Jungen ins Gesicht. Das Genick war gebrochen. Gewohnheitsmäßig tastete er nach dem Handgelenk.

Ein Puls war zu spüren.

Cal dachte zuerst, das bilde ich mir nur ein, aber dann kam die Erkenntnis, er lebt. Billy Evans hatte den Sturz überlebt.

Warum ist er nicht tot? dachte Cal. *Indem er weiterlebt, lastet er mir die Verantwortung auf.*

Zögernd beugte er sich über den Jungen, um ihn zu untersuchen. Er würde den Kopf des Jungen bewegen müssen.

Er dachte nach. Vor ein paar Wochen hatte er seine bewußtlose Tochter auf die Arme genommen und zum Haus getragen. Jetzt war sie ein Krüppel. Er spürte, wie sich die Panik seiner Gedanken bemächtigte. Den Bruchteil einer Sekunde lang war er wie gelähmt. Aber dann begann sein Gehirn wieder zu arbeiten.

Bald würde der Krankenwagen eintreffen. Die Sanitäter würden den Kopf des Jungen bewegen. Er würde abwarten, bis Hilfe kam.

Andererseits, er war *Arzt*. Er mußte etwas *tun*.

Wenn er nichts unternahm, konnten die Sanitäter nur noch einen Toten abtransportieren. Der Hals des Jungen war verdreht. So wie Billy jetzt lag, mußte er ersticken.

Er spreizte die Finger und brachte Billys Kopf in die natürliche Lage.

Nachdem die Lungen wieder mit Luft versorgt wurden, wich der bläuliche Schimmer von den Wangen. Cal sah, wie die Atembewegungen deutlicher wurden.

Die Spannung wich von Cal.

Billy Evans würde leben.

Aus der Ferne war die Sirene des Krankenwagens zu hören. Für Dr. Calvin Pendleton klang es wie eine Symphonie der Hoffnung.

Als das Sirenengeräusch näher kam, stand June von ihrem Stuhl auf. Sie trat ans Fenster. Sie konnte von dort nur einen Teil des Kugelfangs sehen, der Rest war vom Schulgebäude verdeckt.

»Ich möchte nicht rausgehen«, sagte sie. »Ich ertrage den Anblick nicht. Tim, würden Sie gehen und nachsehen, was passiert ist?«

Tim Hartwick nickte Zustimmung. Er stand auf und ging zur Tür. Im Türrahmen blieb er stehen und wandte sich um, als sei ihm etwas eingefallen.

»Ich habe Mrs. Evans verständigt, sie wird gleich hier sein. Soll ich nicht bei Ihnen bleiben, bis Mrs. Evans kommt?« Er sah Michelle prüfend an. Sie saß auf ihrem steifen Stuhl und starrte in eine unwirkliche Ferne. Ihr Gesicht war vom Schock gezeichnet.

»Wenn Mrs. Evans kommt, bevor Sie zurück sind, Tim, werde ich mit ihr sprechen«, sagte June. »Gehen Sie jetzt, und stellen Sie fest, ob der Junge noch lebt.«

Eine halbe Stunde war vergangen. Nur noch Michelle, ihre Mutter und der Schulpsychologe waren in der Schule zurückgeblieben. Der Krankenwagen war zur Klinik unterwegs, Dr. Pendleton kauerte auf dem Schemel neben der Trage. Billys Mutter war mit dem eigenen Auto hinterhergefahren, nachdem Tim ihr versichert hatte, daß ihr Sohn noch am Leben war. Die Menschen, die nach dem Bekanntwerden des Unfalls auf dem Schulgelände zusammengelaufen waren, hatten den Rasen wieder verlassen. In kleinen Gruppen waren sie am Schulgebäude vorbeigegangen. Der eine oder andere hatte verstohlen zu dem Fenster hinaufgeschaut. Die Leute wußten, daß Michelle Pendleton sich in Tim Hartwicks Büro befand.

Tim hatte June bedeutet, ihm in den Flur zu folgen. Als sie unter vier Augen waren, sagte er ihr, daß er mit Michelle sprechen wollte.

»Jetzt schon?« fragte June. »Sie ist doch noch ganz durcheinander.«

»Wir müssen herausfinden, was passiert ist. Ich möchte mit ihr sprechen, bevor sie groß über die Sache nachgedacht hat. Das ist die beste Methode, um die Wahrheit rauszukriegen.«

Junes mütterliche Instinkte diktierten ihr die Antwort. »Sie meinen, Sie wollen mit ihr sprechen, bevor sie sich eine Story ausdenkt.«

»Das habe ich weder gesagt noch gemeint«, verteidigte sich Tim. »Ich möchte mit ihr sprechen, bevor sie sich selbst eine logische Erklärung für das Ereignis zurechtlegt. Vor allem möchte ich herausfinden, warum sie sich so sicher gab, daß Billy tot war.«

Widerstrebend gab June ihm die Erlaubnis, mit Michelle zu sprechen. »Aber Sie dürfen sie nicht bedrängen. Versprechen Sie mir das?«

»So etwas würde ich nie tun«, sagte Tim freundlich. Er bot June einen Stuhl im Vorraum an und kehrte in sein Büro zurück, wo er von Michelle erwartet wurde.

»Warum warst du so sicher, daß Billy tot wäre?« fragte er sie. Er hatte zehn Minuten gebraucht, um Michelle davon zu überzeugen, daß ihr kleiner Freund den Unfall überlebt hatte, und immer noch war nicht ganz klar, ob sie ihm glaubte. »Er ist doch nicht tief gefallen.«

»Ich wußte, er war tot«, erwiderte Michelle. »So was weiß man.«

»Aber woher wußtest du das?«

»Das... ich... ich wußte es eben.«

Tim faßte sich in Geduld. Er würde warten, bis Michelle von sich aus eine glaubhafte Begründung nachlieferte. Aber er wartete vergebens. Er beschloß, sie noch einmal den Hergang des Unfalls erzählen zu lassen. Er hörte ihr zu, ohne sie zu unterbrechen.

»Und das war alles?« fragte er, als sie fertig war.

Michelle nickte.

»Und jetzt noch einmal«, sagte Tim. »Ich möchte, daß du diesmal ganz sorgfältig nachdenkst. Versuche dich bitte zu erinnern, ob du irgendeine Einzelheit vergessen hast.«

Einmal mehr schilderte Michelle, wie es zu dem Sturz des Jungen gekommen war. Diesmal stellte Tim Zwischenfragen.

»Als Billy auf dem Balken zu balancieren begann, wo hast du da gestanden?«

»Am Ende des Balkens. Dort, wo er raufgeklettert ist.«

»Hast du den Stützbalken mit der Hand berührt? Hast du dich angelehnt?«

Michelle runzelte die Stirn. Sie mußte nachdenken. »Nein«, sagte sie schließlich. »Ich habe meinen Stock benützt. Ich habe mich auf meinen Stock gestützt.«

»Gut«, sagte Tim. »Und jetzt erzähl mir noch einmal, was passiert ist, während Billy auf dem Balken entlangging.«

Sie wiederholte die Schilderung Wort für Wort.

»Ich habe da gestanden und ihn beobachtet. Ich habe ihm gesagt, er soll vorsichtig sein. Ich hatte Angst, daß er herunterfällt. Und dann ist er gestolpert. Jawohl, er ist gestolpert, und gleich darauf ist er abgestürzt. Ich wollte noch hinlaufen und ihn auffangen, aber ich stand zu weit weg, und ich... ich kann nicht mehr so schnell laufen.«

»Über was ist er denn gestolpert?« fragte Tim.

»Ich weiß es nicht. Das konnte ich nicht sehen.«

»Du konntest das nicht sehen? Warum nicht?« Tim kam ein Gedanke. »War es neblig, Michelle? Ist plötzlich Nebel aufgekommen?«

Er sah, wie ihre Wimpern zuckten. Dann schüttelte sie den Kopf.

»Nein, da war kein Nebel. Ich war nur zu klein, um das sehen zu können. Vielleicht... vielleicht war ein Nagel in dem Balken.«

»Das wäre denkbar«, sagte Tim. Dann: »Was ist mit Amanda? Wo war Amanda, als der Junge abstürzte? War sie dabei?«

Michelle war es, als zuckten Blitze vor ihren Augen. Wieder schüttelte sie den Kopf.

»Nein.«

»Bist du ganz sicher?« fragte Tim. »Deine Antwort ist von großer Bedeutung, Michelle.«

Diesmal verneinte Michelle mit großer Leidenschaft.

»Nein!« rief sie. »Nein! Es gab keinen Nebel, und Amanda war nicht da! Billy ist gestolpert! Ich habe es gesagt, wie es war, er ist gestolpert! Glauben Sie mir denn nicht?«

Tim sah, daß sie den Tränen nahe war.

»Natürlich glaube ich dir«, sagte er und lächelte. »Du magst Billy Evans doch gern, oder?«

»Ja.«

»Hat er dich je gehänselt?«

»Mich gehänselt?«

»So wie Susan Peterson dich gehänselt hat, Susan und die anderen Kinder.«

»Nein«, sagte Michelle nach kurzem Zögern.

Tim war sicher, es gab Dinge, die Michelle ihm nicht erzählt hatte, aber er hatte seine Zweifel, ob er das Geheimnis je aus ihr herausbekommen würde. Es gab da eine Hemmung, die sie am Reden hinderte. Sie wollte jemanden decken. Und Tim ahnte, wer das Wesen war, das geschützt werden sollte.

Amanda. – Amanda, der düstere Teil Michelles, hatte etwas verbrochen, und Michelle wollte Amandas Spuren verwischen. Tim wußte, es würde noch sehr lange dauern, bis Michelle ihre ›Freundin‹ aufgab.

Er dachte gerade darüber nach, was er sie als nächstes fragen sollte, als er ihre drohenden Augen vor sich sah.

»Er wird sterben«, sagte sie leise. Tim betrachtete sie überrascht. Er war nicht sicher, ob er sie richtig verstanden hatte. Aber dann wiederholte Michelle ihre Prophezeiung.

»Ich weiß, Billy wird sterben.«

June lenkte den Wagen, Cal saß auf dem Beifahrersitz, Michelle im Fond. Jeder war in seiner eigenen kleinen Welt. Cal und June dachten an Billy Evans, der im Koma lag. Dr. Carson hatte die Behandlung des Jungen übernommen, er hatte getan, was er konnte. Zum Schluß hatte er Billy ein leichtes Beruhigungsmittel gegeben. Morgen, so hatte er gesagt, würde ein Neurologe aus Boston kommen. Aber Cal und Dr. Carson wußten bereits, was der Spezialist herausfinden würde. Er würde nur bestätigen, was sie bereits wußten. Billys Gehirn war geschädigt. Wie tief der Schaden ging, würde sich erst zeigen, wenn Billy aus dem Koma aufwachte.

Wenn er überhaupt je aus dem Koma aufwachte.

Das Schweigen begann June auf die Nerven zu gehen. Sie war erleichtert, als ihr ein Vorwand für eine kleine Unterhaltung einfiel.

»Ich fahre noch bei Mrs. Benson vorbei. Ich habe Jennifer bei Mrs. Benson gelassen, weißt du.«

Cal nickte und schwieg. Erst als sie in die Einfahrt zum Haus von Mrs. Benson abbog, bequemte er sich zu einer Bemerkung, die dann auch noch ein Tadel war. »Mir paßt es nicht, daß du Jennifer bei fremden Leuten läßt.«

»Ich hätte sie ja wohl schlecht mitbringen können, oder?«

»Du hättest mich anrufen können. Ich hätte euch mit dem Wagen abgeholt.«

»Offen gesagt, ich war nicht einmal sicher, ob du zu dem Termin kommen würdest«, gab June ihm zur Antwort. Dann fiel ihr ein, daß Michelle auf dem Rücksitz saß. »Nächstes Mal rufe ich dich an, oder ich bringe Jennifer mit.« Sie stieß die

Tür auf und stieg aus. Sie öffnete Michelle die rückwärtige Tür. Cal war bereits auf Mrs. Bensons Veranda angelangt, als June und Michelle noch die Treppe hochstiegen.

Constance Benson mußte sie wohl erwartet haben. Die Tür schwang auf, noch bevor Cal anklopfen konnte. June hatte den Eindruck, daß Mrs. Bensons Lippen zu einem dünnen, harten Strich wurden, als sie Michelle erblickte. Die Frau schwieg beharrlich. June beschloß abzuwarten. Erst wenn sie im Inneren des Hauses waren, würde sie Mrs. Benson erklären, was vorgefallen war. Aber dann stellte sich heraus, daß diese bereits Bescheid wußte. »Estelle Peterson hat mich angerufen«, sagte sie. »Es ist furchtbar. Wirklich furchtbar.« Ihr Blick glitt zu Michelle, und diesmal hatte June keinen Zweifel mehr: Feindseligkeit glomm in Mrs. Bensons Augen.

»Es war ein Unfall«, sagte June hastig. »Billy hat versucht, auf dem Balken des Kugelfangs zu balancieren, er ist gestürzt. Michelle hat noch versucht, ihn aufzufangen.«

»Hat sie das?« Constance Benson sprach mit gleichmütigem Tonfall, aber June hatte den sarkastischen Beiklang sofort herausgehört. »Ich hole das Baby. Sie ist oben, ich habe sie schlafen gelegt.«

»Ich weiß gar nicht, wie ich Ihnen danken soll, daß Sie so nett auf Jennifer aufgepaßt haben«, sagte June. Sie war der Frau wirklich dankbar. Constance Benson war schon auf der Treppe. Als sie June sprechen hörte, blieb sie stehen und wandte sich um.

»Babys sind sehr leicht zu beaufsichtigen«, sagte sie. »Die Probleme beginnen, wenn die Kinder älter werden.«

Michelle war ins Zimmer gekommen. Sie tat einen Schritt auf ihren Vater zu.

»Die Frau glaubt, ich bin schuld, oder?« fragte sie. Constance Benson hatte den oberen Teil der Treppe erreicht.

Cal schüttelte den Kopf. Er sagte nichts. Michelle sah ihre Mutter an.

»Hat die Frau gesagt, ich bin schuld?« wiederholte sie ihre Frage.

»Natürlich nicht«, antwortete June. Sie ging auf Michelle

zu und legte ihr den Arm um die Schulter. Constance Benson war zurückgekommen, sie hielt Jennifer an sich gepreßt. Es war, als zögerte sie, das Kleine June zu überreichen, solange diese Michelle umarmt hielt. Stille stand zwischen den Menschen wie eine Wand. Es war Michelle, die schließlich das Schweigen brach.

»Ich habe Billy nichts getan«, sagte sie. »Es war ein Unfall.«

»Das mit Susan Peterson war auch ein Unfall«, sagte Constance Benson. »Aber versuch das mal ihrer Mutter klarzumachen.«

June spürte, wie der Ärger in ihr hochwallte. Nein, diesmal würde sie zu den ungerechten Vorwürfen, die sich gegen ihre Tochter richteten, nicht mehr schweigen.

»Es ist grausam gegenüber Michelle, wenn Sie so etwas sagen, Mrs. Benson. Sie waren selbst dabei, als das mit Susan Peterson passiert ist, und deshalb wissen Sie auch ganz genau, daß Michelle nichts damit zu tun hat. Und heute hat meine Tochter sogar versucht, Billy Evans aufzufangen. Sie kann nichts dafür, daß sie nicht schnell genug war.«

»Ich weiß nur eines, Unfälle passieren nicht nur so, sie haben alle eine Ursache, und ich lasse mir nicht das Gegenteil einreden!« Sie übergab June das Baby. Unvermittelt wanderte ihr Blick zu Michelle.

»Wenn ich du wäre, dann würde ich dieses Baby mit großer Vorsicht behandeln«, sagte sie. Immer noch starrte sie Michelle an. »Es braucht nicht viel, um ein Kind in diesem Alter zu töten.«

June war so verblüfft, daß ihr keine Antwort einfiel. Erst allmählich dämmerte ihr, was Constance Benson mit ihrer Bemerkung andeuten wollte. Trotzig gab sie die kleine Jennifer an Michelle weiter.

»Trägst du sie bitte schon in den Wagen, mein Liebling?«

Michelle hielt das Baby mit sorgsamer Geste in der Armbeuge, mit dem anderen Arm stützte sie sich auf ihren Stock. June hatte Constance Benson fixiert, sie wartete nur darauf, daß diese Frau eine neue Beleidigung ausspuckte. Michelle war zur Tür unterwegs.

»Gehst du bitte mit ihr«, sagte June, zu Cal gewandt. »Sie kann allein wohl kaum die Wagentür aufbekommen. Ich könnte mir allerdings vorstellen, daß sie es schafft, wenn es keine andere Möglichkeit gibt.«

Cal spürte die Spannung, die zwischen den beiden Frauen entstanden war. Rasch folgte er Michelle auf die Veranda. June blieb mit Constance Benson in deren Wohnzimmer zurück. Sie brauchte ein paar Sekunden, bis sie ihre Fassung wiedergefunden hatte.

»Ich danke Ihnen, daß Sie sich um Jennifer gekümmert haben«, sagte sie schließlich. »Und nun, da ich mich bei Ihnen bedankt habe, möchte ich Ihnen sagen, daß Sie die grausamste und dümmste Person sind, die mir je untergekommen ist. In Zukunft werde ich Sie um keinen Gefallen mehr bitten. Ich werde jemand anderen bitten, auf Jennifer aufzupassen, oder ich werde sie selbst beaufsichtigen. Auf Wiedersehen.«

Sie wollte zur Tür gehen, als Constance Benson zu sprechen begann. »Ich mache Ihnen nicht zum Vorwurf, daß Sie so denken, Mrs. Pendleton. Sie haben keine Ahnung, was überhaupt los ist. Keine Ahnung.«

Michelle ging die Treppe von der Veranda zum Garten hinunter. Sie hielt Jennifer an sich gedrückt, während sie mit dem Stock nach der ersten Stufe tastete. Sie blieb ganz bewußt in der Nähe des Geländers, wenn sie ausglitt, konnte sie dort Halt finden. Als sie am Fuß der Treppe ankam, blieb sie stehen. Ein Seufzer der Erleichterung entrang sich ihren Lippen. »Wir haben es geschafft«, flüsterte sie und strahlte Jennifer an. Das Kleine schien sie verstanden zu haben, Michelle wurde mit einem fröhlichen Gurgeln belohnt. Und dann rann dem Baby ein Bläschen Speichel aus dem Mund. Michelle wischte den Tropfen mit einem Zipfel des Tuchs fort.

Plötzlich war der Nebel da. Die Wand schloß sich. Michelle warf einen Blick in die Runde. Im milchigen Schein erkannte sie ihren Vater, der neben dem Wagen stand. Wie aus weiter Ferne wehte Amandas Geflüster heran.

»Daddy!« rief Michelle.

Sie sah, wie er sich zögernd in Bewegung setzte, aber dann verschwamm seine Gestalt im weißen Dunst.

»Daddy! Schnell!«

Sie wußte, sie würde Jennifer fallen lassen.

Die Gegenwart Amandas war zu spüren. Amanda stand hinter ihr, flüsterte ihr zu, sie müsse das Baby fallen lassen. Laß Jennifer fallen. Jennifer hat dir die Eltern weggenommen. Laß sie einfach auf den Boden fallen.

Amandas Stimme wurde von Sekunde zu Sekunde eindringlicher, und Michelle spürte, wie ihr Widerstand erlahmte. Es kam der Augenblick, wo sie Jennifer weh tun wollte. Sie freute sich darauf, das Kind zu Boden fallen zu sehen.

Sie lockerte die Muskeln ihres linken Arms.

»Es ist gut«, hörte sie ihren Vater sagen. »Ich habe sie. Du kannst sie jetzt loslassen.«

Sie spürte, wie Jennifer ihr fortgenommen wurde. Der Nebel verflog so schnell, wie er gekommen war. Ihr Vater stand neben ihr. Er hielt das Baby in seinen Armen und maß Michelle mit einem fragenden Blick.

»Was war denn los?« fragte er.

»Ich... mir ist auf einmal der Arm ermüdet«, stotterte Michelle. »Ich konnte sie nicht länger halten. Ich hatte Angst, ich würde sie fallen lassen, Daddy!«

»Aber du hast sie nicht fallen gelassen«, sagte Cal. »Es ist genauso, wie ich es deiner Mutter gesagt habe. Du bist völlig gesund. Du wolltest Jenny nicht weh tun, und du wolltest sie auch nicht fallen lassen.« Aus Cals Stimme war die Verzweiflung herauszuhören. Es war offensichtlich, daß er den Wahrheitsgehalt der eigenen Worte bezweifelte. Aber Michelle war zu verwirrt, um den vorwurfsvollen Unterton zu bemerken.

»Mein Arm ist ermüdet, das ist alles«, sagte sie unsicher. Dann, als sie im Fond des Wagens Platz genommen hatte, kehrte Amandas Stimme zurück.

Amanda war wütend auf sie.

Michelle entnahm das aus den Worten, die Amanda ihr zurief.

Sie wollte nicht, daß Amanda wütend auf sie war.

Amanda war ihre einzige Freundin.

Was immer auch geschah, Michelle würde sich nicht damit abfinden, daß Amanda wütend auf sie war.

Vierundzwanzigstes Kapitel

Corinne war eine Frau mit Geduld. Aber als Tim ihr sagte, daß Michelle zur Beobachtung in eine geschlossene Anstalt eingewiesen werden sollte, ging das Temperament mit ihr durch.

»Wie kannst du so etwas sagen!« herrschte sie ihn an. Sie verschränkte ihre Beine in einer unbewußten Geste der Abwehr. Sie umfaßte ihre Kaffeetasse mit beiden Händen. Tim stand vor dem Kamin und stocherte im Feuer. Er wirkte hilflos.

»Da war so etwas in ihren Augen«, sagte er. Wie oft sollte er es ihr noch erklären! »Ich bin nicht ganz sicher, wie ich es deuten soll, aber eines weiß ich, das Mädchen hält mit der Wahrheit zurück. Es tut mir leid, Corinne, aber ich glaube nicht, daß Billys Sturz ein Unfall war.«

»Du willst damit sagen, Michelle Pendleton hat versucht, den Jungen umzubringen. Warum drückst du dich nicht klar aus? Warum gehst du um den heißen Brei herum?«

»Ich habe mich klar ausgedrückt. Du möchtest wahrscheinlich, daß ich Michelle Pendleton des Mordes bezichtige, um mir dann zu beweisen, daß ich unrecht habe. Ich bin nicht sicher, daß sie eine Mörderin ist, aber ich bin überzeugt, daß sie etwas mit Billys Sturz zu tun hat. Und mit Susan Petersons Sturz vom Kliff ebenfalls.«

»Michelle ist keine Mörderin, aber sie hat Susan umgebracht, ist das deine These?« Sie sprach weiter, ohne seine Antwort abzuwarten. »Mein Gott, Tim, wenn du dein Gespräch mit dem Mädchen nicht heute, sondern vor ein paar Wochen geführt hättest, dann wüßtest du genau, wie abenteuerlich, wie unsinnig deine Anschuldigung ist. Michelle war das bravste und netteste Kind, das du dir vorstellen kannst. Der Charakter eines Menschen verändert sich nicht so schnell.«

»Wirklich nicht? Dann schau dir das Mädchen doch einmal genau an.« Tim strich sich die braunen Locken aus der Stirn, aber das Haar glitt sofort in die alte Lage zurück. »Corinne, wir müssen den Tatsachen ins Auge sehen. Was immer mit Michelle los ist, sie ist nicht mehr das gleiche Mädchen, das im August hierher nach Paradise Point kam.«

»Und deshalb willst du sie hinter Gitter bringen? Ich will dir sagen, warum du das machst. Du willst eine Situation herbeiführen, wo niemand mehr in die Verlegenheit kommt, Michelle ansehen zu müssen. Du willst sie lebendig begraben. Du bist nicht besser als die Kinder in meiner Klasse!«

»Ich will Michelle *nicht* lebendig begraben, das weißt du ganz genau. Ich will ganz etwas anderes. Und du, Corinne, darfst die Augen nicht vor der Wirklichkeit verschließen. Wir wissen nicht genau, wie es passiert ist, aber Susan ist tot, und Billy schwebt in Lebensgefahr. In beiden Fällen war Michelle zugegen, als das Unglück geschah. Wir wissen, daß mit ihr eine merkwürdige Veränderung vorgegangen ist.« Tims Stimme klang niedergedrückt und müde. Seit Stunden unterhielten sie sich über dieses Problem, gleich nach dem Abendessen hatte das Gespräch begonnen. Wie sie die Dinge auch drehten und wendeten, sie waren zu keinem Ergebnis gekommen. Amanda. Der Name der Puppe ging Tim durch den Kopf. Wenn Michelle ihrer Puppe damals doch nur einen anderen Namen gegeben hätte. Irgendeinen Namen, aber nicht Amanda.

Es war, als ob Corinne seine Gedanken gelesen hätte. »Du hast mir immer noch nicht erklärt, was es mit Amanda auf sich hat«, sagte sie.

»Tausend Mal habe ich dir das erklärt.«

»Aber sicher! Du hast mir erklärt, daß es diese Amanda nur

in Michelles Vorstellung gibt. Bleibt die Frage, warum Amanda in Paradise Point seit vielen Jahren ein Gesprächsthema ist. Wenn es sich nur um eine Freundin handelt, die Michelle sich einbildet, wie erklärst du dann, daß es Amanda schon gab, bevor Michelle kam?«

»Du sagst, Amanda war das Gesprächsthema. Aber doch nur bei Schulmädchen, die an Gespenstergeschichten Gefallen finden.«

Corinnes Augen waren zu schmalen Schlitzen geworden, so sehr ärgerte sie sich über Tims Entgegnung. Bevor sie ihm antworten konnte, machte er eine beschwichtigende Geste.

»Laß uns mit dem Streit aufhören, bitte. Reden wir nicht mehr über die Sache. Können wir das Problem nicht wenigstens für heute abend vergessen?«

»Ich sehe nicht, wie«, erwiderte Corinne. »Dieses Problem hängt wie eine Gewitterwolke über uns.«

Das Läuten des Telefons hinderte sie daran, ihren Gedanken weiter auszuspinnen. Erst als sie aufgestanden war, fiel ihr ein, es war ja gar nicht ihr Telefon, sie war bei Tim. Er schmunzelte, als er sah, wie sie zögerte. Und dann beschloß er, die kleine Begebenheit zu nutzen, um die Stimmung des Abends in eine neue, angenehmere Richtung zu lenken. »Wenn du mich heiratest, verspreche ich dir, du kannst das Telefon so oft abnehmen, wie du willst.«

Er wollte gerade nach dem Hörer greifen, als das Telefon zu läuten aufhörte. Sie saßen da und warteten. Früher oder später würde Lisa, Tims Tochter, aus ihrem Zimmer kommen. Minuten des Schweigens verstrichen, dann kam Lisa die Treppe herunter.

»Alison hat angerufen. Sie hat mich für morgen zu sich eingeladen. Wir haben vor, nach dem Geist Ausschau zu halten.«

»Auch das noch!« stöhnte Tim. »Jetzt bist du auch schon von dem Gespensterfieber angesteckt.«

Lisas Miene ließ keinen Zweifel daran, daß sie von seiner Skepsis überhaupt nicht beeindruckt war. »Warum denn nicht? Alison sagt, Sally Carstairs hat den Geist schon einmal zu sehen bekommen. Ich stelle mir das sehr interessant vor, so etwas zu erleben. Ich habe ja sonst keine Zerstreuung!«

Tim sah Corinne fragend an. Er wollte seiner Tochter gerade die Zustimmung zu ihrem Treffen mit der Freundin geben, als Corinne sich in das Gespräch einschaltete.

»Laß sie nicht dahin gehen, Tim.«

»Warum nicht?«

»Tim, bitte! Tu mir den Gefallen, und untersage ihr das Abenteuer. Selbst wenn du recht haben solltest und ich unrecht – weißt du, wo die beiden Mädchen hingehen würden? Sie würden auf den alten Friedhof der Familie Carson gehen. Auf den Friedhof, wo sich Amandas Grab befindet.«

»Amanda hat kein Grab«, sagte Lisa spöttisch.

»Sie hat einen Grabstein«, sagte Corinne, ohne lange zu überlegen. Aber Lisa schien ihre Äußerung überhört zu haben, sie wandte sich zu ihrem Vater.

»Darf ich hingehen, Daddy? Bitte!«

Tim war zu dem Ergebnis gekommen, daß Corinne ihn zu Recht gewarnt hatte. Ob es nun ein Grab gab oder nur einen Grabstein, er wollte ganz sicher nicht, daß seine Tochter auf diesen Friedhof ging und in die Umgebung des Pendleton-Hauses auch nicht.

»Ich glaube, das ist keine gute Idee, mein Liebling«, sagte er, zu seiner Tochter gewandt. »Sag Alison, daß du sie ein andermal besuchst.«

»Schade, Daddy! Nie läßt du mich tun, was ich will. Immer hörst du auf *sie*, und *sie* ist genauso verrückt wie Michelle Pendleton!« Lisas Worte waren an ihren Vater gerichtet, aber während sie sprach, sah sie Corinne in die Augen. Ihre Lippen hatten sich zu einem Schmollmund geformt. Corinne sah in die andere Richtung. Sie war entschlossen, sich nicht von Lisas Unverschämtheiten provozieren zu lassen.

»Ich lasse dich nicht hingehen, und dabei bleibt es«, sagte Tim. »Ruf jetzt Alison an, und sag ihr, daß du nicht kommen wirst. Danach machst du deine Hausaufgaben, und dann geht's ins Bett.«

Lisa hatte sich zu der Entscheidung durchgerungen, daß

sie das Verbot ihres Vaters mißachten würde, aber das sagte sie nicht, sie beschränkte sich darauf, Corinne eine Fratze zu ziehen. Sie verließ das Zimmer. Ein verlegenes Schweigen hing im Raum. Schade, dachte Corinne, der Abend ist ruiniert. Sie stand auf.

»Es ist schon spät...«

»Willst du wirklich schon nach Hause?« fragte Tim.

Corinne nickte. »Ich ruf' dich morgen früh an.« Sie wollte in den Flur hinausgehen, wo ihr Mantel hing, als Tim ihr den Weg vertrat.

»Bekomme ich nicht einmal einen Gutenachtkuß?«

Corinne hauchte ihm einen Kuß auf die Wange. Als er sie in die Arme nehmen wollte, schob sie ihn von sich. »Nicht jetzt, Tim, bitte! Nicht heute abend.«

Enttäuscht gab Tim sie frei. Er blieb in der Mitte des Wohnzimmers stehen und sah ihr zu, wie sie sich den Mantel anzog. Sie kam ins Wohnzimmer zurück und trat zu ihm. Sie lächelte.

»Jetzt weiß ich auch, von wem Lisa ihren schönen Schmollmund geerbt hat: von ihrem Vater. Sei nicht traurig, Tim, daß ich schon so früh gehe. Davon geht die Welt nicht unter. Ich ruf' dich morgen an, oder du rufst mich an. Einverstanden?«

Tim nickte.

»Männer!«

Corinne war auf der Nachhausefahrt. Sie wiederholte den Stoßseufzer. »Männer!« Warum waren Männer eigentlich so stur? Es war ja nicht nur Tim, der sich durch diese Eigenschaft auszeichnete. Cal Pendleton war genauso stur. Die beiden sollten eigentlich dicke Freunde sein. Der eine hatte die fixe Idee, daß alles in Ordnung war, und der andere hatte die fixe Idee, daß sich alles nur in Michelles Vorstellung abspielte.

Aber so war es nicht. Corinne war sicher, daß Michelle sich diese Dinge nicht einbildete. Was konnte sie, Corinne, in dieser Situation tun? Ob sie mit June Pendleton über die Sache sprechen sollte? Jawohl, beschloß sie. Ich werde mit June

Pendleton reden, und zwar sofort. Sie wendete mitten auf der Straße und schlug die Richtung zum Kliff ein. Aber als sie ankam, fand sie das Haus dunkel vor. Die Pendletons waren schon zu Bett gegangen. Corinne blieb am Steuer sitzen und dachte nach. Ob sie Mrs. Pendleton herausklingeln sollte? Sie würde zugleich die ganze Familie aufwecken. Und wozu? Um den Pendletons eine Gespenstergeschichte zu erzählen?

Sie beschloß heimzufahren.

Als Corinne Hatcher an jenem Abend einschlief, überkam sie die Ahnung, daß die Dinge einer Entscheidung zutrieben. Das Ende war nahe.

Sie alle würden die Wahrheit erfahren. Das große Rätsel würde gelüftet werden.

Corinne hoffte inständig, daß bis zur Entscheidung kein Unschuldiger mehr sterben mußte...

Ihre Hüfte schien in Flammen zu stehen. Sie wäre so gern stehengeblieben um auszuruhen, aber sie wußte, das war unmöglich.

Die Geräusche waren lauter geworden. Die Menschen schienen näher zu kommen. Sie konnte ihren Namen hören. Es waren zornige Menschen, die Michelles Namen riefen. Menschen, die ihr weh tun wollten.

Sie würde nicht zulassen, daß sie ihr weh taten. Sie würde fliehen. Weit, weit weg. Irgendwohin, wo die zornigen Menschen sie nicht finden konnten.

Amanda würde ihr bei der Flucht helfen.

Aber wo war Amanda?

Sie rief ihre Freundin mit Namen. Sie bat sie, ihr zu helfen. Aber Amanda gab keine Antwort. Nur die Stimmen der zornigen Menschen waren zu hören. Schreie, die ihr Angst einjagten.

Sie versuchte schneller zu gehen. Sie versuchte ihr linkes Bein zu bewegen. Vergeblich.

Sie würden sie einholen. Sie würden sie fangen.

Sie blieb stehen und blickte sich um.

Jawohl, da waren sie. Sie kamen auf sie zugerannt.

Noch waren sie so weit entfernt, daß sie die Gesichter nicht erkennen konnte. Aber sie erkannte die Stimmen.

Mrs. Benson.

Es überraschte sie nicht, daß Mrs. Benson bei den zornigen Menschen war. Diese Frau hatte sie immer gehaßt.

Auch die anderen Stimmen kannte sie.

Die Stimmen ihrer Eltern. Nun, genaugenommen waren das nicht ihre Eltern. Es waren zwei Fremde, die sich jahrelang als ihre Eltern ausgegeben hatten.

Und dann war da noch jemand. Einer, von dem sie angenommen hatte, daß er sie mochte. Ein Mann. Wer er war? Es kam nicht darauf an, wer er war. Sicher war, daß auch er ihr weh tun wollte. Die Stimmen wurden immer deutlicher, die zornigen Menschen kamen immer näher. Vielleicht gelang ihr die Flucht. Sie würde laufen müssen, schnell laufen müssen, das war die einzige Möglichkeit.

Verzweifelt hielt sie nach Amanda Ausschau. Aber ihre Freundin war nirgendwo zu sehen. Sie würde ohne Amandas Hilfe fliehen müssen.

Das Kliff.

Wenn es ihr gelang, bis zum Kliff zu kommen, war sie in Sicherheit. Sie setzte sich in Bewegung.

Das Herz klopfte ihr bis zum Halse. Keuchend schleppte sie sich den Weg entlang.

Das linke Bein war wie ein Mühlstein. Sie konnte nicht laufen! Aber sie mußte laufen!

Und dann stand sie auf der höchsten Erhebung des Kliffs. Tief unter ihr schäumte die See. Hinter ihr die Stimmen. Zornige Menschen, die sie verfolgten, die nach ihr gierten, Menschen, die ihr weh tun wollten. Sie warf einen Blick über die Schulter. Sie waren jetzt sehr nahe. Aber sie würde sich nicht von ihnen fangen lassen.

Mit letzter Anstrengung sprang sie vom Felsen in die Tiefe.

Zu fallen – das war so leicht.

Die Zeit schien stillzustehen.

Sie fiel, streckte sich, fühlte das Rauschen der Luft an ihren Wangen.

Sie blickte nach unten – und sah die Felsen.

Finger aus Stein, hart und spitz wie Dolche. Finger, die ihren Körper aufschlitzen würden.

Ihre Angst wuchs ins Unermeßliche. Sie öffnete den Mund, um einen Schrei auszustoßen. Aber es war zu spät. Der Tod griff nach ihr und...

Mit einem unterdrückten Schrei wachte Michelle auf. Sie zitterte am ganzen Körper.

»Bist du's, Daddy?« Ihre Stimme verlor sich in der Nacht. Sie wußte, daß niemand ihre Frage gehört hatte. Niemand außer...

»Ich habe dich gerettet«, flüsterte Amanda. »Ich habe dich vor dem Tode gerettet.«

»Mandy?« Sie war also doch gekommen. Ihre Freundin hatte sie nicht verlassen. Michelle setzte sich auf und stopfte das Kissen in ihren Rücken. Sie spürte Amandas Gegenwart. Amanda würde ihr helfen, würde sie umsorgen. Die Angst wich von ihr. »Mandy, wo bist du?«

»Ich bin hier«, flüsterte Amanda. Sie verließ die dunkle Ecke und trat ans Fenster. Ihr schwarzes Kleid glitzerte im Mondlicht. Sie streckte die Hand aus und winkte. Michelle stand von ihrem Bett auf.

Amanda ergriff sie bei der Hand und führte sie in den Flur. Sie gingen die Treppe hinunter. Erst als sie das Malstudio erreicht hatten, fiel Michelle ein, daß sie ja ihren Stock vergessen hatte. Aber das war nicht so wichtig, Amanda würde ihr Halt geben.

Außerdem tat die Hüfte nicht mehr weh. Sie tat überhaupt nicht mehr weh.

Sie waren kaum im Studio angekommen, als Michelle die Weisungen Amandas vernahm. Es waren keine gesprochenen Worte, und doch war der Befehl unzweideutig. Es war, als wäre Amanda in ihr.

Sie ergriff den großen Skizzenblock und stellte ihn auf die Staffelei ihrer Mutter. Sie begann zu zeichnen, mit schnellen, sicheren Strichen. Ein Bild entstand.

Billy Evans auf dem Balken. Der Junge hielt die Arme ausgebreitet, er hatte das Gleichgewicht verloren. Eine merkwürdige Perspektive. Billy war sehr hoch oben, und unten stand Michelle, entsetzt und hilflos. Der Stock lag am Boden.

Ganz in ihrer Nähe war Amanda, sie hielt den Stützpfosten umklammert. Ihr Blick war auf den schwankenden Jungen gerichtet, und der Widerschein freudiger Erregung glomm in ihren leeren Augenhöhlen.

Michelle starrte ihre Skizze an. Es war düster im Studio. Sie spürte, wie Amanda ihr die Hand drückte. Michelle wußte sofort, was sie zu tun hatte. Sie nahm den Skizzenblock und legte ihn in den Schrank. Sie holte die Leinwand hervor, jenes Bild, das sie in der ersten Nacht für Amanda gemalt hatte.

Sie stellte das Bild auf die Staffelei und ergriff Junes Palette.

Obwohl in der Düsternis der Nacht die Farben nur als unterschiedliche Grautöne zu erkennen waren, wußte Michelle sofort, welche Farben sie mit dem Pinsel aufzutragen hatte.

Sie arbeitete ernst und angestrengt. Amanda stand hinter ihr, Michelle konnte ihre Hand an ihrem Arm spüren. Sie wußte, daß Amanda das entstehende Gemälde voller Faszination beobachtete. Das Bild war wie eine Geschichte, bald würde Amanda die ganze Geschichte begreifen. Michelle würde ihr alles zeigen, was sie wissen wollte.

Michelle hatte das Gefühl für die Zeit verloren. Als sie schließlich die Palette zur Seite legte, umfing sie ein dunkles Ahnen, daß Stunden vergangen waren, und sie wunderte sich, daß sie sich frisch und ausgeruht fühlte. Sie wußte, das war so, weil Amanda ihr geholfen hatte.

»Ist es gut geworden?« fragte sie scheu.

Amanda nickte, ihre blinden Augen waren auf das Ölgemälde gerichtet. Erst ein paar Sekunden später begann sie zu sprechen.

»Du hättest sie heute töten können«, sagte sie.

Jennifer. Mandy sprach von Jennifer, und sie war wütend auf Michelle.

»Ich weiß«, sagte Michelle ruhig.

»Warum hast du's nicht getan?« Mandys Stimme war wie Seide, die Michelles Schläfen liebkoste.
»Ich... ich weiß nicht«, flüsterte Michelle.
»Du könntest es jetzt tun«, sagte Amanda.
»Jetzt?«
»Sie schlafen alle. Wir könnten ins Kinderzimmer gehen und...« Amanda ergriff Michelle bei der Hand und führte sie aus dem Malstudio hinaus.

Als sie über den Rasen gingen, wanderte eine Wolke über den Mond. Was silbern gewesen war, versank in der Schwärze. Aber das war nicht wichtig.

Amanda, die Freundin, führte sie.

Und der Nebel kam.

Jener wunderschöne Nebel, der Michelle einhüllte und sie der Welt entrückte. Wenn der Nebel kam, war Michelle mit Amanda allein. Sie würde tun, was Amanda ihr sagte...

June war aufgewacht. Sie starrte in die Finsternis. Ein sechster Sinn sagte ihr, daß ihr Kind in Gefahr war.

Ein Schrei.

Der Schrei eines Menschen, dem die Hand auf den Mund gepreßt wird.

Das Geräusch kam aus dem Kinderzimmer. June stand auf und durchquerte das Schlafzimmer.

Die Tür des Kinderzimmers war geschlossen.

Sie erinnerte sich, daß sie die Tür offengelassen hatte. Immer ließ sie die Tür zum Kinderzimmer offen.

Sie warf einen Blick auf Cal. Er schlief. Immer noch lag er in der Stellung, in der er eingeschlafen war.

Wer hatte denn die Tür zum Kinderzimmer geschlossen?

Sie stieß die Tür auf und knipste das Licht an. Michelle stand über die Krippe der kleinen Jennifer gebeugt. Überrascht blinzelte sie ins Licht.

»Mutter?«

»Michelle, was tust du denn hier?«

»Ich... ich habe gehört, wie Jenny schrie, und da wollte ich nach ihr sehen.«

Michelle rückte das Kissen zurecht.

Es war ein unterdrückter Schrei gewesen!

Der Gedanke durchschnitt Junes Herz wie ein Skalpell aus Eis, aber sie verdrängte die Schlußfolgerung.

Die Tür war geschlossen, redete sie sich ein. *Deshalb klang Jennifers Geschrei so gedämpft. Die Tür war geschlossen!*

»Michelle«, sagte sie vorsichtig, »hast du die Tür zum Kinderzimmer geschlossen?«

»Nein.« Michelles Antwort klang unsicher. »Ich bin vom Flur aus reingegangen, ich glaube, da war die Verbindungstür zu. Vielleicht hast du deshalb nicht gehört, wie Jennifer schrie.«

»Ich meinte nur so, es ist nicht wichtig.« Aber es war doch wichtig. June wußte, wie wichtig die Beantwortung dieser Frage war. Ein Gedanke nahm Gestalt an, den sie nicht zu Ende zu denken wagte. June ging zur Krippe und hob Jennifer heraus. Das Baby schlief jetzt, ein sanftes Gurren war zu vernehmen. Als sie Jennifer heraushob, hatte das Baby gehustet. Jetzt, in ihren Armen, ging der Atem des Kleinen leise und regelmäßig. June wandte sich Michelle zu und lächelte. »Siehst du, sie spürt genau, daß ich ihre Mammi bin.« Sie beugte sich vor, um Michelle aus der Nähe zu betrachten. Das Mädchen sah nicht aus, als ob sie schon geschlafen hätte.

»Du konntest nicht schlafen, wie?«

»Ich habe wachgelegen. Ich habe mich noch etwas mit Amanda unterhalten. Dann fing Jenny zu schreien an, deshalb bin ich ins Kinderzimmer gegangen.«

»Ich lege die Kleine jetzt in ihre Krippe zurück«, sagte June. »Danach möchte ich noch mit dir reden.«

Ein Schatten legte sich über Michelles Augen. June hatte schon Angst, daß ihre Tochter ihr das Gespräch abschlagen würde. Aber dann sah sie, wie Michelle die Schultern zuckte. »Meinetwegen.«

June legte Jennifer in die Krippe zurück. Sie bot Michelle den Arm. »Wo ist dein Stock?«

»Den habe ich vergessen.«

»Das ist ein gutes Zeichen«, sagte June. Sie freute sich.

Aber dann, als sie den Flur entlanggingen, fiel ihr auf, daß Michelle sich nur mit großer Mühe fortbewegen konnte. Sie sagte nichts. Sie wartete, bis ihre Tochter sich zu Bett begeben hatte. »Tut es sehr weh?« Sie berührte Michelles Hüfte.

»Manchmal ja. Jetzt zum Beispiel. Aber manchmal auch nicht. Wenn Amanda bei mir ist, tut es kaum noch weh.«

»Amanda.« June wiederholte den Namen. Sie sprach leise und nachdenklich. »Weißt du, wer Amanda ist?«

»Eigentlich nicht«, sagte Michelle. »Aber ich glaube, sie hat früher einmal in dieser Gegend gewohnt.«

»Wann?«

»Vor langer Zeit.«

»Wo wohnt sie jetzt?«

»Ich bin nicht ganz sicher. Ich glaube, sie wohnt immer noch hier.«

»Michelle, hat Amanda irgendwelche Wünsche?«

Michelle nickte. »Sie möchte etwas sehen. Ich weiß nicht, was das ist, aber sie möchte es unbedingt sehen. Und ich kann es ihr zeigen.«

»Wie denn?«

»Das weiß ich nicht. Aber ich weiß, daß ich ihr helfen kann. Und da sie meine Freundin ist, *muß* ich ihr auch helfen, oder etwa nicht?«

Es hörte sich an wie die Bitte eines Kindes, das von der Mutter Mut zugesprochen bekommen möchte. »Natürlich mußt du ihr helfen, wenn sie deine Freundin ist«, sagte June. »Aber was ist, wenn sie *nicht* deine Freundin ist? Wie würdest du dich verhalten, wenn sie dir weh tun will?«

»Sie will mir nicht weh tun«, sagte Michelle. »Ich weiß, Amanda würde mir nie weh tun. Das würde sie gar nicht übers Herz bringen.« June sah, wie ihre Tochter die Augen schloß. Wenige Minuten später war sie eingeschlafen.

Noch lange blieb June an Michelles Bett sitzen. Sie hielt ihre Hand und beobachtete ihr schlafendes Kind. Als die Blitze der Morgenröte ins Dunkel der Nacht stachen, stand June auf. Sie küßte Michelle auf die Wange und kehrte zu Cal zurück.

Sie versuchte zu schlafen, aber die Gedanken, die sie mit soviel Mühe verscheucht hatte, waren zurückgekehrt.

Sie hatte Jennifer nicht schreien gehört, weil die Verbindungstür geschlossen war.

Aber die Verbindungstür war nie geschlossen.

Michelle hatte die Hand am Kissen gehabt.

June stand auf und ging ins Kinderzimmer.

Sie verschloß die Tür zum Flur und steckte den Schlüssel in die Tasche ihres Morgenrocks.

Sie ging wieder ins Bett. Jetzt erst konnte sie schlafen, und sie schämte sich, daß es so war.

Fünfundzwanzigstes Kapitel

Samstag.

An einem normalen Samstag wäre June ganz gemächlich aufgewacht. Sie hätte sich gestreckt und gereckt. Sie hätte sich auf die andere Seite gerollt. Sie hätte Cal in ihre Arme geschlossen.

Aber es war schon lange her, daß sie ihren Mann in die Arme geschlossen hatte. Es gab keine normalen Samstage mehr.

Sie war von einer Sekunde auf die andere aufgewacht. Sie fühlte sich todmüde und zerschlagen.

Sie warf einen Blick auf die Uhr. Halb zehn.

Sie drehte sich auf die andere Seite. Aber Cal war fort.

June setzte sich auf. Sie ließ ihren Blick zum Fenster wandern.

Der Himmel war wie Blei. Die Blätter in den Bäumen hatten ihren Glanz verloren, sie sahen dünn aus, dünn und krank. Bald würden die Bäume kahl sein. June schauderte, wenn sie an den bevorstehenden Winter dachte.

Sie wartete auf die gewohnten Geräusche des Vormittags. Jennifer hätte schreien müssen. Geschirr und Besteck in der Küche hätten klappern müssen, denn das war der Krach, den

Cal am Samstagmorgen zu machen pflegte, um sie, June, aufzuwecken.

An diesem Vormittag aber war das Haus von Stille erfüllt.

»Hallo?« rief June. Es war ein erster Versuch, mit den anderen Verbindung aufzunehmen.

Niemand antwortete ihr. Sie stand auf, zog sich den Morgenrock an und ging ins Kinderzimmer hinüber.

Jennifers Krippe war leer, die Tür zum Flur stand offen. June runzelte die Stirn, sie verstand das nicht. Sie ging in den Flur hinaus und trat ans Geländer. Diesmal rief sie, so laut sie konnte.

»Hallo, wo seid ihr alle?«

»Wir sind hier unten!« Das war Michelles Stimme. June war erleichtert. Alles ist gut, dachte sie. Es ist nichts passiert. Es ist alles in Ordnung. Erst als sie schon die halbe Treppe hinuntergegangen war, wurde ihr bewußt, welche Angst sie gehabt hatte. Die Stille im Haus war ihr unheimlich erschienen. Sie betrat die Küche. Wie albern ich doch bin, dachte sie. Ich mache mir Sorgen wegen nichts. Die Traumgebilde der letzten Nacht blieben hinter ihr zurück.

»Guten Morgen! Ihr seid ja alle schon so früh auf. Wie kommt's?«

Cal sah sie zerstreut an, dann wandte er sich wieder der Pfanne mit dem Rührei zu. »Ich hab' dich nicht wachkriegen können«, sagte er. »Du hast geschlafen wie eine Tote. Und irgend jemand mußte das Frühstück ja machen. Michelle hat mir dabei geholfen, das eine oder andere müßte also genießbar sein.«

Michelle war dabei, den Frühstückstisch zu decken. Als June sie anblinzelte, antwortete sie mit einem sanften Lächeln. Offensichtlich war sie glücklich, daß sie ihrem Vater bei irgend etwas helfen durfte, und sei es nur beim Tischdecken.

»Hast du gut geschlafen, mein Liebling?« fragte June.

»In der Nacht hat die Hüfte ganz schön weh getan, aber heute früh geht's besser.«

Eine gute Stimmung beseelte das Haus. June kannte den

Grund für das Hochgefühl. Billy Evans hatte den Sturz überlebt. Cal hatte den Jungen vor dem Ersticken gerettet. Cal hatte bei der Behandlung des Verletzten keine Fehler gemacht. June war sicher, jetzt wird alles wieder gut. Sie wollte etwas sagen, wollte Cals und Michelles Aufmerksamkeit auf die angenehme Atmosphäre lenken, die heute früh im Hause herrschte, aber sie hatte Angst mit einer solchen Bemerkung den Frieden zu zerstören. Sie ging zu der Korbwiege und betrachtete die ruhig schlummernde Jennifer.

»Wenigstens bin ich nicht die einzige, die heute morgen verschlafen hat«, scherzte sie. Sie hob das Baby aus der Wiege. Jennifer schlug die Äuglein auf. Sie ließ ein wohlgelauntes Gurgeln hören, dann schlief sie wieder ein.

»Sie war schon eine Zeitlang wach«, sagte Cal. »Vor einer Stunde habe ich ihr die Flasche gegeben. Möchtest du deine Eier auf Toast?«

»Ja, danke«, sagte June geistesabwesend. Sie kam sich so nutzlos vor, so entbehrlich. Cal machte das Frühstück, Michelle deckte den Tisch, Jennifer hatte bereits ihre Flasche bekommen und schlief. June trat hinter ihren Mann. »Laß mich das Rührei fertig machen.«

»Zu spät«, sagte Cal. Er nahm die Pfanne vom Herd und verteilte das Rührei auf drei Teller. Er legte zu jeder Portion einen Streifen gebratenen Speck. Er trug die Teller zum Tisch. Er setzte sich und warf einen Blick auf seine Armbanduhr.

»Mußt du schon fahren?« fragte June.

»Der Neurologe hat sich für zehn Uhr angemeldet. Ich muß dort sein, wenn er kommt.«

»Darf ich mitkommen?« bat Michelle. Cals Miene wurde unwirsch. June schüttelte den Kopf.

»Ich glaube, du bleibst besser zu Hause, Michelle«, sagte sie. Sie vermied es sorgfältig, den Namen Billy Evans zu erwähnen.

»Warum darf ich denn nicht mitkommen?« fragte Michelle. Ihre Augen umwölkten sich. June war sicher, daß es Streit geben würde. Sie spürte, wie das Gefühl von Harmonie und guter Laune in Traurigkeit umkippte. Sie wandte sich zu ihrem Mann.

»Cal, was meinst du dazu? Soll Michelle mitfahren?«

»Ich weiß nicht. Eigentlich sehe ich keinen Grund, warum sie nicht mitkommen sollte. Ich weiß allerdings nicht, wie lange es dauert.« Er sah Michelle an. »Könnte sein, daß du dich langweilst.«

»Ich möchte nur sehen, wie's Billy geht. Danach kann ich ja in die Bücherei gehen. Ich kann auch zu Fuß nach Hause gehen.«

»Also gut«, sagte Cal und nickte. »Aber du kannst nicht den ganzen Tag in der Praxis herumhängen. Ist das klar?«

»Früher durfte ich das«, maulte Michelle.

Cal senkte den Blick. »Das war... vorher«, sagte er.

»Vorher?«

Er antwortete nicht. Michelle saß da und starrte ihn an. Schließlich ging ihr auf, was er gemeint hatte.

»Aber ich habe Billy doch gar nichts getan«, sagte sie.

»Das habe ich auch nicht behauptet«, sagte Cal. »Aber...«

June fiel ihm ins Wort. »Dein Vater hat das nicht so gemeint«, sagte sie. »Er meint nur...«

»Ich weiß schon, was er meint«, schrie Michelle. »Und ich will gar nicht mehr mitfahren! Ich will überhaupt nie mehr deine alte Praxis besuchen!« Sie stand auf, ergriff ihren Stock und humpelte zur Tür. Sie war draußen, ehe sich June und Cal von ihrer Überraschung erholt hatten. June erhob sich, sie wollte Michelle nachgehen. Cal bedeutete ihr zu bleiben.

»Laß sie doch«, sagte er. »Sie muß lernen, mit solchen Dingen allein fertig zu werden. Du kannst sie nicht vor Gott und der Welt beschützen.«

»Aber ich kann sie vor ihrem eigenen Vater beschützen«, sagte June. Bitterkeit schwang in ihrer Stimme. »Cal, warum machst du so etwas? Merkst du denn nicht, daß du ihr mit solchen Worten weh tust?«

Cal gab ihr keine Antwort mehr, und June begriff, daß die Harmonie dieses Morgens zerstört war. Sie nahm den Korb, in dem das Baby lag, und verließ die Küche.

Annie Whitmore saß auf dem Kinderkarussell. Jenseits des Rasenplatzes, der die Schule umgab, war Michelle zu erkennen. Sie ging langsam auf dem Bürgersteig entlang, und Annie fand, Michelle sah wütend aus. Annie warf einen Blick in die Runde, von den anderen Kindern war keines zu sehen. Sie hätte ganz gern mit Michelle gespielt, aber sie wußte, das durfte sie nicht. Erst gestern abend hatte ihre Mutter sie in einem langen Gespräch ganz eindringlich vor Michelle gewarnt. Mit Michelle durfte sie auf gar keinen Fall spielen, sie durfte nicht einmal mit ihr sprechen. Wenn Michelle mit ihr spielen wollte, dann mußte Annie – so lautete die Anweisung ihrer Mutter – sofort nach Hause laufen.

Aber Annie mochte Michelle. Und da ihr die Mutter nicht gesagt hatte, warum sie sich von diesem Mädchen fernzuhalten hatte, würde Annie das Verbot mißachten.

Es gab ja niemanden, der ihr zusah. Niemand würde ihrer Mutter verraten, daß sie ungehorsam gewesen war.

»Michelle!«

Michelle gab keine Antwort. Annie rief lauter. Diesmal schien Michelle sie gehört zu haben. Sie warf einen Blick in Annies Richtung. Das Kind winkte ihr zu.

»He, Michelle, wo willst du hin?«

»Ich geh' nur etwas spazieren«, sagte Michelle. Sie blieb stehen und lehnte sich über den Zaun. »Was machst du?«

»Spielen. Aber ich bekomme das Karussell nicht in Gang, es ist zu schwer.«

»Soll ich dich anschieben?« bot Michelle an.

Annie bejahte. Sie sagte sich, daß sie damit nichts Verbotenes tat. Sie hatte Michelle nicht gebeten, mit ihr zu spielen. Es war umgekehrt, Michelle hatte sich angeboten.

Michelle öffnete das Gatter und humpelte über den Rasen. Annie blieb geduldig auf dem Karussell sitzen. Als Michelle dann vor ihr stand, verzog sie das kleine Gesicht zu einem Grinsen.

»Was machst du eigentlich hier, an einem Samstag?«

»Ich geh' spazieren«, sagte Michelle.

»Hast du niemanden, mit dem du spielen kannst?«

»Doch. Dich zum Beispiel.«

»Aber bis vorhin hattest du noch niemanden. Du warst ganz allein. Hast du keine Freundinnen?«

»Aber natürlich hab' ich Freundinnen. Ich habe dich, und dann ist da noch Amanda.«

»Amanda? Welche Amanda?«

»Sie ist meine Lieblingsfreundin«, sagte Michelle. »Sie hilft mir.«

»Sie hilft dir? Bei was denn?« Annie stieß sich vom Boden ab, das Karussell setzte sich in Bewegung. Die Geschwindigkeit war so gering, daß Michelle eingriff und das Karussell anschob. Die Kreisbewegung beschleunigte sich. Annie zog die Füße hoch. Sie wartete, bis sie wieder an Michelle vorbeikam, dann fragte sie: »Bei was hilft dir Amanda?«

»Bei allem möglichen«, sagte Michelle.

»Bei was denn zum Beispiel?«

»Warum willst du das denn wissen?« sagte Michelle. »Das ist doch gar nicht wichtig.« Sie wußte nicht recht, wie sie Annie die Sache mit Amanda erklären sollte. »Vielleicht lernst du Amanda eines Tages kennen, dann kannst du sie fragen.«

Annie fuhr noch einige Runden, dann sprang sie vom Balken.

»Wie kommt es, daß niemand dich mag, Michelle?« fragte sie. »Ich finde, du bist ganz nett.«

»Ich finde dich auch nett«, sagte Michelle, ohne auf Annies Frage einzugehen. »Was möchtest du jetzt spielen?«

»Ich möchte schaukeln!« schrie Annie. »Schiebst du mich an?«

»Aber sicher«, sagte Michelle. »Wer zuerst da ist!«

Annie rannte auf die Bäume los, wo die Schaukeln hingen, und Michelle folgte ihr, so schnell es das lahme Bein erlaubte. Sie stöhnte und ächzte, um dem kleinen Mädchen das Gefühl der Überlegenheit zu geben. Als sie Annie einholte, wurde sie mit einem stolzen Kichern empfangen.

»Ich hab' gewonnen! Ich hab' gewonnen!«

»Warte nur«, sagte Michelle. »Eines Tages kann ich wieder laufen, dann hast du keine Chance mehr.«

Aber Annie hörte ihr gar nicht mehr zu. Sie saß schon auf der Schaukel und bettelte, Michelle möge sie anschieben. Michelle legte ihren Stock auf den Boden. Sie stellte sich hinter Annie, einen Schritt zur Seite, so daß sie von der schwingenden Schaukel nicht getroffen würde. Sie versetzte dem kleinen Mädchen einen sanften Stoß...

Corinne Hatcher saß an ihrem Pult. Sie korrigierte Hefte. Normalerweise hätte sie mit dieser Arbeit bis Montag gewartet. Normalerweise hätte sie den Samstag mit Tim Hartwick verbracht. Aber Tim hatte heute früh nicht angerufen, und so war Corinne zur Schule gefahren. Sie würde einen Vorwand finden, um Tim anzurufen. Die Aufsätze der Schüler.

Es war wirklich nur ein Vorwand. Corinne hätte so gern den Mut aufgebracht, einfach Tims Nummer zu wählen und mit ihm zu sprechen, ohne den Umweg über die Hefte. Sie verspürte das Bedürfnis, sich zu entschuldigen. Sie würde ihm sagen, daß sie den Streit von gestern abend bedauerte. Sie würde ihn bitten, das Ganze zu vergessen. Aber sie wußte, dazu fehlte ihr der Schneid. Sie konnte Tim nur anrufen, wenn sie einen dienstlichen Vorwand hatte. Sie wußte, daß es ein Selbstbetrug war, Tim würde sich davon nicht täuschen lassen. Er würde ihren Vorwand durchschauen. Aber das änderte nichts daran, sie brauchte eine Entschuldigung vor sich selbst, wenn sie ihn anrief.

Wie feige ich bin, dachte sie. Sie legte den Rotstift aus der Hand und sah aus dem Fenster. Und sie erblickte Michelle.

Der Anblick benahm ihr den Atem. Sie stand auf und trat ans Fenster. Michelle hatte das Gatter passiert, sie kam auf das Rasengelände gehumpelt. Und da war Annie Whitmore. Das kleine Mädchen winkte Michelle einladend zu.

Corinne wurde Zeuge, wie Annie auf das Kinderkarussell kletterte. Sie sah, wie Michelle das Karussell anschob. Sie konnte erkennen, daß die beiden miteinander sprachen, aber die Worte waren auf die Entfernung nicht zu verstehen. Es kam wohl auch nicht darauf an, Michelle und Annie bei ihrem Spiel zu überwachen. Sie sah, wie die beiden lachten.

Wenig später sah sie Annie vom Karussell springen. Das Mädchen ging auf die Schaukeln zu, nach ein oder zwei Schritten begann sie zu rennen. Corinne erschrak. Ob das Kind Michelle wohl foppen wollte? Nein, das Ganze war ein Spiel, ein Wettlauf, und offensichtlich war es Michelle, die den Einfall gehabt hatte, jedenfalls war sie es, die den Wettlauf zu einer kleinen Schau umfunktionierte. Sie ruderte wie wild mit den Armen, sie stöhnte und keuchte. Annie stand neben der Schaukel und lachte aus vollem Halse.

Corinne ertappte sich dabei, daß auch sie lachte.

Und dann fiel ihr ein, sie konnte ihre Beobachtung zum Anlaß nehmen, Tim anzurufen. In Tims Einschätzung war Michelle ein gefährliches Geschöpf. Corinne war gespannt, was er sagen würde, wenn sie ihm von den fröhlichen Spielen berichtete, die sein Sorgenkind mit anderen Schulkindern veranstaltete. Inzwischen war Michelle sogar soweit, daß sie sich über ihre eigene Behinderung lustig machte!

Sie verließ das Klassenzimmer und ging den Flur entlang. Sie betrat das Sekretariat der Schule. Sie wollte gerade Tims Nummer wählen, als ihr eine Idee kam. Es war noch früh. So früh, daß Tim wahrscheinlich noch beim Kaffeetrinken war.

Sie würde ihn nicht anrufen. Statt dessen würde sie zu ihm fahren. Sie würde ihm von Michelle berichten. Sie würden den Tag gemeinsam verbringen. Als Corinne das Schulgebäude verließ, lächelte sie. Inzwischen hatte sie sogar genügend Selbstvertrauen, um sich mit einem Problemkind wie Lisa Hartwick herumzuschlagen. Sie ging zum Parkplatz und bestieg ihren Wagen. Als sie aus dem Schulgelände ausbog, fiel ihr Blick auf die beiden Mädchen. Annie saß auf der Schaukel, Michelle stand hinter ihr. Corinne sah, wie Dr. Pendletons Tochter behutsam die Schaukel des kleinen Mädchens in Schwingung versetzte. Ein schöner Tag, fand Corinne Hatcher. Ein wundervoller Tag.

»Gib mir mehr Schwung, Michelle!«

Annie saß auf ihrem Brettchen und lehnte sich zurück. Sie stieß ihre kurzen Beine in die Luft, um mehr Schwung zu bekommen. Aber sie machte es falsch. Der Schwung ließ nach. Sie hielt die Ketten umklammert und sah sich nach Michelle um. »Fester! Ich habe überhaupt keinen Schwung mehr!«

»Das ist hoch genug«, widersprach ihr Michelle. »Und außerdem machst du's falsch. Wenn die Schaukel zurückschwingt, mußt du dich zurücklehnen, und wenn die Schaukel nach vorne schwingt, mußt du dich vorbeugen!«

»Das werde ich gleich ausprobieren«, quietschte Annie. Sie bemühte sich nach Kräften, Michelles Anweisungen in die Tat umzusetzen.

»Ich schaff's nicht, Michelle. Gib mir einen Stoß, bitte!«

»Nein! Wie du schaukelst, ist es viel zu gefährlich. Schau dir doch mal die Ketten an. Wenn du auf dem höchsten Punkt bist, werden die Ketten schlaff, siehst du das? Und wenn die Ketten schlaff werden, verlierst du Schwung.«

»Du mußt fester machen, dann behalte ich Schwung.«

Michelle ließ sich nicht beirren. Jedesmal, wenn Annie vorbeischwang, versetzte sie ihr mit der Rechten einen sanften Stoß, gerade so kräftig, daß die Schwingbewegung beibehalten blieb.

Aber Annie begann ungeduldig zu werden. Sie wollte, daß Michelle ihr mehr Schwung gab. Es mußte doch möglich sein, Michelle rumzukriegen. Und dann hatte Annie einen Einfall. Sie wußte, es war gemein, was sie da vorhatte. Aber es würde Michelle veranlassen, der Schaukel mehr Schwung zu geben...

»Du kannst mich nicht fester stoßen, weil du ein Krüppel bist!«

Ein Krüppel!

Michelle empfand die Beschimpfung wie einen Schlag ins Gesicht. Ihr Magen krampfte sich zusammen. Etwas wie Schwindel und Müdigkeit überkam sie. Und Zorn.

Der Nebel schien aus dem Nichts zu kommen. Von einer Sekunde auf die andere konnte Michelle nichts mehr sehen. Das feuchte Grau umgab sie wie eine undurchdringliche Wolke.

Dann kam Amanda.

Sie kam aus der grauen Düsternis zu ihr und lächelte. Sie würde ihr Mut machen.

»Zeig ihr, wieviel Kraft du hast, Michelle«, sagte Amanda. »Zeig ihr, wie weit du die Schaukel stoßen kannst.«

Der Schmerz in Michelles Hüfte, jenes Brennen und Zukken, die sie Tag und Nacht verfolgten, ebbte ab. Plötzlich konnte sie ohne Anstrengung gehen. Sie brauchte ihren Stock nicht mehr. Und wenn sie stolperte – Amanda würde sie stützen. Amanda würde ihr helfen.

Sie trat hinter die Schaukel. Als Annie durch den Nebel herangeschwebt kam, war sie bereit. Das kleine Mädchen hatte den Scheitelpunkt erreicht, als Michelle sie mit beiden Händen an der Schulter packte und ihr einen kräftigen Stoß gab.

Annie kreischte vor Vergnügen, als die Schaukel in die Tiefe sauste. Sie hielt die Ketten umklammert, als es wieder hinaufging. So hoch war sie noch nie geflogen. Sie versuchte sich noch mehr Schwung zu geben, indem sie die Beine ausstreckte, aber sie hatte immer noch nicht begriffen, was sie tun mußte, um die Schaukelbewegung zu verstärken.

Sie schwang zurück. Wieder spürte sie Michelles Hände auf den Schultern. »Mehr!« schrie sie. »*Gib mir mehr Schwung!*«

Und wieder schoß sie in die Tiefe hinab. Sie erschrak, als sie den Rasen auf sich zukommen sah. Dann begann der Aufschwung. Statt der Grashalme war jetzt der Himmel zu sehen. Was nun?

Mußte sie sich vorbeugen?

Oder sich nach hinten lehnen und die Beine ausstrecken?

Sie lehnte sich zurück. Als die Schaukel nach vorn schwang, geriet Annie aus dem Gleichgewicht. Die Ketten, die sich noch eine Sekunde zuvor so straff und hart angefühlt hatten, hingen locker in ihren Händen. Sie hatte das Gefühl zu stürzen.

Sie stieß einen Schrei des Entsetzens aus, aber die Gefahr war schon vorüber. Die Ketten waren wieder straff, die Schaukel schwang zurück.

»Diesmal nicht so feste«, sagte sie, als Michelle ihr die Hände auf den Rücken legte.

Sie konnte nicht ergründen, ob Michelle sie überhaupt verstanden hatte. Sie bekam keine Antwort. Die Schaukel schien in den Himmel hinaufzuschießen. Und wieder neigte sich Annie, als der Scheitelpunkt der Bahn erreicht war, in die falsche Richtung. Sie spürte, wie die Kettenglieder in ihren Händen erschlafften.

»Halt!« schrie sie. »Bitte, Michelle, hör auf!«

Aber es war zu spät.

Höher und höher flog die Schaukel, und jedesmal dauerte es länger, bis sich die Ketten wieder strafften.

Dann passierte, was passieren mußte.

Die Ketten schienen zu zerfließen. Annie sank zur Seite, sie lag den Bruchteil einer Sekunde lang quer auf dem Brett. Sie hatte in namenloser Angst die Augen geschlossen.

Und dann gab es keine Ketten mehr.

Als sich die Ketten wieder strafften, hatte sich Annie Whitemore bereits das Genick gebrochen.

Ein Schmerz, groß, ernst und dunkel, durchzuckte sie, aber bevor sie das Gefühl richtig registrieren konnte, war der Schmerz auch schon wieder vorbei. Sie fiel mit soviel Schwung auf die Erde, daß ihr Schädel barst. Sie zuckte zwei oder drei Mal, und dann lag der kleine Körper, schlaff und reglos, vor Michelle.

»Hast du gesehen?« flüsterte Amanda. »Du hast mehr Kraft als alle anderen. Die Menschen werden sich dran gewöhnen müssen. Sie werden sich dran gewöhnen, und dann werden sie dich auch nicht mehr auslachen.«

Sie nahm Michelle bei der Hand und führte sie vom Spielplatz.

Als sie die Straße erreichten, hatte sich der Nebel aufgelöst.

Aber Michelle ging weiter, ohne sich umzudrehen.

Corinne hatte gar nicht erst angeklopft. Sie öffnete die Tür und betrat den Flur.

»Tim? Wo bist du?«

»In der Küche«, kam seine Antwort.

Corinne eilte den Korridor entlang. Die Tür zur Küche war offen. Tim stand vor dem Spülbecken. Er spülte Geschirr. Er hatte sich die Ärmel hochgekrempelt.

»Rat mal, was passiert ist!«

Tim musterte sie voller Neugier. »Es muß schon was ganz besonderes sein, sonst wärst du nicht gekommen. Und es hat ganz sicher was mit Michelle Pendleton zu tun, denn wegen der haben wir uns ja zerstritten. Traurig schaust du nicht gerade aus, also kann es sich nur um eine gute Nachricht handeln. Und hier die Antwort. Du hast Michelle getroffen und kommst um mir mitzuteilen, daß es ihr besser geht.«

Corinnes Hochstimmung verflog. Sie goß sich eine Tasse Kaffee ein und nahm am Küchentisch Platz. »Weißt du was? Du kennst mich zu gut.«

»Dann habe ich also recht?«

»Hast du. Ich habe eben erst Michelle gesehen, sie war auf dem Spielplatz an der Schule und spielte mit Annie Whitmore. Und sie hat sich doch tatsächlich über ihre Behinderung lustig gemacht! Tim, das hättest du sehen müssen. Sie hat das Bein nachgezogen und mit den Armen um sich geschlagen. Sie hat gestöhnt und geächzt, und das alles nur, um ihre kleine Spielgefährtin zum Lachen zu bringen. Wie findest du das?«

»Ich finde das wunderschön«, sagte Tim. »Aber ich verstehe nicht, warum du soviel Aufhebens von der Sache machst. Früher oder später mußte die Entwicklung in diese Richtung gehen.«

»Aber ich dachte... gestern abend hast du doch gesagt...«

Tim hatte sich die Hände abgetrocknet. Er kam zu ihr und setzte sich. »Gestern abend habe ich einige wilde Spekulationen angestellt, und vielleicht habe ich dabei auch einiges gesagt, was ich gar nicht so meinte. Dir ist es vielleicht ebenso ergangen. Was meinst du, sollen wir wieder Frieden schließen?«

Corinne schlang ihm die Arme um den Hals. »Oh, Tim, ich liebe dich.« Sie gab ihm einen zärtlichen Kuß, und dann lächelte sie. »Aber ist das nicht furchtbar aufregend? Ich meine das mit Michelle. Es ist das erste Mal, daß ich sie so spielen sehe. Sie war sonst immer sehr fixiert auf ihre Behinderung. Wenn jemand auf ihr lahmes Bein zu sprechen kam, dann hat sie sich in ihr Gehäuse zurückgezogen wie eine Auster. Und vorhin... ich habe es genau gesehen, Tim. Sie hat sich über ihr lahmes Bein mokiert!«

»Das mag ja sein, aber bevor du sie zu einem perfekt angepaßten Kind erklärst, sollten wir die weitere Entwicklung beobachten, meinst du nicht? Vielleicht hast du aus deiner Beobachtung die falschen Schlüsse gezogen. Vielleicht war es nur eine vorübergehende Besserung.« Er grinste. »Und was ist mit Amanda? Hast du die berühmte Amanda vergessen?«

»Nein, das habe ich nicht!« Sie schien nachzudenken. »Am liebsten wär's mir allerdings, wenn wir jetzt nicht von Amanda sprechen würden. Ich reg' mich dann bloß wieder auf, das weiß ich jetzt schon. Es tut mir leid, Tim, mir ist gestern abend die Fantasie durchgegangen. Du hattest vollkommen recht. Amanda ist ein Produkt meiner Vorstellung, mehr nicht.«

»Da wird Lisa aber sehr traurig sein.«

»Lisa?«

Tim nickte. »Weißt du, ich habe mich dazu durchgerungen, sie doch auf den Friedhof gehen zu lassen. Ich meine, du und ich, wir hatten ja immerhin Streit, oder? Jedenfalls hat sie mir heute früh noch einmal mit der Sache in den Ohren gelegen, und ich habe nachgegeben. Sie befindet sich in diesem Augenblick auf Geisterjagd.«

Corinne starrte ihn erschrocken an.

»Oh, nein, Tim, sag, daß es nicht wahr ist!«

Tims Lächeln verschwand, als er das Entsetzen in ihren Augen gewahrte.

»Warum hätte ich sie denn nicht gehen lassen sollen?« sagte er irritiert. »Sie sind zu dritt, Lisa, Alison und Sally. Was kann denn schon passieren?«

Es war der Augenblick, als Billy Evans starb. Der Junge lag in der *Paradise Point Clinic*. Dr. Pendleton, Dr. Carson und der Neurologe, der aus Boston zugezogen worden war, standen vor dem Bett. Sie hatten Billy nicht mehr helfen können.

Hätte einer der Ärzte zum Fenster geblickt, so hätte er Michelle entdeckt, die vor dem Fenstersims stand und in den Raum hineinspähte. Als sie den Toten sah, rann ihr eine Träne über die Wange.

Sie hörte, wie Amanda zu flüstern begann.

»Es ist vollbracht.« Es war eine merkwürdige, einschmeichelnde Stimme.

Michelle hatte verstanden. Sie wandte sich ab und begann den langen, mühsamen Heimweg.

Sechsundzwanzigstes Kapitel

»Wir hätten trotzdem nicht herkommen sollen«, sagte Jeff Benson. Er sah zu seinem Haus hinüber. Irgendwie wartete er darauf, daß seine Mutter am Küchenfenster erscheinen und ihn zu sich beordern würde. Er legte sich schon eine Entschuldigung zurecht. Seine Idee war es ja nicht gewesen, auf den Friedhof zu gehen. Aber als heute früh Sally Carstairs, Alison Adams und Lisa Hartwick auftauchten, da war er eben mitgegangen. Er war sicher gewesen, die drei waren zur Bucht unterwegs.

Aber er hatte sich getäuscht.

Die drei wollten sich auf Geisterjagd begeben. Vor allem Alison und Lisa waren erpicht darauf, Amanda zu Gesicht zu bekommen, obwohl sie doch beide immer behauptet hatten, Amanda existierte nicht. Es war Sallys Idee gewesen, die Suche nach Amanda auf dem Friedhof zu beginnen. Als Jeff Einwände erhob, hatte Sally ihn prompt der Feigheit bezichtigt. Nun, das wollte sich Jeff nicht sagen lassen. Er hatte keine Angst. Er hatte keine Angst vor Geister, wenn man einmal annahm, daß es so was gab. Er hatte auch keine Angst vor Friedhöfen. Wenn überhaupt, dann hatte Jeff Angst vor seiner Mutter. Er wußte, es würde Probleme geben, wenn sie ihn auf dem Friedhof ertappte.

»Wenn ihr mich fragt, wir verschwenden hier nur unsere Zeit«, sagte er zu den Mädchen.

Alison Adams nickte. Sie stand zwischen den Gräbern, die Hände in die Seiten gestemmt. »Diese alten Grabsteine sind ja todlangweilig. Gehen wir runter zum Strand, da ist es doch viel schöner!«

Die vier Kinder verließen den Friedhof. Sie gingen den Weg entlang, der auf das Haus von Mrs. Benson und auf die Bucht zuführte. Plötzlich blieb Lisa stehen. Sie deutete zur Straße hinüber. Jeff erkannte Michelle.

»Da kommt sie«, sagte Lisa. »Michelle, die Wahnsinnige.«

»Sie ist nicht wahnsinnig«, sagte Sally. »Du sollst so etwas nicht sagen.«

»Wenn sie nicht wahnsinnig ist, wie kommt es dann, daß nur sie den Geist sehen kann und niemand sonst?« konterte Lisa.

»Du sollst so etwas nicht sagen!« Sally war jetzt richtig wütend auf Lisa. Sie gab sich keine Mühe, ihre Entrüstung zu verbergen. »Daß du den Geist nicht sehen kannst, bedeutet noch lange nicht, daß es keinen gibt.«

»Wenn es wirklich einen Geist gibt, dann könntest du Michelle ja bitten, daß sie uns den Geist zeigt«, sagte Lisa.

Sally platzte die Geduld. »Ich kann dich nicht ausstehen, Lisa Hartwick! Du bist ja schlimmer als Susan!« Sally löste sich aus der Gruppe und lief auf Michelle zu.

»Michelle! Michelle!« schrie sie. »Warte doch!«

Michelle blieb stehen. Voller Neugier sah sie zu den vier Kindern hinüber. Was wollten die Kinder von ihr? Sie sah, wie Sally näher kam, und dann trug der Wind Jeffs Stimme heran.

»He, Michelle, wen hast du heute umgebracht?«

Sally fuhr herum und starrte Jeff wütend an.

Und Michelle dachte nach. Was meinte Jeff, wenn er sie so etwas Merkwürdiges fragte? Dann fand sie die Erklärung.

Susan Peterson.

Billy Evans.

Jeff glaubte, sie hätte die beiden getötet. Aber das war eine Lüge. Sie wußte, daß es eine Lüge war.

Sie mußte schlucken, so nahe waren die Tränen. Aber sie beherrschte sich. Niemand sollte sie weinen sehen! Sie hob den Blick. Endlos lang schien die Straße vor ihr. Sie beschleunigte ihren Schritt, soweit es das lahme Bein überhaupt zuließ. Ein bissiger, hungriger Schmerz zerfleischte ihre Hüfte, sie achtete nicht darauf.

Wo war Amanda? Warum kam Amanda ihr nicht zu Hilfe?

Und dann hatte Sally sie eingeholt.

»Es tut mir so leid, Michelle! Ich weiß nicht, warum Jeff das gesagt hat. Er hat es sicher nicht so gemeint!«

»Er hat es so gemeint, wie er's gesagt hat.« Michelles Stimme zitterte, sie hatte alle Mühe, die Tränen zurückzuhalten. »Jeff glaubt, ich hätte Susan und Billy umgebracht. Jeder hier glaubt das! Aber ich hab's nicht getan!«

»Das weiß ich doch, Michelle. Ich glaube dir.« Sally war unschlüssig, was sie jetzt noch sagen konnte. »Komm doch zu mir nach Hause«, bot sie an. »Wir brauchen uns den Unsinn nicht länger anzuhören, den Jeff erzählt.«

Michelle schüttelte den Kopf. »Ich habe selbst ein Haus, und dort gehe ich jetzt hin. Laß mich in Ruhe.«

Sally streckte den Arm aus, sie wollte Michelle berühren, aber Michelle wich vor ihr zurück. »Laß mich bitte in Ruhe!«

Sally stand da und dachte nach. Sie sah zu den drei Kindern hinüber, die in einer Gruppe zusammen standen und auf sie zu warten schienen. Dann wanderte ihr Blick wieder zu Michelle.

»Ich werde Jeff mal die Meinung sagen!« bot sie an. »Er soll ruhig wissen, was ich von ihm halte!«

»Das ändert gar nichts«, sagte Michelle. Grußlos wandte sie sich ab und setzte ihren Heimweg fort.

Sally sah ihr ein paar Sekunden lang nach, dann lief sie zu den drei Kindern zurück. Als sie nur noch wenige Meter von der Gruppe entfernt war, blieb sie stehen. Sie stemmte die Arme in die Seiten.

»Das war gemein von dir, Jeff Benson!«
»Das war gar nicht gemein!« gab er zurück. »Meine Mutter sagt, das Mädchen gehört hinter Schloß und Riegel. Die ist doch wahnsinnig!«
»Ich hör' mir das nicht länger von dir an! Ich gehe jetzt nach Hause! Komm, Alison.«
Sally machte auf dem Absatz kehrt und ging den Weg zurück. Einen Augenblick lang zögerte Alison, dann eilte sie ihr nach. »Kommst du nicht mit, Lisa?« rief sie.
»Ich will zur Bucht gehen«, quengelte Lisa.
»Dann geh zur Bucht«, schrie Alison. »Ich gehe mit Sally.«
»Es ist mir egal, was du machst«, fauchte Lisa. »Warum geht ihr nicht zu eurer wahnsinnigen Freundin?«
Die Mädchen antworteten ihr nicht mehr, sie gingen nebeneinander den Weg zurück. Als Lisa sah, daß sie mit den beiden keinen Streit anzetteln konnte, zuckte sie die Achseln.
»Komm«, sagte sie zu Jeff. »Wir laufen den Weg zur Bucht runter. Wer zuerst unten ist, hat gewonnen!«

Michelle humpelte die Stufen zur Veranda hoch. Ihr Gesicht war vom Schmerz gezeichnet. Sie stieß die Haustür auf und lauschte.
Alles still. Nur das Ticken der Standuhr im Flur war zu hören.
»Mammi?«
Sie bekam keine Antwort. Michelle ging die Treppe hinauf. Sie sehnte sich nach der Geborgenheit ihres Zimmers.
Dort oben war sie sicher vor Jeff Bensons furchtbaren Beleidigungen.
Sicher vor seinen Anschuldigungen.
Sicher vor den Verdächtigungen, die sie wie eine Wolke aus Gift umwallten.
Jetzt wußte sie auch, warum ihre Mutter sich heute früh dagegen ausgesprochen hatte, daß sie mit Daddy in die Klinik fuhr.
Ihre Mutter dachte genau wie Jeff Benson.

Aber Michelle hatte niemanden getötet. Sie wußte, sie war unschuldig.

Sie war in ihrem Zimmer angekommen. Sie schloß die Tür hinter sich und begab sich zum Fenstersitz.

Sie nahm ihre Puppe hoch und legte sie in ihre Armbeuge.

»Amanda, sag mir bitte, was los ist. Warum hassen sie mich alle?«

»Sie verbreiten Lügen über dich«, flüsterte Amanda. »Sie wollen dich von hier wegbringen, und deshalb verbreiten sie Lügen über dich.«

»Mich von hier wegbringen? Aber warum denn? Warum wollen sie mich wegbringen?«

»Meinetwegen.«

»Das... das verstehe ich nicht.«

»Ich bin der Grund«, sagte Amanda. »Sie haben mich immer gehaßt. Sie wollen nicht, daß ich irgendwelche Freunde habe. Da du meine Freundin bist, hassen sie dich ebenso wie mich. Und sie werden dich wegbringen.«

»Das macht mir nichts aus«, sagte Michelle. »Mir gefällt es hier sowieso nicht mehr.«

Sie konnte Amanda jetzt sehr deutlich erkennen. Sie stand nur wenige Schritte von ihr entfernt. Ihre bleichen Augen schimmerten im Dämmerlicht. Sie schienen Michelle durchbohren zu wollen.

»Wenn du zuläßt, daß sie dich wegbringen, ist unsere Freundschaft zu Ende«, hörte sie Amanda sagen.

»Du könntest ja mitkommen, wenn sie mich wegbringen«, schlug Michelle vor. »Ich nehme dich einfach mit. Wie findest du das?«

»Nein!« Amandas Stimme klang sehr zornig, sehr scharf. Instinktiv wich Michelle einen Schritt zurück. Sie hielt die Puppe an sich gedrückt. Amanda kam auf sie zugeschwebt, sie hatte den rechten Arm ausgestreckt.

»Ich kann nicht mit dir kommen, Michelle. Ich muß hierbleiben.« Sie ergriff Michelle bei der Hand. »Bleib bei mir. Gemeinsam werden wir es soweit bringen, daß sie uns nicht mehr hassen.«

»Ich will nicht bei dir bleiben«, sagte Michelle. »Ich verstehe nicht, was du eigentlich vorhast. Du versprichst immer mir zu helfen, aber dann passieren die fürchterlichsten Dinge. Und die Leute geben mir die Schuld. Es ist deine Schuld, Amanda, aber die Leute glauben, ich bin schuld. Das ist nicht fair. Warum beschimpfen sie mich für Dinge, die du getan hast?«

»Weil wir einander gleich sind«, sagte Amanda ruhig. »Ist das so schwer zu verstehen? Ich bin wie du, und du bist wie ich.«

»Aber ich will nicht sein wie du«, sagte Michelle. »Ich will ich selbst sein. Ich will sein, wie ich war, bevor du kamst.«

»Sag so etwas nie wieder«, zischte Amanda. Ihr Gesicht war zu einer Grimasse aus Wut und Haß geworden. »Wenn du es noch einmal sagst, werde ich dich töten.« Sie machte eine Pause. Die milchigen Augen erstrahlten in einem Licht, das von innen zu kommen schien. »Ich *kann* dich töten«, fügte sie hinzu. »Du weißt, daß ich das kann.«

Michelle drückte sich in die Ecke des Zimmers, um der schwarzgekleideten Gestalt auszuweichen. Sie wollte fortlaufen, aber sie wußte, Amanda würde das nicht zulassen. Sie wußte, Amanda sprach keine leeren Drohungen aus.

Wenn sie nicht tat, was Amanda von ihr verlangte, würde Amanda sie töten.

»Also gut«, sagte sie. »Was muß ich tun?«

Ein Lächeln stahl sich auf Amandas Züge. »Ich möchte, daß du mich zum Kliff führst«, sagte sie. »Bring mich zum Kliff, bring mich zum Friedhof.« Wieder hatte sie Michelles Hand ergriffen. Sie verließen das Zimmer und gingen den dunklen Flur entlang.

»Das ist das letzte Mal«, sagte Amanda leise. »Danach ist alles vorbei. Dann wird niemand mehr über mich lachen.«

Michelle verstand nicht recht, wovon Amanda redete. Aber es war wohl nicht so wichtig. Sie verstand nur, daß es bald vorbei sein würde.

Das ist das letzte Mal, hatte Amanda gesagt.

Vielleicht wurde doch noch alles gut. Vielleicht war alles

wieder gut, wenn sie Amanda erst einmal den Willen getan hatte.

Sie verließ das Haus. Mit langsamen Schritten ging sie auf den Friedhof am Kliff zu.

June stand vor ihrer Staffelei und starrte auf die Leinwand.

Sie wußte nicht, wer das Bild auf die Staffelei gestellt hatte.

Es war ein Bild, das ihr angst machte. Sie war wie in Trance. Seit Minuten betrachtete sie die Linien, die Formen, die Farben.

Es war das Bild, das sie neulich in ihrem Schrank gefunden hatte.

Inzwischen war das Werk zu Ende gemalt worden.

Was abgebildet war, schien June so entsetzlich, daß sie sich weigerte, den Sinn zu begreifen.

Aus der Skizze war ein Gemälde geworden.

Zwei Menschen waren dargestellt, ein Mann und eine Frau.

Das Gesicht des Mannes war nicht zu erkennen, wohl aber das Gesicht der Frau.

Sie war wunderschön, mit ihren hochangesetzten Jochbögen, mit ihren vollen Lippen und einer Stirn, die wie aus Elfenbein gemeißelt schien.

Die Augen waren mandelförmig und von grauer Farbe, sie sprühten vor Leben. Die Frau schien zu lachen.

Es war ein wunderschönes Bild, von zwei Dingen abgesehen.

Die Frau blutete.

Sie blutete aus einer Wunde an der Brust. Sie blutete aus einer Wunde am Hals. Das Blut rann über ihren Körper und tropfte auf den Boden. Die Wunden bildeten einen bizarren Gegensatz zu dem lächelnden Gesicht. Die Frau schien nicht zu wissen, daß sie im Sterben lag.

Quer über das Bild war mit blutroter Farbe das Wort ›Hure!‹ geschrieben.

June hatte eine Weile lang nur das Gesicht der Frau angestarrt, jene Augen, die sie wie magnetisch anzogen. Aber dann fand ihr Blick zum Hintergrund des Gemäldes. Der abgebildete Raum kam ihr bekannt vor.

Es war ihr Malstudio.

Die Form der Fenster war unverkennbar. Der Blick durch die Fenster ging aufs Meer, wie in Wirklichkeit. Der Mann und die Frau lagen auf einem Liegebett. June trat einen Schritt zurück. Sie ging etwas zur Seite. Sie veränderte ihren Standpunkt, bis der Blickwinkel dem des Malers entsprach, der das Bild geschaffen hatte.

Sie ließ den Blick in die Runde schweifen. Sie hatte sich die Stelle gemerkt, wo der Maler das Liegebett plaziert hatte. Das Bett war wahrscheinlich eineinhalb Meter breit gewesen.

Noch bevor sie an der Stelle angelangt war, wußte sie, daß sie dort den Blutfleck vorfinden würde.

Der Fleck.

Der alte Fleck, den sie trotz aller Bemühungen nicht wegbekommen hatte.

Sie zwang sich, den Fleck aus der Nähe anzusehen.

»Nein!«

Ein Schrei entrang sich ihrer Kehle.

»Oh, mein Gott! Nein!«

Der Fleck breitete sich aus. June stand da, sie konnte nichts anderes tun, als den größer werdenden Fleck anstarren.

Es war richtiges Blut.

»Nein!« June nahm ihre ganze Willenskraft zusammen. Sie floh aus dem Studio.

Sie hatte Jennifer vergessen. Das Kind lag in seiner Korbwiege. Es war aufgewacht. Es begann zu schreien, immer lauter...

Dr. Carson und Dr. Pendleton saßen in dem Büro, das dem Sprechzimmer vorgelagert war. Sie warteten auf den Neurochirurgen, der jenseits der Tür die Autopsie machte.

Cal hatte die Verantwortung für Billys Tod auf sich genommen.

»Ich habe den Kopf des Jungen bewegt. Ich hätte den Kopf nicht bewegen dürfen.«

Dr. Carson hatte ihm die Selbstbezichtigung nicht abgenommen. »Sie mußten ihn bewegen, Cal. Sie sind ganz einfach zu spät gekommen...« Seine Stimme verklang wie ein Flüstern in der Schlucht. Er betrachtete den Mann, der ihm gegenübersaß. Ganz sicherlich durchlebte Dr. Pendleton in diesen Augenblicken noch einmal die Panik, die ihn gestern, beim Tode des Jungen, befallen hatte. Als Dr. Carson den richtigen Zeitpunkt für gekommen hielt, spendete er seinem verzweifelten Kollegen weiteren Trost. »Als Sie zu dem Jungen kamen, war das Unglück bereits geschehen. Es ist wirklich nicht Ihre Schuld, Cal.«

Cal wollte antworten, als das Telefon zu läuten begann. Dr. Carson nahm den Hörer ab. June Pendleton war am Apparat. Sie weinte. Ein Unglück hätte sich ereignet.

Sie schluchzte ins Telefon. Er konnte nicht recht verstehen, was sie sagte. Er verstand nur, daß sie, er und Dr. Pendleton, sofort zu dem alten Haus am Kliff kommen sollten.

»June, so beruhigen Sie sich doch«, sagte er. »Ihr Mann ist bei mir, wir kommen zu Ihnen, so schnell wir können.« Er machte eine Pause. Dann: »June, ist jemand verletzt?« Er hörte sich ihre Antwort an. Er sagte ihr, daß sie im Haus bleiben sollte. Er legte den Hörer auf die Gabel zurück. Cal sah ihn fragend an.

»Was ist passiert, Josiah?«

»Ich weiß es nicht«, erwiderte Dr. Carson. »June will, daß wir sofort zu ihr kommen. Niemand ist verletzt, aber irgend etwas stimmt nicht, und es ist wichtig, daß wir sofort hinfahren. Kommen Sie.« Er stand auf. Cal schien zu zögern.

»Und was wird mit...«

»Mit Billy? Aber der Junge ist doch schon tot, Cal. Wir können nichts mehr für ihn tun. Kommen Sie jetzt.«

Cal nahm seinen Mantel vom Haken.

»Hat June denn nicht gesagt, was passiert ist?«

Dr. Carson überhörte die Frage. Er bugsierte Cal aus dem Büro hinaus.

Sie verließen die Klinik, und dann dämmerte Dr. Carson, was passiert war. Das Mosaik fügte sich zu einem Bild zusammen. June hatte etwas gefunden. Er wußte nicht, wie er zu dieser Überzeugung kam, aber er war sicher, daß June etwas gefunden hatte.

Der Fund würde alles erklären.

Oder alles noch schlimmer machen.

June hatte gerade aufgelegt, als das Telefon zu klingeln begann. *Er wird nicht kommen,* dachte sie. *Das ist Cal, und er ruft mich an, um mir zu sagen, daß er nicht kommen kann, weil er so beschäftigt ist. Was soll ich tun?*

Sie nahm den Hörer ab.

»Cal?«

»Hier spricht Corinne Hatcher. Sind Sie dran, June?«

»Ach so«, sagte June verlegen. »Tut mir leid. Es ist nur so, ich hatte gerade mit Cal telefoniert. Ich... ich dachte, er wollte mich noch einmal anrufen.«

»Ich will Sie nicht aufhalten«, sagte Corinne. »Aber haben Sie heute schon Lisa Hartwick gesehen? Ich bin hier mit Tim zusammen, mit ihrem Vater, und wir suchen das Mädchen. Es ist mir peinlich, ich meine, das klingt jetzt albern, aber... die Kinder wollten auf Geisterjagd gehen.«

June hatte von alledem nur verstanden, daß Corinne mit Tim Hartwick zusammen war.

»Corinne, können Sie und Tim zu mir herauskommen?« Sie war bemüht, ihrer Stimme einen sicheren, vernünftigen Klang zu geben. »Hier ist etwas Merkwürdiges passiert.«

Corinne schwieg. Dann: »Etwas Merkwürdiges? Wie meinen Sie das?«

»Ich kann Ihnen das so nicht beschreiben«, sagte June. »Bitte kommen Sie beide zu mir.«

Erst jetzt spürte Corinne die Panik heraus, die in Junes Worten mitschwang. »Wir kommen sofort«, sagte sie.

Sally Carstairs und Alison Adams hatten die Straße überquert. Sie würden über das Schulgelände gehen, das war der kürzeste Weg zum Haus von Sallys Eltern.

»Wir hätten nicht ohne Lisa losgehen sollen«, sagte Sally.

»Wenn meine Mutter das erfährt, macht sie ein Heidenspektakel.«

»Was hätten wir denn machen sollen?« erwiderte Alison. »Du weißt doch, wie Lisa ist. Sie will immer ihren Dickkopf durchsetzen. Wenn du das gleiche willst wie sie, gut. Wenn nicht, hast du Pech.«

»Ich dachte, du magst Lisa.«

Alison rümpfte die Nase. »Es geht so. Im Grunde ist sie ganz okay. Sie ist nur verzogen.« Sie gingen schweigend nebeneinander. Dann fiel Alison etwas ein. »Ich dachte immer, du wärst ihre Freundin.«

»Wessen Freundin?«

»Michelles Freundin. Ich meine, bevor das mit dem Bein passiert ist.«

»Das war ich auch.« Sally lächelte, sie dachte daran, wie Michelle vor ein paar Wochen gewesen war. »Sie war so nett. Sie wäre wahrscheinlich meine beste Freundin geworden, aber seit dem Sturz ist nicht mehr an sie ranzukommen. Sie schließt sich ab.«

»Glaubst du, sie ist wahnsinnig?«

»Das ist sie sicher nicht«, sagte Sally. »Sie ist jetzt nur... wie soll ich's sagen... sie ist jetzt anders.«

Alison war wie angewurzelt stehengeblieben. Sie war leichenblaß geworden. »Sally. Schau mal!«

Sie waren vor den Schaukeln angekommen. Sally sah in die Richtung, in die Alison deutete.

Annie Whitmore lag seltsam verkrümmt im Lehm. Unter ihrem Knie war das Sitzbrett der Schaukel zu erkennen.

Und Sally klangen Jeffs Worte in den Ohren, wie ein Echo aus der Zukunft.

Wen hast du heute umgebracht?

Sie dachte an die vergangene Woche, an den Tag, als Michelle mit mit der kleinen Annie Whitmore gespielt hatte.

Wen hast du heute umgebracht?

Sie meinte Michelle vor sich zu sehen, wie sie die Straße entlanghumpelte. Im Hintergrund waren die weißen Häuser von Paradise Point zu erkennen.

Wen hast du heute umgebracht?
Sally Carstairs hatte ihre Freundin Alison bei der Hand gepackt. Sie rannten über den Spielplatz. Sally würde ihrer Mutter sagen, was sie gesehen hatten.

Siebenundzwanzigstes Kapitel

Mit langsamen Schritten ging Michelle den Pfad entlang, der über das Kliff führte. Es hatte zu regnen begonnen. Der Horizont verschwamm im Grau. Michelle kümmerte sich nicht um den Regen. Sie lauschte Amandas Einflüsterungen.
»Weiter«, sagte Amanda. »Es war noch ein bißchen weiter.«
Sie gingen noch fünf oder sechs Schritte, dann blieb Amanda stehen. Sie schien nachzudenken.
»Es ist alles anders als damals. Es ist irgendwie verändert.« Dann: »Dort hinüber!« Sie zog Michelle ein paar Meter nach Norden. Vor einem großen Stein, der über dem Abgrund zu schweben schien, blieb sie stehen.
»Hier«, sagte Amanda. »Hier war es.«
Michelle trat neben den Findling und sah auf den Strand hinab. Sie erkannte die Stelle wieder, wo sie vor sechs Wochen mit ihren Freunden gepicknickt hatte. Jedenfalls waren sie damals Freunde gewesen.
Der Strand war menschenleer. Es war Ebbe. Die Felsen, glattgespült von den Gezeiten der Jahrtausende, waren wie verendende Wale, auf deren Haut sich die dräuende Düsternis des sinkenden Tages spiegelte.
»Schau«, flüsterte Amanda. Sie deutete auf das Ende des Strandstreifens. Zwischen den natürlichen Wasserbecken, die von der Flut zurückgelassen wurden, waren zwei Gestalten auszumachen. Ein Junge und ein Mädchen.
Trotz der Regenschwaden, die den Blick behinderten, hatte Michelle den Jungen sofort erkannt: Jeff Benson. Wer war das Mädchen? Plötzlich spürte sie, das Mädchen war unwichtig.

Nur Jeff war wichtig.

Amanda hatte es auf Jeff abgesehen.

Wen hast du heute umgebracht?

Seine Worte gellten ihr in den Ohren, und Michelle wußte, auch Amanda konnte die Worte hören.

»Er muß hier vorbeigehen«, gurrte Amanda. »Wenn die Flut steigt, wird er hierherkommen. Und dann...« Michelle konnte nicht verstehen, was Amanda weiter sagte. Aber sie sah das Lächeln in den blinden Augen ihrer Freundin. Amanda hatte Michelle mit dem linken Arm ergriffen. Mit dem rechten tastete sie nach dem großen Stein...

June saß noch vor dem Telefon, als ihr Mann und Dr. Carson eintrafen.

Sie hörte, wie die Vordertür des Hauses geöffnet wurde. Cal rief ihren Namen.

»Ich bin hier«, antwortete sie. »Hier...«

Ihre Stimme klang benommen, das Gesicht war bleich. Er trat zu ihr und beugte sich zu ihr hinab.

»June, was ist passiert?«

»Im Studio... geht ins Studio.«

»So sprich doch! Was ist passiert? Wo sind die Kinder?«

June starrte ihn an, ohne zu begreifen. »Die Kinder?« echote sie. Die Erinnerung kam wie eine eiskalte Woge. »Jennifer! Mein Gott, ich habe Jennifer im Studio vergessen!«

Die Erstarrung wich von ihr. Sie stand auf. Sie begann zu schwanken und mußte sich wieder setzen. »Cal, ich kann nicht dort hingehen – ich kann es einfach nicht. Geh bitte ins Gartenhaus, nimm Dr. Carson mit. Hol mir Jennifer.«

»Du kannst nicht ins Gartenhaus gehen?« fragte Cal verwundert. »Warum denn nicht. Was ist passiert?«

»Du wirst es sehen. Geh ins Gartenhaus, und sieh dir's an.« Die beiden Männer waren schon an der Tür, als June ihren Mann zurückhielt. »Cal, eines solltest du vielleicht noch wissen... Das Bild auf der Staffelei, das habe ich nicht gemalt.«

Cal und Josiah sahen sich an. Schwer zu sagen, wer von

beiden unsicherer war. Als June nichts weiter sagte, eilten sie in den Garten hinaus.

Sie konnten Jennifers Schreie hören, noch bevor sie das Gartenhaus erreicht hatten. Cal begann zu laufen. Er preschte in das Studio seiner Frau hinein und warf einen Blick in die Runde. Er fand die Wiege, riß die Kleine in seine Arme und preßte sie an sich.

»Alles ist wieder gut, Prinzessin«, sagte er voller Zärtlichkeit. »Dein Daddy ist bei dir, alles ist wieder gut.«

Er wiegte sie in seinen Armen. Das Schreien wurde leiser. Und dann fiel Cals Blick auf das Gemälde, das June, wie er sich erinnerte, einem anderen Maler zuschrieb.

Zuerst begriff er nicht recht, was da überhaupt abgebildet war. Aber dann schälten sich aus den Formen und Farben die Gestalt eines Mannes und einer Frau heraus. Der Maler hatte das Paar in inniger Umarmung dargestellt, das Gesicht der Frau spiegelte höchste Verzückung wider. Aber da war noch etwas anderes in diesen wunderschönen Augen.

»Ich verstehe das nicht«, stammelte er. Er wandte sich um und sah in Dr. Carsons Augen.

Er wollte noch etwas sagen, aber dann bemerkte er den Ausdruck des Verstehens in der Miene des anderen. Plötzlich war sein Hals wie zugeschnürt.

»Das ist es also«, flüsterte jener. »Ich weiß jetzt, was damals passiert ist.«

Cal starrte den alten Arzt an. »Aber Josiah, was haben Sie denn? Ist Ihnen nicht gut?« Er machte einen Schritt auf ihn zu. Der Alte schob ihn mit einer unwirschen Bewegung zur Seite.

»Sie hat es getan«, sagte er. »Amanda hat endlich ihre Mutter zu sehen bekommen. Sie hat sie getötet. Hundert Jahre, nachdem es geschah, hat sie ihre Mutter getötet. Jetzt ist sie frei. Wir alle sind frei.« Er sah Cal an. »Es war richtig, daß Sie nach Paradise Point gekommen sind«, sagte er leise. »Das waren Sie uns schuldig. Sie haben Alan Hanley getötet, und Sie haben dafür bezahlt.«

Cals Blick irrte zwischen Dr. Carson und dem Gemälde hin

und her. »Von was sprechen Sie eigentlich?« herrschte er den alten Arzt an. »Was geht hier vor?«

»Das Bild ist die Antwort«, sagte Dr. Carson. »Alles, was Sie wissen wollen, sagt Ihnen das Bild. *Die Frau ist Louise Carson.*«

»Ich... ich verstehe nicht...«

»Ich werde es Ihnen erklären, Cal«, sagte Dr. Carson. Seine Stimme klang gefaßt, aber seine Augen erstrahlten in einem seltsamen Glanz. »Die Frau auf dem Bild ist Louise Carson. Sie liegt auf dem kleinen Friedhof begraben. Mein Gott, Cal, Ihre Frau hat auf Louise Carsons Grab die Wehen bekommen, wissen Sie das denn nicht mehr?«

»Aber das ist doch nicht möglich«, sagte Cal. »June konnte gar nicht wissen, wie Louise Carson aussah...« Er hatte den Satz kaum ausgesprochen, als ihm Junes Worte einfielen: *Das habe ich nicht gemalt...*

Cal trat an die Staffelei und betrachtete die Leinwand aus nächster Nähe. Die Farbe war frisch, sie war noch nicht trocken. Er trat drei Schritte zurück. Erst jetzt fügten sich die Linien im Hintergrund zu Gegenständen zusammen. Das Malstudio, wo sie jetzt standen, war abgebildet, die Fenster, die Wand. Cal erschauderte. Er ließ den Blick durch den Raum schweifen. Wie im Traum nahm er den alten Arzt hinter sich wahr.

»Sie ist hier«, flüsterte Dr. Carson. »Verstehen Sie denn nicht, Cal? Amanda ist hier. Sie benutzt Michelle. Sie ist hier, ich kann sie spüren. *Sie ist hier!*«

Er begann zu lachen, leise zuerst, dann laut und mißtönend. Er lachte, bis Cal es nicht mehr aushalten konnte.

»*Hören Sie auf!*« schrie er den Alten an.

Der Bann war gebrochen. Dr. Carson schüttelte sich, er warf einen Blick auf das Gemälde. In seinen Augen funkelte Triumph. Er ging zur Tür. »Kommen Sie«, sagte er. »Es ist besser, wenn wir jetzt ins Haus zurückkehren. Ich habe das Gefühl, wir sind erst ganz am Anfang.«

Cal wollte ihm folgen, als er den Fleck am Boden sah. »Oh, mein Gott«, flüsterte er.

Der Fleck war wieder, wie er bei ihrem Einzug in die Wohnung gewesen war. Eine dicke, rötlich-braune Schicht, überlagert vom Staub der Jahrzehnte. Cal traute seinen Augen nicht. Seine Frau hatte den Fleck beseitigt. Er erinnerte sich noch ganz genau, wie June auf den Knien gelegen und den Fleck weggeschabt hatte.

Und jetzt war das Blut wieder da.

Cals Blick wanderte zu dem Bild zurück. Er sah das Blut, das aus Louise Carsons Brust hervorquoll, den dunklen Strahl, der aus ihrer aufgeschlitzten Kehle schoß...

Es war, als sei die Vergangenheit wieder lebendig geworden.

Sie kehrten in das große, alte Haus zurück, wo sie außer June noch Tim Hartwick und Corinne Hatcher vorfanden. June saß immer noch vor dem Telefon.

»Hast du das Bild gesehen?« fragte June. Ihr Blick war auf Cal gerichtet. Der nickte. »Ich habe dieses Bild nicht gemalt.«

»Wo kommt das Bild her?«

»Ich habe es vor einer Woche im Schrank gefunden, es stand zwischen den anderen Rahmen. Vorige Woche war es noch eine Skizze. Ich habe das Bild in den Schrank zurückgestellt. Als ich heute ins Studio kam, stand es auf der Staffelei.«

»Was denn?« mischte sich Tim Hartwick ein. »Von was für einem Bild sprechen Sie?«

»Von einem Gemälde, das in meinem Studio auf der Staffelei steht«, sagte June sanft. »Gehen Sie hin, und sehen Sie es sich an, deshalb habe ich Sie schließlich hergebeten.«

Tim und Corinne wollten zum Gartenhaus gehen, als das Telefon zu klingeln begann. June starrte den Apparat an, aber sie nahm nicht ab. Es war dann Cal, der den Hörer ergriff. »Wer ist da?«

»Sind Sie's, Dr. Pendleton?« Eine Frau war am Apparat.

»Ja.«

»Hier spricht Bertha Carstairs. Ich... ich würde gern mit Dr. Carson sprechen, wenn er bei Ihnen ist.«

Cal hob ärgerlich die Schultern. »Ja, er ist hier.« Er sah Dr. Carson fragend an. Irgendwie erwartete er, daß der alte Arzt das Gespräch mit der Anruferin ablehnen würde. Aber Dr. Carson schien sich von der Begegnung mit dem merkwürdigen Bild erholt zu haben. Inzwischen fragte sich Cal, ob er das Ganze vielleicht nur geträumt hatte. Er reichte dem Alten den Hörer.

»Hier spricht Dr. Carson.«

»Hier spricht Bertha Carstairs. Herr Doktor, etwas Furchtbares ist passiert. Gerade ist meine Tochter Sally nach Hause gekommen, sie hat Alison Adams mitgebracht. Die beiden sagen, sie haben Annie Whitmore auf dem Spielplatz liegen sehen. Annie ist tot.« Ihr zitternder Atem war zu hören. »Sie liegt unter der Schaukel. Sally sagt, es sieht aus, als ob sie von der Schaukel gefallen wäre. Wahrscheinlich ein Unfall...«

Die Frau begann zu stottern. Dr. Carson spürte sofort, daß sie ihm etwas Wichtiges verschwieg.

»Was noch, Mrs. Carstairs? Da ist doch noch etwas, was Sie mir sagen möchten.«

Bertha Carstairs zögerte. Als sie dann weitersprach, entschuldigte sie sich, daß sie den Herrn Doktor mit Nebensächlichkeiten belästigte.

»Ich glaube, es hat nichts weiter zu bedeuten, aber...« Und dann kam ihre Stimme ganz klar über den Draht. »Sally hat Michelle Pendleton getroffen, auf der Straße am Kliff. Michelle kam aus dem Ort. Und Sally sagt auch, daß Michelle und Annie oft zusammen gespielt haben, und nachdem Susan Peterson... ich meine, nachdem Billy Evans... ich weiß nicht, wie ich es Ihnen sagen soll, Herr Doktor, aber...« Bertha Carstairs verstummte.

»Sie brauchen nichts mehr zu sagen«, beendete Dr. Carson das Gespräch. »Ich danke Ihnen, Mrs. Carstairs.« Er legte auf.

Er wandte sich den vier Menschen zu, die ihn fragend ansahen. »Annie Whitmore scheint etwas passiert zu sein«, sagte er. Er wiederholte alles, was Mrs. Carstairs ihm erzählt hatte.

Als er fertig war, brach June in Tränen aus. »Helfen Sie Michelle, Dr. Carson. Ich bitte Sie, helfen Sie ihr.« Sie kam auf die Beine. Sie sahen ihr nach, wie sie in den Flur wankte. »Michelle! Michelle, wo bist du?«

Sie hörten sie wieder und wieder den Namen des Mädchens rufen. Schließlich stapfte June die Treppe hinauf. Wenig später kehrte sie ins Erdgeschoß zurück.

»Sie ist nicht in ihrem Zimmer, Cal. Sie ist fort.«

»Mach dir keine Sorgen wegen Michelle«, sagte Cal. »Wir werden sie finden.«

»Lisa«, sagte Tim. Er sprach so leise, daß er kaum zu verstehen war. Nur Corinne hatte ihn verstanden.

»Lisa war mit Sally und Alison zusammen«, sagte sie. Sie wandte sich zu dem alten Arzt. »Hat Mrs. Carstairs etwas von Lisa gesagt? Weiß sie, wo Lisa ist?«

Dr. Carson schüttelte den Kopf. Tim ging zum Telefon. »Was hat Mrs. Carstairs für eine Telefonnummer?« fragte er.

Corinne eilte zu ihm. Sie nahm ihm das Telefon aus der Hand. Sie betätigte die Wählscheibe. Drei Mal ging der Ruf durch, ehe Bertha Carstairs abnahm.

»Mrs. Carstairs, hier spricht Corinne Hatcher. Was ist mit Lisa Hartwick? War sie nicht dabei, als Sally und Alison nach Hause kamen?«

»Nein«, sagte Bertha. »Aber warten Sie bitte einen Augenblick...« Schweigen. Und dann war wieder Mrs. Carstairs Stimme zu vernehmen.

»Sie ist auf dem Kliff geblieben. Sie und Jeff Benson wollten noch zur Bucht gehen. Also, ich finde das ja viel zu gefährlich. Die Strömung ist...«

Aber Corinne fiel ihr ins Wort. »Entschuldigen Sie bitte, aber ich kann jetzt nicht weitersprechen. Ich rufe Sie hier aus dem Haus von Dr. Pendleton an. Ich... ich bin zuversichtlich, daß wir Lisa finden werden.« Sie legte den Hörer auf die Gabel zurück. Sie wandte sich zu Tim.

»Sie ist irgendwo draußen. Sie wollte mit Jeff Benson an den Strand gehen.«

»Es ist alles nur wegen der Puppe«, schluchzte June. »Die

verdammte Puppe!« Alle starrten sie an. Nur Dr. Carson verstand die Bemerkung. June sah ihren Mann an, sie zitterte vor Wut. »Verstehst du immer noch nicht? Die Puppe ist schuld!« Und wieder rannte June die Treppe hinauf. Sie stürzte in Michelles Zimmer, auf der Suche nach der Puppe.

Amanda!

Alles war Amandas Schuld.

Sie mußte die Puppe vernichten!

Die Puppe saß auf der Fensterbank. Der Blick der gläsernen Augen war auf Devil's Passage gerichtet, auf die Bucht. June lief zum Fenster. Sie hatte die Puppe ergriffen und wollte aus dem Zimmer laufen, als sie draußen, auf dem Kliff, eine Bewegung gewahrte.

Sie legte ihre Stirn an die Scheibe und starrte durch die Regenschlieren.

Dort im Norden, das Kliff. Der Friedhof.

Es war Michelle.

Sie stand an einen rundgeschliffenen Felsen gelehnt und sah auf den Strand hinab.

Und dann sah June, daß sie *nicht* an dem Felsen lehnte.

Was tat sie denn da?

Sie versuchte den Felsen über den Steilhang zu wälzen.

»Nein!« schrie June. »Nein!« Sie nahm die Puppe und rannte den Flur entlang. Zwei und drei Stufen auf einmal nehmend brachte sie die Treppe hinter sich.

»Michelle ist auf dem Kliff«, schrie sie. »Hol sie, Cal! Lauf hin, und hol sie!«

Der Nebel war so dicht geworden, daß Michelle den Strand nicht mehr erkennen konnte. Immer noch war Amanda bei ihr, hielt ihre Schultern umklammert, flüsterte ihr Zärtlichkeiten ins Ohr. Und Warnungen.

»Sie kommen, Michelle. Ich kann sie sehen. Sie kommen immer näher... sie werden gleich hier sein... Jetzt! Du mußt mir helfen, Michelle. Hilf mir!«

Michelle stemmte sich gegen den großen runden Felsen. Der Stein schien unter ihren Fingern zu vibrieren.

»Du mußt dich mehr anstrengen«, zischte Amanda. »Wir dürfen nicht zu spät kommen!«

Und wieder spürte Michelle, wie der Fels sich bewegte. Sie sah, wie der Boden unter der Last nachgab. Der Stein neigte sich. Sie wollte sich von ihm lösen, aber das gelang ihr nicht mehr. Der Fels fiel...

Das Geräusch war so leise, daß es fast im Rauschen der Brandung untergegangen wäre. Aber Jeff hatte etwas gehört. Er hob den Blick. Er sah zum Kliff hinauf.

Das Geräusch war von oben gekommen.

Dann sah er den Felsen.

Er wußte, daß der Brocken ihn zermalmen würde, wenn er nicht sehr schnell reagierte. Er mußte sich zur Seite werfen. Aber er war wie gelähmt. Er spürte, wie seine Lippen zu beben begannen. Sein Magen krampfte sich zusammen. Er wußte, er würde sterben.

Seine Glieder waren wie Eis. Erst in der letzten Sekunde gelang es ihm, die Beine zu bewegen. Es war zu spät.

Der Felsblock, über ein Meter im Durchmesser, traf ihn und quetschte ihn auf den Boden. Er meinte das Knirschen seiner Knochen zu hören, als der Stein ihn zermalmte.

Und noch etwas konnte er hören.

Das Lachen einer Mädchenstimme.

Das Lachen schwebte über ihn dahin, als er starb. Wer das wohl war? Ein kleines Mädchen, das ihn auslachte. Aber warum? Was hatte er ihr denn getan?

Es war Jeff Bensons letzter Gedanke.

Auch Michelle hatte das Lachen gehört. Sie wußte, das war Amandas Stimme. Amanda war zufrieden mit ihr. Wie schön. Michelle war glücklich. Allerdings wußte sie nicht recht, *warum* Amanda so zufrieden mit ihr war.

Der Nebel verflog. Michelle sah auf den Strand hinab.

Zwischen den Felsen stand ein Mädchen, sie betrachtete einen großen, runden Stein. Der Stein hätte dich treffen können, dachte Michelle. Aber er hat dich nicht getroffen.

Warum weinte das Mädchen?

Nicht nur der runde Stein war zu sehen. Irgend etwas schien unter dem Stein hervorzuragen.

Die letzten Nebelfetzen zerstoben. Michelle konnte jetzt erkennen, was da unter dem Stein hervorragte.

Es war ein Bein. Das Bein eines Menschen ragte unter dem großen, runden Stein hervor.

Und Amanda lachte. Amanda lachte, und dann sagte sie etwas zu Michelle. Die mußte sich sehr anstrengen, um ihre Freundin zu verstehen.

»Was zu tun war, ist getan«, sagte Amanda. »Ich gehe jetzt. Auf Wiedersehen, Michelle.« Ihr Lachen, unbeschwert und glücklich, wurde leiser, und dann war Amanda fort.

Andere Stimmen waren zu hören. Stimmen, die Michelles Namen riefen. Harte, zornige Stimmen.

Michelle wußte, was die Menschen vorhatten.

Sie würden sie fangen. Sie würden sie bestrafen. Sie würden sie fortbringen.

Und dabei hatte sie doch gar nichts verbrochen. Amanda war schuld. Sie hatte immer nur getan, was Amanda wollte. Wie konnte man ihr dann einen Vorwurf machen? Und doch wußte sie, daß die Menschen ihr, Michelle, die Verbrechen anlasten würden.

Es war wie in ihrem Traum.

Sie mußte den Menschen entfliehen. Sie durfte sich nicht fangen lassen. Sie begann zu laufen. Sie zog ihr lahmes Bein hinter sich her. Sie quälte sich vorwärts. Der Schmerz loderte auf in ihrer Hüfte. Sie achtete der Schmerzen nicht.

Die Stimmen waren näher gekommen. Die Menschen hatten sie eingeholt. Sie blieb stehen, so wie sie im Traum stehengeblieben war. Sie wandte sich um.

Sie konnte ihren Vater erkennen, ihren Vater und Dr. Carson. Außerdem war da Fräulein Hatcher, ihre Lehrerin. Wer war der dritte Mann? Ach ja, Mr. Hartwick. Warum hatte er sich ihren Verfolgern angeschlossen? Sie hatte doch gedacht, er sei ihr Freund. Aber er war ihr Feind, jetzt wußte sie es. Er hatte sie übertölpeln wollen. Auch er haßte sie.

Amanda. Sie hatte nur einen einzigen Freund auf der Welt. Amanda.

Aber Amanda war fort.

Wo war sie hingegangen?

Michelle wußte es nicht.

Sie wußte nur, daß sie vor den Menschen fliehen mußte. Und daß sie ein lahmes Bein hatte.

Allerdings, im Traum war ihr die Flucht gelungen. Verzweifelt versuchte sich Michelle zu erinnern, was sie im Traum getan hatte.

Sie war gefallen.

Das war die Lösung.

Sie war gefallen. Susan Peterson war gefallen, Billy Evans ebenfalls. Auch Annie Whitmore war gefallen.

Sie würde fallen, und dann würde Amanda sich ihrer annehmen.

Als die Stimmen zu einem Kreis wurden, der sich um sie schloß, sprang Michelle Pendleton über die Felsnase in den Abgrund hinab.

Diesmal kam Amanda ihr nicht zu Hilfe. Michelle wurde das bewußt, kurz bevor sie auf den Felsen aufschlug.

Amanda würde nie mehr zu ihr kommen. Und dann griffen die Felsnadeln nach ihr, wie im Traum. Michelle blieb ganz ruhig.

Sie freute sich darauf, von den Felsnadeln liebkost zu werden.

Es war recht leise im Wohnzimmer der Familie Pendleton. Aber es war eine Stille, die keinen Frieden in sich barg. Vier Menschen saßen im Halbkreis um das knisternde Kaminfeuer. June wirkte gelassen. Sie sah in das Feuer, das sie vor Stunden angezündet hatte, um die Puppe zu verbrennen. Die Puppe war verbrannt. Aus irgendeinem Grunde hatte man das Feuer weiterbrennen lassen.

Sie wußte noch immer nicht, was eigentlich passiert war.

Dr. Carson war fortgefahren, ohne weitere Erklärungen abzugeben. Er hatte sich geweigert, noch einmal auf die

Dinge zu sprechen zu kommen, von denen im Malstudio die Rede gewesen war. Cal hatte versucht, die Gesprächsfetzen, an die er sich erinnerte, logisch zu verknüpfen. Ohne Erfolg. Irgendwann im Laufe des Nachmittags war Tim Hartwick noch einmal in das Gartenhaus gegangen. Lange hatte er das seltsame Gemälde angestarrt. Dann hatte er den Schrank durchsucht. Er hätte nicht zu sagen vermocht, wonach er suchte, aber er ahnte, er hoffte, daß irgendwo in diesem Raum sich der Schlüssel des Rätsels finden würde.

Bei seiner Suche war Tim auf die Skizzen gestoßen. Er hatte die Skizzen in das große, alte Haus gebracht, und dann sahen die Menschen, wie Susan Peterson gestorben war, wie Billy Evans ums Leben gekommen war.

Einer nach dem anderen war in das Gartenhaus gegangen. Jeder hatte noch einmal das blutüberströmte Gemälde betrachten wollen, die mysteriöse Brücke zu einer Vergangenheit, die niemand verstand.

Es war Corinne, die den Schatten entdeckte.

Auf den ersten Blick schien die dunkle Stelle inmitten der lebhaften, leidenschaftlichen Farben ohne Bedeutung. Aber als Corinne mit den Fingern die Umrisse des Schattens nachvollzog, da sahen sie es alle.

Vor der sterbenden Louise Carson stand ein Mädchen. Sie selbst war nicht abgebildet, nur ihr Schatten.

Es war die Silhouette eines jungen Mädchens. Das Mädchen trug ein altmodisches Kleid und eine Haube. Der Arm war ausgestreckt. Das Mädchen hielt etwas in der Hand.

Allen war klar, daß sie ein Messer umklammert hielt.

Sie wußten, daß Michelle die Skizzen gefertigt hatte, sie hatte auch das Gemälde gemalt. Tim war sicher, Michelle hatte mit diesen Darstellungen der dunklen Seite ihres Ichs Ausdruck gegeben. Sie mußte wohl irgendwo ein Bild von Louise Carson gesehen haben, sie hatte das Bild in Erinnerung behalten. Dann hatte sie ›Amanda‹ erfunden. Die Legenden von jener Amanda, die es einst in Paradise Point gab, hatten sich mit Michelles Träumen zu einem Gespenst verwoben. Für sie war die Existenz des Geistes eine Tatsache.

Der Geist existierte nur in ihrer Vorstellung, aber die Vorstellung war Wirklichkeit.

Lisa Hartwick hatte ein Beruhigungsmittel bekommen. Man hatte sie zu Bett gelegt, sie war eingeschlafen. Als sie aufwachte, fand sie sich in Michelle Pendletons Bett wieder. Sie war in dem alten Haus am Kliff.

Sie stand auf und ging zur Tür. Sie legte das Ohr ans Türblatt und lauschte. Stimmen, die von unten zu kommen schienen. Lisa stieß die Tür auf. Sie rief nach ihrem Vater.

»Daddy?«

Tim kam zur untersten Treppenstufe und sah hinauf. »Was ist?«

»Ich kann nicht schlafen.«

»Dann bleib etwas liegen, und ruh dich aus. Ich bring' dich gleich nach Hause.«

»Ich möchte aber *sofort* nach Hause«, sagte Lisa. »Mir gefällt's hier nicht.«

»Dann bringe ich dich eben sofort nach Hause«, sagte Tim. »Zieh dich an, und dann fahren wir.«

Lisa ging in das Zimmer zurück und zog sich an. Sie wußte, worüber sich die Erwachsenen dort unten unterhielten.

Über Michelle Pendleton.

Lisa hätte sich auch ganz gern mit jemandem über Michelle Pendleton unterhalten. Sie hätte ihm erzählen können, was sie am Strand gesehen hatte.

Aber sie hatte Angst, über diese Dinge zu sprechen.

Die Menschen würden sie für verrückt erklären.

Sie ging die Treppe hinunter. Sie hatte beschlossen, daß sie niemandem sagen würde, was sie gesehen hatte. Sie war auch nicht mehr ganz sicher, daß sie es gesehen hatte.

Vielleicht hatte dort oben auf dem Kliff nur Michelle gestanden. Vielleicht hatte es gar kein schwarzgekleidetes Mädchen neben Michelle gegeben, kein Mädchen, das eine altmodische Haube trug.

Vielleicht war das nur Michelles Schatten gewesen.

EPILOG

Jennifer Pendleton feierte ihren zwölften Geburtstag.

Sie war zu einem gutaussehenden Mädchen herangewachsen. Sie war groß. Sie war blond und blauäugig wie ihre Eltern. Sie hatte ein feinziseliertes Antlitz, dessen Alter schwer zu bestimmen war. Wer nicht wußte, daß sie erst zwölf war, hielt sie für fünfzehn oder sechzehn. Jennifer machte es großen Spaß, daß die Menschen sie für älter hielten. Sie bekam Einladungen von jungen Männern, die ihr sieben oder acht Jahre voraus waren. Wenn June und Cal sich wegen solcher Ungereimtheiten Sorgen machten, dann verbargen sie es. Jennifer war nicht nur wunderschön, sie war auch ein aufgewecktes Geschöpf, das kaum in Schwierigkeiten geraten würde.

Aus June Pendleton war so etwas wie ein Sonderling geworden. Es war jetzt zwölf Jahre her, daß die Familie aus Boston nach Paradise Point gekommen war. Sie hatten damals auf ein besseres Leben gehofft, statt dessen waren sie in einen Alptraum eingewoben worden. June hatte nie begriffen, warum ihr das Schicksal solche Prüfungen auferlegt hatte. Während die Jahre sich rundeten, hatte sie sich mehr und mehr ihrer Malerei zugewandt. Es war ihr nicht gelungen, sich in Paradise Point Freunde zu machen. Das lag nicht nur daran, daß sie eine Fremde war. Man sagte es ihr nicht ins Gesicht, aber gewisse Leute im Ort hatten ihr nie vergeben, daß sie einst ihre wahnsinnige Tochter nach Paradise Point gebracht hatte. Zwar war über die merkwürdigen Ereignisse Gras gewachsen, aber sie, die Mutter, lebte in ihren Erinnerungen. Kein Tag verging, wo sie nicht an Michelle und ihre rätselhafte Krankheit dachte.

June hatte damals nach Boston zurückkehren wollen. Aber Cal hatte sich solchen Bestrebungen widersetzt. Bei allem, was passiert war, seine Liebe zu dem alten Haus am Kliff war nie ins Wanken geraten. Er sprach nie darüber, auch zu seiner Frau nicht, aber er hatte nie vergessen, was der alte Dr. Carson an jenem Nachmittag im Malstudio gesagt hatte. Cal fand, es war müßig, darüber nachzugrübeln, ob Dr. Carson die Wahrheit gesagt hatte oder nicht. Er hatte beschlossen, ihm Glauben zu schenken. Endlich fühlte er sich frei von der Schuld, die ihm mit dem Tod Alan Hanleys aufgebürdet worden war. Nicht er hatte den Jungen auf dem Gewissen, sondern Amanda. Sie hatte auch die anderen Opfer getötet, unter ihnen Michelle, seine Tochter. Und so war Dr. Calvin Pendleton in Paradise Point geblieben. Er kümmerte sich nicht darum, was die Leute redeten. Er hatte es zu etwas gebracht.

Dr. Carson war gleich nach Michelles Todessturz aus Paradise Point weggezogen. Die Leute im Ort waren sicher, daß es bei dem alten Herrn im Oberstübchen nicht mehr ganz stimmte. In den letzten Tagen vor der Abreise hatte er etwas von ›Rache‹ gefaselt und von der guten alten Zeit, niemand hatte das so recht ernstgenommen. Die Menschen hatten sich dem neuen Arzt zugewandt, Dr. Carsons Nachfolger war allmählich zum allseits geachteten ›Doc‹ geworden. Und es gab ja auch nur den einen im Ort.

Weder Cal noch June waren je wieder auf die Ereignisse vor zwölf Jahren zu sprechen gekommen. Wenn sie von Michelle sprechen, und das war selten, dann war es immer die Michelle ›vorher‹. Die zwei Anfangsmonate in Paradise Point, jene Wochen, als die Familie Pendleton beinahe auseinanderbrach, waren für Cal und June so etwas wie ein weißer Fleck auf der Landkarte, ein Gebiet, das man nicht betreten durfte.

June war ganz froh, daß Cal das Thema mied. Die Erinnerungen waren zu schmerzlich.

Und so verlebten die Pendletons zwölf ruhige Jahre in ihrem Haus auf dem Kliff. Cal ging seiner Praxis nach. June malte ihre düsteren, beklemmenden Seestücke.

Sie hatten Jennifer sorgsam von der Tragödie abgeschirmt, die ihre ersten Wochen in Paradise Point überschattet hatte.

Natürlich hatte sie alle möglichen Gerüchte gehört, aber sie gab nichts auf solche Geschichten. Die Eltern hatten ihr eingeschärft, daß man nicht alles glauben mußte, was die Schulkameraden sagten. Es war nun einmal so, sagten Cal und June, daß jeder etwas dazulog, wenn er eine Geschichte weitererzählte.

Es gelang Jennifer nur selten, eine Freundin oder einen Freund zu einem Besuch des alten Hauses am Kliff zu bewegen.

In den ersten Jahren hatte sie sich darüber noch geärgert. Nachher war ihr klargeworden, daß die Zurückhaltung der Leute mit der Tatsache zusammenhing, daß sie sehr weit draußen wohnte.

Als ihr zwölfter Geburtstag herannahte, hatte Jennifer ihre Eltern gefragt, ob sie alle Freundinnen und Freunde zu einer Party ins Haus einladen konnte.

June hatte sich dagegen ausgesprochen. Die Mütter der Kinder, so hatte sie argumentiert, würden nie erlauben, daß die Kinder an einer Feier in dem Haus am Kliff teilnahmen. Aber Jennifer hatte sich damit nicht abspeisen lassen. Wie immer, wenn ihr von der Mutter etwas verweigert wurde, war sie zu ihrem Vater gegangen. Und Cal hatte sich durchgesetzt. Jennifer, so sagte er, müßte ihre Freundschaften pflegen, dazu gehörte, daß sie die Jungen und Mädchen ins Haus einlud.

Der Geburtstag kam. Wer eingeladen war, erschien. Und June fragte sich, ob sie den Menschen in Paradise Point nicht unrecht getan hatte. Es sah so aus, als ob die Leute bereit wären, die Vergangenheit ruhen zu lassen.

Carrie Peterson fand das große, alte Haus furchtbar aufregend. Warum eigentlich hatten sich ihre Eltern so schwer getan, ihr die Erlaubnis zum Besuch der Geburtstagsparty zu geben? Es war doch nur ein ganz normales Haus. War es denkbar, daß irgend jemand in Paradise Point die Geschichten glaubte, die ihre Eltern erzählten? Nun, die Eltern waren schon recht betagte Herrschaften. Alte Leute hatten merkwürdige Ansichten, das war bekannt. Carrie fand das Haus großartig.

»Jenny, zeigst du mir mal dein Zimmer?« fragte sie. Jennifer lachte.

»Aber natürlich. Komm.«

Sie bahnten sich einen Weg durch die Freundinnen und gingen die Treppe hinauf. Jennifer führte Carrie den Flur entlang, in das Eckzimmer, das sie ein Jahr zuvor bezogen hatte. »Hier schlafe ich.«

Carrie ging sofort zum Fenster und setzte sich auf die Fensterbank. Sie sah schwärmerisch auf das Meer hinaus und seufzte. »Ich glaube, ich könnte mein ganzes Leben so sitzen und auf die Wogen hinausschauen.«

»Mir gefällt das Zimmer auch sehr gut«, sagte Jennifer. »Kannst du dir vorstellen, daß es ein großer Kampf war, ehe mich meine Eltern hier einziehen ließen?«

»Was war denn das Problem?«

»In diesem Zimmer hat meine Schwester geschlafen.«

»Verstehe.« Carrie Peterson fielen sofort die Geschichten ein, die man ihr über Jennifers Schwester erzählt hatte. »Deine Schwester war verrückt, nicht?«

»Verrückt? Wie meinst das?«

Carrie sah ihre Freundin kopfschüttelnd an. »Aber Jennifer! Jeder im Ort weiß, daß deine Schwester vier Menschen umgebracht hat. Dann muß sie ja wohl verrückt gewesen sein, oder? Ich meine, entweder sie war verrückt, oder ein Geist hat die vier getötet. Aber an Geister glaubst du ja sicher so wenig wie ich.«

Jetzt erst verstand Jennifer, warum ihre Mutter gegen die Geburtstagsparty gewesen war. Mutter hat es vorausgesehen, daß die Kinder ihrer Tochter Fragen wegen Michelle stellen würden. Wie auch immer, Jennifer hatte wenig Lust, sich über Michelle zu unterhalten. Sie wußte wenig über ihre Schwester, und das wenige, was sie wußte, schien nicht recht zusammenzupassen.

»Können wir nicht von etwas anderem sprechen?« schlug sie vor. Aber Carrie war nicht mehr zu bremsen.

»Weißt du, meine Mutter wollte mich gar nicht herkommen lassen. Sie sagt, das Haus ist verhext. Sie sagt, in diesem Haus werden die Menschen verrückt. Könntest du dir vorstellen, daß da was dran ist?«

»Ich wohne hier seit zwölf Jahren, und ich spüre noch keine Anzeichen, daß ich verrückt bin«, sagte Jennifer gleichmütig. Carries Fragerei ging ihr auf die Nerven, aber sie war entschlossen, sich das nicht anmerken zu lassen.

»Trotzdem, Jennifer, du bist was Besonderes«, sagte Carrie. »Du bist auf einem Grab zur Welt gekommen. Also ich stelle mir das ganz schön unheimlich vor, wenn man auf dem Friedhof zur Welt kommt!«

»Ich bin *nicht* auf einem Grab zur Welt gekommen!« fauchte Jennifer. Mit ihrer Geduld war es jetzt vorbei. Sie kannte die Story, und sie wußte auch, daß nichts Wahres dran war. »Ich bin in der Praxis meines Vaters zur Welt gekommen, wenn du's wissen willst! Zwar hat meine Mutter beim Besuch des Friedhofs die Wehen bekommen, aber das bedeutet ja noch nicht, daß ich auf einem Grab geboren bin.«

»Es ist ja auch nicht so wichtig«, wiegelte Carrie ab. »Obwohl, die alte Mrs. Benson sagt, es ist ein böses Omen, wenn eine Frau auf dem Friedhof die Wehen bekommt. Ich meine, irgendwie hat sie ja auch recht, Michelle hat ihren Jungen umgebracht... und all das.«

Jennifers Zorn hatte den Siedepunkt erreicht. »Carrie Peterson, das nimmst du zurück! Was du gesagt hast, ist eine Lüge, und das weißt du ganz genau! Nimm's sofort zurück!«

Aber Carrie stellte sich stur. »Ich nehm's *nicht* zurück«, sagte sie. »Du kannst mich nicht dazu zwingen.«

Die beiden standen da und starrten sich an. Es war dann Jennifer, die den endgültigen Bruch herbeiführte. »Ich möchte, daß du sofort aus diesem Haus verschwindest«, sagte sie. »Deine Freundinnen und Freunde kannst du gleich mitnehmen.«

»Ich bleibe keine Minute länger in diesem Geisterhaus«, sagte Carrie. »Meine Mutter hat wahrscheinlich recht. Wer hier länger wohnt, wird verrückt!«

Sie stapfte aus dem Raum. Jennifer hörte, wie sie die Treppe hinunterpolterte und die Freunde und Freundinnen zusammenrief. Nach einigem Getuschel wurde die Haustür geöffnet. Die Tür fiel ins Schloß. Dann war alles still.

Erst jetzt ging Jennifer nach unten.

Ihre Mutter stand im Vestibül des Hauses. Sie schien völlig perplex.

»Was ist passiert, Jenny? Warum sind deine Freunde so plötzlich verschwunden?«

»Weil ich sie weggeschickt habe«, sagte Jennifer. »Es war eine langweilige Party. Ich habe allen gesagt, sie sollen nach Hause gehen.«

Junes gute Erziehung bewirkte, daß sie sich ihrer Tochter widersetzte. »Das hättest du nicht tun dürfen«, sagte sie scharf. »Du warst die Gastgeberin. Wenn die Party langweilig war, dann war es deine Schuld. Du hättest eben etwas tun müssen, um die Stimmung aufzulockern. Du gehst jetzt in dein Zimmer und bleibst dort bis heute abend. Du kannst darüber nachdenken, was du falsch gemacht hast. Heute abend rufst du dann jedes einzelne Kind an und entschuldigst dich. Habe ich mich klar ausgedrückt?«

Jenny starrte ihre Mutter an. Noch nie hatte sie in dieser Weise zu ihr gesprochen. Und dabei war es doch gar nicht ihre Schuld. Carrie Peterson hatte angefangen! Jennifer brach in Tränen aus. Heulend lief sie die Treppe hinauf.

Sie ging in ihr Zimmer und setzte sich aufs Bett.

Ein Geschenk lag auf dem Bett. Ein Päckchen. Silberpapier, mit einer großen blauen Schleife.

Jennifer wunderte sich.

Das Geschenk war vorhin noch nicht dagewesen.

Dann fiel ihr die Lösung des Rätsels ein. Während Mutter ihr die Strafpredigt hielt, hatte sich ihr Vater ins Zimmer geschlichen. Er mußte es sein, der ihr das Geschenk aufs Bett gelegt hatte – als ganz besondere Überraschung.

Jennifer grinste, während sie die Verpackung öffnete, und als der Inhalt zum Vorschein kam, wurde das Grinsen zu einem Lächeln der Bewunderung.

Eine wunderschöne Puppe! Eine Antiquität! Jawohl, das war eine Antiquität, ohne Zweifel. Wo ihre Eltern das kostbare Stück wohl gekauft hatten? So etwas Schönes hatte Jennifer noch nie gesehen.

Die Puppe trug ein blaues Kleid mit Rüschen und Bändern. Der Kopf war aus Porzellan. Das Haar war dunkel, es wurde von einer kleinen Haube gehalten.

Jennifer drückte die Puppe an ihr Herz. »Du bist schön«, flüsterte sie. »Du bist so schön.« Ihr ganzer Ärger war wie weggewischt. Sie setzte die Puppe aufs Bett und rannte die Treppe hinunter.

»Mammi! Mammi! Wo bist du?«

»Ich bin in der Küche«, rief June. »Was ist?«

Jennifer kam in die Küche gelaufen. Sie schlang ihrer Mutter die Arme um den Hals und küßte sie. »Mutter, ich bin dir so dankbar! Danke, danke, danke! Sie ist wunderschön! Sie ist einfach Klasse!«

June war ratlos. Aber sie freute sich, daß die gedrückte Stimmung verflogen war. Sie befreite sich aus Jennifers Umarmung.

»Es ist ja gut, daß dir das Geschenk gefällt«, lachte sie. »Aber kannst du mir jetzt sagen, was es überhaupt ist?«

»Meine Puppe«, rief Jennifer aus. »Meine wunderschöne Puppe.« Und dann hatte sie einen Einfall. »Ich weiß auch schon, wie ich sie nennen werde! Ich werde sie Michelle taufen! Das ist ein ganz fantastischer Name. Weißt du, Mutter, ich habe mir immer gewünscht, daß ich Michelle als Freundin hätte haben können. Sie war doch ein schönes Mädchen, nicht? Mit dunklem Haar und großen, braunen Augen. Du wirst sehen, die Puppe sieht genauso aus wie sie. Und auf diese Weise werden Michelle und ich Freundinnen. Oh, Mammi, ich bin so glücklich. Wo ist Vater? Ich muß mich bei ihm bedanken!«

Und dann war sie fort, lief durch den Garten, suchte nach ihrem Vater.

June blieb in der Küche zurück und dachte nach. Eine Puppe. Was für eine Puppe?

Wovon sprach Jenny überhaupt?

Langsam nahm der Verdacht Gestalt an. June verließ die Küche. Sie ging auf die Treppe zu.

Es ist unmöglich.

Sie wußte, daß es unmöglich war.

Aber Jennifer würde die Puppe Michelle nennen.

June ging die Treppe hoch.

Sie blieb vor Jennifers Zimmer stehen.

Der Raum, den sie Jennifer nicht hatten geben wollen.

Aber Jennifer hatte nicht lockergelassen. Und June hatte nachgegeben.

Zögernd öffnete sie die Tür. Sie überquerte die Schwelle.

Die Puppe saß auf dem Bett.

Als June ihr in die dunklen Augen sah, formten sich ihre Lippen zum Schrei.

Sie hatte die Puppe verbrannt. Sie erinnerte sich ganz genau, daß sie die Puppe vor zwölf Jahren verbrannt hatte.

Dort saß sie. Sie war nicht verbrannt. Die blinden Augen starrten June an.

June spürte, wie die Angst jeden Winkel ihrer Seele auszufüllen begann. Aus ihrer Jugendzeit wehte eine Erinnerung heran. Die Erinnerung an ein Gedicht von Milton.

> *Blind ist die Furie,*
> *Blind und unbarmherzig,*
> *Mit ihrer Schere zerschneidet sie*
> *Den dünngesponnenen Faden unseres Lebens.*

June Pendleton begann zu weinen.